방현석 소설집

내일을 여는 집

창비

차   례

내딛는 첫발은

강범은 노래를 부르고 있다. 노랫소리는 들리지 않는다. 그의 입모양만 힘차게 노래를 부르고 있다. 아침부터 불러대는 그의 노래는 요란한 기계소리에 고스란히 묻혀갔다. 그리고 그 요란한 기계소리를 뚫고 마이클 잭슨의 팝송이 작업장을 메웠다.

용호는 강범의 모습을 물끄러미 바라봤다. 입과는 별개로 강범의 손은 민첩하게 제품을 뽑아 냉각수에 담근다. 이어서 형폐 단추를 누른다. 고속에 맞춰진 금형이 둔탁한 마찰음을 내며 닫힌다. 성형이 되는 동안 냉각수에서 제품을 꺼내 상자에 담는다. 다시 금형이 열리기까지는 3초가 남았다. 강범은 스패너를 두 번 두드리며 자신의 노래에 박자를 넣는다. 신경질적이다. 스패너를 놓는 순간 금형이 열린다. 이 모든 동작에 14초가 걸린다. 표준서보다 5초를 빨리 뽑고 있다.

강범이 전원을 내리고 기계 위에 뛰어올라갔다.

"씨팔, 벌써 열한번째야."

불만이 가득 배인 목소리로 내뱉는다. 그 숫자에 동의를 요청하듯 스패너를 빙글 돌리며 용호에게 싱긋 웃음을 날린다. 강범의 기계는 10분을 탈없이 운전하기 힘들었다.

"이걸 기계라고, 나 원 드러워서."

한마디를 전달하기 위해서도 고래고래 악을 써야 했다. 용호는 애매한 웃음으로 응답했다.

"다 그런 거야, 임마."

강범과 용호가 잡은 26호기와 27호기는 고철이라 불렸다. 74년 형으로 고물상에 갔어도 오래전에 갔어야 할 기계였다. 모든 제어장치들이 제멋대로 움직이는 이 기계로는 정상작업이 불가능했다. 가끔 견본작업에나 쓰일 뿐이었다. 공장의 제일 구석에 놓인 두 고철은 며칠째 강범과 용호의 차지가 되었다.

창밖에는 가는 빗방울이 흩뿌리고 있다.

강범은 이제야 알아차린 듯 용호에게 달려왔다.

"형, 비가 오는데."

녀석의 얼굴은 태평스레 노래를 부를 때와는 달리 잔뜩 굳어 있다.

"응."

용호는 무표정하게 고개를 끄덕거렸다.

"계속 비가 오면 어떡하지."

"글쎄다."

강범이 난감한 표정으로 창밖과 용호를 번갈아 쳐다봤다. 용호는 애써 대수롭지 않은 표정을 했다. 언제 봤는지 이주임이 다가왔다.

"강범씨, 지금 작업 안하고 뭐하는 거요."

강범이 고개를 꼿꼿이 들고 이주임을 흘겨보고는 제자리로 향했다.

"누구는 누구만 못해서 한자리 못하나."

강범의 비아냥에 이주임은 머쓱한 표정을 지었다. 세상 거칠게 살아온 만큼 독기 또한 강한 강범이었다. 그의 성질을 건드려서 덕본 사람은 아무도 없었다. 이주임도 그 점을 잘 알고 있는 것이다.

"저새끼가 겁대가리 없이……"

강범이 저만큼 간 다음에야 체면 생각이 났던지 중얼거렸다.

"나이도 몇 살 안 처먹은 게 시건방져가지고."

용호 들으란 소리다.

"왜 비맞은 중놈처럼 혼자 중얼거리고 있어. 할말 있으면 대놓고 해."

용호가 쏘아붙였다. 이주임은 용호와 동갑이다. 둘은 지난 여름 전까지만 해도 꽤 가까운 사이였다.

"고참이 돼가지고서는. 언제까지 애들하고 어울려서 그럴 거야."

"미안하다, 미안해. 고참 체면을 까뭉개서. 높은 데 있을 때 잘 좀 봐줘라."

용호는 빈정대면서도 이주임의 표정을 놓치지 않고 살폈다. 오늘 일이 새어나가지 않았나 조바심이 되었던 것이다.

어제 저녁 용호가 강범과 함께 시장통 외상집에 들어섰을 때 이미 먼저 와 있던 축들은 잔을 채우고 있었다.

"사장새끼 배때기를 얼마나 불려주느라고 이제 오냐."

"왜, 나도 충성 좀 해서 주임 한자리해보려는데."

용호는 웃지도 않고 맞받았다.

"사장이 눈깔이 헤까닥 했냐. 너 같은 놈을 주임 시키게."

"반장 자리도 못 지키고 쫓겨난 주제에."

번갈아가며 이죽거리는 속에는 가시가 있었다. 용호가 반장에서 밀려 하루아침에 기계를 잡게 된 데 다들 분노를 터뜨리고 있었다. 반장이라고 무슨 임명장 받고 취임식 한 것은 아니었지만 어디까지나 관례라는 게 있었다. 장군에서 이등병으로 강등당한 정도는 아니더라도 엿먹이는 수작임에는 분명했다. 회사의 비열한 처사도 처사지만 용호가 이런 명확한 도발을 순순히 받아들인 것을 모두 못마땅하게 생각했다. 그는 명색이 노조의 부위원장이었다.

"아니, 김용호 선생이 어디가 어때서. 모름지기 충성, 앉으나서나 자나깨나 충성, 주식회사 부흥과 오직돈 사장님의 무궁무진 변화무쌍 웅비 도약을 위해서 지금은 마음을 비우고, 고철을 잡고 백의종군하고 있지만 말야. 김용호 선생이 주임만 될 것 같으면 외부 불순분자의 사주를 받고 용공좌경세력과 연계하여 인류파괴, 체제전복, 시국불안, 과격극렬, 폭력혁명, 좌우지당간 오직돈 사장님의 정력을 저하시키는 의식화 노동자는 샅샅이, 구석구석 깡그리 추려내서 격리적 차원으루다 해고, 쉬운 말루다 모가지를 시켜서 다수의 선량한, 어디까지나 열심히 일만 하려는 절대 다수의 근로자들을 보호하고 오직돈 사장님의 물개 같은 정력을 회복시키고 그 싸모님의 나긋나긋 미끈미끈한 피부건강을 유지토록 하겠다 이 말씀입니다. 여러분, 밀어줘요. 어—때요."

"개같군요."

"확실하게 밀어줄게. 부흥주식회사 옥상에서."

선 자리에서 늘어놓는 강범의 너스레에 다들 한바탕 웃었다.

"오랜만에 웃어본다."

정형이 빙그레 웃어보였다. 20년 가까이 기름밥을 먹어온 사람답게 그의 얼굴은 척박했지만 여유를 잃은 적은 없었다. 검게 그을은 얼굴은 언제 보아도 완강하다. 별 표정이 없는 사람이다. 그는 늘 무표정에 가깝다. 어쩌다 지금과 같은 애매한 웃음을 짓는 것이 고작이다. 불쾌한 때의 표정도 쓴웃음을 벗어나지 않았다.

정형의 양쪽으로 행동파 정우와 민웅이 앉았다. 하는 짓이 씩씩하고 시원스러워서 싸가지 있다는 얘기를 듣는 녀석들이었다. 사무장과 짝이 되어 현장의 분위기를 잡아온 녀석들이었는데 요즘은 죽지 부러진 날짐승 같았다. 둘 다 어두운 표정이었다.

색상실의 규성이가 용호에게 자리를 권했다.

강범은 정형의 옆으로 앉았다.

"할 만해?"

쭈뼛거리며 앉은 강범의 어깨에 정형이 손을 얹었다.

"하라면 해야지 별수 있어요."

사람이 어려운 줄 모르는 강범도 정형에게만은 조심스럽다.

"고생이다."

정형이 어깨에 놓인 손을 가만히 다독였다.

"넌 막걸리지."

"아무거면 어때요."

"거기 막걸리 한 통 꺼내와라."

주방 쪽에 앉은 대의원 정식을 가리키는 정형을 강범이 가로막았다.

"아닙니다, 형님. 오늘은 막걸리 마실 기분 아니구만요."

"왜 ?"

"오랜만에 싸하니 노동의 새벽이나 한잔 해야겠습니다."

"야근을 시켜줘야 노동의 새벽을 하든지 소주의 새벽을 하든지 하지."

막걸리를 꺼내려 일어서던 정식이 엉거주춤 엉덩이를 내려놓으며 앓는 소리를 했다. 정식의 궁상에 강범은 얼굴을 찌푸렸다.

"달밤에 체조라도 하면 될 거 아냐, 임마."

언제부터인가 야근 마친 후에 까는 소주를 노동의 새벽이라 불렀다. 아마 조합 현판식 때 연극을 한 이후부터였을 것이다. 좋은 때였다. 열 흘간의 파업농성을 완전한 승리로 끝내고 났을 땐 살맛이 났다. 모두의 얼굴에 복숭아빛이 돌던 시절이었다. 밤잠 설쳐도 피곤한 줄 몰랐다.

교회 지하실을 빌려 일주일간 연극연습을 했다. 지난 1년 동안 있었던 공장의 일을 소재로 교선부장이 각본을 짜고 여덟 명이 역을 맡았다. 생전 연극이라곤 구경조차 못해본 패거리가 연극을 하려니 그게 제대로 될 리 없었다. 대사 몇 줄 외우다보면 한두 놈씩 구석배기에 쓰러져 코골고, 좀 있으면 출근시간이었다. 그나마 주일이 바뀌면서 주야가 갈라져 세 명은 말 한번 맞추지 못했다.

"맞교대로 열두 시간씩 뛰면서 이만큼 한 게 어디냐. 다 우리 공장에서 있었던 일이니까 그때 보고 느꼈던 대로 하면 되는 거야. 우린 실전에 강하잖아."

교선부장의 부추김에 힘입어 연극을 하기로 했다.

위원장의 기념사는 힘찼다. 옆 전자공장의 여성위원장이 낭랑하게 격려사를 했다. 떫은 웃음을 베어문 오직돈 사장의 축사는 고소를 자아냈다. 쟁의부장이 우렁차게 결의문을 낭독했다. 현판을 걸었다. 정문, 회사간판과 나란히 '노동조합' 간판에 쾅쾅 못질을 했다. 용호는 깊이깊이 시멘트못을 박았다. 못질은 시멘트 기둥에만 되는 것은 아니었다. 용호의 가슴에만 그 무엇이 쾅쾅 울려퍼졌던 것도 아니었다.

처음, 연극은 몇 번이나 대사를 까먹어 중단됐다. 그때마다 격려의 박수가 쏟아지고 교선부장이 대사를 불러주어 계속할 수 있었다. 그동안 억눌리며 살아왔던 자신들의 이야기였다. 입바른 소리 했다가 대리에게 뺨 맞고 눈물을 뿌리며 공장을 떠났던 동료, 월차 달라는 연판장 돌렸다가 개처럼 끌려나갔던 친구들, 복직을 요구하며 정문 앞에서 아침마다 외롭게 싸우던 해고자들…… 연극의 중반부터는 더이상 연극이 아니었다. 따로 대사가 필요없었다. 쌓인 가슴의 응어리는 절로 대사가 되어 나왔다.

── 우리들은 개처럼 끌려나가는 동료들의 모습을 그냥 외면할 수밖에 없었습니다. 그러나 그때 우리의 가슴에는 피눈물이 흘렀습니다. 언제까지 이렇게 살 것인가. 언제까지 이토록 비굴하게 살아가야 하는가……

── 내 자신이 죽이고 싶도록 미웠어. 당장 때려치우고 싶었지. 동호와 희철이가, 명환이, 춘익이, 성진이, 다 그렇게 해서 관뒀잖아. 더러워서 못 다니겠다고 말야. 좋은 사람들은 다 그렇게 나갔지.

── 이 공장 그만둔다고 그 꼴 안 보는 줄 알아? 동호, 희철이 요 뒤에 약진물산 다녀. 명환이, 성진이형 7공단에 부국통상에 다녀. 거기는 뭐 나은 줄 알아? 거기도 노동자는 노동자고 사장은 사장이야.

── 니들도 다 알다시피 난 우리 식구 생활을 책임져야 돼. 당장 한 달이라도 놀았다가는…… 방세, 생활비, 동생 학비, 월부, 적금…… 난 아무것도 못 본 것으로 하기로 했어. 난 아무것도 못 봤다. 난 아무것도 못 들었다고 말야. 난 그저 기계하고 제품밖에는 못 봤다고 말야.

정식의 울부짖음은 연기가 아니었다. 다들 하늘을 올려봤다. 그래도 사내들이라고 눈물은 보이지 않으려 했다. 4천원 일당으로 25만원의 월급을 받아가는 그였다. 잔업 150시간을 예사로 돌파하는 그였다. 특근 명단에서 그의 이름이 빠지는 적은 없었다. 지난 여름 휴가 3일조차 특근에 연장으로 때운 정식이었다.

——난 이 공장에 목을 맬 수밖에 없다. 그렇다면 눈이 시려워도 어쩔 수 없다. 전대리한테 얻어터졌을 때도 참았어. 난 뱅이 없어서가 아냐. 출근할 때마다, 방문을 나설 때마다 다짐했었어. 내 자존심은 여기 두고 간다고 말야.

그것은 한바탕의 한풀이였다. 짓눌렸던 가슴이 활짝 열리고 찌든 얼굴들이 환하게 펴졌다. 더러는 눈자위가 눈물로 얼룩지고 때로는 배꼽을 잡고 이따금 야유를 퍼부으며 다들 연극 속으로 빨려들어갔다. 점잔을 빼고 지켜보던 관리자들은 하나둘 슬금슬금 꽁무니를 뺐고, 그날의 웃음과 한숨, 눈물과 분노를 강범이 한 편의 시로 마무리지었다.

늘어처진 육신에／또다시 다가올 내일의 노동을 위하여／새벽 쓰린 가슴 위로／차가운 소주를 붓는다／소주보다 독한 깡다구를 오기를／분노와 슬픔을 붓는다／어쩔 수 없는 이 절망의 벽을／기어코 깨뜨려 솟구칠／거치른 땀방울, 피눈물 속에／새근새근 숨쉬며 자라는／우리들의 사랑／우리들의 분노／우리들의 희망과 단결을 위해／새벽 쓰린 가슴 위로／차가운 소주잔을／돌리며 돌리며 붓는다／노동자의 햇새벽이／솟아오를 때까지

빗발이 조금씩 더 굵어져갔다. 강범의 스패너 장단도 멈췄다. 그의 입은 굳게 닫혀 있다. 감정없이 되풀이하는 동작이 로봇을 연상케 한다. 용호는 강범의 그런 모습을 지켜보다 앞벽에 걸린 시계로 시선을 옮겼다. 10시 20분을 넘고 있다. 무의식 중에 자꾸만 눈길이 시계로 간다.

25분을 넘고 있다. 30분을 넘고 있다. 마이클 잭슨의 괴성은 여전히 작업장을 메웠다. 용호의 기계노즐이 막혔다. 운전 스위치를 끄고 기계 위로 올라갔다. 작업장이 한눈에 들어왔다. 스물다섯 대의 사출기가 제각기 거친 숨소리로 제품을 뱉어내고 있다. 기계마다 붙어선 작업자들이 부품의 하나가 되어 제품을 받아냈다. 50온스짜리 1호기를 잡은 정식만이 기계의 이쪽 끝에서 저쪽 끝으로 부지런히 뛰어다니고 있다. 제일 큰 100온스짜리 7호기의 정형은 금형교환작업중이다. 금형의 유격을 맞추는 동작이 언제 보아도 안정되어 있다. 창밖으로는 빗방울이 후둑후둑 떨어진다. 용호는 웬지 가슴 가운데로 서늘한 한기를 느낀다. 잎 떨어진 플라타너스가 촉촉히 젖고 있다. 지난 여름 저 나무들 사이로 걸렸던 현수막의 펄럭임이 눈앞에 어른거린다. 무성했던 나뭇잎이 지금은 단 하나도 남아 있지 않다. 먹구름 낀 하늘로 건너편 주물공장의 굴뚝에서 빠져나온 시커먼 연기가 흩어져간다. 저 공장도 깨졌다. 위원장이 구속되고 간부들은 해고됐다. 조합원들은 주저앉았다. 옆 전자회사의 깨끗한 건물은 언제 보아도 돋보인다. 아니 이질적이다. 공단 속에 위치하기로는 아무래도 어울리지 않는다. 사무실 건물처럼 단정한 저 전자회사도 깨졌다. 위원장은 출근하지 못한다. 오늘 아침에도 회사 정문 앞에 늘어선 남자사원들의 사열을 받으며 지나왔다. 며칠 전에 앳돼 보이던 여성위원장이 봉고차에 태워져 강화도에 내팽개쳐졌다고 했다. 부위원장은 고무신을 바꿔 신었다고 들렸다. 사흘이 멀게 안병욱이 따위의 대학교수란 것들을 불러다 일하는 기쁨에 대한 특강으로 교양을 쌓게 해주고 있다. 어제 점심시간 가두매점에 몰려온 열예닐곱 되는 아가씨들은 신이 나서 재잘거렸다. '다음번엔 한국화장품 미용강사한테 피부미용 특강을 받게 된다.' '어젯밤엔 11시까지 신나게 디스코를 췄다.' 그들의 화끈한 사장은 회사 안에 디스코장을 만들었다. 이제 그네들은 음료수값 없이도 매일 삭신이 쑤시도록 디스코를 출 수 있게 되었다. 구사대원이 DJ로 있는 전자회사는 불을 환하게 밝혔다. 먹빛 하늘은 전자회사의 밝은 불빛과 대조를 이른다.

재료포대를 어깨에 맨 색상실의 규성이가 기계 사이로 달려왔다.

"형, 아직 재료 안 떨어졌어?"

"수량이 나와야 재료가 줄지. 카운터 좀 봐라."

재료창고를 뛰어다녔는지 규성의 헝클어진 머리카락이 젖어 있다.

"재료 거기 둬라. 내가 나중에 부어 쓸게."

재료를 내려놓은 규성이 기계 위로 올라왔다.

"쉬는 시간에 화장실에 모이는 게 어떻겠느냐고 그러던데, 형님이."

규성이 용호에게 바짝 다가들어서 속삭였다. 정형은 모두에게 형님이었다.

"그렇게 해."

"다른 사람은 내가 얘기할게. 형은 강범이 저녀석만 데리고 와요."

용호는 대답 대신 고개를 끄덕였다.

"비가 와서 개같지, 형."

용호는 역시 애매하게 고개를 끄덕였다.

공장장이 현장사무실에서 내려다보고 있었다. 감을 잡은 규성이 기계에서 뛰어내려갔다.

"수고해, 형."

규성은 육상선수처럼 기계 사이로 뛰어갔다. 시계는 20분 전 11시를 가리키고 있다.

노조는 벼랑 끝으로 밀리고 있는 중이었다. 날마다 탈퇴서가 조합사무실에 한움큼씩 쌓여갔다. 이젠 조합원보다 비조합원이 더 많아졌다. 점심시간마다 조합사무실은 탈퇴서를 들고 오는 사람들이 꼬리를 이었다. 용호는 묵묵히 하얀 봉투를 받아 챙겼다. 이젠 붙들고 설득하기도 지쳐버렸다. 처음엔 호소하고, 설득하고, 비판하고, 비난도 했었다. 밖에서 따로 만나 소주잔을 기울이며 부탁도 했다. 몇 사람은 그렇게 해서 도로 챙겨 넣어가기도 했다. 그러나 며칠 안에 탈퇴서는 꼭 다시 왔다. 봉투를 슬그머니 놓고 가거나 남의 손을 통해 보내왔다. 섭섭하고 안타깝던 마음이 허탈한 배신감으로 변해갔다.

주저하면서 탈퇴서를 내미는 사람들을 보며 가입원서를 받을 때 생각을 했다. 쓴웃음이 나왔다. 용기가 모자라 항의를 받았었다. 그때의 거침없이 당당하던 표정들을 이제는 어디에서도 찾을 수 없다. 가슴을 찢는 아픔으로 꼭꼭 풀칠해 붙인 봉투를 찢어 탈퇴자 명단을 더해갔다. 위원장과 사무장의 구속 이후 회사는 집요하게 노조의 목을 조여왔다. 사사건건 작업에 간섭하며 사소한 문제에도 각서를 강요했다. 각서 생산공장이라는 가시 돋힌 농담까지 오갔다. 날마다 조합과 회사는 부딪칠 수밖에 없었다. 그러나 교선부장마저 구속되어버리자 조합이 일방적으로 당하는 모양새가 되었다. 조합의 실질적인 세 기둥이 없어지자 회사의 탄압은 대담해졌고 조합은 속수무책이었다.

강범의 '노동의 새벽'을 듣고 다들 무겁게 소주잔을 비웠다. 얼굴마다 어두운 그림자가 드리웠다. 한동안 침묵이 흘렀다.

"용호형, 이젠 무슨 수를 내도 내야 되지 않겠어요."

정형 옆에 앉아 있던 정우가 말문을 텄다.

"이러다가 몇 명이나 남겠어요."

"부위원장이 고철이나 잡고 앉았으니 뭐가 돼요."

정우와 단짝인 민웅이 불만스럽게 한마디 보탰다. 눈길이 모두 용호에게 모아졌다. 용호는 어금니를 깨물고 사람들을 둘러봤다.

"여러분은 어떻게 했으면 좋겠습니까?"

아무도 대답이 없었다.

"미안합니다. 명색이 부위원장이 되어가지고 뭐 한가지도 제대로 한 것이 없습니다. 솔직히 지금도 뭘 어떻게 해야 할지 모르겠고요."

"어쩌고자시고 할 게 뭐 있어요. 이판사판 확 뒤집을 수밖에 없는 거 아니우."

강범이다.

"어떻게?"

"다시 한판 하는 거지 뭐."

강범이 주먹을 쥔 팔을 위로 쳐들어 보였다.

"몇 명이나 따라줄까."

다들 입을 굳게 다물고 있다.

"처음 조합원 250명에서 지금은 60명으로 줄었어. 조합사수결의대회 때 150명이 참석했다. 위원장님과 사무장이 경찰에 끌려가고 나서 열린 비상총회 때는 110명이 참석했고, 석방요구 리본 달기에는 100명, 조합 탄압중지 몸벽보 붙이기에는 90명, 점심거부 노래부르기는 70명이 참가했다. 그리고 교선부장이 잡혀가고 나선 아무것도 못했다."

한숨이 여기저기서 터졌다. 정형은 묵묵히 담배를 빨았다.

"그래도 진정서엔 250명 넘게 서명했잖아요."

며칠 전 있은 구속자 석방요구 진정서를 두고 강범이 말했다.

밀릴 대로 밀려오던 조합에서도 참지 못할 일이 생긴 것은 전날이었다. 조직부장이던 김정원의 해고였다. 스스로 사표를 쓰고 나간 사람들이야 이미 한둘이 아니었다. 김정원에게도 사표를 강요했었다. 그러나 응할 그가 아니었다. 며칠 동안 기계를 잡히지 않더니 전날 해고 공고가 붙었다. 사유는 회사 명예훼손이었다. 그가 작업해서 포장한 옷걸이 박스가 한결같이 20개에서 30개까지 부족해서 거래처의 항의를 받아서 주문 중단의 위기라는 것이었다.

"똑똑한 사람들은 다 잡혀가고 애새끼들은 쫄 대로 쫄아 있으니."

색상실의 규성이 혼잣말처럼 중얼거렸다.

"이럴 때 사무장이나 교선부장이 있어야 하는데 말야."

"한 명만 있어도 어떻게 될 텐데."

"하나마나한 소리지 병신아, 있으면 이러고 있냐."

정우의 말에 민웅이 면박을 줬다.

"사무장 같았으면 어떻게 했을까 하는 얘기지, 괜히 트집이냐."

"면회 가서 물어보고 오지 그러냐, 병신아."

"저게 말끝마다 병신이야. 야이 병신아, 면회를 시켜줘야 물어보고 오지."

실제로 그들의 영향력은 대단했었다. 그들은 지난 여름 싸움때부터 조합원들을 이끌어왔다. 결과를 통해서 그들의 방법이 옳았다는 것이 확실하게 확인되었고, 사람들은 그들이 곁에만 있어도 믿음직스러웠다.

"이제 모든 건 남은 우리들에게 달린 거 아녜요."

다소곳이 앉아만 있던 후가공의 대의원 순옥이 한마디했다.

"그렇긴 해. 어쨌든 빨리 나와야 할 텐데."

"재판이 끝나려면 두 달은 더 있어야 한다던데."

끼리끼리 한마디씩 주고받고 있을 때 조직부장 김정원이 문을 열고 들어섰다.

"어이구, 해고자 나리가 웬일이십니까. 이젠 조직부장 자리 내가 해야겠는데."

"야 이새끼야. 사장이 해고시켰지 조합에서 해고시켰냐."

"어디 갔다 오느라고 늦었냐?"

용호가 말가닥을 잡았다.

"사무장 면회갔다 왔어요."

"면회를 시켜줘?"

정우와 민웅이 반색을 하며 물었다.

"사무장님 부모님들하고 같이 가서 꼽싸리로 따라들어갔지."

"몸은 괜찮고? 밥은 제대로 먹는데?"

"몸무게는 5킬로나 늘었고, 밥은 공장밥보다 낫다고 자랑하더라."

정형이 고개를 끄덕였다.

"하긴 그동안 얼마나 고생을 했어. 맨날 쌈박질하느라고 밥을 제대로 먹어, 잠을 제대로 잤어."

"뭐 다른 얘긴 없었어?"

용호가 물었다.

"노조 잘되냐고, 우리들만 꽉 믿고 자기들은 잘 쉬고 있다고 전해달래요."

"그래서 뭐라고 그랬어?"

민웅이 얘기를 재촉했다.

"잘 싸우고 있다고 그랬지."

"잘 싸우긴 뭘 잘 싸워."

강범의 부르튼 말끝을 용호가 잡아챘다.

"지금부터 잘 싸우면 되잖아."

쉬는 시간을 알리는 벨이 울렸다. 시계는 11시 정각을 가리켰다. 모든 기계소리가 한꺼번에 잦아들었다. 카세트마저 멈추자 사람들이 기계에서 놓여난다. 용호는 노즐을 후퇴시킨 뒤 돌아섰다. 강범의 뒤를 지나며 등을 쳤다.

"화장실로 와."

담배를 피우느라고 작업장 구석에 두셋씩 모여들었다. 화장실로 가는 이들은 빗속을 쏜살같이 내달렸다. 문 앞에서 가릴 것을 찾아드는 용호에게 이주임이 다가왔다.

"공장장님이 사무실로 올라오래."

"뭣 때문에?"

"그걸 내가 알아, 올라가보면 알 거 아냐."

"난 싫다. 쉬는 시간에는 좀 쉬어야겠어."

"기다리고 있다니까 그러네."

"볼일 있으면 근무시간에 보자구 그래."

빈 포대자루로 머리를 가리고 문을 나섰다. 화장실엔 사람들로 복작거렸다. 눈빛들이 반짝였다. 불안한 기색 또한 역력하다. 용호는 누군가가 자신감을 불어넣어줘야 한다고 생각했다. 소변기에 붙어선 용호에게 정형과 강범이 다가왔다.

"비가 너무 심하게 와서 괜찮겠냐."

정형의 목소리는 차분하다.

"재수없게 하필 오늘 같은 날 비가 올 게 뭐요."

취소해선 안된다. 결의가 모였을 때 밀어붙여야 한다고 용호는 마음을 굳혔다.

"언제는 비 피해가며 등 따뜻하게 싸웠어요? 확고부동하게 밀어붙이는 겁니다. 계획대로."

용호는 낮지만 단호하게 말했다. 멈칫거리다가는 진다는 판단이 섰다.

웅성거림이 뚝 그쳤다. 회사의 앞잡이 충호가 화장실에 들어섰기 때문이다. 따가운 시선들이 일제히 그를 향했다. 짐짓 모른 체 볼일을 보는 그의 뒤통수에 욕설이 날아갔다.

"어떤 씨팔새끼는 아부를 잘해서 맨날 놀고 먹는 잔업이라며?"

"하도 비벼서 지문이나 남았을까."

"내 사표 쓰는 날 초상칠 놈 몇 있어."

강범은 핏발선 눈빛으로 노려만 볼 뿐 입을 떼지 않았다. 험악한 분위기에 밀려 꽁무니를 빼는 충호의 뒤통수에 정우가 쐐기를 박았다.

"평생 사장 똥구멍이나 핥아처먹을 새끼."

규성이 화장실문을 차례로 열어젖혔다. 아무도 없었다. 정우와 민웅이 입구를 막아섰다. 용호의 주위로 사람들이 모였다.

"살려고 하면 죽고, 죽으려고 하면 산다. 바로 지금 우리들을 두고 한 말이다. 우리가 지금 살려고 한 발 한 발 물러서다가는 모두 다 죽게 된다. 파업할 때도 그랬지만 우리의 싸움은 항상 마지막이다. 지면 모두 다 모가지다. 비가 오고 있다. 오히려 잘된 것이다. 쫄딱 맞고 피튀기게 싸우는 거다. 죽기로 각오하고 싸우면 틀림없이 이긴다. 구사대, 지 혼자 좋자고 노동자를 팔아먹는 그 따위 새끼들은 백명 천명 덤벼도 우리

하나를 당하지 못한다. 나와 형님은 단둘이서라도 끝까지 싸우기로 했다. 그러나 지금이라도 자신없는 사람은 조용히 나가도 좋다."

나가는 사람은 아무도 없다.

"1시 10분이다. 계획은 그대로다. 자기가 맡은 것은 각자가 확실하게 책임진다."

용호가 굳게 쥔 주먹을 들어보이며 말을 마쳤다.

"흩어져서 나가라."

정형이 덧붙였다. 하나둘씩 빗속으로 뛰어나갔다. 강범이 용호에게 담배를 권한다. 정형이 불을 붙여준다.

"잘했어."

"어휴, 형도 잘하던데. 오늘부터 형을 존경해버리기로 했어."

강범은 벌써 싸움에 이긴 녀석처럼 들뜬 목소리다.

"용호형은, 아니 우리 부위원장님은 노조를 따뜻하게 비춰주는 땡볕입니다."

그동안 풀죽어 있던 정우와 민웅도 자신에 찬 모습이다.

"똑똑한 놈 몇 놈만 집어넣으면 된다는 생각이 얼마나 착각인가를 똑똑히 보여주는 거다."

정형의 목소리는 단호했다.

작업을 시작하려는데 이주임이 쫓아왔다.

"사무실에 좀 올라가보라니까 그러네."

"나 같은 쫄다구가 작업시간에 일 않고 사무실에 들락거려도 되나? 괜히 각서 쓰라고 그러는 거 아냐."

"농담하지 말고 빨리 올라가봐."

강범이 무슨 일인가 흘낏흘낏 쳐다본다.

"1시까지 안 내려오면 사무실로 쳐들어와."

"현장사무실에서 벗어나지 마우."

"알았어."

사무실로 가는 용호를 쳐다보는 눈빛들이 불안스럽다. 용호는 얼굴 가득 웃음을 짓고 현장사무실로 올라갔다.

"찾았습니까?"

"응, 거기 좀 앉아봐."

공장장은 용호가 현장사무실에 왔음을 인터폰으로 보고한다. 유리벽을 통해 현장이 한눈에 내려다보인다. 용호는 현장사무실에 올라올 때마다 울분을 느낀다. 왜 공장마다 현장사무실은 이렇게 천장에 만들어놓았을까. 여기서 보면 콧구멍 후비는 동작까지 감시할 수 있다.

"본관사무실에 좀 가봐."

"왜 내가 본관사무실에 가야죠?"

내가, 자칫 제가라고 나오려는 입끝을 다잡아 '내가'라고 말했다.

"사장님이 부르시는 거야."

"싫습니다. 할 얘기가 있으면 여기로 오라고 그러죠."

"본관에 가면 누가 잡아먹나 왜 그래."

"예, 난 겁나서 못 가겠습니다. 또 경찰서에 붙들려갈까봐서."

지난번 위원장과 사무장이 잡혀갈 때도 작업시간에 불렀다. 교선부장과 용호가 잡혀갈 때도 현장사무실에서 본관사무실로 불렀다. 기다리고 있는 것은 대공과 형사였다. 그리고 대공과로 끌려갔다. 몇 번이고 조서를 다시 쓰고 그때마다 몇 번이고 귀뺨을 얻어맞았다. 교선부장은 그때마다 매몰차게 대들었고 용호는 눈물만 삼켰다. 그는 교선부장과 같은 분노보다는 설움이 앞섰다. 어디 가서 맞아본 적은 없는 그였다. 한 여자의 남편이고 한 아이의 아버지란 사실이 그의 가슴을 미어지게 했다. 맥없이 손찌검을 당하는 자신이 너무 비참해서 울 수도 없었다. 난도질하고 싶게 자신이 미웠다. 이틀을 보내고 교선부장은 유치장으로 끌려가고 용호는 집으로 돌아왔다. 경찰서에 다녀온 후 용호를 쳐다보는 동료들의 눈빛이 달라졌다. 이상해졌다는 것이다. 겁을 먹었다는 얘기도 나돌았고 매수됐다는 소문도 떠돌았다. 사실 한동안 그의 표정은 어둡기만

했고 입은 좀처럼 떼지 않았다. 경찰서에서 있었던 일을 물어도 대답하
지 않았다. 사람들과 어울리려들지 않았고 술자리에서도 말이 없었다.
회사에서 기계를 잡혀도 순순히 받아들였다. 그러나 그는 자신과의 처절
한 싸움을 벌이고 있었다. 귀뺨을 얻어맞으며 보였던 자신의 비굴한 표
정이 가슴을 후벼팠다. '나 따위의 인간이 무엇을 한다고 껍죽거릴 수
있겠는가. 조용히 살자.' 여러 날을 그렇게 자신의 살점을 할퀴며 괴로
워했다. 한편으로 패배감에 빠진 동료들의 원망서린 눈빛이 그의 덜미를
낚아챘다. 노동자로 살아온 나날들, 설움뿐인 나날들, 당당했던 파업의
대열, 꽝·꽝·꽝·꽝, 노·동·조·합, 꽝·꽝·꽝·꽝, 노동조합 간판
에 못질할 때의 고동치던 가슴…… 기죽은 어린 동료들, 천진하게 반짝
이는 갓난 아들의 눈빛은 당신의 운명을 우리에게 넘기지 말라고 등을
떠밀었다. 착한 아내는 불안하다며 다시 발목을 붙잡았지만 비굴한 당신
의 남편이지 않기 위하여, 노예와 같은 노동자의 운명을 물려주는 못난
아버지이지 않기 위하여 용호는 일어섰다. 다시는 어제와 같은 오늘을
남기지 않으리라 작정했다.
　교선부장은 유치장으로 옮겨질 때 수갑 채워진 손으로 용호의 손목을
굳게 잡았다. 그리고 마치 형처럼 얘기했었다.
　"용호형, 잘해야 돼."
　그때 용호는 고개만 끄덕였다. 입을 열면 울음이 터질 것 같았다.
　현장사무실에 내려온 상무는 아니꼬운 표정을 감추지 못했다.
　"사장님이 너하고 단둘이 허심탄회하게 이야기를 나누겠다는 거야. 손
해볼 것 없잖아."
　그가 사장실로 간 것은 상무의 설득에 밀려서는 아니었다. 사장과 터
놓고 얘기하면 뭔가 해결될지도 모른다는 혹시하는 생각에서였다. 그러
나 속없는 짓이었다.
　"자네는 위원장, 사무장, 교선부장인가 하는 그놈들과는 다르다고 들
었어. 나도 자식 같은 놈들이라 감옥에는 안 보내려고 부탁을 했지만 경

찰에서 막무가내야. 완전히 새빨간 물이 들 대로 든 놈들이라는 거야."

몇가닥 되지 않는 머리칼 사이로 머리가죽이 반짝거렸다. '창조·인화·도약'이라는 사훈 옆에 훈장받는 사장의 사진이 금색 액자에 담겨있다. 아늑한 사장실 탁자 위에는 커피가 모락모락 김을 올린다. 별세계다. 총무과에서 들려오는 타자기소리가 가끔 정적을 깬다.

"이제 그놈들이 없어지니까 현장분위기도 많이 좋아졌다지. 어떤가, 이제 노조는 없던 걸로 하고 그전처럼 화목하게 지내는 것이 좋지 않겠나?"

마도로스형의 빨부리에 담배를 꼬나물고 소파 깊숙이 몸을 묻는다. 사장실에서 내다보이는 빗줄기는 자못 낭만적이다. 피어오르는 사장의 담배 연기 저편으로 표창장, 감사장, 위촉장들이 벽을 채우고 있다. 용호는 손깍지를 굳게 끼었다.

'당당해야 한다. 말해야 한다.'

"자네도 한대 피워, 괜찮아. 나도 그렇게 구식 사람이 아니라구. 허허헛."

육중한 몸을 내밀어 담뱃갑을 내민다.

"자네는 아이도 있다구 그랬지. 세상물정도 알 만큼은 알겠구만."

뱀같이 교활한 눈길이 용호의 전신을 핥았다.

"생활이 빠듯하겠구만. 나도 자네 나이 땐 고생 많이 했지. 어려운 것 있으면 찾아오라구. 서로 도우면서 살아가는 게 세상사 아닌가."

'더이상 듣고만 있어서는 안된다. 안된다. 무슨 말이든지 해야 한다.' 고 그는 생각했다.

"예, 요즘 살아가기가 어렵습니다. 모두 일당이 올랐지만 잔업, 야근을 못하는 사람들은 그전보다 월급이 훨씬 줄었습니다. 현장분위기가 좋아진 것은 관리자 몇뿐입니다."

움찔하던 사장은 금방 한껏 너그러운 얼굴로 돌아봤다. 역시 사장은 달랐다.

"그거야 불순분자들이 들어와서 설치니까 주문이 끊겨서 그렇지 않나. 주문이 없는데 어떻게 잔업을 시킬 수 있겠어. 지금 공장가동도 겨우 하고 있는 거라고. 생각 같아선 팔아버리고 은행에 저금해서 이자나 받으면서 편히 살고 싶지만 근로자들의 생계도 모른 체할 수 없고, 기업가의 막중한 사회적 책임도 저버릴 수는 없는 노릇이어서 사업을 계속하는 것이지. 근로자들도 기업주의 어려운 입장을 충분히 알아주어야 하는데 말야. 허허헛."

"주문이 줄었는데 하청공장은 어떻게 두 개나 더 늘었습니까? 정말 사장님이 화합을 바란다면 강제 사직자들과 김정원을 복직시켜야 합니다. 공장가동을 정상화시키고 조합에 대한 탄압을 즉시 중지해야 합니다."

사장이 말 끊을 틈을 주지 않고 단숨에 목구멍을 오르내리던 말을 토해냈다. 쾌씸한 표정을 감추지 못한 사장은 괜히 다 식은 커피잔을 저었다. 그럴듯한 말 하나를 건지려는 수작이었다. 지금 일어서지 못하면 또 얼마나 붙들려 역겨운 회유에 시달릴지 모른다.

"이만 내려가서 일하겠습니다."

1시 8분, 식당의 시계는 2분을 남기고 있다. 강범과 용호는 식판을 앞에 놓고 앉았다. 눈과 눈이 마주쳤다. 두 눈이 동시에 시계를 향했다. 1시 10분, 마주앉은 정형이 자리에서 일어섰다.

"모두들 좀 앉아주십시오. 내가 할 얘기가 좀 있습니다."

시끌벅적하던 식당 안이 물을 끼얹은 듯 조용해졌다.

"내가 이 공장에 다닌 지 9년째입니다. 이 공장에서 손가락 하나도 잘라먹었습니다. 지난 여름, 여러분들과 함께 싸워서 이기고 조합을 만들었을 때는 정말 살맛이 났습니다. 그러나 지금 어떻습니까. 가장 열심히 자신을 바쳐 싸웠던 위원장, 사무장, 교선부장은 이 순간 차가운 감옥에서 떨고 있습니다. 많은 사람들이 반강제적으로 사표를 내고 조직부장

김정원이는 그저께 해고를 당했습니다. 회사측은 물량을 하청으로 빼돌려 생계를 어렵게 만들고 있습니다. 제가 배운 거 없긴 합니다만 사리에 어긋나게 살아오지는 않았다고 자부합니다. 회사측의 최근 행동은 마땅히 뜯어고쳐져야 한다고 생각합니다."

정우 등이 쇠파이프를 들고 식당문을 지켜섰다. 규성 등은 유인물을 돌렸다. 민웅 등이 관리자들을 내보냈다. 용호가 일어섰다. 정형과 강범이 그의 양편에 섰다. 강범의 손에는 짧은 쇠파이프가 들려 있었다.

"저는 어젯밤, 여기 계신 형님의 집에 갔었습니다. 형님의 여섯살 난 예쁜 딸에게 물어봤습니다. 너의 아버지가 누구냐고 말입니다. 노동자라고 또랑또랑하게 대답했습니다. 노동자가 누군데 하고 다시 물었을 때 뭐라고 대답했는지 아세요? 역사의 주인입니다라고 대답합디다."

용호는 말을 끊고 식당 안을 한바퀴 훑어봤다.

"지난 여름, 열흘간의 파업을 끝내고 바로 이 자리에서 승리의 축배를 들었습니다. 평생을 노예로 살 것인가 아니면 싸워서 이길 것인가 하는 물음 앞에서 우리는 그때 분명히 선택했습니다. 우리는 싸워서 이겼습니다. 일당 천원을 올렸습니다. 해고됐던 사무장을 복직시켰습니다. 손찌검 잘하는 공장장의 공개사과를 받아냈습니다. 그 감격을 우리는 결코 잊지 못할 것입니다. 모두가 소중한 동료였고 믿음직한 동지였습니다. 더이상 못나고 겁 많은 이기적인 공돌이 공순이가 아니었습니다. 우리는 이 감격을 과거의 아득한 추억으로 만들지 않기 위하여 오늘 싸워야 합니다. 그저께 조직부장 김정원이 해고를 당했습니다. 김정원이 포장한 박스에 옷걸이가 이삼십 개씩 모자란다는 것입니다. 생각해보십시오. 김정원이가 옷걸이 작업 하루이틀 했습니까? 한두 개도 아니고 이삼십 개씩 모자란다는 게 말이나 됩니까? 회사는 일부러 그랬다는데, 박스에 작업자 이름까지 붙입니다. 그런데 나 모가지 시켜주쇼 하는 바보천치가 어딨습니까? 후가공의 김영숙이를 그런 식으로 사표 쓰게 한 지 며칠이나 지났습니까? 각서 쓴 사람은 또 몇 명이나 됩니까? 여러분, 이건 시작입니다. 다음 차례는 또 누가 될지 모릅니다. 지금 우리가 싸우지 않으면 다음에는 여기에 있는 우리들이 짤릴 것입니다."

"말이 필요없어. 언제는 말로 해결됐어."

강범이 행동을 촉구했다.

"합의사항 중에 일당 오른 것 빼고 지켜진 게 뭐 있어?"

"물량을 다 빼돌려서 월급봉투는 옛날보다 더 얇아졌어."

몇 군데서 기다렸다는 듯이 식판을 뒤집어엎었다. 규성 등이 머리띠를 나눠준다. 예상은 했지만 선뜻 머리띠를 두르는 사람은 몇 안되었다. 엉거주춤 받아들고 눈치를 살피는 사람이 대부분이다. 강범은 초조하게 머리띠 두른 사람을 어림잡아본다. 40명을 넘지 않았다.

구사대는 앞마당에 모이고 있었다. 문을 지켜선 정우가 다급하게 손짓을 했다.

"여러분! 스스로 싸우지 않는 한 언제까지나 굴욕스럽게 살 수밖에 없습니다."

용호는 절박한 목소리로 호소했다.

"우리는 끝까지 싸울 것입니다. 그러나 여러분의 동참 없이는 승리할 수 없습니다. 모두가 어깨를 걸고 함께 싸웠을 때만이 우리는 이길 것입니다. 힘없고 나약했던 옛날의 비굴한 우리로 돌아갈 수는 절대 없습니다. 함께 싸워서 승리합시다."

웅성거림이 일었으나 행동으로 이어지지 않았다.

"부당해고 철회하라."

지켜보기가 안타까웠던지 식당 중간에서 대의원 순옥이 지원사격을 했다.

"노조탄압 중지하라."

"공장가동 정상화하라."

정우와 민웅이 번갈아 외쳤다. 그러나 여전히 따라하는 목소리는 몇 되지 않았다. 대부분이 입모양만 흉내냈다. 강범의 얼굴은 절망적으로 일그러졌다. 그는 끝내 자신의 감정을 누르지 못했다.

"도대체 누구 때문에 싸우는 거야? 누구 때문에 감방 가고 무엇 때문에 해고당했어? 나만 몸 사려서 잘 보이겠다는 거야 뭐야."

말리는 정형의 손을 뿌리쳤다.

"우리들만 죽어라 이거지. 그래, 우리들이 어떻게 싸우나 똑똑히 지켜봐. 빠질 새끼들은 다 빠져."

강범이 쇠파이프를 치켜들고 앞으로 나갔다. 어색한 긴장이 감돌았다. 몇 명의 젊은 패가 강범에게 가세했다.

"강철같이 단결하여 민주노조 사수하자."

정형이 어눌하게 구호를 외쳤다.

"함께 싸우실 분은 옥상으로 올라갑시다."

용호와 강범, 정형을 선두로 2층 식당을 나섰다.

자, 흔들리지 않게 우리 단결해. 장대같이 굵어진 빗줄기가 금방 온몸을 흠뻑 적셨다. 정우, 민웅 등이 식당으로 올라오는 계단을 지켜서서 대열을 보호했다. 진희의 동참을 설득하던 순옥이 실패하고 대열의 끝을 따랐다. 대열이 옥상으로 완전히 이동하자 방어선을 옥상 입구로 옮겼다.

정우, 민웅 등이 바리케이드를 쳤다. 강범이 현수막을 내걸었다. 규성과 순옥이 몇 안되는 여성과 어린 친구로 해서 선동조를 짰다. 용호는 나머지 사람들을 알맞게 편성했다. 가장 전투적인 동료들은 계단 입구에 배치됐다. 옥상 네 귀퉁이에도 나뉘어 배치됐다. 전부라야 자신을 포함해서 서른일곱 명뿐이었다.

"망치하고 못, 누가 준비하기로 했어? 철사는?"

민웅 등과 바리케이트를 치던 정우가 소리쳤다.

"정식이 아냐. 이 자식 어떻게 된 거야?"

용호는 비로소 정식의 모습이 보이지 않는 걸 알았다. 식당에서도 보이지 않았다. 11시 쉬는 시간, 화장실에서의 녀석을 떠올렸다. 어깨를 늘어뜨린 녀석의 얼굴은 어두웠었다.

"개자식, 그럴 줄 알았어."

난간에 매달려 현수막을 걸던 강범은 악에 받쳐 있었다. 용호는 배신
감보다 가슴이 더 아팠다. 그의 가정형편을 너무나 잘 알았기 때문이었
다.

"투쟁으로 만든 노조 죽음으로 지켜내자."

규성이 구호를 선창했다. 선동조가 복창을 했다. 방어조로 배치된 동
료들이 각목과 쇠파이프를 치켜들어 응답했다. 모두들 쏟아지는 빗줄기
를 고스란히 뒤집어썼다.

현수막이 내걸렸다. 창밖으로 지켜보고 있던 옆 전자공장의 아가씨들
이 손을 흔들어보였다. 건너 주물공장의 노동자들도 주먹을 쥐어보였다.
정형이 변압기를 둘러싼 철망을 뛰어넘어갔다. 농성장을 옥상으로 정한
가장 큰 이유가 전력의 차단에 있었다. 변압기와 컴프레서가 옥상에 위
치했다.

"조심해요, 형님."

"알았어."

정형은 얼굴을 타고 흐르는 빗물을 손바닥으로 훔쳤다. 주전원과 보조
전원 스위치를 차례로 끌어내렸다. 웅웅거리던 컴프레서가 숨소리를 늘
어뜨렸다. 공장 안의 모든 전원이 끊겼다.

구사대의 공격이 개시됐다. 노무과장이 현장을 지휘했다. 그의 손에는
금형운반용 쇠사슬이 들려 있었다. 구사대의 손에는 쇠파이프와 체인이
들려 있었다. 그들은 몇 번이고 바리케이드 돌파를 시도했지만 계단 중
간에서 밀려 내려갔다. 강범이 바리케이드 앞에 나가서 구사대의 접근을
저지했다. 그는 쇠파이프에서 긴 각목으로 바꿔 들었다. 구사대가 기어
올라올 때마다 강범은 주저없이 각목을 휘둘렀다.

"뒈지고 싶은 놈들은 다 기어올라와. 똥개같은 새끼들아."

강범의 기세에 밀려 구사대는 주춤주춤 물러섰다.

　싸움은 두 시간 가까이 계속됐다. 강범의 얼굴이 쇠사슬에 맞아 찢어졌고 구사대에 끼었던 충호가 그의 각목에 어깨를 찍혔다. 쇠사슬을 맞은 얼굴이 금방 부어올랐지만 강범은 굳건하게 버텼다. 정우와 민웅 등이 뒤로 가 있으라고 했지만 아랑곳없었다. 밀고 밀리는 변화없는 싸움이 되풀이됐다.

　싸움이 시작되자 공장장은 곧 사람들을 현장에 집합시켰다. 일일이 이름을 불러 인원을 점검했다. 주간근무 170명 중 98명이 있었다. 결근자 3명을 제외한 나머지는 옥상에 올라갔거나 구사대로 간 셈이다.

　상무가 의자 위에 올라섰다. 회색이 넘친 얼굴이었다.

　"근로자 여러분 대다수가 불순분자들의 선동에 휩쓸리지 않고 회사를 아껴준 데 대하여 감사드립니다만, 만에 하나라도 부화뇌동했다가는 돌이킬 수 없는 인생의 오점을 남기게 될 것이라는 점을 밝혀둡니다. 아울러 말씀드리자면, 이번 기회에 회사 내에 남은 불순세력의 뿌리를 완전히 뽑고야 말겠다는 것이 사장님의 확고한 결심이라는 것을 알려드립니다."

　정식은 발가락을 꼼지락거렸다. 김정식, 하고 이름을 불렀을 때 그는 차마 대답하지 못했다. 다음은 공장장이 올라섰다.

　"곧 불순분자들을 끌어내리게 될 것인바 여러분들은 아무 동요 없이 생산에 임해주어야 되겠습니다. 불순세력들을 이번에 완전히 척결하면 공장가동도 정상적으로 될 것인바 그동안 선의의 피해를 본 여러분에게도 많은 혜택이 있을 것입니다. 모두 위치로 돌아가 작업준비를 하도록."

　"개좆이나."

　돌아서며 누군가 작게 씹어뱉었다. 정식은 입술을 깨물었다. 일이 손에 잡힐 리 없었다. 건성으로 기계에 걸레질을 했다. 용호, 강범, 정형 등의 얼굴이 번갈아 어른거렸다. 민웅이 금방이라도 달려들어 멱살을 잡고 흔들 것 같았다.

　어제 저녁 정식은 정말 오랜만에 술을 마시고 집에 들어갔다. 사실 취하고 싶은 날이었다. 소주를 여러 잔 마셨지만 정신은 말똥말똥했다. 그에게 맡겨진 못과 굵은 철사를 철물점에서 샀다. 집에 들어갔을 때 아버지와 어머니는 또 한바탕 전쟁을 치른 모양이었다. 허리를 다쳐 몸을 못 쓰는 아버지는 신경질만 늘어갔고 가난에 찌든 어머니는 더욱 메말라갔다. 어머니는 정식을 상대로 성화를 부렸다.

　"조합인지 지랄인지 한다더니 술조합이야? 술이나 퍼처먹고 돌아다니게."

　두달 전부터 월급봉투가 반으로 줄자 어머니는 까닭없이 정식을 들볶았다.

　석달 가까이 정식은 잔업 한 시간 달아보지 못했다. 일당이 천원이나 올라도 월급은 예전의 절반이었다.

　"지 에미 애비는 동전 한푼 없어 슬슬하는데 어디 가서 술 먹고 이제 들어오는 거야."

　"오늘말고 언제 술 마셨다고 이 난리를 치는 거예요. 도대체 나보고 더 뭘 어떻게 잘하라는 거예요."

　정식은 자신도 모르게 목소리가 올라갔다. 어머니는 또 울음을 터뜨렸다. 이젠 자식마저 업수이 여긴다며 죽어야지 죽어야지 목을 놓았다. 이럴 때마다 덮쳐오는 절망감이 온몸을 휩쌌다. 공사판에서 허리를 다친 아버지가 보상금 한푼 없이 집안에 드러누운 것이 4년째다. 그의 앞에는 캄캄한 절망의 벽만이 버티고 있었다. 하루 열네다섯 시간 일해도 끝이 보이지 않는 가난. 그에게 내일은 절망 이외의 아무것도 아니었다. 원망조차 할 수 없이 살아가는 그를 사람들은 성실하다 했다. 실은 희망도 분노도 없이 그는 절망하며 살아왔다. 지난 여름 싸움을 통해서 그는 자신을 얽어매고 있는 것이 무엇인지 알게 되었다. 끝없는 가난과 절망을 강요하는 것이 누구인지 알게 되었다. 누구와 손잡고 누구에게 대항하여 싸워야 하는지 알게 되었다. 울고 있는 어머니를 보고 있자니 가슴이 저

며왔다. 희망도 분노도 없는 노동자의 아내로 평생을 살아온 어머니의 절망이 그의 가슴에 못이 되어 박혔다.

옥상에서 비명소리가 들려왔다. 고함과 뒤섞였다. 무슨 일이 벌어지는 지 알 수가 없었다. 현장사람들이 창가로 몰려갔다. 정식도 그 틈바구니 에 끼였다. 계단으로 머리가 터진 강범이 끌려내려왔다. 그 뒤로 대의원 순옥이 끌려내려왔다. 그녀는 팔과 머리채를 잡힌 채 발버둥을 쳤다.

"개새끼들아, 이것 놔. 놓으란 말야!"

개 끌듯이란 말, 그녀는 그렇게 끌려내려왔다.

"씨팔 새끼들."

정식은 피가 거꾸로 흐르는 걸 느꼈다. 이렇게 끝나고 마는구나 싶었 다.

"어떻게 해, 어떻게 해."

후가공의 진희가 울먹이며 어쩔 줄 몰라 했다.

"사람이 어쩌면 저럴 수가 있어."

정식은 저도 모르게 몸이 앞으로 쏠렸다. 그러나 끝내 발은 떨어지지 않았다.

"이렇게 구경만 하지 말고 어떻게들 좀 해봐, 사람 죽이겠어."

나이든 전주 아주머니가 발을 동동 굴렀다.

"나는 가슴이 떨려 볼 수가 없구만. 젊은 사람들이 어째 그래."

전주 아주머니가 견디지 못하고 달려나갔다. 순옥의 머리채를 잡은 구 사대의 팔목을 잡고 늘어졌다. 우악스런 사내의 손이 뿌리쳤고, 아주머 니는 맥없이 땅바닥에 나뒹굴었다. 이주임이 팔을 낚아채 현장으로 데리 고 들어왔다. 공장장이 뒤따라 들어왔다.

"작업위치로 돌아가란 말야, 작업위치로."

하나둘 돌아섰다. 작업장에 불이 들어왔다. 옥상에선 비명과 절규가 계속됐다. 기계가 작동하기 시작했다. 정식은 전원 스위치를 누르며 자 신의 머리를 철판에 박았다. 큭큭큭 울음이 터져나왔다.

어떻게 뿌리쳤는지 순옥이 현장으로 달려들어왔다.

"정말 이럴 수가 있는 거예요."

순옥의 코에선 피가 흘렀다. 제멋대로 뜯겨진 작업복은 진흙투성이였다. 머리와 얼굴, 옷자락에서 빗물이 뚝뚝 떨어졌다.

"우리가 도둑질, 강도질 했더라도 이렇게 당하는 걸 보고만 있지는 않을 거예요. 보세요, 보란 말예요."

순옥이 가리키는 앞마당은 아수라장이었다. 더이상 싸움이 아니었다. 구사대의 일방적인 폭력이 있을 뿐이었다. 한 명에게 구사대 서너 명이 달려들어 무자비하게 짓밟았다. 용호의 얼굴은 온통 피투성이였다. 땅바닥에 깔린 정우의 몸 위로 구둣발이 쏟아졌다. 여러 명에 둘러싸인 채 정형은 주먹세례를 받고 있었다. 각목이 그의 등짝을 내리쳤다. 눈뜨고 볼 수가 없었다.

구사대가 달려들어와 순옥의 머리채를 낚아챘다. 순옥의 머리칼 한움큼이 뽑혔다.

"죽여라, 개새끼들아! 여기서 죽여!"

순옥이 절규하며 현장 바닥에 드러누웠다.

가공반 작업대 여기저기서 여자들의 울음이 터져나왔다. 자리를 차고 일어선 것은 진희였다. 기계를 잡고 선 눈들이 일제히 그녀에게 모아졌다.

"말로 하면 되잖아요. 왜 때리는 거예요? 뭘 잘못했다고."

수위실에 있던 상무, 공장장이 연달아 달려들어왔다.

"조용히들 못해! 저 미친년은 왜 짜고 자빠졌어."

몇 달 동안 들을 수 없었던 공장장의 욕설이었다.

"작업 안할 거야? 일하기 싫어? 김진희 너, 그만두고 싶은 거야?"

"그래요, 일 안할 거예요. 그만둘 거예요."

그녀는 작은 몸을 파르르 떨었다.

"니들도 저 빨갱이새끼들하고 같이 신세 조지고 싶어? 돈 벌기 싫다 이거지."

"공장장님이나 실컷 버세요."

그녀는 어깨를 들먹이며 탈의장으로 향했다. 가공반 작업대는 울음바다를 이루었다.

"기집애가 뭘 안다고 나서고 지랄이야. 가서 앉지 못해."

이주임이 진희의 멱살을 낚아챘다.

"놔둬, 이새끼야."

소리친 것은 정식이었다. 순식간에 현장은 긴장 속에 술렁거렸다.

"놓으란 말이야, 이새끼야."

갑작스런 상황에 공장장과 상무는 어쩔 줄 모르고 당황했다. 현장의 모든 눈들이 정식에게 모아졌다.

"야이, 씨팔새끼들아. 기계 못 꺼!"

정식이 던진 스패너가 공중을 날았다. 유리창을 박살내고 밖으로 떨어졌다. 정식의 옆 6호기가 꺼졌다. 그 뒤 4호기가 꺼졌다. 그리고 9호기가, 8호기가 꺼졌다.

"언제까지 이렇게 개처럼 살 거야, 언제까지."

정식은 금형 받침목을 들고 내달렸다. 이주임과 순옥을 잡았던 구사대가 도망쳤다. 밖의 정형은 러닝셔츠까지 갈가리 찢긴 채 얻어맞고 있었다.

15호기, 16호기가 꺼졌다. 11호기, 21호기, 2호기, 12호기, 13호기 ……가 차례로 꺼졌다. 스패너가 유리창을 향해 날기 시작했다. 기계소리 대신 유리창 깨지는 소리가 잇따랐다.

"나가자."

누군가 외쳤다. 나가자. 가자. 나가자. 한순간이었다. 눈물이 분노로 불타올랐다. 모두의 눈에서 불꽃이 튀었다. 달려나가는 사람들의 손에 금형 받침목이 하나씩 들려 있었다.

〈1988, 실천문학 봄호〉

새벽 출정

1

오늘 아침 윤희가 떠났다. 새벽 어둠이 걷히지 않은 농성장을 떠나는 그녀의 양손에는 짐가방이 하나씩 들려 있었다.

"졸업식 하고 나서 바로 돌아올게요."

몇 번째 똑같은 말을 되풀이하는 윤희의 얼굴은 어두웠다.

"그 전에라도 싸움 끝나면 곧장 달려와야 해. 우린 꼭 승리할 거야."

미정은 그녀의 등을 두드렸다.

후반 규찰을 맡은 남자조합원 하나가 수위실에서 나왔다. 가방을 들고 선 윤희와 양쪽의 미정, 민영을 번갈아 쳐다보고는 철문을 열었다.

"나가는 거야?"

윤희는 대답 대신 고개를 떨구었다. 잘 가, 반쯤 손을 들어 보이고 나서 남자조합원은 수위실 안으로 들어가버렸다.

윤희는 입술을 깨물며 공장을 둘러보았다.

"너, 세광 잊으면 안된다."

민영이 윤희의 목도리를 여며주었다. 미정은 차마 발걸음을 옮겨놓지 못하는 윤희의 어깨를 꼭 껴안았다.

"아주 가는 거 아니잖아. 어서 가봐."

등을 떠밀려 돌아서 걷는 윤희의 발걸음은 무거웠다. 사거리의 가두 매점에 이르기까지 윤희는 몇 번이고 멈춰섰다. 그리고 한동안 뒤돌아보았다.

가두 매점 모퉁이로 윤희의 모습이 감춰질 때까지 미정과 민영은 정문 앞에서 지켜서 있었다. 겨울 새벽 공기가 매섭다. 돌아서 걷는 운동장 여기저기로 안료포대들이 바람에 쓸려다녔다.

"이제 몇 명 남은 거니."

미정은 혼잣소리처럼 물었다.

"71명요."

"많이 줄었구나."

미정의 허리춤으로 겨울바람이 휘감고 지나갔다. 민영의 긴 머리칼이 날렸다. 아직 동트지 않은 새벽하늘은 떠나간 윤희의 얼굴만큼이나 어두웠다.

같이 싸우던 동료가 농성장을 빠져나갈 때보다 맥빠지고 가슴쓰린 일은 없었다.

조합원들은 떠난 사람에 대한 얘기를 공개적으로 하는 걸 금기로 여겼다. 그러나 아침이면 밤사이 떠난 사람들이 누구인가 입과 입을 통하여 은밀하고 신속하게 전파되었고 그것은 조합원들을 예민하고 신경질적으로 만들었다. 위원장인 미정은 애써 대수롭지 않게 여기려 했고 상집간부들은 어차피 떠날 사람이었다고 자위했지만 누군가 빠져나간 다음날엔 농성장 분위기가 무겁게 가라앉았다. 갑자기 환자가 늘었고, 아프다는 핑계로 문을 잠그고 누운 조합원들은 총회에 참석조차 하지 않았다.

농성 100일을 넘긴 지난주부터는 한동안 뜸하던 떨어져나가는 사람들이 다시 꼬리를 물었다. 텅 빈 사물함엔 편지 한 장만이 남아 있기 마련이었다.

'끝까지 함께하지 못해 미안합니다. 제가 없더라도 꼭 승리하기 바랍

니다. 위원장님 죄송합니다.'

어젯밤에도 나가겠다는 뜻을 비춰온 조합원들이 셋이나 되었다. 미정이 놀란 것은 셋이나 한꺼번에 떠나겠다고 한 숫자 때문만은 아니었다. 그 셋 속에는 윤희와 순옥이가 끼여 있었기 때문이었다. 이 길고 힘든 싸움에서 가장 열심히 싸웠던 사람들 중의 하나인 윤희와 순옥이 떠나겠다고 나선 것이다.

윤희와 순옥은 서로 다른 산업체학교의 3학년과 2학년이었고 학생조합원들의 실질적인 지도부였다. 순옥은 사장집 항의방문 때도 빠지지 않고 따라나섰다 중간고사를 망쳐 종아리를 시퍼렇게 맞고 돌아와서 민영을 울렸었다.

성북동에 있는 사장의 집은 성벽 같은 담벼락으로 둘러싸여 있었다. 늦게 돌아오게 될지 몰라 산업체 학생들은 빠지라고 했지만 윤희와 순옥은 한사코 따라나섰다. 까짓놈의 학교 때려치지 뭐, 하고 호기까지 부리며 쫓아나섰던 순옥은 그날 있은 중간고사에 참석할 수 없었다.

사람 키의 두 배나 되는 담장 안은 들여다보이지도 않았고 초인종을 아무리 눌러도 쥐새끼 한 마리 얼굴을 내밀지 않았다. 원목을 켜서 만든 튼튼한 대문은 서른 명이 달라붙어 밀어젖혀도 꿈쩍 않았다.

행여 그들과 눈길이라도 마주칠까 맞은편 담벼락 쪽으로 달라붙어 지나가는 잘 차려입은 사람들과, 그리고 가끔 지나는 광택을 잘 낸 고급승용차들과의 거리만큼이나 순옥은 자신의 초라함을 사장집 대문 앞에 주질러앉아 확인해야 했다. 텔레비전에서 보았을 뿐 실제로 이렇게 큰 집들이 있는 동네를 처음 본 사람은 순옥만이 아니었다. 표적을 잃고 허탈하게 앉아 있는 조합원들에게 표적을 자처한 것은 경찰이었다.

"야, 공순이들이 왜 여기까지 와서 난리야."

"인천에 성냥공장, 성냥공장 아가씨야."

그래, 니들 잘 걸렸다. 상한 마음의 조합원들은 경찰의 방패에 한꺼번에 엉겨들었다.

"그래, 이 씨팔 좆같은 새끼들아, 공순이다. 어쩔래."

"니들이 공순이한테 보태준 거 있어."

돌아온 것은 곤봉과 주먹 그리고 발길질뿐이었다. 그러나 물러서지 않고 맞섰다. 걷어차이면 넘어지고 짓밟으면 뒹굴며 싸웠다.

"죽여라 개새끼들아. 굶어죽으나 맞아죽으나 죽긴 마찬가지다."

더이상 맞서 싸울 기력마저 상실했을 때 조합원들은 설움이 복받쳤다. 길거리에 아무렇게나 드러누운 채 서로의 멍든 얼굴과 찢긴 옷가지를 바라보며 소리내어 울었다.

"언니, 우리 사장새끼 죽여버리고 끝내자."

순옥의 저주가 미정의 가슴을 후벼팠다.

"그래, 김세호 사장 꼭 무릎 꿇리자. 우리 앞에."

경찰은 부둥켜안고 떨어지지 않으려는 조합원들을 하나씩 떼어내어 거지 내몰듯 동네 아래로 밀어붙였다. 그리고는 서너 명씩 한꺼번에 달려들어 사지를 들고 닭장차에 실었다. 그날밤을 조합원들은 생전 처음 가본 경찰서 보호실 철창 안에서 보내야 했다.

순옥은 학교에서 중간고사가 치러지고 있을 시간에 경찰서 철창 속에서 노동해방가를 부르고 있었다. 스물아홉 살이나 되는 미정도 웬지 주눅이 드는 경찰서에서 끝까지 진술서 작성을 거부하던 순옥이었다.

태평하다 못해 철없어 보이기까지 한 윤희의 경찰서에서의 행동은 긴 세광 투쟁 과정에서 잊혀지지 않는 일화 중의 하나로 남아 있다.

너도, 너도, 너도, 너도 말 안할 거야. 모두들 입을 굳게 봉하고 이름조차 대지 않고 있는 가운데 조사경찰의 지적이 윤희에게까지 갔을 때였다.

"너 이름 뭐야?"

"깡순이."

윤희가 퉁명스럽게 내뱉었다. 세광 조합원들은 자신들을 깡다구로 뭉친 세광 깡순이라 불렀다.

"강순희."

조사경찰은 아주 흐뭇한 표정이 되어 보고서에 이름을 기록했다.

"생년월일은?"

"깡순이."

"이름은 강순희고, 생년월일 말야, 생년월일."

"깡순이."

"강순희, 네 이름말고 생년월일을 대란 말야."

"깡순이."

조합원들이 더 참지 못하고 와 폭소를 터뜨렸다. 뒤늦게야 자신의 아둔함을 깨달은 조사경찰은 얼굴이 시뻘겋게 달아올랐다. 무안을 당한 조사경찰은 윤희의 뺨을 세차게 후려쳤고 그 손자국은 며칠간 지워지지 않았다.

그렇게 당하고 와서도 남은 조합원들에게 세광 깡순이답게 당당히 싸우고 왔다고 보고하는 윤희와 순옥을 보며 미정은 속으로 울었다. 조합원들은 말하지 않아도 멍든 얼굴과 옷핀으로 여민 옷자락과 하나같이 잠겨버린 목소리에서 그들이 어떻게 싸우고 돌아왔는지 알 수 있었다. 순옥은 신발마저 잃어버린 맨발로 있었다. 윤희는 그날부터 동료들에게서 강순희로 불렸다.

어느 조합원 하나 소중하지 않은 사람은 없었지만 윤희와 순옥만은 떠나보내고 싶지 않았다.

"등록금, 이틀 안에 마련될 거야."

"난 중학교밖에 다니지 않아서 잘 모르지만 며칠 늦는다고 퇴학이야 시키겠니."

미정과 민영은 참아보자는 말밖에 할 수가 없었다. 시선을 발끝에 고정시킨 윤희는 말이 없었다. 손매듭만 매만지며 순옥은, 미안해요란 말만 되풀이했다.

"자, 그럼 얘기 끝난 거다. 니들 등록금은 이틀 안에 틀림없이 위원장인 내가 마련한다. 그리고 나간다는 얘기는 없었던 거야."

미정이 필요 이상의 큰소리로 못을 박았다.

"돈 때문이 아녜요."

윤희가 먼저 입을 열었다.

"아니면. 얘길 해야 알 거 아냐. 집에 무슨 일이 있어?"

순옥이 대답 대신 종이 한 장을 내밀었다.

"등록금 좀 부쳐달라고 시골에 편지했더니 돈은 오지 않고 이것만 왔어요."

부모님전. 댁내 두루 평안하심을 앙망하나이다. 일전에 보내드린 서신에서 밝힌 바와 같이 회사는 일 년간 두 번 있은 노사분규로 인한 주문단절, 경영악화 등 여러 면에서 어려운 국면에 처하여 어쩔 수 없이 폐업을 결행하였습니다. 10여 년간 피땀 흘려 내 자식보다도 더 소중하게 일궈놓은 공장의 폐업을 결행하였을 때는 큰 고통이 있었으며 어떻게 하든지 가동하여보려고 하였지만 역부족이었습니다. 회사는 퇴직금 및 기타수당 등 임금을 정산하고 있는바 300여 명 중 220여 명의 사원들이 임금정산을 받고 다른 직장을 찾아서 취업을 하고 있으나 댁의 자녀를 비롯한 80여명의 사원이 임금정산을 거부한 채 날이 점점 추워짐에도 대책없이 노동부 및 학교에서의 다른 직장 취업알선도 거부한 채 차가운 기숙사 방에 기거하면서 일부 운동권학생 및 위장취업자들의 압력과 달콤한 말에 현혹되어 위장폐업 철회라는 억지를 부리며 점거농성을 계속하고 있습니다. 기숙사에서 나오고 싶어도 나오지 못하는 농성사원 중에는 부모님께서 상경하여 "내 딸 내가 데려가겠다"고 호통을 하여, 다른 농성사원에게 영향이 미칠까봐 두려워한 주동자들이 기숙사에서 내보내준 예도 여러 번이나 있습니다. 학생들 중에는 등록금 및 제비용을 납부치 못하여 학업중단까지도 초래될 입장에 놓여 어떠한 비행을 저지를지 모를 상황입니다. 귀댁 자녀의 장

래를 생각하여 부디 상경하시어 임금정산도 받으시고 농성장에 갇힌
자녀를 꼭 구해가시기를 부탁드립니다.

세광물산주식회사 사장 김세호 드림 (02) 752-××37

공문을 읽어내려가는 미정의 손끝이 파르르 떨렸다.

"이건 학교에서 보낸 거예요."

윤희도 종이 한 장을 내밀었다.

학부모님께. 본교에 재학중인 귀댁의 자녀가 취업하고 있는 회사에
서 불법 집단행동에 가담하여 사회적으로 커다란 물의를 일으키고 있
습니다. 막중한 교육의 책임을 맡고 있는 우리 학교 당국에서는 수차
에 걸쳐 불법 집단행동을 중단토록 촉구하였으나 유독 귀댁의 자녀만
이를 거부하고 있는 실정입니다. 학교로서도 더이상의 선도가 불가능
하다는 우려를 하지 않을 수 없게 되어 마지막으로 학부모님께서 직접
선도토록 당부키로 하였습니다. 만약 귀댁의 자녀가 계속하여 불법 집
단행동에 가담할 경우 학교 당국으로서는 제적조치를 취하지 않을 수
없음을 거듭 알려드립니다.

한신실업고등학교장

"당장 나오지 않으면 아빠가 올라오시겠대요."

순옥은 민영의 어깨에 얼굴을 묻었다. 민영은 아무 말도 할 수 없었
다.

"아빠가 무서워서가 아녜요. 이젠 정말 싸우는 게 자신이 없어요. 사
람들이 무서워요. 싫고. 난 여기 나가도 다시는 학교를 다니지 않을 거
예요."

"김세호 이 씨팔새끼. 우리가 언제 누굴 가둬뒀다는 거야. 개자식, 거
짓말은 왜 해."

미정의 거친 숨결이 옆에까지 들렸다. 공문을 움켜쥔 손등의 혈관이 파랗게 내비쳤다.

"선생이란 것들까지 이럴 수가 있어. 학교가 도대체 뭐야. 교육이란 게 뭐야."

"다 똑같은 인간백정 같은 새끼들이야."

농성에 참여한 산업체 야간학생들은 매일같이 교무실에 불려다녔다. 농성이탈과 노조탈퇴를 종용받지 않은 조합원은 없었다.

수업시간에도 세광 조합원들만 지적당했고 수모를 겪었다.

"하라는 공부나 잘해. 그렇게 해서 언제 공순이 신세 면할래."

견디지 못한 조합원들의 일부는 학교를 포기했다. 그보다 많은 숫자의 조합원들이 학교를 선택하고 농성장을 떠났다.

"위원장님은 사람들이 빠져나가는 게 두려워요?"

"아니, 안타까운 거지. 조금만 더 밀어붙이면 되는데……"

"순옥이 문제는 어떻게 할 거예요?"

"노조에서 부모님들께 일단 편지를 보내야지."

어젯밤 끝까지 대답을 않던 순옥은 떠나지 않았다. 혼자 있고 싶다는 걸 민영이 억지로 데리고 잤다. 새벽녘에 민영이 깨어났을 때 옆자리가 비어 있었다. 깜짝 놀라 자리에서 일어났는데 순옥은 한쪽 구석에 쪼그리고 앉아 편지를 적고 있었다.

"누구에게 쓰는 거니?"

"집."

"떠나지 않을 거니?"

순옥은 천천히 고개를 끄덕였다.

"민영이 네가 순옥이 좀 잘 보살펴줘라."

"위원장님 지금 순옥이 걱정할 게 아니라 제 걱정부터 하셔야 할 거예요. 나도 언제 짐 챙길지 몰라요."

미정이 민영에게 발길질 시늉을 했다.

"그래, 나 죽는 것 보려면 무슨 짓 못하겠냐."

"농담 아녜요."

"그래 임마. 나도 농담 아냐."

미정은 쓴웃음을 던지고는 목소리를 높여 말을 바꾸었다.

"오늘 아침은 뭐냐."

"감자국요."

"맛있게 끓여라. 식사당번은 내가 깨워서 내려보낼게."

민영은 미정과 갈라져 식당으로 향했다.

어디가 고장인지 다단식 증기 취사기는 끝내 꿈쩍도 않았다. 식사는 식빵으로 대신할 수밖에 없었다. 민영이 공단 주변을 모조리 뒤져 식빵을 구해 왔을 때까지 상례와 금주는 취사기 주변을 맴돌고 있었다.

12월에 접어들고 찬바람이 불어닥쳤다. 107일째 접어드는 농성장에도 어려움이 몰려왔다. 날마다 곤두박질쳐온 날씨는 오늘 아침 수은주를 영하 10도로 끌어내렸다. 며칠째 계속되는 영하의 날씨를 조합원들은 제체온 하나로 버텨야 했다. 감기에 걸리지 않은 사람이 드물었다. 4/4분기 등록금을 내지 못한 학생조합원들은 이틀째 등교를 포기하고 있었다. 윤회가 떠난 오늘 아침에는 취사기마저 고장이 나버렸다.

민영은 식당에 들어서는 조합원들을 바로 쳐다볼 수 없었다. 언니, 오늘은 메뉴가 뭐야, 언제나처럼 약간은 미안스러운 표정으로 식당에 들어서던 조합원들은 배식구 앞에 놓인 식빵을 보고는 이내 표정이 굳었다. 밤새 추위에 떨다 따뜻한 국물이라도 먹을까 생각하며 내려왔을 그들이었다.

식빵 네 조각씩을 받아든 조합원들의 표정은 날씨보다 더욱 스산했다. 민영의 눈치를 살피며 한두 입 베어문 뒤 식당을 나갔다. 아예 입에 대지도 않고 짬밥통에 내던지는 조합원도 있었다.

"이걸 처먹으라고 내놓은 거야?"

경자는 받아든 식빵을 고스란히 짬밥통에 던져넣었다. 시위였다.

장기농성으로 지칠 대로 지친 조합원들의 감정은 송곳처럼 날카로웠다. 이 싸움 과정에서 그들을 따뜻하게 받아주는 곳은 어느 곳에도 없었다.

적개심. 가는 곳마다 자리잡은 가진자들의 튼튼한 장벽 앞에서 조합원들의 가슴속에는 분노를 넘어선 적대감이 고스란히 쌓여갔다. 본사는 물론 노동청과 노동부, 정당, 그 어느 곳 하나 사장의 편이 장벽을 치고 있지 않은 곳은 없었다. 그리고 경찰은 그때마다 빠지지 않았다. 감당하기 어려운 분노와 적개심은 때로 동료들을 그 표적으로 삼기까지 했다. 힘겨운 싸움 속에서 여유와 너그러움을 잃어가는 조합원들의 가슴속은 동료 하나를 받아들일 공간조차 남아 있지 않았다. 승리에 대한 확신이 흐려져감에 따라 강화되어오던 단결력도 질시와 반목으로 변해갔다.

"야이 쌍년아. 처먹기 싫음 말지, 왜 처버리니?"

연탄난로에 달라붙어 언 손을 녹이고 있던 상례가 경자의 뒤통수에다 욕설을 퍼부었다.

"남이야 버리든 말든. 내 몫 내가 버리는데 왜 잔소리야?"

"처먹고 싸우라고 도와준 거지 버리라고 없는 주머니 털어준 줄 알아?"

"그럼 처먹을 수 있도록 해줘야 할 거 아냐."

"누가 밥하기 싫어서 안했어야. 기계가 고장인 걸 어떻게 해."

상례와 같이 식사당번인 금주가 전라도 사투리로 가세했다.

민영도 상례나 금주와 마찬가지로 조합원들이 야속했다. 매일 새벽 잠을 설치며 식사를 준비해왔는데 한 끼가 잘못됐다고 모두 싸늘한 눈길만 던질 뿐이었다. 빈말이라도 감싸주는 이 하나 없었다. 배수밸브가 터지는 바람에 상례는 옷까지 몽땅 버렸다.

개, 소, 돼지, 살쾡이, 셋의 욕설이 뒤엉키고 머리채를 휘어잡기 직전까지 갔다.

"관두지 못해."

민영이 바락 악을 썼다.

경자가 부은 볼을 하고 식당을 나갔다. 표정없이 싸움을 지켜보던 다른 조합원들도 자리에서 일어섰다. 모두 다 이 정도의 다툼에는 이력이 나 있었다. 식당은 금방 텅 비었다. 식탁 위엔 임자를 잃은 식빵들만 남아 있었다.

민영도 식당을 뛰쳐나왔다. 왜 우리끼리 이래야 하나. 서로 감싸고 다독거려야 할 우리끼리 발톱을 세우고 할퀴려 들어야 하나.

하늘은 금방 눈송이라도 내릴 것처럼 잔뜩 찌푸려 있었다.

민영은 기숙사에 들어가 이불을 뒤집어쓰고 누웠다. 순옥은 제 방으로 돌아가 틀어박혔는지 보이지 않았다.

할 만큼은 했다. 나도 더는 어쩔 수 없다. 어떻게 하면 조금이라도 잘 먹일 수 있을까를 온종일 고민하며 지내왔다. 민영의 머릿속에는 온갖 생각이 교차했다. 그러나 그것도 잠깐이었다. 자신도 모르게 스르르 잠으로 빠져들었다. 냉방이었지만 이불 속에 들어가자 새벽내 언 몸이 풀리며 잠이 쏟아졌다.

민영이 애초에 조합에서 맡은 일은 회계감사였다. 2차 농성이 시작되면서 취사부장이 그의 임무로 추가되었다. 200여 명이 넘는 인원의 식사를 감당하기란 쉬운 일이 아니었다. 민영은 세광의 싸움에서 자신이 기여할 수 있는 유일한 방법이 밥짓는 일인 것처럼 매달렸다. 시장 다녀오는 일을 빼면 온종일을 식당에서 벗어나지 못했다. 날이 갈수록 인원이 줄어들어 취사량도 줄어들었다. 그러나 일은 조금도 덜어지지 않았다. 줄어드는 인원보다 농성자금은 더욱 빠르게 바닥을 보이고 있었다. 부식비를 최소로 줄일 수밖에 없었고 식사는 점점 부실해졌다. 추위에 까칠해진 조합원들의 입끝을 따라갈 수는 없었다.

"회계감사, 일어나."

민영은 보지 않아도 누군지 알 수 있었다. 위원장이었다.

"이녀석, 네가 누웠으면 점심은 어떡하니?"

민영은 대답 대신 이불 속에서 등을 돌려 누웠다. 웅크린 민영의 엉덩이를 미정이 장난스럽게 내려쳤다.

"안 일어날 거야?"

미정은 민영이 덮은 이불을 걷었다. 민영은 웅크린 몸을 새우처럼 더욱 웅크렸다.

"민영아, 여기서 주저앉을 순 없지 않니."

미정이 민영의 어깨 위에 손을 얹어놓았다.

"나보고 더 뭘 어떡하라는 거예요."

누운 채 대답했다.

"너 어젯밤에 윤희, 순옥이 걔들한테 뭐라고 그랬니. 철순일 생각해서라도 힘을 내야 한다고 하지 않았어."

"그럼 애들한테 뭐라고 해요. 이젠 나도 지쳤어요."

민영은 자신이 생각해도 아는 게 너무 없었다. 굳은 의지도 없다. 조합원의 절반 이상이 떨어져나갈 동안 남아 있는 자신이 이상하다. 남은 조합원들은 신경이 밤송이 같았지만 투지와 신념에 차 있었다. 모두가 투쟁을 통해서 변화하고 새롭게 눈떠가는 동안 자신은 무지렁이로 밥이나 짓고 있었다.

"너마저 그러면 난 어떡하니."

힘없는 목소리다. 민영은 실눈으로 미정의 옆얼굴을 올려봤다. 초벌 뒤의 도자기 인형처럼 표정이 없다.

"나 울어버리는 거 볼래."

커다란 안경 속의 눈자위는 붉게 충혈되어 정말 울어버릴 것 같다. 민영은 자신의 어깨에 놓인 미정의 손을 당겨잡으며 자리에서 일어나 앉았다. 민영은 미정의 예전 모습을 확인한 게 반가웠다. 미정은 이 긴 투쟁 속에서 수없는 조합원들의 눈물을 지켜보면서도 운 적이 없다. 단 한번 철순이 죽었을 때 밤새 눈물을 뿌린 적이 있을 뿐이었다.

승리의 꽃다발을 철순의 무덤 앞에 바치는 그날까지 우린 울어선 안
돼, 우리에겐 아직 울 권리가 없는 거야. 미정의 그 말은 더 큰 소리로
조합원들을 울게 만들었지만 자신은 눈물을 보이지 않았다. 다른 조합원
들은 미정의 흔들림 없는 표정에서 평온과 용기를 얻었지만 민영은 두터
운 벽을 느꼈다. 노조를 만든 뒤 미정은 너무도 빠르게 변해갔다. 옛날
의 허물없던 그녀가 아니었다.

미정과 민영은 세광에서 가장 고참이었다. 중학교를 졸업하고 세광에
발디딘 민영의 나이 지금 스물넷이다. 그보다 한 해 먼저 세광 창립과
함께 입사한 미정의 나이 지금 스물아홉이다. 민영과 미정이 7, 8년을 다
니는 동안 줄잡아 수천 명이 세광을 거쳐갔다. 어쩌면 만 명이 넘을지도
모른다. 전자는 물론 봉제보다도 약한 일당과 고열, 신나와 안료 냄새
자욱한 도자기공장을 자신의 평생 일터로 여기는 사람은 없었다. 석 달
이 멀다 하고 다른 직장을 찾아 떠나갔고 공단 구인란과 수위실엔 일 년
내내 세광의 모집공고가 붙어 있었다.

수많은 사람들이 들어오고 나가는 동안 미정과 민영은 세광을 지켜왔
다. 처음 시작할 땐 하나뿐이던 건물은 다섯 동으로 늘었고 6기뿐이던
가마도 20기로 늘었다. 생산직 사원도 70명에서 300명을 넘어섰다. 해가
가도 붇지 않는 것은 얇은 월급봉투뿐이었다. 얼굴을 익히고 친해질 만
하면 사람들은 세광을 떠났다. 시간이 지나며 아예 친구 사귀기를 포기
했다. 자연 미정은 민영과 가까웠다. 그리고 둘은 관리자들과도 가까웠
다.

노조를 만들기 전까지만 해도 미정은 민영과 친자매보다 가까웠다. 쉬
는 시간이면 같이 자판기 커피를 뽑아 마시고 어쩌다 잔업이 없는 날엔
공단 시장으로 순대를 먹으러 다녔다. 미정의 전세방에서 과자부스러기
를 쪼아먹으며 관리자들을 욕하고 동료들을 흉보며 밤을 밝힌 날도 한두
번이 아니다. 그러나 지금 미정은 모든 조합원들의 위원장이 되었다. 민
영은 다만 조합원 중의 한 명에 불과했다. 시간이 지날수록 미정과의 사

이에 높은 담이 쌓여갔다. 미정은 항상 얼굴에서 웃음을 잃지 않았고 목소리는 자신에 차 있었다.

오랜만에 들어보는 미정의 꾸밈없는 목소리가 반가웠다.

"지금 몇 시야?"

"열한시 십분."

"수리기사가 다녀갔는데 수리비용이 20만원이라구 해."

"이십만원이나 있어요?"

"어떻게 해봐야지."

위원장은 대수롭지 않은 일처럼 대꾸했다.

"어떻게요. 수리비 이십만원뿐인가요? 순옥이 등록금 그리고 등록금 내야 할 게 순옥이뿐이에요? 삼십 명 칠만원씩 이백십만원. 또 김장 못 한 일반들 김장값, 부식비도 이틀 치밖에 안 남았어요."

민영은 마치 농성자금이 바닥난 게 미정의 잘못인 것처럼 쏟아부었다. 숨도 쉬지 않고 퍼부어대는 민영의 얼굴을 미정은 애매한 웃음으로 쳐다 봤다.

"지금 웃음이 나와요? 위원장님."

"아니면 울랴."

"………"

"어쨌든 일어나봐. 굶고 앉았을 순 없잖아."

"굶고 앉았지 않으면, 누가 공짜로 돈 준대?"

"그래 준댄다."

미정이 무릎을 감싸고 쪼그려앉은 민영을 일으켜세웠다.

"어디 가려고."

"가보면 알아."

미정은 막무가내로 민영의 팔을 잡아끌었다.

"머리도 안 감았단 말야."

"그냥도 충분히 예뻐. 밖에 눈도 와."

기숙사 복도를 지나는 동안 곳곳에서 라면 끓이는 냄새가 풍겨나왔다. 민영은 비로소 허기를 느꼈다.

"정말 눈이잖아?"

새벽부터 잔뜩 찌푸렸던 하늘에선 눈송이가 흩날렸다. 정문을 나선 둘은 팔짱을 끼고 나란히 걸었다.

"선홍정밀 가려고 그러지?"

"잘 아네."

"갈 데가 빤하지 뭐."

2

똥바다의 뚝방길을 따라 걷는 두 사람의 머리와 어깨 위로 눈이 얹혔다.

시커멓게 누운 개펄로 바닷물이 차오르고 있었다. 개펄 양켠의 대형 하수구에서는 쉼없이 폐수가 흘러나왔다. 바닷물과 폐수가 뒤섞인 똥바다는 가는 물결로 일렁거렸다. 그 물결 위로도 함박눈이 내려앉고 있었다.

작업시간의 공단은 기계소리만 요란했다. 거리에는 인적이 끊겼다. 아무에게도 밟히지 않은 채 고스란히 쌓여가는 눈길을 두 사람은 발자국을 찍으며 지나갔다. 이 길을 따라 선홍정밀로 가려면 공단을 온전히 한바퀴 도는 셈이 된다.

"지금도 갈매기가 있을까요?"

"지난봄의 그 갈매기들…… 있겠지."

"이렇게 날씨가 추운데."

"갈매기는 제비가 아니잖아."

미정은 발이 시렸다. 낡은 운동화 사이로 스며든 물기가 발바닥을 적셨다. 서로의 주머니에 바꿔 찌른 손도 마찬가지로 시렸다.

"마석에도 눈이 내릴까?"

민영이 남은 한 손으로 머리 위에 쌓인 눈송이를 털어냈다.

"글쎄."

"철순이도 춥겠지."

"하얀 눈이불을 덮으면 포근할 거야."

"언니, 철순이 보고 싶지 않아?"

"왜, 여기 오니까 옛날 생각 나?"

"그땐 참 한심했지. 왜 싸웠는지 몰라."

"민영아, 우리 다시 갈매기 찾기 할까. 다섯 마리 먼저 찾기."

"그때처럼 자장면 사기."

"그래, 싸움 끝나면 먹기로 하고."

철순은 미정, 민영과 함께 세우회의 회원이었다. 미정은 페인팅실의 조장이었고 철순과 민영은 화공부의 조장이었다.

세우회는 현장 조장들로부터 과장까지 생산라인의 친목회였다. 월급날이면 회비를 떼어 회식하는 게 주된 활동이었다. 갈비집으로부터 시작하여 스탠드 바까지 몰려다니며 목의 때를 벗겼다. 어쩌다 연안부두의 횟집까지 진출하기도 했다. 부족한 비용은 회사가 냈다. 과장은 빠뜨리지 않고 영수증을 떼었다.

세우회의 회원들은 자신들끼리만 어울렸고 현장 동료들과는 자연 거리가 있었다. 현장 동료들의 눈에는 좋게 보일 리 없었다. 현장의 사정보다는 회사의 입장을 앞세우는 회원들을 달갑게 여기는 사람들은 사장과 관리자들뿐이었다.

철순은 세우회의 예외적인 존재였다. 늘 주위엔 동료들이 모여들었다. 관리자들의 따가운 시선에도 아랑곳 않고 현장 동료들과 허물없이 지냈다. '좋은 게 좋은' 세우회의 분위기를 흐려놓는 것도 철순이었다. 현장 동료들의 처지를 염두에 두지 않는 회사측의 처사를 들고 나와 화기애애한 분위기에 초를 치기가 일쑤였다. 해줄 거 해주고 시킬 거 시켜라, 가

그녀의 주의였다. 현장 동료들에겐 단연 인기였다. 관리자들의 눈밖에
나는 만큼 반비례하여. 민영도 자신의 불만을 주저없이 토로하는 철순이
싫지 않았다. 그렇다고 이제 입사 3년밖에 되지 않은 그녀가 자신과 같
은 위치에 서고 동료들의 인기를 독차지하는 게 기꺼울 수는 없었다. 특
히나 같은 부서에서 조장을 맡고 있는 둘은 여러모로 비교될 수밖에 없
었다.

철순과 민영의 사이에 명확한 적대관계가 형성된 것은 부서가 분리되
고부터였다. 회사는 올해초 공정의 합리화와 기동성있는 제품의 생산이
라는 기치를 내걸고 기존의 생산라인을 완전히 둘로 분리했다. 제토, 소
성, 성형, 제형, 화공, 페인팅, 포장으로 구성된 부서를 제토와 포장만
을 제외하고는 반씩 둘로 나누었다. 화공부서도 화공 1부와 화공 2부로
나누어졌다. 민영과 철순은 1부와 2부의 조장으로 임명되었다.

부서 분리의 이유를 회사는 다양한 품목을 신속하게 생산하기 위한 것
이라고 했다. 사실과는 거리가 멀었다. 그것은 며칠 지나지 않아서 명확
하게 드러났다. 둘로 분리된 라인에 동일한 제품이 투입되었다. 그 결과
는 서로 비교되지 않을 수 없었다. 한쪽에는 격려와 치하가, 또 한쪽에
는 추궁과 압박의 살아있는 근거가 되었다.

치열한 경쟁을 피할 수 없었다.

민영의 라인은 점심시간까지 죽여가며 수량을 뽑아냈다. 철순의 화공
2부는 지시량조차 채우지 못했다.

작업지시가 떨어지는 조회시간마다 철순은 호된 질책을 감당해야 했
다. 라인 분리 전 지시량과 생산량을 현재와 비교하며 철순이 항변했지
만 조금도 먹혀들지 않았다.

"공정을 합리화했잖아. 수천만원을 들여 공정을 합리적으로 개선했는
데 생산량은 그대로 뽑겠다는 건 무슨 심보야?"

생산과장은 라인 분리에 든 비용을 일일이 열거했다.

"라인을 분리한다고 손이 두 개에서 셋으로 늘어나는 건 아니잖아요.

어차피 똑같은 손으로 똑같은 안료, 똑같이 붓칠하는 건 달라진 게 없잖
아요. 우리가 작업하는 데서 변한 건 아무것도 없어요. 지시량 는 것 빼
고는요."

철순이 당돌하게 대들었지만 과장은 한마디로 일축했다.

"너 계속 똑똑한 체하는데, 화공 1부는 그럼 어떻게 지시량을 넘겨 뽑
았어. 걔네들은 손이 세 개로 늘어났어?"

과장은 민영과 철순을 번갈아 봤다. 그리고는 한마디를 덧붙였다.

"조장이 그러니 그 모양인 거 아냐?"

두 부서의 평균 생산량이 표준량으로 정해졌다. 지시량은 그보다도 많
은 최고생산량을 기준으로 떨어졌다. 주가 바뀔 때마다 표준량과 지시량
은 올라갔다. 철순의 화공 2부도 생산량이 조금씩 늘어났지만 지시량은
더 많은 폭으로 증가했다. 민영의 1부서도 더이상 증가가 불가능할 때쯤
이면 다른 제품이 투입되어왔다. 그리고 똑같은 과정이 되풀이되었다.

화공 1부는 게으른 2부 때문에 자신들의 몫이 늘어난다고 눈을 흘겼
다. 2부는 또 미련한 1부 때문에 지시량이 고무줄처럼 늘어난다고 이를
갈았다. 점심시간 공놀이조차 하지 않았다. 엉뚱하게도, 자신의 살을 깎
아먹도록 강요하는 사슬을 어떻게 끊어야 하는지 모르는 부서원들은 서
로에게 발톱을 드러내고 으르렁거렸다.

민영과 철순이 정면으로 부딪친 것은 조회시간이었다. 점심시간을 죽
이고 쉬는 시간을 건너뛰는 것도 하루이틀이지 화공 1부라고 불만이 터
져나오지 않을 수 없었다.

"오늘 또 지시량을 올려잡으면 어떡하라는 거예요."

민영은 항의했다.

"위에서야 전체 수량을 보고 잡는 거니까 1부로서는 좀 억울하더라도
어쩔 수 없지."

민영은 철순을 노려봤다. 야, 니들 도대체 어떡할 거야. 철순은 대답
도 표정도 없이 민영을 마주 쳐다보기만 했다.

"니들 도대체 언제까지 깨길 거냐니깐."

"지금까지 지시량 끌어올린 게 누군데 그래. 왜 끝까지 책임지지 못해?"

"나 땜이란 말야, 지금?"

"아니면."

이 뚝방에서 민영과 철순이 만난 것은 그날 저녁이었다. 둘은 잔업도 않고 나왔다. 너 이따 저녁에 좀 봐. 민영이 먼저였다. 누가 겁날 줄 알고. 철순도 피하지 않았다. 좋아, 똥바다에서 만나자.

민영으로서는 한바탕 단단히 할 작정이었다. 그러나 철순의 태도는 뜻밖이었다. 일전을 불사할 것 같던 아침과는 완전히 달라져 있었다.

"미안해. 너한테 화낼 일이 아닌데 그랬어."

민영은 얘가 왜 이러나 싶었다.

"사람들은 다 알고 있잖아. 너도 알고 있고. 왜 지시량이 늘어나는지, 무엇 때문인지."

철순은 말을 멈추고 건너편 8공단을 건너봤다. 검붉은 노을이 공장지붕과 굴뚝 사이로 물들고 있었다.

"사람들은 두려운 거야. 회사와 다투기엔 엄두도 나지 않고."

화해를 붙일 양으로 따라나온 미정도 묵묵히 8공단을 건너봤다. 한결같이 칙칙한 회색빛 건물들이었다.

"미정언니, 8년 다녀서 지금 일당 얼마야? 사천이백십원. 뭐가 남았어요? 내년, 내후년이면 나아질까? 이게 우리들의 현실이야. 그런데 그것도 모자라서 우리끼리 싸워야 하는 거야? 언닌, 너무 비참하단 생각 안 들어?"

철순은 혼자 묻고 대답했다. 철순의 부서에선 경쟁이 없어진 게 아니었다. 오히려 보이지 않는 내부의 경쟁이 더욱 치열하게 진행되었다. 자신의 부서가 1부보다 수량을 적게 뽑는다는 건 너무나 명확했다. 부서원들은 적어도 그 책임이 자신에게 있지 않음을 입증해야 했다. 하지만 겉으로는 속내를 보이지 말아야 했다. 옆사람보다는 단 하나만이라도 더 뽑아야 했다. 살을 말리는 경쟁이었다. 차라리 아니꼽더라도 1부와 경쟁을 하는 게 나았을 것이다. 모든 부서원이 하나하나 경쟁자이지는 않았을 것이다. 철순을 아프게 하는 것은 동료들이 끝내 결별하지 못하는 뿌리깊게 길들여진 경쟁이었다. 그녀가 감당하지 못하는 것은 과장의 질책이나, 민영보다 자신이 무능하다는 비교가 아니었다.

뚝방에 걸터앉은 셋에게 퇴근길의 남성노동자들이 휘파람을 보냈다. 뚝방 곳곳은 소주병을 가운데 놓고 술판을 벌이는 사람들로 시끄러웠다. 미정 일행의 가까이에서도 슬레이트 조각에 돼지고기를 굽는 패거리들이 시끄럽게 떠들어댔다.

"나, 뭐가 남았냐구? 많지. 자기공장 7년에 만성두통, 신경통, 소화불량, 위장병. 이 정도면 많이 남은 거 아냐?"

미정은 자신을 비웃었다.

"그래도 편안하니까 다니는 거야. 다른 데 가봐야 특별히 뾰족한 수도 없고."

미정은 세광에서, 적어도 생산직 노동자 중에서 가장 많은 자유를 누렸다. 300여 명 중에서 매월 생리휴가를 찾아먹는 유일한 사람이었고, 월차를 쓰고 싶은 날 쓰는 것도 그녀 외에는 없었다. 사람들은 창립멤버니까 어련히 그런가보다 했다. 과장, 부장들과도 농담을 거리낌없이 주고받고 심지어 사장과도 웃음을 터뜨려가며 얘기를 할 정도였다. 중간관리자들도 어설프게 미정을 건드렸다가는 본전 건지기 힘들었다.

그러나 미정의 그러한 자유와 위치를 보장하는 것은 무엇보다도 그녀의 페인팅 기술이었다. 공장 창립과 더불어 온갖 시행착오를 겪으며 단련되어온 그녀의 페인팅 기술은 그 누구도 넘볼 수 없었다. 페인팅에 관한 한 그녀는 도사로 통했다. 저거 홍콩에서 되돌아온다, 하면 틀림없이 클레임이 걸려 되돌아왔고 현장은 비상이 걸렸다. 안료 배합비율과 도색 두께, 건조온도 등에 대한 표준서가 그녀에게는 필요없었다. 그녀의 손이 저울이고 눈이 컬러분석기였다.

"그런데 왜 페인팅실에선 조용해?"

둘로 분리된 부서 중에서 서로 알력이 없는 곳은 페인팅실이 유일했다.

"내가 있는데 감히 무슨 일이 일어날 수 있겠어."

미정이 허풍스럽게 자신의 가슴을 가리켰다.

"야이, 헛똑똑이들아. 싸우고 말고 할 게 뭐 있니. 철순이 얘도 입만 발랐지 헛거야. 짜면 되잖아. 얼마나씩 뽑을 건지. 우리 작업일지 봐. 매일 10개에서 15개 이상 차이 안 나게 2실에서 적게 뽑지. 나보다 지들이 많이 뽑아선 안되잖아. 1주일에 하루씩만 우리가 걔들보다 적게 뽑지. 그것만으로도 걔들한텐 칭찬거리지. 그러니 뭐가 문제냐. 이것들아, 히프를 굴려라, 히프를."

미정은 둘의 머리를 쿡쿡 찔렀다.

"우리한테도 좀 알려주면 어디 덧나요?"

둘의 얘기를 듣고만 있던 민영이 처음으로 입을 열었다.

"공장밥을 몇 년씩 먹은 것들이 그 정도 통밥도 안 돌아? 수량 적다고 뭐라고 그러면 미친 척하고 불량 잔뜩 뽑아놓고 그래 봐."

"머리가 나쁘면 평생 고생이라니까."

셋은 웃음을 터뜨렸다.

"하지만 통밥이 모자라서만은 아냐. 우리도 그 정도 짱구야 굴리지. 페인팅실이 각본대로 움직이는 건 미정언니가 있으니까 되지, 우린 달라."

민영도 맞장구를 쳤다.

"우리끼리 짜도 과장님이 와서 작업속도가 왜 이렇게 안 나느냐고 한 마디만 하면 손들이 대번 빨라질걸."

힘이 없을 때 경쟁은 피할 수 없다. 페인팅실은 미정의 무시할 수 없는 힘이 경쟁을 막아내고 있다. 철순은 자신의 부서원들이 왜 경쟁을 포기하지 못하는지를 번쩍 깨달았다. 힘, 힘이었다. 자신은 부서원들의 힘 있는 방패막이가 되어주지 못하는 것이다. 수량이 떨어지는 책임을 부서원 개개인이 직접 져야 했다.

"니들이 만만하게 보이니까 그런 거야. 왜 계장, 주임 따위가 라인작업에까지 간섭하니. 니들을 물로 본다는 거 아냐."

"그건 그래."

"야, 우리 내일 셋 다 제껴버리자."

미정의 갑작스런 제안이었다.

"셋 다 없으면 어떻게 되나 한번 보는 거야. 우선 너희들 말발부터 세워. 그래야 니들한테도 함부로 못한다고."

"회사에서 가만있을까."

민영은 엄두가 나지 않는 모양이었다.

"가만있지 않으면?"

미정이 되물었다.

"미정언니하고 우린 다르잖아. 언니야 생리 월차 처리되지만 우린 주차까지 네 개가 한꺼번에 날아가잖아."

"병신들아, 누가 못 찾아먹으래, 니들도 한번 붙어서 싸워봐라. 주나 안 주나. 제 밥 제가 찾아먹지 않으면 누가 찾아주냐. 철순이 너도 다른 말은 다 잘하면서 네 생리 월차조차 못 찾아먹는 건 뭐냐."

"나 혼자서만 찾아먹고 싶지 않았어요."

민영은 과장의 얼굴이 먼저 떠올랐다. 항상 따뜻하게 자신을 보살펴준 사람이었다. 그는 민영이 처음 입사했을 때 배치받은 반의 반장이었다. 현장직에서 유일하게 과장까지 올랐기 때문에 세광 노동자들은 그를 자랑으로 여겼다. 그 또한 늘 자신이 현장 출신임을, 그래서 그 누구보다 현장의 사정을 잘 알고 이해하며 애정을 가지고 일한다고 강조해왔다. 그의 그러한 이해가 부서 분리라는 애정 넘치는 아이디어를 사장에게 내놓았다는 걸 민영은 알지 못했다. 그에게 걱정을 끼치는 일을 하고 싶지

않았다. 몇 번이고 세광을 떠나려다 포기한 것도 과장의 설득과 격려가
있었기 때문이었다.

"내일은 영종도 가서 배나 타다 오자. 모레는 일요일이니까 집에서 푹
쉬고."

미정은 혼자 한발 더 나가고 있었다.

"특근할 텐데."

민영은 아무래도 내키지 않았다.

"야, 니가 왜 건방지게 사장님 걱정을 대신 하니? 사장님도 항상 말
씀하시잖아. 분수에 맞는 생활을 하라고."

"선적날짜도 며칠 안 남았잖아요."

"세광에서 충신 났군. 충신 났어."

쯧쯧, 미정은 혀를 찼다.

"너 개근 못할까봐 그러지, 아서라 아서."

"그까짓 개근이 뭐 대단하다고 그래."

그렇게 부인하는 민영의 얼굴이 새빨갛게 달아올랐다. 민영은 세광에
다닌 7년 동안 한번도 결근을 하지 않았다. 아니, 단 한 번 결근한 적이
있긴 했다. 어느 해 여름인가 홍수가 졌을 때였다. 집이 잠겨 도저히 출
근할 수가 없었다. 회사생활 하면서 이런 흠집 남겨선 안돼, 하며 출근
카드를 고쳐준 것도 지금의 생산과장이었다.

"아니긴 뭐가 아냐. 내가 세광의 터줏귀신이다. 개근 그게 사람잡는
올가미라는 거야. 때려치우고 싶어도 3년 다닌 거 아까워 못하고, 다음
에는 4년 개근 아까워 못하고, 사천원 벌려고 아침 거르고 2천원 어치
택시 타게 만드는 게 개근이라는 거다. 나도 4년 개근했어. 창립기념일
날 은수저 한 벌이야 아깝겠지만 말야. 종이조각 하나하고."

"그러지 말고 우리 내일 출근은 하되 잔업을 제껴버리는 게 어떨까."

철순이 새로운 제안을 했다.

"그리고 모레는 쉬고."

미정은 흔쾌히 동의했다.

"애들이야 좋아하겠지만……"

"잔업이야 하고 않는 게 본인 마음대로 아냐. 법에도 다 보장된 건데 뭘."

철순이 머뭇거리는 민영을 부추겼다.

"뭣 때문에 그러는지를 밝혀야 할 거 아녜요. 부서 분리 철회, 어때요."

"그래."

셋은 자리를 털고 일어났다. 미정이 둘을 양쪽 팔에 끼고 걸었다. 아직 바닷물이 덜 차오른 개펄 위로 갈매기 몇 마리가 떼지어 서성거리고 있었다. 민영이 짓궂게 돌멩이를 집어던졌다. 다섯 마리의 갈매기가 날아올랐다. 흰색보다는 검은색에 가깝도록 더럽혀진 몸뚱이를 한 갈매기들은 바쁜 날갯짓을 하며 건너 개펄로 옮겨갔다.

"저 갈매기들은 뭘 먹고 살까."

민영이 걱정스럽다는 듯이 중얼거렸다.

"쇳물."

"화공약품 찌꺼기."

미정과 철순의 대꾸를 흘려들으며 민영이 되물었다.

"똥바다엔 물고기도 살지 않을 텐데. 식당에서 버린 짬밥을 먹고 살까."

"짬밥은 돼지 기르는 데서 다 걷어가지 않니. 갈매기는 꿈을 먹고 사는 거야."

미정은 자신의 말에 스스로 웃었다.

"저 갈매기들은 아마 썰물을 따라 나가면 드넓은 바다가 열린다는 걸 모를 거야. 노동자의 운명은 가난과 굴욕이라고 생각하는 우리들처럼 똥바다가 바다의 전부라고 생각할 거야."

"야, 철순이 얘 시 쓰고 있는데."

셋은 공동의 음모를 가슴에 지녀서인지 괜히 들떠서 소리 높여 웃었
다. 지나는 사람들이 셋을 쳐다봤다.

7공단과 8공단 사이를 가로지르고 누운 이 개펄을 사람들은 똥바다라
불렀다. 만조가 되면 뚝방까지 차오른 바닷물이 출렁거렸다. 물이 빠져
나가는 간조가 되면 시커멓게 더럽혀진 개펄은 흉측스런 등짝을 드러냈
다. 개펄 언저리 곳곳엔 밤사이 몰래 버린 공단 폐기물들이 산더미를 이
루었다. 버려진 폐수와 오물, 쓰레기들의 썩는 냄새가 소금냄새와 뒤섞
여 코를 찔렀다. 똥바다라 이름하기에 조금도 부족함이 없는 이 개펄의
뚝방을 그래도 갈 곳 없는 공단 사람들은 휴식처로 삼았다.

"우리 갈매기 찾기 하자. 저쪽으로 날아간 다섯 마리 빼고 새로 다섯
마리 찾기."

미정의 얘기에 민영이 내기를 걸었다.

"좋아. 자장면 사기."

미정과 민영은 인천교가 눈에 들어오도록 한 마리의 갈매기도 찾을 수
없었다. 바다가 열리는 서녘 끝으로 개펄을 가로지른 인천교 위로는 차
량들이 질주했다.

"그때는 철순이가 자장면 샀는데 오늘은 우리 둘 중에 하나가 걸릴 수
밖에 없겠지."

"너무 추워서 어디 다 숨어버린 모양이다 야."

인천교 위를 지나는 차량들의 바퀴에 감긴 체인 소리가 요란했다.

"저기다!"

민영이 소리치는 것과 동시에 두 마리의 갈매기가 다리 난간 밑에서
날아올랐다. 눈이 내리는 수면 위로 날아가는 갈매기의 비행은 낮고 느
렸다. 날갯짓은 바쁘게 계속됐지만 추진력을 갖지 못했다. 창공 드높이
선회하며 나는 바다갈매기의 그것과는 달랐다. 또 한 마리의 갈매기가
뒤이어 날았다. 그 갈매기의 날갯짓은 더욱 형편없는 것이어서 차라리

바다오리의 그것에 가까웠다. 겨우 수면 위를 바둥치며 나는 갈매기를 다 자신이 발견했다고 말하지 않았다.

"이제 세 마리만 더 찾으면 되는 거야."

"왜, 두 마리지. 네가 세 마리 찾았잖아."

"마지막 건 아냐. 날 줄 모르는 게 어떻게 갈매기야."

민영은 단호하게 마지막 한 마리의 갈매기를 자신이 발견한 숫자에서 제외시켰다. 자신의 권리를 위해 싸울 줄 모르는 사람은 노동자가 아냐. 철순이 그렇게 말한 건 노조 결성 준비를 시작한 뒤였다.

셋이 주도한 잔업 특근 거부는 예상 이상의 파문을 일으켰다. 화공부와 페인팅실 전원이 잔업을 거부했고 그 다음날 특근은 성형과 제형 부서에서까지 출근 않은 사람이 나왔다. 월요일 출근했을 때 셋을 기다리고 있는 것은 사직서와 각서였다. 그들은 탈의장에 가기도 전에 사무실로 불려 올라갔다.

백지 세 장이 주어졌다. 민영과 철순에게는 사직서가, 미정에게는 각서가 요구되었다. 8년과 7년 그리고 3년 동안 '우리 회사'라고 생각하며 다녀온 그들에 대한 '우리 회사'의 요구였다. 셋은 그 한 장의 백지가 주는 의미를 무섭게 깨달았다.

민영은 7년 동안 정든 세광물산과 자신의 관계를 생각해보았다. 구석구석마다 자신의 숨결과 손때가 묻은 세광물산은 민영에게 우리 회사이기를 거부하고 있다. 내밀어진 사직서는 세광물산은 너 따위의 것일 수 없다고 비웃고 있다. 세광물산은 어디까지나 사장 김세호의 것일 뿐이라고 호통쳤다.

나는 무엇인가, 세광물산에서 나의 의미는 무엇인가. 세광물산에서의 나의 7년은 무엇인가.

사무실의 모든 것들이 갑자기 낯설게 느껴졌다. 근면·자조·협동, 벽 높은 데서 내려다보는 사훈이 낯설었다. 액자에 담긴 '사원을 가족처럼 회사일을 내 일처럼' 사장의 친필도 새로운 의미로 다가왔다. 사무실 직원들의 얼굴도 낯설다. 창밖으로 보이는 공장건물도 낯설다. 강민영, 너는 일당 사천팔십원짜리 고용인 이상의 그 무엇도 아니야. 그리고 이제 사장은 네가 필요없어졌어. 매일 구매하던 4,080원짜리 물건을 이제는 다른 곳에서 구입하겠다는 거야. 내가 앉혀졌던 자리에 다른 누군가 앉혀져서 도료를 만지게 될 거야. 7,8년 동안 흐려져 있던 것이 한순간에 명확해졌다. 결코 사장과 자신들은 같은 줄에 서 있을 수 없음을, 7,8년이 아니라 70년 80년을 다녀도 그들이 서야 할 줄은 노동자의 대열임을 뼈아프게 확인하였다.

그놈의 정 때문에,를 되풀이하며 다닌 세광에서의 세월은 이날부터 바꾸지 않을 수 없었다. 이날의 배신과 분노를 통해 가슴속 깊이 각인된 것은 노동자라는 세 글자였다.

그들이 총무과 사무실에서 사표와 각서를 종용받고 있을 때 생산과장은 현장노동자들을 식당에 모아놓고 특별교육을 실시하고 있었다. 그는 사무실을 나가기 전에 민영에게 말하였다. 이럴 줄 몰랐다. 배신감을 느낀다,고 말하는 그의 얼굴에는 찬바람이 일었다.

민영은 그의 말과 표정을 고스란히 그 자신에게 되돌려주고 싶었다.

그날의 사건은 미정이 직접 사장에게 비는 것으로 일단락되었다. 미정은 모든 책임이 내게 있다, 내가 사표를 쓰고 나가겠다, 민영과 철순은 용서해달라 빌었다. 세광이 좋아서 빈 것은 아니었다. 달리 갈 곳이 없어서도 아니었다. 억울했다. 나가려 할 때마다 그렇게 붙들더니 이렇게 쫓아낼 수 있는가. 이렇게 쫓겨날 수는 없었다. 그리고 민영과 철순에게 어떻게든 책임을 지고 싶었다.

셋은 각서를 썼다. 모두 세광에 입사해서 처음 쓰는 것이었다. 그러나 그것은 결코 사장에 대한 치욕스런 항복문서만은 아니었다. 미정과 민영, 철순에게는 우정의 서약서가 되었고 동료들에게는 신뢰를 담보해주는 보증서가 되었다.

"철순이 고것 참 앙큼하지. 아주 계획적으로 우릴 꼬시려고 그랬던 거야. 여기 왔을 때부터. 우린 그것도 모르고 감쪽같이 속지 않았냐."

"미정언닌 속은 게 억울해? 나도 일기장 보기 전까진 몰랐어요."

"억울하다는 게 아니라, 지만 통밥을 굴리고 우리에겐 그렇게 시침을 딱 뗄 수가 있냐 이거야."

철순은 이날의 일을 미정과 민영의 현장노동자들에 대한 영향력과 지도력을 확실하게 확인할 수 있는 계기였다고 적고 있었다. 그리고 현장 동료들의 단결 가능성을 높이 여기게 되었다고 덧붙여놓았다.

"아마 그때 노조 얘기가 나왔다면 언닌 제시까닥 사장한테 꼰질러바쳤을걸."

"야 임마, 너 날 뭘로 아는 거야. 너야말로 김과장한테 단박 일러바쳤을 거다."

미정이 민영의 주머니에 든 손으로 그녀의 허리를 꼬집었다.

"고것 옆에 있으면 이렇게 꼬집어줄 텐데 말야."

"살아나고 싶어도 위원장님 무서워서 못 살아나겠네."

갈매기는 다시 보이지 않았다.

"너무 늦었지. 그냥 가자. 돌아오는 길에 마저 찾기로 하고."

"위원장님, 순옥이 부모님 정말 찾아오면 어떡하지."

"나도 걱정이다. 학생애들한테 영향이 클 텐데."

3

노동악법 개정하여 노동 3권 쟁취하자, 정문에 내걸린 현수막이 선홍정밀 노조의 위력을 웅변했다.

작업장의 단조해머가 하강할 때마다 요란한 마찰음이 귓전을 때렸다. 샤딩기를 돌리던 조합원들이 미정과 민영에게 아는 체를 했다. 안전모에 기름얼굴을 한 조합원들을 알아볼 수 없었지만 반갑게 인사했다.

"아이고, 바쁘신 몸들이 어떻게 누추한 이곳까지 납셨습니까. 급한 일이 있음 부르실 일이지."

노조사무실에 들어서자 선흥정밀의 홍위원장이 자리에서 일어나며 농담을 던졌다.

"미인이 두 분이나 들어서니까 사무실이 환해지는데요."

난로 속에 갈탄을 집어넣고 있던 선흥정밀의 사무장도 너스레를 떨었다.

"단도직입적으로 말씀드릴게요. 위원장님, 부탁이 있어 찾아왔어요."

미정의 어투는 지극히 사무적이었다.

"무섭게 그러지 말고 일단 앉아서 몸이나 좀 녹여요."

검은 얼굴의 근육이 강인해 보이는 홍위원장이다.

"들어주실 거예요, 안 들어주실 거예요?"

"우리가 언제 세광 얘기 안 들어준 거 있어요?"

"요번엔 좀 어려운 거예요."

비로소 홍위원장은 정색을 하고 미정을 바라봤다. 위원장의 책상 위엔 노조와 회사의 단체교섭안이 나란히 펼쳐져 있었다.

"돈이 좀 필요해요."

"얼마나?"

"좀 많아요. 삼백만원."

난로 속의 갈탄을 헤집고 있던 사무장이 동작을 멈추고 돌아봤다. 놀란 것은 선흥정밀의 위원장과 사무장보다 민영이었다. 취사기 수리할 비용이나 꿀 줄 알고 따라왔었다.

"떼어먹지 않을게요. 저하고 우리 사무장 전세방 내놨는데 다음주에 나갈 거예요."

타닥타닥, 갈탄 타는 소리가 유난히 크게 울렸다.

"저, 그래도 삼백짜리 전세 살아요. 우리 사무장은 이백뿐이 안되지만."

"뭐하는데 그렇게 많이 한꺼번에 필요해요?"

"학생애들 등록금이 모레까지예요. 안 내면 제적시키겠답니다. 부식비도 다 됐고. 오늘 아침엔 취사기마저 고장이 나버렸어요."

홍위원장은 담배를 꺼내 물었다. 짧은 침묵이 흘렀다.

"커피 한잔씩 들래요?"

사무장이 나직이 물었다.

"아침도 못 먹었을 텐데 우유로 뽑아드리지."

홍위원장은 담배연기를 길게 내뱉었다. 자판기에 동전을 집어넣기 전에 사무장은 옆에 놓인 모금함에 먼저 동전을 집어넣었다. 라면박스로 만든 커다란 모금함이었다. 세광노조를 위한 모금함. 조합원동지, 잠깐. 당신의 커피 한 잔이 세광형제들의 겨울을 따뜻하게 합니다. 한 잔 마실 때마다 세광동지들에게도 한 잔을 권하는 형제애를. 쟁의부.

사무장은 한 잔을 꺼낼 때마다 빠뜨리지 않고 모금함에 동전을 넣었다.

"식기 전에 드세요."

사무장이 김이 오르는 종이컵을 날라왔다.

"안 먹어요. 조합원들은 굶고 있는데 우리만 이걸 마셔요?"

"이건 완전히 땡깡이구만."

홍위원장이 안타까운 웃음을 지었다.

"그럼 우리가 선흥정밀 아니면 어디 가서 땡깡을 부려요. 왜 위원장님도 조합원들 시켜서 우리 끌어낼래요. 노동청처럼."

"어허, 또 운다 울어, 다 큰 처녀가. 누가 안해준다 그랬어요, 왜 그래."

"울긴 누가 울어요. 이 따위로 우리가 울 줄 알아요."

그렇게 말하는 미정의 음성엔 눈물이 묻어났다.

"사무장, 그 함 속에 든 거 삼백 안돼?"

"지금 농담할 때 아네요. 위원장님."

미정이 홍위원장의 말을 가로막았다.

"사무장, 우리 통장에 조합비 얼마나 남았어?"

"삼백은 돼요. 그런데 우리 맘대로 쓸 순 없잖아요."

"점심시간 다됐으니까 상집 대의원 연석회의 소집하지 뭐. 사무장이 현장 한바퀴 돌래?"

사무장은 땀복 상의를 걸치며 사무실을 나섰다.

"잘될 거예요. 걱정 말고 우유 드세요."

"오기 전에 부서원들 얘기 들어보고 오라고 그래."

이미 문밖으로 나간 사무장을 향해 홍위원장이 소리를 질렀다. 얼마 있지 않아 땀복에 안전화를 신은 간부와 대의원들이 조합사무실에 들어섰다.

"아침식사도 못했다며요?"

"사장새낀 여태도 꼼짝 안해요?"

제각기 한마디씩 격려의 말을 던졌다.

"우리 부서 조합원들은 꿔주라고 그러던데."

"우리 부서에선 조합비는 건드리지 말고 모금을 한번 더 하는 게 어떠냐는 사람도 많아."

회의가 시작되었다.

미정과 민영은 자리를 피해주는 것이 좋을 것 같아 조합원 한 명을 따라 식당으로 갔다. 식판을 받아들고 줄을 섰다. 돼지고기가 든 김치찌개가 김을 올렸다.

미정은 식욕이 일지 않았다. 김치조차 없는 라면가닥을 빨고 있을 조합원들이 눈에 어른거렸다.

"먹어요. 잘될 것 같던데."

민영은 두어 숟갈만 먹어야지 했는데 빈 뱃속은 숟가락질을 멈추게 하지 않았다. 바닥까지 다 긁어 먹고도 아쉬웠다.

"우리도 손님들 찾아오면 식사대접 할 수 있는 날이 올까?"

미정은 대답 대신 자신의 식판에서 밥을 덜어 민영에게 옮겨놓았다.

"난 속이 안 좋아."

미정은 물끄러미 민영의 밥먹는 모습을 건너봤다.

"민영아, 나 오늘 너무 뻔뻔하지."

"옆에서 지켜보기가 낯뜨겁더라."

"미안하다, 그런 말 하기에는 이미 너무 많이 미안한 사람들이잖아. 고맙다는 말로 할 수 있는 도움은 벌써 옛날에 다 받았고."

선홍정밀의 헌신적인 지원은 세광 노동자들이 노조를 결성하고 임금인 상을 요구하며 파업에 들어갔을 때부터 계속되었다. 세광 노동자들이 가장 걱정하던 구사대가 덤벼든 것은 노조를 결성하고 파업농성을 시작한 지 사흘 만이었다. 관리직 사원과 일부 남성노동자들로 구성된 구사대는 각목과 쇠파이프를 휘두르며 정문을 뛰어넘어 덤벼들었다. 미친 듯이 각목을 휘두르는 그들 앞에서 민영은 물론 미정조차도 어찌해야 할 바를 몰랐다.

구사대와 조합원들이 뒤엉킨 운동장은 순식간에 아수라장이 되었다. 며칠 전까지만 해도 거역할 수 없는 상사와 허물없던 동료들의 폭력 앞에 조합원들은 공포와 배신감으로 떨었다. 제대로 한번 싸워보지도 못한 채 본관으로 밀려났다. 본관 3층까지 쫓겨 올라갔을 때는 벌써 다섯 명이 병원으로 실려간 다음이었다. 남은 사람들 중에서도 간부들은 성한 사람들이 없었다.

머리가 깨지고 다리를 저는 동료들을 보며 비로소 조합원들은 복도에 신나를 뿌렸다. 책상을 꺼내다 계단을 막고 방어조를 편성했다.

불을 지르겠다는 위협에 접근을 포기한 구사대는 돌멩이를 던져 3층 유리창을 모두 박살냈다. 농성자들의 수가 곱절은 많았지만 대부분이 여자들이었다. 씨팔년들로 시작하여 온갖 더러운 욕설을 퍼부으며 운동장을 설치고 다니는 구사대를 보며 많은 조합원들은 여전히 겁에 질려 있었다.

상황을 변화시킨 것은 선홍정밀이었다.

퇴근시간이 되면서 이웃 공장의 노동자들이 몰려왔다. 정문 앞에 모여든 노동자들은 노래와 구호를 외치며 세광 노동자들을 응원했다.

"인간답게 살자는데 구사대가 웬말이냐!"

"노조탄압 분쇄하고 세광노조 사수하자!"

회사측도 뒤질세라 옥외 스피커로 유행가를 틀어댔다.

"토요일은 밤이 좋아, 이 밤은 영원한 것, 그리움이 이네. 어둠이 가고 낙엽이 지면 우리들은 헤매지만——"

치직거리는 스피커 소리가 공단을 뒤덮었다.

"노조탄압 자행하는 구사대를 씨말리자!"

지원 온 노동자들은 한목소리로 외쳤다.

"쓸쓸한 갈대숲을 지나, 언제나 나를 언제나 나를 기다리는 너의 아파트——"

"강제와 감시 속에 우울하고 고통에 찬 죽음의 고역 같은 노동에서 해방되어——"

밤 이슥하도록 노동자들의 구호와 회사측의 스피커 소리, 노동가와 유행가가 뒤섞이며 7공단을 떠들썩하게 했다.

끝까지 남았던 선홍정밀의 홍위원장과 사무장 등이 구사대에 납치되어 얻어맞은 것은 이날 자정 가까이 돼서였다. 대부분의 사람들이 돌아간 다음 정문 앞에서 모닥불을 지피고 있던 홍위원장 등을 구사대는 회사 안으로 끌고 들어갔다. 수십 명에게 둘러싸인 채 흠씬하게 두들겨맞고 홍위원장이 회사 밖으로 내팽개쳐졌을 땐 새벽녘이었다.

선홍정밀의 조합원들이 잔업을 제끼고 달려온 것은 바로 그날 저녁이었다.

쇠파이프로 무장한 선홍정밀의 조합원들은 세광을 향해 공단가도를 내달렸다. 작업복 차림에 머리띠를 질끈 동여맨 젊은 조합원들이 앞장을 서고, 머리 희끗한 고참 노동자가 뒤따랐다. 아줌마 조합원들도 처지지 않고 숨을 몰아쉬며 함께 달렸다. 팔뚝을 걷어붙인 그들은 '정의사회 구현'의 공단 파출소와 '화해와 대화로 산업평화'의 수출공단 본부를 단숨에 지나쳐 달렸다.

"노동자로 태어나서 할일도 많다만 너와 나 노조지키는 영광에 살았다."

여기가 세광이야, 밀어붙여. 선홍정밀의 조합원들은 용접해버린 정문을 단번에 밀어제꼈다.

"어떤 새끼가 우리 위원장 깐 거야. 나와!"

죽여버려. 성난 파도처럼 밀려드는 선홍정밀 조합원들 앞에서 구사대는 하나둘 꼬리를 뺐다. 옆사람의 눈치를 흘끔흘끔 살피던 구사대는 생산과장이 뒷담을 넘는 것을 신호로 앞다투어 줄행랑을 쳤다.

미처 도망하지 못하고 현장 사무실에 남아 있던 부사장을 비롯한 상위 관리자들이 선홍정밀 쟁의부원들에게 끌려나왔다. 그토록 거만하던 부사장은 얼굴이 파랗게 질려 연신 고개를 주억거렸다.

"여러분, 이러시면 안됩니다. 이성적으로 대화를 통해서……"

안되긴 뭐가 안돼, 새꺄. 빗발치는 조합원들의 야유가 부사장의 말문을 막았다.

"이러시면 서로에게 불행한 일이 생깁니다……"

저새끼 아직 정신 못 차렸군, 죽으려고 환장한 새끼 아냐. 조합원들의 야유에 다시 말을 이으려던 부사장은 입을 완전히 다물었다. 선홍정밀 노동자들의 고함소리를 헤치고 오른팔에 붕대를 두른 홍위원장이 앞으로 나섰다.

"여러분, 조합원 여러분. 이 사람들을 어떻게 할까요?"

한 손으로 들고 선 핸드마이크를 쟁의부장이 옆에서 받쳐들었다.

무·릎·꿇·려, 무·릎·꿇·려, 선홍정밀 조합원들은 한목소리로 외쳤다.

홍위원장은 말을 끊고 부사장 일행을 돌아보았다. 당신들이 어떻게 해야 하는지 알겠지. 한 명 한 명 뚫어지게 쳐다본 다음 그는 조합원들을 향해 다시 말을 이었다.

"조합원 동지 여러분. 저의 팔 조금 다친 것, 사무장이 좀 얻어맞은 게 대단한 일은 아닙니다. 우리는 그 분풀이를 하러 온 것은 아닙니다. 우리 노동자들이 억눌리고 짓밟히며 살아온 것이 하루이틀이었습니까. 중요한 것은 우리 공장뿐만 아니라 이 7공단 모든 공장에 민주노조를 튼튼히 세우고 모든 노동자들이 떳떳하게 요구하며 당당하게 주장하는 것입니다. 저기 세광의 나이 어린 여성동지들을 보십시오."

홍위원장은 붕대를 감은 손을 구부정하게 들어 본관의 현관 앞을 가리켰다. 어느새 달려나온 세광 조합원들이 이쪽을 지켜보고 있었다.

"일당 삼천칠백이십원을 받으며 하루 열 시간 이상의 노동에 시달리는 저들의 일당 천오백원 인상 요구가 지나친 요구입니까?"

껌값 주는 거야, 완전히 날강도들이구만. 선흥정밀 조합원들 사이에서 비난이 터져나왔다.

"아니면 그래도 배워보겠다고 밤에는 야간학교에 다니는 저 어린 동지들의 강제잔업 철폐 요구가 각목과 쇠파이프로 찜질을 당해야 할 만큼 그토록 부당한 요구입니까? 먼저, 그래도 좌절하지 않고 열심히 살아왔고 또 살아가기 위해 몸부림치며 싸우고 있는 저 동지들에게 뜨거운 격려의 박수를 보냅시다."

열화와 같은 박수가 터져나왔다.

"조합원 여러분. 세광의 어린 여성노동자들이 구사대와 악덕기업주에 맞서 승리를 쟁취할 수 있도록 아낌없는 지원을 약속할 수 있겠습니까?"

"예."

"대답이 작습니다. 약속할 수 있겠습니까?"

"예!"

우렁찬 함성이 세광물산을 메아리쳤다.

"좋습니다. 우리는 오늘 바로 이 자리에서 세광물산 노동자들을 끝까지 지원하기로 약속했습니다."

선흥정밀의 홍위원장은 성난 사자를 다루는 노련한 조련사와 같이 조합원들을 휘어잡으며 분위기를 이끌어갔다.

"그렇다면 오늘 우리들이 이 자리에서 해야 될 것은 딱 두 가지입니다. 첫째."

홍위원장은 검지손가락을 세워 왼팔을 위로 내뻗었다.

"어제 있은 세광 조합원들과 지원 온 우리 노동자들에게 저질러진 구사대 폭력에 대한 공개 사죄와 보상 그리고 구사대의 즉각 해체입니다. 둘째."

홍위원장은 다시 검지와 중지 손가락을 세운 팔을 흔들어 보였다.

"세광노조 인정하고 평화로운 파업농성 투쟁을 보장하며 교섭에 성실히 임해야 한다는 것입니다. 만약 이것이 관철되지 않을 때는, 우리는 이 자리에서 한 발짝도 물러서지 않을 것입니다."

"우리 위원장 확실하다."

다시 고함소리가 터져나왔다.

사·과·해, 사·과·해, 무·릎·꿇·고·사·과·해. 두 차례의 파업투쟁으로 단련된 노동자들답게 선흥 조합원들과 위원장은 박자가 척척 맞았다. 보·장·해, 보·장·해, 노·조·활·동·보·장·해. 세광 노동자들도 목소리를 가다듬어 외쳤다.

선흥정밀 노동자들은 뒤늦게 달려온 사장으로부터 세광노조가 세 가지 사항에 대한 합의서를 받아내는 것을 보고나서야 철수했다.

합의사항 (1) 구사대 폭력에 대한 공개 서면사과 및 부상자 치료비 부담 (2) 구사대 해체 및 평화농성 보장 (3) 노조인정 및 성실교섭. 공장을 완전히 세광노조가 접수하는 것을 확인하고 난 뒤에야 비로소 선흥정밀 노동자들은 소리 높여 노래를 부르며 해산을 했다. 야간규찰 지원조로 연마 1반 20명의 조합원들을 남겨놓고.

이날부터 두 노조원들은 세광과 선흥정밀 노조를 피로 맺은 연대노조라 불렀다.

어느새 굵어진 눈발은 하늘을 가득 채웠다. 선흥정밀의 운동장도 하얗게 뒤덮였다. 미정과 민영은 식당 창밖을 멍하니 지켜보고 앉아 있었다.

회의가 손쉽지 않은 모양이다. 식사시간이 끝난 지 벌써 30분을 넘기고 있었다.

"위원장님 방 빼고 나면 어디서 살 거야?"

"기숙사에 들어오면 되잖아."

"만약 싸움에 지면?"

감옥에 가는 거지, 하는 말을 미정은 하마터면 입밖으로 내뱉을 뻔했다.

"지긴 왜 지니, 임마."

"동생은?"

"동생도 지네 회사 기숙사에 들어가기로 했어."

전세방을 빼겠다고 했을 때 동생은 의외로 담담했다.

――언니, 이젠 아주 미쳤군. 최저생계비가 어떻고 인간다운 삶이 어떻고 하더니 하나 있는 전세방마저 까먹는 거야? 나야 뭐라고 할말 있어? 10년 공장생활해서 번 건 언닌데.

미정이 벌어서 고등학교를 졸업시킨 동생이었다.

――너도 기숙사에 들어가서 좀 지내. 싸움 끝나면 다시 같이 살도록 해. 그리고 내게 혹시 무슨 일이 있더라도 절대 놀라지 말고. 언니가 남에게 해서 안될 일을 한 적은 없지 않니.

"위원장님, 만약 싸움에 지면 내 방에서 같이 살아요."

"질 일 없다고 그랬잖아."

"만약."

"만약도 없다니까."

민영은 뾰로통해져서 창밖으로 눈길을 돌렸다.

"위원장님, 사무실에 가보세요. 잘됐어요."

"식사는 했어요?"

회의를 끝낸 조합의 간부와 대의원들이 왁자지껄 떠들며 식당에 들어섰다.

"오늘은 또 무슨 음모 꾸미느라고들 이렇게 늦었어?"

식당 아줌마들이 간부들에게 친근감을 표시했다.

"아줌마들 월급 올리자는 얘기하다 늦었으니까, 고기 좀 많이 줘요."

"으이구, 맨날 우리 땜이라지. 위원장님은 왜 안 와?"

"곧 올 거예요."

대의원들에게 고개를 숙여 보이고 조합사무실로 향했다. 사무장이 챠트병 출신답게 공고문을 가지런히 적어내려가고 있었다.

임시 상집 대의원 연석회의 결과보고. 하나, 조합비 중 삼백만원을 세광노조에 대출한다. 둘, 만약 위 금액이 3개월 이내에 회수가 불가능할 때는 상집 대의원의 월급에서 일괄 공제한다. 셋, 월급봉투 잔돈 모으기와 자판기 모금액(합계 423,100원)은 전액 전기장판을 구입하여 세광노조에 전달한다.

홍위원장은 책상모퉁이에 걸터앉아 문구를 불렀다.

"줄 바꿔서 넷, 콤마하고 세광노조의 야간규찰 지원에 해당된 부서는 대의원의 책임하에 한 사람도 빠짐없이 참여한다. 마침표하고 끝. 줄 바꿔서 전진하는 선봉노조 선흥정밀 노동조합."

"월급봉투 잔돈 모으기가 뭔가 아세요?"

매직펜 뚜껑을 닫은 사무장이 장난스럽게 물었다.

"월급봉투에서 지폐를 꺼내고 잔돈은 모조리 쏟아붓는 거예요. 월급날 총무과 앞에서 저는 바께스를 들고 있고 위원장님이 선동을 하죠. 자, 동전은 있는 대로 모두모두 쏟아부으세요. 있어도 그만 없어도 그만인 동전은 모두 다 털어요."

사무장은 시장바닥의 장사치마냥 손바닥까지 탁탁 치며 위원장의 선동 모습을 익살스럽게 흉내냈다.

"사무장 저거 사기치네. 바께스 들고 있었던 게 나지 임마. 선동하는 게 좀 쪽팔렸던 모양이지, 왜. 얼굴이 좀 새빨개져서 그렇지 잘하던데."

"막연히 모금 하면 부담스럽잖아요. 작게 내면 찜찜하고. 지폐는 안 받고 동전만 받는다 딱 하니까 그런 거 없잖아요."

"그래도 다 모으니까 바께스가 묵직하더라구요."

"위원장님, 사무장님……"

미정은 무슨 말인가를 해야 했다.

"잊지 않을게요."

미정은 그 이상 다른 말을 할 수 없었다.

"힘냅시다."

홍위원장은 오른손 주먹을 굳게 쥐어 보였다.

"꼭 이겨야 합니다."

사무장이 덧붙였다.

4

해를 넘겼다. 추석과 성탄절, 새해 아침까지 농성장에서 둥우리를 틀고 보냈다.

초저녁부터 불이 켜진 3층 중앙의 사무실은 자정이 넘도록 불이 꺼지지 않았다.

상집회의는 침울했다. 미정이 이날처럼 화를 낸 적은 없었다.

"말을 해, 입이 있으면 말을 해보란 말야! 누가 그 따위 짓을 시켰어?"

모두들 고개를 숙인 채 굳게 입을 다물고 있다.

"순옥이 너, 대답해. 누가 그 따위로 돈 벌어오라고 그랬어?"

순옥은 입술을 깨물고 눈을 똑바로 뜨고 있다.

"도대체 니들이 몇 살이야? 니들은 학생이야, 학생."

어제 저녁 미정은 처음으로 전철역엘 갔다. 조합원들이 전철역에서 커피장사를 시작한 지 열흘 만이었다. 어젯밤은 유난히 바람이 세차게 불어와 장사를 나가지 말라고 제지했지만 순옥은 기어코 조합원들을 데리고 나갔다.

조합원들을 내보내고 상집회의를 하는 동안 바람은 쉬지 않고 몰려와 창문을 뒤흔들었다. 미정의 머릿속엔 장사 나간 조합원들의 얼굴만 떠올랐다. 미정은 서둘러 상집회의를 끝내고 전철역으로 나갔다. 가까이 다가가지 않고 멀찌감치 서서 조합원들이 장사하는 모습을 지켜봤다. 하행 전철이 멈춰서자 사람들이 몰려나왔다. 열 명이 넘는 조합원들은 재빨리 그들 중에서 한 명씩을 붙들고 매달렸다.

"따뜻한 커피 마시고 가세요. 이백원이에요."

"위장폐업 분쇄 커피예요. 도와주세요."

뿌리치고 가는 사람도 있고 영문도 모르고 끌려와서 커피를 마시는 사람들도 있었다. 근심스런 얼굴로 조합원들의 등을 두드려주며 지폐를 놓고 가는 사람도 어쩌다 눈에 띄었다. 그러나 그것은 어쩌다였다.

다시 한 대의 전철이 도착했다.

조합원들은 필사적으로 매달렸다. 사람들은 붙잡히지 않으려고 계단을 뛰어올라갔다. 미정은 가슴이 미어졌다. 그녀는 조합원들이 이렇게 커피를 팔아 오는 줄은 몰랐다. 하루 저녁에 5,6만원씩 팔아 오는 조합원들을 대견스럽게 여기며 그저 고생했다고 격려해온 자신이 죽이고 싶도록 미웠다.

순옥은 손님을 데리고 와 옆에서 얼쩡거리는 조합원들을 독려했다.

미정은 장사가 끝날 때까지 그 아픈 광경을 지켜보고 있었다.

축 늘어진 어깨를 한 조합원들은 버스도 타지 않고 다섯 정거장을 걸어서 세광으로 돌아왔다. 그들의 힘없는 발걸음에서는 좀전의 커피를 팔 때 보이던 뻔뻔스러움과 집요함을 찾아볼 수 없었다. 미정은 그들의 뒤를 따라 공장으로 돌아왔다.

"지금까지 계속 그런 식으로 사람들에게 커피를 판 거야?"

"처음엔 그렇지 않았어요. 조금씩 조금씩 많이 팔려고 하다보니 어제 처럼 된 거예요. 그런데 그게 뭐 그렇게 잘못됐다는 거예요?"

순옥은 대들었다.

"야, 너 아직도 잘했다 이거야? 애들 그렇게 하는 것 보고도 아무렇 지도 않았단 말야. 니들이 거리의 여자들이야? 애들을 창녀로 만들 작 정이야?"

"위원장님은 우리가 장사하고 있는 게 그렇게 마음이 아팠어요? 아니 면 자존심이 상했어요?"

미정은 뚫어지게 순옥을 노려봤다.

학생들 등록금 낸 돈이 위원장과 사무장의 전세방 뽑은 데서 나온 것 이란 사실이 알려지자 순옥은 벌어서 갚아야 한다고 앞장서 주장했다. 미정도 반대하지 않았다. 지금까지 이웃 노조와 학생들, 민주단체에서 모금해온 돈을 앉아서 받기만 했다. 그러나 모금도 한두 달의 얘기였다. 스스로 벌겠다고 나서는 조합원들이 대견스러웠다.

"회사 쪽에서 그 광경을 봤으면 뭐라고 선전했겠어?"

"그게 그렇게 무섭고 중요해요?"

미정은 자리에서 일어나 창가로 갔다. 건너편 식당건물 옥상에서 규찰 을 맡은 조합원들이 모닥불을 피워놓고 노래를 부르고 있었다. 누가 저 들에게 키보다 큰 쇠파이프를 들게 만들었는가. 불길에 일렁이는 그들의 모습을 미정은 묵묵히 지켜봤다. 누가 낯 모르는 사람들의 팔에 매달려 커피를 팔도록 만들었는가.

상집간부들은 의자 깊숙이 몸을 묻은 채 가끔 창가에 등을 돌리고 선 미정을 돌아봤다. 잠바깃을 세운 미정의 뒷모습이 고집스럽다.

"우린 뭐 그짓 하고 싶어서 하는 줄 알아요? 우리도 구걸하듯이 장사 하기 싫어요. 우리도 현장에 들어가서 일하고 싶어요. 신나 냄새도 그리 워요. 학교에서 다른 회사 취직한 애들이 월급봉투 타오는 것 보면 얼마나 부러운지 아세요?" 맺힌 것 많은 순옥이었다.

순옥과 조합의 설득 편지에도 불구하고 순옥의 아버지는 공장을 찾아왔다.

"머리에 피도 안 마른 것이 뭘 안다고 데모질이야, 데모질이."

머리가 하얗게 센 순옥의 아버지는 대뜸 딸의 뺨부터 후려쳤다.

"아빠, 그게 아녜요."

"아니긴 뭐가 아냐. 저 벽에 시뻘겋게 휘갈겨 써놓은 게 빨갱이가 하는 짓이 아니고 뭐야. 당장 짐 싸들고 오지 못해!"

"우린 나쁜 짓을 하고 있는 게 아녜요. 전 죽어도 여기서 나가지 않을 거예요."

"뭐가 어쩌고 어째."

아버지는 순옥의 머리채를 휘어잡았다. 미정이 옆에서 말렸지만 소용이 없었다. 조합원들은 2층 기숙사에서 처음부터 내려다보고 있었다. 참혹한 광경이었다.

"그런 식으로 하려면 김세호한테 머리 숙이고 들어가는 게 나아."

미정의 목소리가 올라갔다. 순옥이 자리에서 발딱 일어섰다.

"그런 식, 그런 식 하는데 그런 식이 뭐 어쨌다는 거예요. 먹고 살 돈이 있어야 싸우는 거 아녜요. 다른 방법이 있음 얘길해보란 말예요. 돈 2억 받고 끝낼 거예요? 전 2억 아니라 이백억을 준다고 해도 철순언닐 배신할 수 없어요."

"야 임마, 내가 언제 돈 받고 끝내자고 그랬어?"

사장은 노동청을 통해 협상을 제의해왔다. 농성조합원 65명에게 2억의 보상금을 주겠다고 했다. 그리고 조합원들의 정신적 피해에 대해서는 다시 중앙일간지 두 곳에 사과광고를 싣겠다고 덧붙였다. 노동청은 조합원 전원의 타회사 취업을 책임지겠다고 제안했다.

간부들은 냉담했다.

"개자식, 그 돈으로 정상가동하면 되잖아."

사장은 보상금의 액수가 더 올라갈 수 있음도 암시했다. 그러나 공장 가동만큼은 어떤 일이 있어도 못한다는 거였다.

"사과광고, 언제는 안 실었어?"

"취업보장 좋아하네. 세광 다닌 줄 알면 어떤 미친 사장이 받아주겠다."

그러나 조합원들 일부가 동요했다. 머릿속에서 2억원이 65로 나눗셈되었다. 1인당 3백만원이 넘는 돈이다. 순옥도 그 정도 산수는 했다. 한달에 5만원씩 붓던 적금이 3백만원이 되려면 꼬박 5년을 부어야 한다는 것도 셈이 되었다.

"더러운 돈 받기보다 벌어서 싸우겠다는 일인데 뭐 잘못됐단 말예요!"

박차고 나가는 문소리가 그녀의 말끝을 맺었다.

순옥이 끝내 아버지에게 끌려가지 않을 수 있었던 건 통장 덕분이었다.

——아빠, 우리가 일 안하는 게 아니란 말예요. 보세요. 내년에 아빠 환갑 해드리려고 매달 5만원씩 적금 부어오던 것마저 사장 때문에 중단했어요. 노조 없애려고 사장이 문을 닫아버린 것이란 말예요.

"순옥이 커피장사를 하는 방법이 지나치긴 했지만 위원장님이 그토록 화를 내는 것도 옳지는 않다고 봅니다. 우리가 더욱 중요하게 바라봐야 할 것은 조합원들 자신이 스스로의 힘으로 투쟁자금을 확보하겠다는 의지입니다."

문화부장이 말문을 열었다.

"커피판매 문제는 접어두고 사장이 제시한 협상안에 대해서 얘기를 해봅시다."

"그 얘기 이미 끝난 거 아녜요. 우리의 요구는 단 하나 정상가동입니다. 더 무슨 얘기가 필요해요."

총무부장이 문화부장의 말을 가로막고 나섰다.

"우리가, 간부들이 싫다, 말도 안된다고 해서 있는 것이 없는 것으로 되진 않아요. 실제로 조합원들은 술렁거리고 있어요. 조합원들의 생각을 먼저 파악해야지 우리만 생각해선 안되는 겁니다."

"그래서 돈을 받자, 그 얘기예요? 간단히 얘기해요."

"아니, 말을 왜 자꾸 그 따위로 합니까. 내 얘긴 술렁거리는 조합원들을 결집시켜야 된다는 겁니다."

둘의 목소리가 올라갔다.

"위원장님이 말씀 좀 하세요."

민영이 다시 자리로 돌아온 미정에게 말을 권했다.

"이번에 사장이 내놓은 협상안으로 조합원들의 일부가 흔들리고 있는 것은 사실입니다. 그동안 우리는 너무 긴 싸움으로 지쳐 있고 사실 승리의 전망도 확실치 않습니다."

회사는 노조가 2억원 협상안을 거부하자 조합원들에 대한 개별공작에 나섰다.

——지금 농성장에서 나오면 3백만원을 준다. 이것이 마지막 기회다. 이 이후에는 1원 한푼도 없다.

집으로 찾아가 가족들까지 유혹했다.

"상당한 현찰로 협상안을 낸 것은 우리 세광의 투쟁이 지역의 임투와 연결되는 것을 막으려는 노동청의 방침 때문인 것 같습니다. 어느 기자에게 들은 바에 의하면 경찰, 안기부, 노동청이 모인 관계기관대책회의에서도 세광투쟁을 가장 목의 가시로 여기고 있답니다. 그러나 저들의 이러한 협상요구도 그동안 우리가 싸워온 투쟁의 성과들입니다. 저들의 이 작은 후퇴 앞에서 우리의 대열이 흐트러진다면 150일간에 걸친 우리의 투쟁은 물거품이 되고 말 것입니다."

"이렇게 하는 건 어떨까요?"

선전부장이 다른 사람들의 눈치를 살피며 조심스레 말문을 열었다.

"한 1억 더 따로 달래서 철순언니 기념관 지으면. 실제로 정상가동은 쉬운 일 같지 않고 더 끌다 나중에 하나씩 떨어져나가서 흐지부지되는 것보다 낫잖아요?"

"철순이가 원하는 건 기념관이 아녜요."

총무부장이었다.

여러 의견들이 쏟아져나왔다. 결론은 쉽게 나지 않았다. 현실적으로 승산이 없는 만큼 돈을 받고 끝내자는 의견은 한두 명이 내세웠다. 나머지는 전원구속이 되더라도 싸우자는 쪽이었다.

"이 문제는 상집에서 다수결로 정할 문제는 아닌 것 같습니다. 앞으로 1주일간 조합원들과 오늘 우리가 했던 회의내용을 가지고 함께 토론해서 결론을 내리겠습니다. 각 조별로 통일된 의견을 구정 연휴가 끝나는 날 저녁까지 마련하도록 합시다."

상집간부들은 한결같이 말없이 회의실을 빠져나갔다. 미정과 민영만이 남았다.

미정은 무너지듯 의자에 주저앉았다. 민영이 석유난로를 미정 옆으로 옮겼다.

"왜, 들어가 자지 않고."

미정은 팔짱을 끼고 의자에 기대누운 채였다.

"위원장님도 같이 들어가죠."

민영은 난로 앞에 쪼그리고 앉아 손을 내밀었다. 난로는 제 몸뚱이 하나를 겨우 데웠다. 미정의 머릿속으로 지난 7개월의 세월이 필름처럼 지나갔다. 노조를 결성한 뒤 단 하루도 평화는 없었다.

이제는 마지막 고비에 서 있다.

"요즘도 애들 밥해 먹이느라고 고생이지?"

"애들한테 미안하지 뭐. 김치 한 가지뿐이잖아. 국도 없이."

반찬 투정하는 조합원들은 없어졌다. 부식비가 별도로 책정되지도 않았다. 밥과 김치가 전부였다. 어쩌다 시장을 다녀와서 반찬을 내놓으면 되레 역정을 부렸다. 돈 없는데 뭐하러 이런 데 쓰느냐고. 해가 바뀌면서 조합원들은 강도 높은 투쟁이 다가오고 있음을 직감하고 있었다.

아무도 입밖에 내지 않았지만 감옥은 물론 그보다 더한 희생이 요구되고 있다는 것을 알고 있었다.

"미정언니, 인간적으로 물어볼 게 있는데 솔직히 대답할 수 있어?"

미정은 고개를 끄덕였다.

"미정언니, 감방에 갈 생각이지."

미정은 표정도 대답도 없다.

"누구누구 감방에 갈 건데?"

희미한 노랫소리가 들렸다. 건너 건물 옥상에서 규찰조가 부르는 노래다. 벽시계는 새벽 2시 20분을 넘고 있었다. 민영은 미정의 대답을 기다렸다. 노래가 그치고 정적이 흘렀다.

"무섭니?"

"응. 솔직히 그래."

민영의 대답에 미정은 고개를 끄떡거렸다.

"언닌 무섭지 않아? 감방 가는 거."

미정은 고개를 천천히 저었다.

"무서운 건 감옥 가는 게 아냐."

"그럼?"

"이 싸움에서 지는 거야."

미정은 눈을 감은 채 입술을 깨물었다.

"내가 감옥에 감으로써 우리가 이길 수만 있다면 난 평생이라도 가 있겠어. 아니 그 이상도 할 수 있어."

"어딜 쳐들어갈 거야? 사장집? 아니면 노동부장관실? 요즘 같으면 어딜 들어가든지 구속이겠지. 구속된다고 위장폐업이 철회되는 것도 아니잖아."

미정이 자신의 머리칼을 움켜쥐었다. 그리고 미친 듯이 소리쳤다.

"억울해, 이대로 김세호한테 진다는 건 너무 억울해. 참을 수가 없어."

철순이 공장 지붕에서 떨어진 것은 노조를 결성하고 파업농성을 시작한 지 16일째 되던 날이었다.

꿈에 부푼 노조결성이었다. 다시는 동료를 선동하여 회사에 누를 끼치지 않겠다는 각서를 쓴 지 4개월 만이었다.

미정은 위원장에 뽑혔다. 철순과 민영은 사무장과 회계감사에 선출되었다. 요구사항은 간단명료했다. 어용노사협의회 폐지와 노조 인정, 일당 1,500원 인상, 강제잔업 철폐, 이 세 가지였다.

세광 노동자들의 참여와 열기는 대단했다. 노동자들의 단결은 사장과 관리자들이 몇 년에 걸쳐 매일같이 다지며 억눌러온 질서를 단 하루아침에 뒤집어버렸다. 민주적으로 각성하고 노동자로서 단결한다는 것은 무서운 것이었다. 스스로 대표를 뽑고 스스로 규율을 만들고 스스로의 몫을 감당해나가는 새로운 질서를 만들어냈다.

노조결성 보고대회와 동시에 파업농성은 시작되었다.

그러나 공단에서 현금재벌로 통하는 사장도 만만치 않았다. 구사대를 통한 폭력탄압은 연대투쟁에 의해 실패했다. 사장은 장기전을 걸어왔다. 물량을 하청공장으로 빼돌리고 교섭에 응하지 않았다. 조합원들이 지쳐 떨어져 스스로 와해될 때까지 버티겠다는 의사를 노골화했다. 보름이 지나도록 제대로 이루어진 교섭은 단 한 차례도 없었다.

조합원들은 초조하고 불안해하기 시작했다. 길어야 일주일이면 끝나겠지 했는데 타결될 전망이 조금도 보이지 않자 동요하기 시작했다. 변화없는 상황에 지친 조합원들은 긴장이 풀렸다. 규율은 흐트러져갔다. 낮에 몰래 빠져나가 돌아다니다 오는 조합원들도 한둘이 아니었다.

회사측이 들여보낸 끄나풀은 집행부가 외부세력과 연계되어 일부러 교섭을 않고 싸움을 길게 끌고 있다는 헛소문을 퍼뜨렸다. 그들은 지도부에서 밀려난 일부 남성조합원들을 계속 들쑤셨다. 농성장 내에 술판을 벌였고 근거없는 시비를 걸었다.

한번도 싸워본 경험이 없는 지도부로서는 어느 것 하나 쉬운 것이 없었다. 한결같이 며칠 사이에 얼굴이 몰라보게 여위었다. 특히 병약한 철순은 제대로 식사도 못하여 보는 이들을 안타깝게 했다. 철순은 얼굴은 뼈가 앙상하게 드러났고 입술은 하얗게 갈라졌다. 눈은 퀭했으며 목소리는 잠겨 있었다.

언제까지 농성장에만 둥우리를 틀고 앉아 있을 순 없었다. 내부분열과 와해를 노리는 사장의 교섭지연 술책을 분쇄하고 투쟁에 새로운 활력을 불어넣을 전기의 마련이 절실했다. 집행부에서는 '파업기금 마련을 위한 연대집회'를 계획했다.

7월 16일로 예정된 집회가 하루 앞으로 다가왔고 조합원들은 준비에 박차를 가했다. 하루종일 현수막을 만들고 노래와 촌극을 연습했다. 나이 어린 조합원들이 풀통을 들고 공단을 돌며 안내문을 도배했다. 회사의 끄나풀들은 그 시간에도 수위실에서 술판을 벌였다.

"철순아, 너 하루종일 아무것도 안 먹고 그러다 쓰러진다."

미정이 현수막을 걸러 다니는 철순에게 기숙사 들어가서 쉬라고 말렸다.

"괜찮아. 이제 다했는데 뭐."

그 말이 미정이 들은 철순의 마지막 말이었다. 미정은 철순을 뒤로 하고 노래 준비를 둘러보러 갔다.

철순이 현수막을 걸기 위해 본관 옥상으로 올라간 것은 밤 9시가 넘어서였다. 이미 어둠이 내려앉은 뒤였다.

사장놈이 배짱이면 노동자님은 깡다구다, 현수막을 3층에서부터 바닥까지 늘어뜨렸다. 민영은 철순이 늘어뜨린 현수막의 끝에 돌을 매달아 고정시켰다.

"마지막 하난데 어디가 멋질까?"

철순이 아래를 향해 물었다.

"그 옆에 그냥 걸고 내려와요. 날도 어두운데."

민영의 옆에서 도와주고 있던 조합원 하나가 소리쳤다.

"아냐. 마지막에 걸려고 남겨둔 건데, 멋진 곳에 달아야지."

"뭔데?"

민영이 위를 보고 물었다.

"노동자의 서러움 투쟁으로 끝장내자!"

3층 옥상에서 외치는 철순의 잠긴 목소리를 민영은 알아들을 수 없었다.

"뭐라구?"

비상계단을 타고 내려온 철순에게 민영이 다시 물었다.

"노동자의 서러움 투쟁으로 끝장내자, 어디가 좋을까?"

"글쎄."

"저 굴뚝에 거는 게 제일 눈에 잘 띄지 않을까? 공단 어디서나 다 보일걸. 어때?"

철순은 공장 지붕 위에 우뚝 솟은 굴뚝을 가리켰다.

"잘 띄기야 하겠지만 너무 높아서 어떻게 올라갈 수가 있어. 현장 지붕 위로 올라가는 계단도 없는데."

"걱정 마, 내가 올라갈게. 이 날씬한 몸매가 있잖아. 저기 사다리나 좀 가져다줘."

조합원들이 본관 앞 바리케이드용으로 놓여 있던 사다리를 들고 왔다.

"내가 올라갈게."

민영이 나섰다.

"이 사다리나 잘 붙들어. 니들 같은 돼지가 올라가면 지붕 무너진다."

민영은 사실 굴뚝에 올라갈 자신이 없었다. 철순은 이미 사다리를 오르고 있었다.

"아이고, 그러다가 바람에 날려갈라."

사다리를 잡고 선 조합원들이 떠들었다. 사다리를 오르는 철순의 다리가 후들거리고 있다는 것은 그 자신밖에 몰랐다. 빈속이 울렁거렸다.

굴뚝은 공장 지붕 가운데 솟아 있었다. 철순이 슬레이트 지붕 아래로 추락한 것은 굴뚝을 향해 두어 발짝을 채 못 옮겨서였다. 슬레이트 지붕이 무너지면서 철순은 공장 속으로 떨어졌다. 낡아빠진 슬레이트 지붕은 철순의 야윈 몸뚱이 하나도 지탱할 수 없었던 것이다. 쿵, 소리를 듣고 민영이 현장 안으로 달려들어갔을 때 철순은 이미 피를 흥건히 뿌린 채 증기가마 옆에 널부러져 있었다. 지원 나와 있던 선흥정밀의 대의원 하나가 민영과 조합원들이 울며 떠메고 나오는 철순을 받아 업었다. 선흥정밀의 대의원은 피가 뚝뚝 떨어지는 철순을 들쳐메고 큰길로 내달렸다.

달리는 택시 속에서 민영은 철순의 가슴에 귀를 대봤다. 심장은 희미하게 뛰고 있었다.

철순의 뇌수술은 시작한 지 1시간 10분 만에 중단되었다. 집도를 맡았던 의사는 뇌의 파손이 워낙 심해 더이상의 수술이 불가능하다고 밝혔다. 다시 봉합수술을 하고 자기 치유능력에 따른 회생을 기대할 수밖에 없다는 것이 그의 설명이었다. 쓰러진 철순의 어머니도 중환자실로 옮겨졌다.

민영은 철순의 생명이 인공호흡기로 유지되는 이틀 동안 병실 문앞에 쪼그리고 있었다. 이튿날 아침 한때 상태가 호전되어 인공호흡기를 떼어내기도 했다. 민영은 실낱 같은 희망을 붙들었다. 그러나 철순은 끝내 회생하지 못했다.

소식을 듣고 달려온 지역의 노동자, 동료들의 눈물어린 간구도 소용없이 철순은 숨을 멈췄다.

1988년 7월 17일 밤 9시 45분, 마지막 말 한마디 남기지 못하고 철순은 스물여섯의 나이로 한많은 노동자의 삶을 마감하였다. 그녀가 떨어지는 순간까지 한끝을 놓지 않았던, 끝내 걸지 못한 현수막만이 뚫어진 지붕에 늘어쳐진 채 유언을 대신했다.

'노동자의 서러움 투쟁으로 끝장내자!'

민영과 미정은 병실 문짝에 매달려 울었다.

철순의 시신은 영안실로 옮겨진 채 열흘을 보내야 했다.

넋을 잃은 어머님의 모습은 민영과 미정의 가슴을 무너지게 했다. 그러나 사흘 만에 겨우 기력을 차린 어머님의 태도는 철순의 어머니다웠다.

"우리 딸이 해달랬던 거 다 해줘. 우리 딸 남한테 손톱만치도 못할 짓한 적 없어. 내 보상금 한푼 달라고 하지 않아. 우리 딸이 애지중지하던 저애들 해달라는 거 다 들어줘. 안 그럴 양이면 우리 딸애 살려놓고 걔한테 얘기해."

그리곤 다시 말을 잊었다. 빈소 앞에 넋을 잃고 앉아 있는 어머님을 보면 민영은 자신이 철순을 죽인 것 같아 견딜 수가 없었다.

경찰이 시신을 빼돌린다는 소문이 나돌았다. 민영은 매일 몇 구씩 들어오고 나가는 시신을 일일이 감시했다. 시신마저 저들의 손아귀에 빼앗기지는 말아야 했기에. 사장은 그 순간에도 조합원들을 동요시키기 위해 누가 밀지 않았느냐, 경찰에서 조합원들을 전원 잡아다 조사할 것이다, 위협을 했다.

철순의 어머님은 영안실을 지키고 있는 조합원들의 손을 말없이 잡아주곤 하였다. 사장은 철순의 죽음 앞에서도 의연했다. 대단한 사람이었다.

미정은 가슴이 죄어왔다. 멀쩡한 자식이 죽었고, 그 자식의 장례도 못치른 채 영안실에 앉아 있는 어머님의 심정을 도대체 어떤 말로 표현할 수 있겠는가. 친척들은 보상비나 받고 장례를 치르라고 어머님에게 말을 건넸다. 회사와 경찰도 이웃을 통해 말을 넣었다.

미정은 아무 말도 할 수 없었다. 철순의 시신을 무더운 한여름에 영안실에 뉘어두고 싸웁시다, 그렇게 말할 수는 없었다. 죄인이 되어 어머님의 곁에 앉아 있을 수밖에 없었다.

영안실로 옮긴 지 7일째 되던 날 어머님은 열쇠를 꺼내 철순의 동생에게 건네주었다.

"집에 쌀 두 가마 있는 거 가져와라."

철순의 여동생은 무슨 말인지 알아듣지 못했다.

"집에 쌀 두 가마 있는 거 가져오란 말이다. 한 가마는 공장에 애들 갖다 주고 한 가마는 이리로 가져와. 애들도 먹어야 싸울 거 아냐."

한마디 한마디가 심장에서 나오는 신음이었다.

"나쁜 놈들."

미정은 죽는 순간까지 어머님의 이 저주를 잊지 못할 것이다.

장례식은 열흘 뒤에야 치러졌다.

송철순 민주노동자장, 태극기에 싸인 철순의 영구는 조합원들의 손에 의해 영안실을 출발하였다. 점심시간에 맞춰 장례행렬이 지난 공단가도 는 7, 8공단의 노동자들로 메워졌다.

"여기 우리의 동지 송철순 민주노동열사가 떠나갑니다. 노동자의 서러 움 투쟁으로 끝장내자, 외치며 외치며 떠나갑니다. 누구보다 이 7, 8공단 을 사랑하였던, 노동자의 인간다운 삶을 갈망하며 싸우다 산화해간 송철 순 동지가 여러분들에게 마지막 인사를 고하며 떠나갑니다."

검은 천으로 둘러싸인 선도방송차는 연도의 노동자들을 울렸다. 벗이 여 고이 가소서. 삼기실업, 동일전자, 로얄공업, 청호산업 노동조합원들 이 현수막을 앞세우고 공단 어귀어귀에서 철순의 운구를 맞이했다. 선흥 정밀 노조원들도 전원이 작업복에 검은 완장을 하고 철순을 맞았다. 그 들의 앞으로 펼쳐진 검은 현수막엔 이렇게 적혀 있었다. 해방의 불꽃으 로 영원하라 동지여! 노동해방의 그날에 부활하라 송철순 동지여, 선흥 정밀 노동조합원 일동.

장례식은 그녀의 숨결이 구석구석 배인 세광물산 운동장에서 열렸다.

"철순아, 누구보다도 열심히 우리의 앞에서 싸웠던 철순아! 우리는 네가 무슨 말을 하고 싶어하는지 안다. 며칠을 견디지 못해 우리는 흔들 리고 약해졌었다. 우리들은 너무 이기적이었고 나태했었다. 우리는 알게 되었다. 너의 죽음 앞에서조차 회개할 줄 모르는 가진자들의 오만함과 어머님의 눈물 속에서 우리가 어떻게 해야 하는지 알게 되었다. 철순아, 이제 지켜보아다오. 세창의 깡순이들이 어떻게 싸우는지를. 넌 우리의 가슴속에 살아 우리가 내딛는 다리와 팔뚝 속에서 함께 할 것이다. 너는 노동자가 해방되기 위해 어떻게 싸워야 하는지 너의 죽음으로 가르쳐주었다. ……보아다오, 철순아. 우리의 전진을, 우리의 투쟁을, 우리의 승리를……"

미정은 추모사를 끝까지 읽어내려갈 수가 없었다.

장례식을 마친 철순의 영구는 수출공단 본부 앞에서 노제를 지낸 뒤 장지인 경기도 마석의 모란공원으로 옮겨졌다. 전태일, 박영진, 성완희 열사가 잠든 묘역에 철순은 안장되었다.

공장엔 다시 기계소리가 울렸다. 벽과 담벼락을 도배했던 구호와 요구사항들이 말끔히 지워지고 철순이 떨어졌던 현장바닥의 핏자국도 씻겨졌다. 세광 조합원들의 가슴에 검은 리본이 달려 있는 것을 빼고는 예전과 다름없었다.

그러나 세광 깡순이들의 아픔은 이것으로 끝나지 않았다. 오히려 시련의 시작은 이때부터였다.

정상조업의 재개와 동시에 폐업설이 현장에 떠돌았다.

28일간의 파업농성을 마친 조합원들은 평화로운 일터에서 동료를 잃어버린 상처를 아물리고 싶었다. 그러나 운명은 세광 깡순이들에게 가혹했다. 김세호 사장의 노조에 대한 적대행위는 집요했다. 세광물산발전추진위원회란 반노조 조직을 만들고 그들로 하여금 탄압의 전면에 나서도록 하였다. 한편으로는 폐업설을 계속 흘려보냈다. 노조가 결성됐을 때 구사대로 나섰던 세광물산발전추진위원회의 구성원들은 술을 마시고 노조 사무실에 들어와 집기를 부수고 행패를 부렸다. 미정은 세발추(세광 깡순이들은 세광물산발전추진위원회를 이렇게 줄여서 불렀다)의 구성원들이 철순의 초상화가 놓인 조합사무실에서 행패를 부리는 것에 대해 참을

수 없는 분노를 느꼈다. 그러나 인내했다. 노조는 최대한 인내를 결의했
다. 회사의 사정을 공개하고 협조를 요청하면 생산량 증가에 노력할 의
향이 있음도 분명히 했다.

세발추는 일당이 너무 많이 올라 회사가 망하게 생겼으니 임금을 도로
내리자는 것이었다. 어이가 없었다. 일당 3,720원에서 1,200원 올라 4,
920원, 한달 해봐야 147,600원이었다. 세광의 노동자들은 한달 30일 일
하고도 147,600원 받는 것마저 지나친 것이다.

김세호 사장이 바라는 것은 생산량의 증가도 임금의 인하도 아니었다.
그가 원하는 것은 노조의 해산과 조합원들의 퇴직뿐이었다.

그는 미정과의 단독대담에서 자신의 의도를 숨김없이 드러냈다.

"회사 사정이 정말 어렵다면 그것을 공개하세요. 노조도 최대한 협조
하겠습니다."

"이것저것 떠나서 난 더이상 장사하기가 싫어."

"사장님에겐 이 공장이 돈 버는 하나의 수단에 불과한지 모르지만 저
희들에겐 생계가 걸린 일터입니다. 300명의 생계를 사장님 기분이 나쁘
다고 짓밟을 수는 없잖아요."

"내 회사 내가 안하겠다는데."

마침내 사장은 폐업을 선언했다. 합의서의 인주가 마르기도 전에 그는
합의사항을 휴지조각으로 만들었다.

김세호 사장은 노조의 요구사항에 대해 합의하고 정중한 사과문을 철
순의 장례날인 7월 26일자 ㅎ신문에 게재까지 했었다.

근조, 송철순 민주노동열사. 지난 7월 15일, 파업농성중 송철순 노
동조합사무장이 지붕에서 추락하여 끝내 숨을 거둔 데 대하여 세광물
산(인천 주안 7공단)의 사용주로서 고인의 영전에 깊이 사죄드리며 가
족과 조합원들에게 사과를 표합니다. 기업을 운영하면서 노동자들의
절박한 요구를 절실하게 느끼지 못하고 소홀히 하여 파업이 장기화되

고 급기야는 한 사람의 목숨까지 잃는 비극을 초래한 데 대하여 그 책
임을 절감하며 앞으로 노동자들의 노동조건 향상에 최선의 노력을 다
할 것이며 노동조합의 자유로운 활동을 전면 보장하겠습니다. 이제 우
리 세광물산의 사용자는 노동조합의 요구사항에 대하여 전면 합의하고
고인의 장례를 치르게 되었습니다. 진심으로 고인의 명복을 기원하며
고인의 유지를 받들어 노조활동에 성실히 협조할 것을 상심하고 계신
가족과 조합원 그리고 고인의 운명을 가슴 아파하는 모든 분들께 엄숙
히 약속드립니다.

(주)세광물산 대표이사 김세호

그는 스스로 합의서의 조인식을 철순의 빈소 앞에서 갖자고 하여, 철
순이 내려다보는 앞에서 제 손으로 서명까지 했었다.

조합원들이 분노한 것은 철순의 무덤에 흙도 마르기 전에 그의 시신
앞에서 한 약속을 짓밟은 김세호에 대한 배신감 때문이 아니었다. 폐업
선언을 한 그날이 바로 철순의 49재 날이어서도 아니었다. 조합원들의
가슴속에 쌓인 분노와 적개심을 폭발케 한 것은 철순의 찢긴 초상화였
다.

사장의 폐업선언에 따른 대책을 마련하기 위해서 전조합원이 식당에
모여 있는 동안 회사는 조합사무실에 비치된 철순의 초상화를 갈가리 찢
어놓았다. 찢겨진 철순의 대형 초상화를 부여안고 울부짖는 조합원들의
눈에선 불길이 타올랐다.

찢겨진 철순의 초상화를 앞에 놓고 49재를 지냈다. 철순의 어머니는
또 한번 실신을 했다. 49재, 정상조업에 들어간 지 꼭 일개월 만에 세광
깡순이들의 위장폐업 분쇄투쟁의 기나긴 막은 올랐다.

철순의 1주기 때 쓰려고 고이 접어두었던 피문은 현수막이 다시 내걸
렸다.

미정이 올라갔다. 철순이 못다 오른 굴뚝 위로 올라가 현수막을 붙들

어맸다.

'노동자의 서러움 투쟁으로 끝장내자!'

세광 깡순이들은 다시 자신의 키보다 더 큰 쇠파이프를 들었다.

5

민영은 현장문을 열고 들어갔다. 스위치를 올렸다. 천장 높이 매달린 수은등이 뿌옇게 불을 밝혔다. 성형실 복도에는 깨진 인형과 형틀이 널브러져 있었다.

민영은 작업대 한쪽을 짚고 인형더미를 뛰어넘었다. 거쳐지나는 정형실도 마찬가지로 어지러웠다.

화공부 콘크리트 기둥에 붙은 스위치를 올렸다. 두 줄로 기다랗게 누운 작업대 위의 형광등들이 끔벅거리며 불을 밝혔다. 주임의 책상을 돌아 민영은 자신의 작업대로 갔다.

작업대에 손을 짚었다 떼자 손자국이 고스란히 찍혀났다. 의자에도 먼지가 두텁게 앉아 있었다. 손바닥으로 의자를 털고 앉았다. 도색을 기다리는 방망이곰들이 박스째 쌓여 있었다. 민영은 한 박스의 인형을 꺼내 작업대 위에 가지런히 올려놓았다.

붓꽂이의 붓들이 뻣뻣하게 굳어 있었다. 민영은 신나통을 꺼내 용기에 부었다.

둥근붓과 5호붓을 신나에 빨았다. 말라붙은 파레트도 씻었다. 다섯달 만에 맡는 신나 냄새가 짜릿했다.

다시 붓을 잡을 수 있는 날이 올까.

민영은 꼼꼼히 방망이곰의 몸채에 붓질을 해나갔다. 그리고 다리와 팔을 칠했다. 얼굴색을 올렸다. 곰인형의 표정이 살아났다. 눈을 그리고, 다음 인형으로 붓을 옮겨갔다.

민영의 손길이 점점 빨라져갔다. 한 박스를 다 칠했을 때 민영의 코끝에는 땀이 송골송골 맺혀 있었다. 벽시계는 멈춰 있었다. 손목시계를 들여다보았다. 4시를 넘고 있었다.

결전의 날이 왔다.

철순이 맡았던 화공 2부의 작업대가 건너보였다.

출발시간이 다가오고 있다.

오늘 낮엔 철순의 묘소에 다녀왔다. 철순에게 출정인사를 했다.

가져간 사과와 배를 차려놓고 조합원들은 무덤 앞에 둘러섰다. 미정이 인사를 했다.

"철순아, 우리 왔어. 일어나봐. 자주 못 찾아와서 미안해. 아직도 싸움이 끝나지 않았어. 먹을 거 많이 못 사왔어. 돈이 별로 없어. 그래도 너 먹으라고 사온 거니까 많이 먹어."

조합원들의 눈언저리마다 물기가 배어났다.

민영은 철순에게 미안했다. 사과 3개, 배 2개, 북어 한 마리, 소주 한 병이 전부였다. 철순이 좋아하는 커피를 가져갔는데 버너가 고장나서 끓여주질 못했다. 하는 수 없이 찬물에 커피를 타서 주었다. 잔업을 하면 하루에도 대여섯 잔씩 커피를 마시던 철순이었다.

철없는 애들은 언제 울었나 싶게 사과와 배를 달라고 미정을 졸랐다. 미정은 돌아가서 많이 사주겠다고 조합원들을 달랬다.

철순이 처음으로 조합원들에게 가르쳐주었던 노동해방가를 같이 불렀다. 그리고 조합원들은 새로 나온 노래를 철순에게 들려주었다. 동지여 내가 있다,를 부르다 목이 메어서 민영은 마저 부를 수가 없었다.

"그날이 올 때까지/그날이 올 때까지/우리의 깃발을 내릴 수 없다/이름없이 쓰러져간 동지들이여/외로워 마/서러워 마/우리가 있다/힘찬 깃발 휘날리며/나 여기 서 있다.

새날이 올 때까지/새날이 올 때까지/우리의 투쟁을 멈출 수 없다/싸우다가 쓰러져간 형제들이여/외로워 마/서러워 마/우리가 있다/찢긴 깃발 휘날리며/나 여기 서 있다."

성완희, 박영진, 전태일 열사와 문송면군의 묘소에도 참배를 했다. 한 맺힌 죽음들은 철순만이 아니었다.

준비해간 빵을 나눠먹고 일기가 적힌 묘비 앞에서 기념사진을 찍었다.

'하루 평균 11시간의 노동, 거듭되는 피로에 쌓일 대로 쌓인 감정들과 지치고 야위어가는 몸. 신경은 점점 더 예민해져가 칼날처럼 날카로워지고 졸리고 피곤한 몸은 자판기의 130원짜리 질 낮은 커피로 일으켜세우고 거듭 쌓이는 노동의 피로로 몸은 썩어들어가는 듯하다. 이 자리에서 떨쳐버리고 일어설 용기가 없다면! 없다면, 하릴없이 노동만 하고 앉았는 노동자에 불과하다면, 착취의 선두주자인 자본가계급의 기름진 배를 더욱 기름지게 만들어주는 것 이상의 가치가 무어가 있는가!'

다시 방망이곰 한 박스의 칠을 끝냈을 때 시계는 5시 10분 전을 가리켰다.

민영은 붓과 파레트를 깨끗이 씻어 가지런히 놓았다. 그리고 철순의 자리 앞으로 갔다. 철순의 작업대 위에도 뽀얗게 먼지가 쌓여 있었다.

'철순아, 이기고 돌아올게.'

민영은 손가락으로 먼지 쌓인 작업대 위에 썼다.

새벽 5시 정각, 조합원 전원이 식당에 모였다. 모두들 옷을 단단히 차려입었다. 식당 안은 팽팽한 긴장이 감돌았다.

묵념. 정면에는 검은 액자에 담긴 철순의 영정이 놓여 있었다.

"조합원 동지들, 마침내 결단의 시간이 왔습니다. 150일 동안 싸워온 우리들의 투쟁은 승패의 갈림길에 섰습니다. 우리의 150일은 힘겹고 험난한 시간이었습니다. 그러나 그 150일 동안 흘린 땀과 눈물은 우리 모두를 위한, 우리 자신을 위한 것이었습니다. 우리 자신을 위한 땀흘림과 눈물을 아까워하지 맙시다. 우리가 아직 눈뜨지 않은 노동자였을 때 우리의 시간들은 오로지 사장을 위해 쓰여졌습니다. 그러나 우리가 인간으로 살기를 갈망하며 싸워온 지난날들은 비록 어렵고 고통스러웠지만 그동안 우리는 해방의 세상에 살았습니다. 사장은 우리를 돈으로 무릎 꿇게 만들려 하고 있습니다. 2억, 우리들에게는 상상할 수 없는 큰돈입니다. 우리의 영원한 동지 철순이는 단돈 1,500원을 더 받으려고 싸우다가 죽었습니다."

미정은 말을 끊고 천장을 쳐다봤다.

"2억, 너무나 큰돈입니다. 그러나 우리가 원했던 돈은 인간다운 삶을 이어나가기 위한 것이었을 뿐, 돈에 대한 탐욕이 아니었습니다. 우리는 부자가 되려고 했던 게 아닙니다. 인간답게 살고 싶었던 것뿐입니다. 김세호 사장이 내놓은 2억의 돈을 우리는 뿌리치기로 결의했습니다. 김세호 사장에게는 돈이 가장 소중한지 모르지만 우리에게는 돈보다 더욱 소중한 것이 있기 때문입니다. 동지에 대한 변할 수 없는 애정과 참 인간다운 삶이 중요하기 때문입니다. 우리는 이제 천만 노동자의 자존심을 보여주어야 합니다. 돈으로 되지 않는 게 있다는 것을 보여주어야 합니다. 우리의 가슴에 피눈물을 흐르게 하고 자신은 궁궐 같은 집에서 제 피붙이와 희희낙락 살게 내버려두지는 말기로 합시다. 이제 우리는 사랑을 말하지 않습니다. 이제 우리는 화해를 믿지 않습니다. 우리는 오직 불타는 적개심으로, 비타협적으로 싸울 뿐입니다."

미정은 조합원 하나하나를 둘러보았다.

"조합원 동지들, 우리는 승리해야만 이 자리에 다시 돌아올 수 있습니다. 김세호를 무릎 꿇려야만 현장에 들어가 다시 작업대에 앉을 수 있습니다. 이기고 돌아옵시다."

조합원 동지들, 사랑합니다, 며 미정이 말을 맺었다.

어두운 죽음의 시대 내 친구는 멀리 갔어도, 어깨를 걸고 나지막이 함께 노래를 불렀다. 토막초가 하나씩 나누어지고 불이 꺼졌다. 굵은 눈물 흘리며, 역사가 부른다.

미정부터 촛불과 함께 결단의 마음을 밝혔다.

"노동자의 눈물 없는 해방의 새날을 위해 온몸을 던져 싸우겠습니다."

민영이 촛불을 이어받았다.

"우리로부터 웃음을 빼앗아간 자들로부터 다시 웃음을 빼앗기 위해 싸웁시다."

"정상가동이 되어 나도 친구들 앞에 월급봉투를 내밀고 싶다……"

"그동안 동료들을 사랑하지 못했습니다. 용서를 바랍니다."

65개의 촛불이 어둠속에서 빛을 발했다.

순옥이 출정선언문을 읽어나갔다.

"김세호 사장, 또 다른 생명을 요구하는가! 더 많은 피를 요구하는가!

노동부, 당신들은 송철순 동지의 목숨 하나로는 아직 우리의 희생이 부족하다고 생각하는가! 더 큰 우리의 희생을 요구하는가!

당신들이 우리를 짓밟음으로써 열사의 뜻을 지워버릴 수 있다고 생각한다면, 2,500만 노동자의 자존심을 짓뭉개버릴 수 있다고 생각한다면, 그것이 얼마나 착각인가를 우리는 보여주겠다.

우리의 요구는 단 한가지. 우리의 일터를 돌려달라!

이제 우리는 당신들을 2,500만 노동자의 이름으로 응징할 것이다!

우리는 선언한다. 죽을 수는 있어도 질 수는 없다!"

서로의 이름을 부르며 한 사람씩 돌아가며 악수를 했다.

모든 촛불을 껐다. 온통 어둠뿐이다.

낮은 노랫소리가 가슴에서 가슴으로 물결쳤다. 흩어지면 죽는다. 흔들려도 우린 죽는다. 하나되어 우리 나선다. 승리의 그날까지. 지키련다, 동지의 약속. 해골 두쪽나도 지킨다……

민영은 2조의 조장이 되어 정문을 빠져나갔다.

미정은 마지막 5조를 이끌고 세광을 나섰다.

캄캄한 새벽하늘에 펄럭이는 깃발들만 소리없는 함성으로 이들의 출정을 배웅했다.

<1989, 창작과비평 봄호>

내일을 여는 집

1

유아원이 있는 골목으로 접어들었다. 골목 안은 매섭게 몰아치는 바람의 통로였다. 성만은 파카의 깃 속으로 목을 잔뜩 움츠렸다. 파카 깃의 끝단추가 입술 끝에 와 닿았다. 차가운 금속성에 진저리를 치며 턱을 뽑았다. 기다렸다는 듯이 한떼의 날선 바람이 몰려와 이미 얼어버린 그의 얼굴을 핥고 지나갔다. 세번째 다시 돌아 들어온 골목 입구였다. 한번 기울기 시작한 겨울해는 어느새 자취를 감추고 전신주의 허리춤에 매달린 백열갓등이 파리하게 빛나기 시작했다. 등뒤로부터 쏟아진 백열갓등의 불빛은 그의 앞으로 길게 그림자를 늘어뜨렸다.

걸음을 옮겨놓을 때마다 포장되지 않은 길바닥에 누운 자신의 그림자가 흔들렸다. 성만은 자신의 상체가 심하게 흔들린다고 느꼈다. 오늘 낮 동안 느꼈던 현기증이 되살아났다.

"몇 년 경력이오?"

면접관인 과장명찰의 사내는 성만을 흘끗 쳐다보며 물었다.

"십이 년 잡았습니다."

"엔씨도 다뤄봤겠구만."

과장명찰은 책상 위에 펼쳐놓은 도면에다 눈길을 박은 채 중얼거렸다. 대답을 해야 할지 알 수가 없어 성만은 잠시 망설였다. 성만의 연배밖에 되어 보이지 않는 과장명찰은 고개를 숙인 채 연신 콧구멍을 팠다.

"물론입니다. 선반이란 선반은 대충 다 잡아봤습니다. 엔씨는 재미가 없지요."

그가 다시 고개를 쳐들었을 때야 성만은 대답을 했다. 끝말은 괜히 했나 싶었지만 이미 입술을 떠난 뒤였다.

"지금 우리가 사람을 필요로 하는 곳은 생산부요. 단능작업인데 할 수 있겠소?"

"해야지요."

"나중에 일하다가 공작실로 옮길 수도 있지만 그때까진 일당이 좀 적을 거요. 이력서 가지고 왔소?"

성만은 들고 있던 봉투를 내밀었다. 봉투를 거머쥐었던 손바닥은 땀으로 촉촉히 젖어 있었다.

"주민등록증도 주시오."

성만이 내민 주민등록증을 받아든 과장명찰은 이력서에 붙은 사진과 주민등록증을 번갈아 훑어봤다. 과장명찰은 이력서를 훑어보면서도 연신 쿵쿵거리며 콧구멍을 후벼댔다.

"대성중공업은 왜 관뒀소?"

간간이 끄덕거리던 고개를 갸웃하며 과장명찰이 물어왔다. 일이 어긋나기 시작했다.

"장사를 좀 해볼까 하다가…… 일이 잘 안 풀려서요."

그래도 성만은 태연히 준비했던 대답을 했다.

"여긴 대성중공업보다 대우가 훨씬 못한데, 상여금도 적고."

"알고 있습니다. 내 발로 나온 회산데 새로 시작해야지요."

"그래요. 대성중공업 전화가 몇 번입니까?"

과장명찰은 다림질 자국이 선명한 작업복 어깨에 나란히 꽂힌 네 개의 볼펜 중에서 빨간색을 뽑아들었다. 성만은 틀렸구나 싶었다.

"전화번호는 잘 기억이 안 나는데요."

성만은 기왕에 여기까지 온 것, 갈 데까지 가보자 싶었다. 과장명찰은 고개를 다시 갸웃거리며 주민등록증을 집어들었다.

"십 년이나 다닌 회사의 전화번호를 모른다?"

과장명찰은 성만의 얼굴을 뚫어지게 쳐다보며 볼펜의 뒤축으로 책상을 탁, 탁, 탁 쳤다. 해명의 요구였다. 성만은 재빨리 나름대로 계산을 해 보았다. 과장명찰이 알려고 든다면 당장 알아낼 수 있는 번호였다. 114, 바로 그의 책상에 놓여 있는 전화기 다이얼을 세 번만 두드리면 될 일이 었다. 모른다고 버티는 건 과장명찰의 의심만 부채질할 뿐이었다.

"평생 가야 회사전화 쓸 일이 있어야지요. 혹 수첩에 적혀 있을지 모르겠네요."

성만은 수첩을 꺼내 뒤지는 시늉을 했다.

"아, 여기 있네요. 구이칠에 삼이오사번부터 구번까집니다."

그러나 사내의 의심을 걷잡기에는 이미 늦어 있었다. 과장명찰은 대뜸 수화기를 집어들었다. 성만은 기대를 버린 채 신경질적으로 다이얼을 두드리는 과장명찰의 손끝을 건너다봤다. 계집애처럼 희고 도톰한 손가락에 낀 다이아반지가 유난히 반짝거렸다. 통화중인 모양이었다.

몇 번을 되풀이하던 그가 수화기를 내려놨다. 그러나 그는 쉽게 포기하지 않았다.

"잠깐 거기 앉아서 기다리겠소?"

과장명찰이 가리키는 긴의자 끝에 성만은 엉덩이를 걸치고 엉거주춤 앉았다. 담배를 꺼내물고 사무실 안을 둘러봤다. 그가 다니던 대성중공업에야 비교가 안되었지만 이층 전체가 탁 트인 사무실은 깔끔하게 정돈되어 있었다. 건너편 줄의 책상에 앉은 넥타이 차림의 젊은 사원들이 흘끗흘끗 성만을 쳐다보곤 했다. 출입문 쪽 가까이 배열된, 성만이 면접을 보고 있는 곳이 생산부인 모양이었다. 현장사무실에서 작업도면을 가지러 올라온 조반장들도 성만을 한번씩 훑어보고 나갔다.

성만은 그 시선들이 견딜 수 없게 싫었다. 성만이 중학교를 끝내 마치지 못한 것도 바로 그런 시선들 때문이었다. 제때 기성회비를 낸 적이 없는 그는 항상 교무실로 불려다녀야 했다.

담임선생은 성만을 자신의 책상 옆에 몇 시간이고 세워두곤 했다. 그리고는 자신의 일에 빠져 있었다. 성만의 존재를 까맣게 잊은 것 같던 담임은 생활기록부 따위를 정리할 때만 생각난 듯이, 넌 임마 저기 보고 있어, 했다.

통화는 좀처럼 되지 않는 모양이었다. 열심히 콧구멍을 파대던 과장명찰은 마침내 코딱지 하나를 건졌는지 왼손을 눈앞에 가져다대고 엄지와 검지의 끝을 비벼댔다. 잘 다려진 회색 작업복 소매 끝으로 드러난 하얀 와이셔츠가 선명한 대조를 이루었다.

성만은 필터까지 타들어온 담뱃개비의 마지막 한 모금을 길게 빨아들였다. 힘껏 내뿜었지만 연기만 자욱이 몰려나갈 뿐 가슴속은 여전히 답답하였다. 한동안 딴전을 부리다 과장명찰은 생각난 듯이 수화기를 집어들곤 했다.

중학교 때 성만에게는 차라리 2학년 담임이 나았다. 체육선생인 그는 체육복을 사입지 않은 그에게 태권도 3단의 솜씨로 돌려차기까지 했지만 곧바로 수업에 들어가게 해주었다. 성만은 교복을 걷어붙이고 다른 아이들과 어울려 축구공을 따라 운동장을 누빌 수 있었다. 땀으로 온몸이 흠뻑 젖도록 뛰다보면 체육시간이 끝났고 눈물이 돌도록 복받치던 설움도 어느새 잊어버리기 일쑤였다.

그러나 마지막 3학년 담임은 옆차기나 돌려차기 따위는 하지 않았다. 윤리선생이던 나이 든 담임은 고작 회초리로 손바닥 정도를 때렸지만 성만에게 가난이 얼마나 크나큰 죄악인가를 사무치게 가르쳐주었다. 마지막 한 학기를 끝내 포기하고 학교를 뛰쳐나왔던 것은 성만이 열다섯 나던 해 초가을날의 오후였다.

"따라와."

1970년 9월 17일 월요일, 그 요일조차 잊지 못한다. 성만은 세상살이에서 서러운 일을 당할 때마다 저도 모르게 그날의 기억이 떠올랐다. 해가 가도 코스모스 나풀거리던 그 초가을날의 기억은 조금도 퇴색하지 않았다. 담임은 3/4분기 등록금을 내지 못한 반 아이들을 불러내 차례로 손바닥을 내리쳤다. 그 정도 매엔 이력이 난 성만이었다. 내일, 모레, 이번주 내에, 매를 맞은 아이들은 모두 담임과 약속을 했다. 남은 것은 성만뿐이었다. 벼이삭을 주우려면 아직 두 달이나 기다려야 했다. 약속을 할 수가 없었다. 따라와, 그렇게 해서 또 조회가 끝나자 교무실에 불려내려갔다. 담임은 아무 말도 없이 그를 세워둔 채 수업에 들어가버렸다. 그 다음, 또 그 다음 시간에도 마찬가지였다.

"야 임마, 넌 왜 수업 안 들어가고 여기 서 있어?"

지나가던 선생들이 박박 깎은 뒤통수를 출석부로 한번씩 후려치고 갔다.

"예, 저……"

다행히 선생들은 그가 더듬거리는 사이에 저만큼 지나가버렸다. 그들에게 그 이유가 그리 궁금한 것은 아니었다는 걸 그 당시에는 몰랐다. 쉬는 시간마다 몇 명의 아이들이 불려와 닦달을 당하고 갔다. 그러나 숙제를 안해오거나 장난을 치다 걸린 녀석들이 성만은 부럽기만 했다. 점심시간이 되었다. 선생들이 끼리끼리 모여 점심을 먹었다. 담임도 도시락을 꺼내들고 교무주임 책상 옆으로 갔다. 왁자하게 떠들며 선생들은 식사를 했다. 어느 반 어떤 놈이 수업시간에 도시락을 까먹는 걸 붙잡아 박살을 냈다는 둥, 반찬이 푸짐한 걸 보니 어젯밤 서비스가 좋았는가 보다는 둥, 별로 우습지도 않고 뜻도 모를 얘기들에 소리내어 웃어젖히곤 했다. 성만은 배가 고팠다. 김치 냄새에 절로 군침이 꼴깍꼴깍 넘어갔다. 교무실 창밖의 화단에는 코스모스가 초가을 산들바람에 한들거리고

있었다. 교실에 남아 있을 새까만 보리밥과 무장아찌가 든 도시락이 그
리웠다. 덕분에 성만의 도시락을 슬쩍 내밀 수 있었을 자리짝 녀석은 오
늘 하루 보리알을 심지 않아도 될 것이다. 사진관집 아들인 녀석은 혼식
검사가 있는 날이면 늘 성만의 도시락에서 한 술을 덜어 하얀 쌀밥인 자
신의 도시락 위에 보리쌀을 심었다. 식사를 끝낸 선생들이 제자리로 돌
아가며 비로소 생각난 듯이 성만을 가리키며 한마디씩 던졌다.

"저녀석은 점심도 안 먹나."

담임에게 그렇게 일러주는 선생들이 고마워서 눈물이 돌 지경이었다.
담임은 그의 존재를 깜빡 잊고 있었는지도 몰랐기 때문이다.

"응, 이자식……"

하지만 담임은 손톱깎이를 꺼내 다듬을 것도 없는 손톱을 매만지고 있
을 뿐이었다. 교무실 창밖에 매달린 종이 땡땡 울리며 5교시 시작을 알
렸다. 담임은 다시 분필곽과 출석부를 챙겨들고 아무 말 없이 나갔다.
수업이 없어 무료해하는 선생들이 동물원의 원숭이 쳐다보듯 그를 관찰
하곤 했다. 1학년 때 담임이었던 수학선생은 유난히 자주 그를 쳐다봤
다. 그가 조금이라도 딴전을 피우면 금방이라도 달려와 혼쭐을 낼 것만
같은 눈길이었다. 온종일 서 있는 탓으로 다리가 견딜 수 없이 아팠다.
그자리에 주저앉고 싶은 생각이 굴뚝 같았다. 눈에 띄지 않게 한쪽 손으
로 책상 모퉁이를 짚고 선생들의 시선을 피해 발끝을 뚫어져라 내려다보
던 성만은 결심을 했다. 여기서 빠져나가자. 콩당콩당 뛰는 가슴을 누르
며 교무실을 슬그머니 빠져나갔다. 금방이라도 누군가 뒷덜미를 잡아챌
것 같았다. 그러나 아무도 부르지 않았다. 복도를 벗어난 성만은 곧바로
개구멍이 뚫려 있는 탱자나무 울타리를 향하여 줄달음질쳤다. 돈을 벌
자. 그것이 학교와는 영원한 작별이 되었다.

"대성중공업입니까? 인사과 부탁합니다."

과장명찰은 마침내 통화에 성공했다. 성만은 반사적으로 시선을 그쪽
으로 옮겼다.

"인사과장님이십니까? 아, 예, 여기는 8공단의 천일금속입니다."

수화기에 담아넣는 과장명찰의 목소리는 한껏 부드러워져 있었다.

"업무상 한 가지 협조를 요청할까 해서요. 아, 예, 그 회사에 다니던 사람 중에 지난달에 관둔 박성만이라고 있지요. 그 사람 무슨 이유로 관뒀는지 알아볼까 해서 말이지요. 아, 예…… 그렇지요. 거긴 워낙 종업원이 많을 테니까 그렇겠군요. 잠깐만 기다려보시죠."

송화기를 손바닥으로 틀어막은 과장명찰이 성만에게 다급하게 물었다.

"대성중공업 어느 부서에서 일했소?"

"공작 1붑니다."

"공작 1부랍니다."

송화기로 돌아간 과장명찰의 목소리는 다시 비굴하게 부드러워졌다. 일이 이렇게까지 되자 성만은 오히려 호기심이 일었다. 상대가 어떻게 나올지 자못 궁금해졌다. 인사과장, 그치가 뭐라고 말해줄까. 과장명찰의 얼굴을 빤히 쳐다봤다.

"일 개월 전이 아니라 이월달에 관뒀다고요. ……열 달이 된 거군요. ……아, 예에, 예에."

과장명찰의 목소리가 갑자기 경직되었다. 굳어지는 표정을 성만은 그대로 읽을 수 있었다.

"아, 예. 그랬군요. 협조 고맙습니다."

오후 내내 공단을 돌아다녔다. 공단본부의 구인 게시판에서 베껴적은 쪽지를 들고 이 공장 저 공장을 기웃거렸다. 그러나 어느 곳에도 들어갈 수 없었다. 이력서를 디밀 용기가 나질 않았다. 몇 번이고 수위실 주변을 맴돌다 발길을 돌렸다. 낯선 철문과 수위실, 그 안으로 보이는 공장 건물들이 도저히 정이 들 것 같지 않았다. 남들은 잘도 돌아다니더라만 해고 전엔 한번도 일터를 옮긴다는 생각을 해보지 못한 성만이었다. 다음번 공장에는 무조건 들어가는 거다, 속으로 몇 번이나 다짐을 했지만 막상 수위실 앞에 다가서면 발걸음이 떨어지지 않았다. 그렇게 다섯 곳을 지나친 다음에 들어온 곳이 여기 천일금속이었다.

전화를 내려놓은 과장명찰이 담뱃불을 붙여물며 차갑게 성만을 쏘아보았다. 성만은 입맛을 소리나게 다셨다.

"한대 피우시겠소."

과장명찰이 처음으로 담뱃갑을 내밀었다. 목소리도 한결 부드러웠다. 승자의 아량 같은 것을 만끽하려는 모양이었다. 성만은 주저않고 담뱃개비를 뽑아들었다.

"박성만씨, 알고 보니 대단한 사람이시더구만요."

찰칵, 과장명찰이 성만에게 라이터불을 당겨주었다. 대단한 사람, 성만은 쓴웃음이 삐져나왔다.

"큰 곳에서 큰일 하시던 분이 이런 형편없는 작은 공장에서 썩어서야 되겠습니까."

야유였다. 과장명찰은 연신 빙글거렸다.

"뭐라고 그럽디까?"

성만이 퉁명스럽게 되물었다.

"김성만씨 본인이 더 잘 아실 텐데 뭘 그러십니까. 하하."

과장된 웃음소리에 사무실 안의 시선이 일제히 그들 쪽으로 몰렸다. 과장명찰은 의기양양하게 쏟아지는 시선을 맞받았다.

해고 이후 몇 번이고 일자리를 찾아나섰지만 한번도 변변한 직장을 구하지 못했다. 며칠 후에 전화하라거나 집에 가서 기다리라는 대답을 듣기 위해 몇 시간씩 면접대기를 하고 족보까지 들춰내는 질문을 성만은 감당할 수가 없었다. 회사간판이 번듯한 곳은 어디나 다 그랬다. 일당은 일하는 것 봐서 쳐줄 테니 내일부터 나오쇼, 하는 곳은 수당 한푼 없는 철공소 비슷한 곳들뿐이었다.

2

없이 살아도 그런대로 오순도순했던 성만의 집안에 풍파가 몰아친 것
은 회식사건이 터지면서부터였다. 물론 성만으로서도 자신이 하루아침에
길바닥으로 내쫓기리라고까지는 생각하지 못했다.

모든 게 그놈의 회식 때문이었다. 부서마다 분기별로 있어온 회식이었
다. 모처럼 목구멍에 덕지덕지 달라붙었을 쇳가루를 벗겨내는 부서회식
은 그날도 잔치분위기로 시작됐다. 공작 1부의 사람들로 가득찬 공단갈
비 이층은 끼리끼리 어울려 떠들어대는 소리로 왁자지껄했다. 상마다 올
려진 불판에서는 돼지고기가 지글거리며 익어갔고 성질 급한 축들은 소
주부터 달라고 아우성을 쳤다. 고기 타는 냄새와 담배연기가 방안 가득
차고 술이 몇 순배씩 돌 때까지만 해도 분위기는 예나 다름이 없었다.
누구 나서서 분위기 한번 잡아보지, 건배를 선창한 개발과장이 이렇게
말할 때까지만 해도 여느 회식이나 다를 바 없었다. 그러나 이쯤되면 알
아서 나서야 할 강범이 나 몰라라며 버티고 꼼짝도 하지 않았다.

"여, 강범이 뭐해. 안 일나고."

여기저기서 성화를 부렸지만 강범은 맨 구석자리에 처박혀서 입을 다
문 채 불판의 고깃점만 뒤집고 있었다. 사람만 모이면 눈밭의 강아지처
럼 설쳐대기 일쑤인 강범이답지 않은 모습이었다.

"짜슥 퍼뜩 안 일나나."

"쟈가 오늘 죄께 팅겼불 참인가 보네잉."

잇따르는 재촉에도 강범은 못 들은 척 인상만 쓰고 있었다.

"아따, 공작 1부에 하나 있는 스타가 분위기 파악을 영 못하네 이거."

강범과 마주앉았던 성만이 강범의 굳은 표정을 건너보며 슬쩍 눙쳤지
만 요지부동이었다. 정작 분위기 파악을 못하고 있는 건 강범이 아니라
그렇게 말한 성만과 앞뒤 모르고 떠들어댄 사람들이었다. 강범이 완강하

게 버티는 바람에 분위기가 삭아들자 과장 보기가 민망했던지 주임 하나
가 일어서서 사회를 자청하고 나섰다. 식당에 설치되어 있는 전축의 마
이크를 뽑아든 주임은 아부부터 시작했다.

"자, 오늘 바쁘신 중에도 우리 공작 1부와 자리를 함께 해주신, 대성
중공업의 명가수 개발과장님을 소개합니다."

워워 하고 의례적인 환성과 박수를 주임들이 선도했다. 못이기는 척
일어난 과장은 노래는 않고 장광설을 늘어놓았다.

"에, 이렇게 여러분과 함께 가족적인 분위기에서 이렇게 만나게 돼서
무척 기분이 좋습니다. 지난 구정 때는 여러분들에게 특별보너스 지급하
지 못해서 대단히 미안합니다……"

좆통수 불고 있네, 옆에 앉았던 천수가 자작을 했다.

때아니게 오늘 부서회식이 열린 것도 지난 구정 보너스 미지급 때문이
라는 건 누구나 알았다. 지난 가을, 노조가 알맹이 없는 단체교섭 결과
를 발표했을 때 눈여겨볼 것이라고는 흑자가 날 경우 구정에 특별보너스
를 지급한다는 한 구절뿐이었다. 그런데 막상 구정이 되자 이 핑계 저
핑계 대면서 비누선물세트 하나로 어물쩡 넘어갔다. 흑자가 난 것은 말
할 나위도 없었다. 조합원들의 불만은 구정을 쇠고 나서도 가라앉지 않
고 술렁거렸다. 어용노조 집행부에 대한 불신임 얘기가 공공연히 오갔
다. 뒤늦게 사태의 심상찮음을 파악한 회사와 노조가 부서별로 무마에
나선 것이었다.

"구정 같은 큰 명절에 근로자 여러분께 얼마간이라도 상여금을 쥐어
보내지 못한 사장님의 마음이라고 좋았을 리 있겠습니까. 지난해 조금
흑자가 나긴 했습니다만 올해 전망이 원체 어둡고 시설확장이 시급함으
로 해서 어쩔 수 없이 사장님께서도 보너스 지급을 못하게 된 것입니다.
이에 대해서는 여기에 계신 우리 노조위원장님께서도 강력히 보너스 지
급을 요구하셨습니다만 회사의 사정을 충분히 이해하시고 다음 기회에
꼭 지급하자는 데 합의를 했습니다. 모쪼록 올해에는 우리 근로자와 회

사가 합심해서 생산성을 향상시켜 좋은 결과가 나도록 노력합시다."

개발과장은 아무도 귀담아듣지 않는 얘기를 혼자 위엄을 부리며 마무리지은 다음 백마강을 불렀다. 가라오께나 다닌 솜씨였다. 음색이 틀려먹었지만 마이크가 내는 효과를 십분 활용할 줄 알았다. 되지않게 목청을 떨어대는 가성이 역겨웠지만 그래도 장광설보다야 몇 배 나았다. 사람들은 박수를 치거나 젓가락을 두드리며 장단을 맞췄다. 노래가 끝나자 주임들이 앵콜을 연호했다. 의례적인 것에 불과했다.

그래도 사람들은 앵콜 소리를 확실히 묻어버리기 위해 워워 소리를 질러댔다. 환성인지 야유인지 분명치 않았지만 과장은 순순히 앉았다. 이어서 대리 둘이 차례로 노래를 했다.

사람들이 강범을 다시 찾기 시작한 것은 주임 넷이 노래를 더 한 다음이었다. 사회를 맡은 주임은 상석에 앉은 사람들만 돌아가며 노래를 시켰고 현장노동자들은 지겹도록 잘 부르지도 못하는 노래를 들어주며 박수를 쳐야 했다.

"오강범!"

"오강범!"

또다시 사회가 기사 하나를 불러내자 사람들은 강범을 연호하며 제동을 걸었다. 그래도 사회자는 강행하려 했다. 그러나 점점 커지는 연호소리는 더이상 진행을 불가능하게 했다. 어쩔 수 없이 주임은 강범에게 사회자리를 내놓고 물러앉았다.

"오강범!"

"오강범!"

연호 속에 일어서는 강범의 표정은 밝지 않았다. 좀처럼 볼 수 없었던 무거운 표정으로 잠시 서 있던 그는 내리깐 눈길로 천천히 좌중을 한바퀴 훑어봤다. 그의 눈길을 따라 움직이던 사람들의 시선이 상석에 앉은 개발과장 자리에 멈췄다. 거기에는 노조위원장 배종태와 쟁의부장이 주임들과 함께 어울려 있었다.

"나가 오늘은 쪼까 사슴이 쓰라러버서 안 나설라다가 요로코롬 일어서 뻗졌소."

이날따라 유난히 사투리의 억양을 잡아끄는 강범의 말 마디마디에서는 강한 불만이 묻어났다. 허우대가 그리 크진 않았지만 어깨가 다부지게 벌어지고 안면근육이 강인해 보이는 강범을 성만은 바로 앞에서 올려다 봤다.

"내 말은 으쩨서 나는 보리술 한잔도 안 주고 떠들어대뻔지라고만 난리냔 것이요잉. 누구는 맥주 드시는데 쐬주 먹는 나가 기분이 나겠소."

그제서야 사람들은 개발과장과 노조위원장, 주임들이 앉은 자리에는 맥주가 돌고 있음을 확인했다.

니기미, 누구는 인삼 먹고 누구는 무 먹냐, 하는 소리가 터져나왔다. 그러나 그 소리는 결코 상석까지 들리지 않을 정도의 크기였다. 일부는 늘상 그래왔던 일인데 새삼 강범이 까탈을 잡는 이유가 뭔지 의아해했다.

"쩌번 구정땐 비누, 샴푸세트까장 받게 해준 우리 위원장님이 친히 이 자리에 오셨응께 겁나게 고맙기야 하지만 기왕에 오셨으면 우리 조합원들도 보리술 쪼까 먹게 해주면 워째 안 좋겠소."

만인이 공인하는 어용 노조위원장 배종태는 인상을 험하게 일그러뜨리면서 강범을 노려봤다. 어쭈 이것 봐라, 하는 표정이 역력했다. 제깐에는 조합원들 무마한다고 부서회식까지 쫓아왔지만 워낙에 바닥이 날건달인 배종태는 소주 먹는 조합원들 앞에서도 태연히 맥주잔을 기울인 것이다. 그것이 다름아닌 배종태 노조의 본질이자 한계였다.

배종태의 눈길을 맞받아 노려보는 강범의 시선 역시 만만치 않았다. 식당 안에는 일순 긴장이 감돌았다. 인천바닥에서 배종태 하면 한다 하는 건달이었다. 옆에 앉은 쟁의부장이란 녀석은 배종태의 행동대였다. 흉측한 얼굴의 칼자국이 위압감을 주는 녀석은 배종태를 그림자처럼 쫓아다녔다. 얼큰히 술기운이 오르던 성만도 바짝 정신이 들었다.

"어이 오강범, 노래나 해라."

"그래라 그래."

주임들이 재빨리 수습에 나섰다.

"자, 우리 한잔 하고 오강범의 노래 한자락 들읍시다. 건배."

배종태가 강범을 향했던 시선을 풀었다. 마이크가 강범에게 전달되었다.

"노래하라니까 하드라고."

스피커를 통해 나오는 웅웅거리는 소리는 제대로 알아들을 수가 없었다.

"뭔 소린지 안 들려."

천수가 일어서 마이크를 받아 상 위에 내려놓았다. 강범은 육성으로 얘기를 계속했다.

"하지만 노래하기 전에 위원장님께서 오신 김에 한 가지만 꼭 밝혀줬으면 쓰겄소. 뭣 땀시 똑같이 돈 내고 먹는데 맨날 사무실 사람들은 맥주 먹고 우리 불쌍한 현장백성들은 쐬주요?"

"똑같이 돈 내고 먹다니 그게 무슨 소리요?"

되물은 건 배종태가 아니라 성만의 옆에 앉았던 김상천이었다. 나머지 사람들도 똑같은 물음을 눈에 담고 강범을 쳐다봤다.

"지금 우리 먹는 회식비, 뭔 돈인지들 아요? 회사돈? 아니여라우. 우리가 낸 돈이여라우."

우리 돈이라니, 서로 옆사람을 쳐다보며 웅성거리기 시작했다.

"회식비라고 나온 것이 회사에서 생돈을 내준 것이 아니라 우리 월급봉투에서 나간 것이다 이 말이여라우. 나 말은 근데 워째서 누군 보리술 묵고 누군 쐬주냔 거여라우."

상석의 과장과 위원장, 주임 나부랭이들도 얼떨떨해하며 진전되는 상황을 지켜보기만 했다. 강범은 다시 한번 좌중을 돌아보며 뜸을 들였다.

"속시원히 말해요."

알맞게 술기운이 올라와 검은 얼굴들이 불그스레 달아오른 사람들 속에서 여기저기 터져나오는 소리를 모아 김상천이 큰 소리로 강범에게 재촉을 했다.

"거시기 우리 월급봉투 보면 맨날 사우회비란 것이 있잖으라우. 조합비와는 별도로 꼬박꼬박 사천원씩 떼는 거. 거거이로 석 달에 한번씩 우들 회식시켜준 것이요. 긴가 안 긴가는 시방 여그 위원장님께서 기시니까 직접 들어보시요잉."

개발과장과 위원장이 동시에 입술을 실룩거렸다. 둘 다 기름기가 반지르르 흐르는 얼굴이었다. 똑부러지게 설명해주시요, 긴지 안 긴지만 확실히 합시다, 고기 탄 내와 술기운에다 배신감이 뒤섞인 방안은 팽팽하게 달아올라갔다.

과장은 불안하게 눈동자를 굴리며 입술만 실룩거렸다. 옆자리에 앉은 쟁의부장만 쳐다보던 배종태 위원장은 안되겠다 싶었던지 앉은 자리에서 불쑥 내뱉었다.

"난 모르겠소."

"뭣이요? 노조가 그것도 모른단 말이요?"

"그런 걸 일일이 내가 알고 다녀야 돼?"

배종태는 화를 내며 반말지거리를 해댔다.

"그럼 누가 안다는겨."

배종태와 그 옆에 앉은 주먹, 쟁의부장이 누구인지 잊은 듯이 노동자들이 벌떼같이 불거져나왔다.

"뭐하는 노조요?"

"제 살 뜯어 고기 구워먹은 셈이네잉, 워매 환장하고 잡은 거."

"돈은 우리가 내고 인심은 사장이 쓰는겨. 씨벌."

"있는 놈들이 더 지독해."

"벼룩에 간을 빼쳐먹어라."

가닥없이 터져나오는 소리를 꿰며 김천수가 나섰다.

"그러면 사우회비는 회식비말고 또 어디에 쓰이는 거요?"

여전히 마이크를 잡고 서 있는 강범에게 사람들의 시선이 모였다.

"우들 생일때 회사에서 축 혀서 한 자 딱허니 찍은 세라믹 볼펜 하나씩 주잖으라우. 결혼하거나 부모 초상때도 축, 근조 허고 써붙인 이만원짜리 봉투 하나씩 찔러주고. 관리자들은 더 나오지만."

강범은 그렇잖느냐는 듯이 말을 끊고 개발과장을 빤히 쳐다봤다. 개발과장은 얼른 시선을 피해버렸다.

"계속 야그혀."

"위원장님께 물어들 보시시오. 쇠막대기나 잡고 기리꼬나 따는 나가 위원장은 아니니께⋯⋯"

성만은 그 다음부터 강범이 뭐라고 했는지 듣지 못했다. 흥분한 동료들이 터뜨려대는 분노가 아득하게만 들렸다. 배종태가 뭐라고 했는지 옆에 앉은 김천수가 벌떡 자리에서 일어나 고함을 질러댔다. 성만의 눈 옆에 놓인 천수의 움켜쥔 주먹이 떨리고 있었다. 성만은 어금니를 지그시 깨물고 자신의 빈잔을 채웠다.

'그랬었구나, 그것이 상부상조하자는 적금 같은 게 아니었구나. 십년, 백이십 개의 월급봉투를 대성중공업에서 받았으니까 백이십 번을 떼었겠지. 그런데도 나는 단 한번도 사우회비가 뭔지 생각해보지 않았구나. 그것도 모르고 언제 회식 안 시켜주나 하고 은근히 바라왔었다니.'

술병과 밥공기가 어지럽게 방안을 날아다닐 때까지도 성만은 소주잔만을 내려다보고 있었다. 진로상표가 찍힌 유리잔 속의 투명한 소주를 바라보며 자신의 몸속 어딘가에 쌓여 있을 시커먼 쇳가루를 생각했다. A급 선반공, 박성만의 운명을 생각했다.

"빙신같은 새끼들, 그깟 돈 사천원 가지고 조잡스럽게 놀고 있어. 좆달린 새끼같이 놀아 임마."

소주잔을 만지작거리고 있는 성만의 귓속으로 배종태의 그 한마디가 비수처럼 파고들었다. 성만은 자신도 모르는 사이에 용수철처럼 튀어일

108

어나며 앞에 놓인 상을 뒤집어엎었다. 개새끼, 누가 말릴 새도 없이 성만은 배종태를 향해 돌진했다. 사천원? 조잡스러워? 개새끼야. 성만은 자신이 뭐라고 소리치는지조차 잊은 채 몸을 내던졌다.

3

성만은 흔들리는 그림자를 따라 골목길을 걸어들어갔다. 골목 양쪽 벽에는 몇 겹으로 덧칠한 영화 포스터가 겨울바람에 너풀거렸고 구인광고는 한발 건너 떨고 있었다. 월수 60만원 이상 보장. 탄광, 월수 1백만원 보장. 원양어선. 유아원에 이르기까지 몇 번이나 멈춰섰다. 그가 멈춰서면 그림자도 함께 멈춰섰고 그가 움직이면 그림자도 함께 움직였다. 가겟집을 지나 세번째 푸른 대문 앞에 다시 섰다. '내일을 위한 집', 백열전구 불빛 아래 드러난 대문 위의 목간판을 올려다보며 성만은 잠시 망설였다. 조금 기다리면 다른 아이들 엄마와 부딪치지 않을까 해서 그 골목을 벌써 세 바퀴나 돌아온 그였다. 아직도 안에 사람이 있는 것 같아 몸을 돌리려는 순간 누군가 아는 체를 했다.
"안 들어가고 왜 추운 데 섰어요."
아름이라는 아이의 엄마였다. 늘 늦게 애기를 찾아가서 여러 번 맞닥뜨린 적이 있는 이였다.
"예, 들어가야죠."
"아직 복직 못하셨나보죠."
"………"
"애기엄만 잘 지내고요."
"예……"
유아원 마당의 구석에는 아직 녹지 않은 눈 위에 아기눈사람 둘이 나란히 서 있었다. 응달이 져서인지 눈 내린 지 며칠이 지나도록 허물어지지 않고 있었다. 유아원은 살림집을 약간 고쳐 사용하고 있었다. 지은

지 여러 해 넘긴 가옥이었지만 어설픈 블록집들뿐인 이 어름에서는 그래도 구색을 갖춘 양옥이었다.

성만이 아낙의 뒤를 따라 현관문을 밀고 들어갔다. 난로를 둘러싸고 앉았던 자모들이 그들이 묻혀 들어온 찬바람에 어깨를 움츠렸다. 빨갛게 달아오른 난로를 중심으로 얘기꽃을 피우던 아낙들은 뒤늦게 성만을 발견하고 목소리를 낮췄다. 그러나 젖을 물리고 있던 아낙들만 등을 돌려 앉았을 뿐 금세 자신들의 분위기로 돌아갔다. 이제 많이 익숙해졌지만 얼굴이 화끈거려오는 것은 어쩔 수 없었다. 처음 새날이를 맡기러 왔을 때는 아무리 태연해지려고 애써도 되질 않았다.

성만은 신발을 벗고 현관 옆에 바로 붙은 자모방에 들어갔다. '박새날'이라고 쓰인 용품함의 문을 열었다. 아래칸에는 일회용 기저귀가 아직 두어 묶음 남아 있었다. 여벌옷도 그대로였다. 성만은 위칸에서 아이의 멜빵을 찾아들었다. 파카를 벗고 멜빵을 어깨에 걸쳤다.

나비 모양의 노란 팻말 위에 놀이방이라고 쓰인 방문을 열고 들어갔다. 언제 보아도 후더분한 얼굴의 김선생이 한 녀석의 기저귀를 갈아채우며 아름이 엄마와 너스레를 떨고 있었다.

"아름이 녀석은 아마 씨에이가 되려나봐요."

"씨에이가 뭐야?"

"그 왜 운동권 학생들 중에서도 씨에이가 가장 과격하대잖아요."

"근데 왜 우리 아름이가 씨에이가 된다는 거야."

"오늘은 하여튼 아름이가 얼마나 과격하게 소란을 떨어댔는지 몰라요."

"씨에인가 하는 녀석들도 다 이유가 있으니까 떠들어대는 거겠지. 김선생이 아름이를 괄시했나보지 뭐. 맨날 이 에미가 늦게 와서 집에도 못 들어간다고 쥐어박거나 그런 거 아냐? 애들 눈이 무서운 거라구."

"이유야 있었지요. 쌀과자 내놓으라고. 간식시간에 다른 애들 것까지 뺏어먹고서 말예요."

"아니, 그깟 것 좀더 주면 어때서 그래? 애들도 다 생존권이 달린 문제 아냐."

한참 입담좋게 늘어놓으려는 아름이 엄마는 어물쩍하게 서 있는 성만을 보고는 말문을 슬쩍 돌렸다.

"여기 또 한 분 계시네. 나처럼 단골 꼴찌."

"오셨어요. 새날이 아빠도 어떻게 오늘은 이렇게 빨리 왔어요?"

뒤늦게야 김선생이 성만을 보고 인사를 건넸다.

"예. 우리 새날이 말썽 안 피웠어요?"

헬리콥터를 쫓아다니던 새날이가 아빠를 알아보고 엉금엉금 기어왔다. 방안의 아이들 중에서 제일 어린데도 검은 머리숱은 가장 짙었다.

"새날이야 얌전하죠. 말썽꾸러기야 요기 한아름이죠."

"으이고, 이간질하지 말어. 우리 아름이가 애들 선동해서 농성이라도 할까봐 그래? 걱정 말어. 내가 잘 자제를 시킬 테니까."

성만의 품에 안긴 새날이는 새까만 눈망울을 초롱초롱 반짝이며 방긋방긋 웃었다.

"아빠가 아주 일찍 오셔서, 박새날 오늘은 아주 기분이 좋겠어요."

김선생이 새날이를 받아안아 성만의 멜빵 속에 넣어주었다. 방안에는 아직도 부모들이 오지 않은 아이들 여남은 명이 장난감을 가지고 자기들끼리 뒹굴며 놀고 있었다. 그중에 한 녀석만 성만이 들어설 때부터 칭얼거리며 울고 있었다. 김선생이 아름이와 새날이를 챙겨주자 녀석은 더욱 큰 소리로 울어댔다. 김선생이 달려가 녀석을 얼러댔다. 이제 돌이 지났을까, 새날이보다는 몇 달 일러 보였다.

"거 먹을 거 있으면 좀 줘봐. 그치게. 저녁때가 돼서 배가 고파서 그런 모양인데. 선생이 왜 우는지 척 보면 몰라."

"저도 몰라서 그런 게 아니네요. 그랬다간 한 녀석 달래려다 애들 전부 울리게 되네요. 우는 녀석만 주면 나머지 녀석들이 전부 울고 마네요. 그래서 뭐든지 줄 때는 한꺼번에 똑같이 줘야 하네요. 그리고 또 저

는 아름이 같은 욕심꾸러기가 남의 것을 빼앗아먹지 않도록 잘 지켜야
하네요."

김선생이 요즘 TV드라마에 나오는 좀 모자라 보이는 한 배우의 말투
를 흉내내, 입을 뾰로통하게 내밀고 말끝마다 '네요'를 달았다. 아이를
안아들고 입을 쫑긋거리며 김선생이 팔그네를 태웠지만 녀석은 계속 칭
얼거리며 엄마를 찾았다.

칭얼거리며 불러대는 그 엄마는 아마 어느 공장엔가의 연장작업자 명
부에 올라 있을 것이다. 새날이 엄마도 오늘 잔업을 해야 한다고 아침에
집을 나서며 말했다.

아이들이 쳐다보기에는 너무나 벽 높이 매달린 액자 속의 가지런한 글
귀에 성만의 눈이 갔다.

너희는 우리 사회의 내일, 너희의 엄마와 아빠는 이 세상에서 가장
훌륭한 사람, 이 세상 누구도 속이지 않고 누구도 억누르거나 빼앗지
않으며 지상의 모든 것을 생산해내는 사람들이다. 너희의 엄마와 아빠
는 너희의 내일과 너희들이 만들어갈 새나라를 위해 이 순간에도 일하
고 있었다는 것을 너희들은 먼 훗날 자랑으로 알게 되리라. 여기는 가
장 많이 생산하는 자들이 가장 풍요롭게 살아가는 내일을 위한 집, 일
터에 있는 엄마 아빠를 대신해서 너희를 밝고 튼튼하게 키우는 것은
우리의 너무나 큰 기쁨이고 보람이다.

성만은 벗었던 파카를 걸쳐입고 지퍼를 가슴까지 올렸다. 아이는 파카
속에서 머리만 캥거루처럼 나왔다.

"다음주 토요일 저녁이 자모회날이니까 새날이 엄마도 꼭 오라고 그러
세요."

아이를 안고 아낙들 사이에 끼여앉아 몸을 녹이고 있던 아름이 엄마가
인사를 했다. 난로 주위에는 종일 떨어져 있었던 자신의 피붙이를 품에

안은 아낙들이 고된 노동과 추위로 언 몸을 녹이며 아린 정을 나누었다. 한결같이 이제 한참 제 어미 얼굴을 익히고 정을 붙일 어름의 아이들이 었다.

"토요일날 새날이 엄마 늦게 끝나더라도 꼭 오라고 그러세요. 차돌이 백일이라고 한턱 낸대요. 새날이 아빠도 사정 되면 같이 오세요."

"예. 그리고 탁아비 낼 날 지났죠, 며칠 있다 드릴게요."

"천천히 주셔도 되니까 신경쓰지 마세요."

좋은 사람들이다, 생각하며 '내일을 위한 집'을 나섰다. 뒤도 가리지 못하는 남의 아이들을 정성으로 맡아주는 사람들이었다. 이 사람들이 아니었으면 새날이와 자신의 가정이 온전했을까 싶은 생각이 들었다. 자신과 아내가 서로를 존경하는 동반자로 새로이 설 수 있었던 것은 이들의 도움이 있었기에 가능했다.

아내가 처음 유아원에 아이를 맡기자고 했을 때 성만은 펄펄 뛰었다. 아내 진숙이 다시 공장엘 나가야겠다는 것이었다. 첫아이 인식이를 출산하면서 그만둔 공장이었다.

"지금 아이에게 필요한 건 엄마야. 아직 젖도 안 뗀 핏덩이를 도대체 누구한테다 맡긴다는 거야."

성만은 언성부터 높였다.

"유아원에 가면 새날이만한 애들도 숱해요. 우리가 자식새끼 꿰차고 애지중지할 가진 사람들 흉내낼 형편 아니잖아요. 애들 교육에도 여럿 어울려 커야 좋대요."

"돈, 돈. 내가 벌면 될 거 아냐. 니까짓 게 나가 벌면 얼마나 번다고 설치고 난리야."

진숙이 발끈한 것은 이 대목에서였다. 성만으로서도 아차 싶었지만 이미 늦었다. 반쯤은 한푼 벌어오지 못하고 있는 자격지심이고 또 반쯤은 가장이라는 그 알량한 권위에 대한 방어본능에서 비롯된 막말이었다. 진숙은 정색을 하고 성만을 빤히 노려봤다.

"방금 니까짓 게라고 했어요? 당신 정말 말 다했어요. 이런 게 서로를 존경하는 거예요?"

조심조심 설득하려는 아내의 말투가 싸늘하게 식었다. 성만이 밀리기 시작한 것은 여기서부터였다. 옛날의 성만이었으면 주먹부터 날아가는 게 순서였다. 주먹이 운다 울어, 하며 최소한 아내를 치지는 않았다 하더라도 방바닥이라도 내려쳐야 직성이 풀렸을 것이다. 그러나 지난 얼마간의 세월은 그의 모든 것을 엄청나게 바꿔놓았다. 아내에 대한 그의 태도 역시 예외가 아니었다. 자신이 아내에게 다름아닌 착취자요 지배자로 군림해왔다는 각성은 소름끼치는 사실이었다. 그럼에도 때로 저도 모르는 사이에 옛날 습관이 되살아나곤 했다.

"내 말은 내가 어디라도 나가서 열심히 벌겠다 이거야. 당신 뼈빠지게 미싱 타봐야 얼마나 벌겠어? 약값도 안 나오잖아. 그래도 이 박성만이 맘만 먹으면 오라는 데 많단 말야."

"얼렁뚱땅 눙치려들지 말고 아까 한 얘기 사과해요."

남편의 일방적인 지배적 자세를 적당히 넘어가선 안된다는 '내일을 위한 집'이 개설한 주부강좌의 주장을 아내는 충실히 이행했다. 사소해 보일지 모르지만 이런 것이 쌓여서 돌이킬 수 없는 습관이 된다며 아내는 언제고 비타협적으로 따지고 지나갈 것임을 선언한 바 있었다. 부부관계에 대한 강좌는 아내에게 신선한 충격이었던 모양이었다. '비타협적으로'라는 용어가 특히 인상깊었던지 아내는 몇 번이고 '비타협적으로'를 되풀이하며 성만에게 앞으로 섭섭하더라도 감수하겠다는 다짐을 미리 받았었다. 성만도 아내의 변화에 기꺼워하며 흔쾌히 동의했다. 남편이라는 이유 하나로 자신의 주장을 강요하는 것이 얼마나 부끄럽고 창피한 일인가를 그 역시 회사와의 싸움과정을 통하여 알게 되었다. 사장은 부장을, 부장은 과장을, 과장은 주임을, 주임은 기사를, 기사는 현장노동자를 지배하는 것이 당연한 미덕이 되도록 뒷받침하는 것이 남성의 여성에 대한

지배라는 사실, 계급지배의 신봉자들이 계급의 착취를 인간사회의 보편
적인 진리로 위장시키는 출발점이 가정에서의 불평등이라는 사실을 성만
은 예전에 단 한번도 생각해보지 않았다. 성만은 그러나 스스로의 다짐
과는 달리 몸에 밴 오랜 습관은 쉽게 청산하지 못했다. 이날도 무의식중
에 불쑥 옛 말투가 튀어나온 것이었다.

"그래, 그렇게 말한 건 잘못했어. 그렇지만 내가 일 나가면 못 벌어도
당신 세 배는 벌잖아. 에이급이라고 다 같은 에이급이 아냐. 한물간 딸
딸이 에이급하고 기계공업의 첨병인 선반공 에이급하고는 차원이 다르고
대우가 달라. 그런즉슨 여자이기 때문이 아니라 누군가는 애를 키워야
되니까 당신은 애나 제대로 키우는 것이 좋지 않겠느냔 거지."

"당신 돈 못 벌어온다고 그러는 것 아녜요. 당신이 아무 데나 취직해
서 못 다닌다는 건 이미 확인됐잖아요. 당신, 복직 포기하고 다른 데 가
서 버텨내지 못한다는 건 내가 더 잘 알아요. 당신이 복직할 때까지만
다닐게요. 생활 때문에 복직 포기하는 건 저도 이제 더이상 바라지 않아
요. 저도 원한이 맺혀서 안되겠어요. 이 상처 왜 났는지 잊지 않았겠
죠."

아내가 걷어붙인 오른쪽 팔뚝에는 반뼘이나 되게 꿰맨 자국이 선명했
다.

A급 미싱사인 아내는 어렵지 않게 봉제공장에 취직을 했다. 큰아이
인식은 동네의 놀이방에 맡겼다. 여성단체에서 운영하는 놀이방은 그리
멀지 않아서 아내가 출근길에 맡기고 퇴근길에 데려왔다. 그러나 새날이
는 너무 어려서 그 놀이방에 맡길 수가 없었다. 새날이를 맡길 수 있는
유아원은 공단입구의 '내일을 위한 집'이었다. 새날이를 유아원에 맡기고
데려오는 일은 성만의 몫이 되었다. 연말이 가까워오면서 매일 물량이
밀려 아내는 잔업 없는 날이 드물었다. 열시가 넘어서야 파김치가 되어
돌아오는 아내 대신 저녁 짓는 일도 성만의 몫이 되고 있었다.

4

퇴근시간이 지난 공단을 가로질러온 버스는 텅텅 비어 있었다. 잔업이 끝나는 9시 반까지 16번 버스는 늘 그랬다. 성만이 앉은 차창의 틈새로 찬바람이 스며들었다. 듬성듬성 빈 좌석은 가뜩이나 난방이 부실한 버스 안을 더욱 스산하게 만들었다. 도화동 고갯길에서 몇 안되는 손님들마저 내려버리자 버스에 남은 사람은 서넛뿐이었다. 천장에 매달린 손잡이는 버스가 흔들리는 대로 나란히 물결쳤다.

송림동에 이르렀을 땐 8시가 가까워오고 있었다. 아무도 내리려는 사람이 없었다. 성만이 일어서 천장에 붙은 벨을 눌렀다. 울컥 요동을 치며 멈춰선 16번 버스는 성만을 시장 앞에 떨어뜨려놓고 멀어져갔다.

잠든 줄 알았던 새날이가 울어댔다. 갑작스런 한기에 놀란 모양이었다. 성만은 얼른 파카 주머니에서 젖꼭지를 꺼내 물렸다. 녀석은 도리질을 치며 마다했다. 성만은 자신의 입을 크게 벌리고 그 속에서 입김으로 고무꼭지를 녹였다. 그제서야 녀석은 젖꼭지를 받아물었다. 동시에 울음소리도 잦아들었다.

성만은 횡단보도를 건너려다 말고 걸음을 멈췄다. 그가 건너려던 횡단보도 너머 언덕배기는 작은 불빛들로 성을 이루고 있었다. 그 성 어딘가에 불 꺼진 그의 방 한칸도 있을 것이다.

성만은 오른쪽 바지주머니 속에 손을 찔러봤다. 동전 몇 개와 회수권 세 장이 손아귀에 들어왔다. 왼쪽 주머니 속에선 지폐 두 장이 만져졌다. 아내의 월급날 받은 오만원이 어느새 다 없어져버렸다. 지난주엔 공사장 날일을 이틀이나 했는데도 주머니엔 도합 이천 몇 백원밖에 남아있지 않은 것이다. 집에서 놀면서부터 돈은 예전보다 더 많이 쓰게 되었다. 담배는 하루에 한 갑으론 모자랐고 버스 몇 번 타고 다방에 들러 유선방송이라도 볼라치면 몇 천원은 흔적없이 사라졌다. 움직이면 돈이었다.

집앞 가게에서 두부나 한 모 사서 들어갈까. 성만은 횡단보도 앞에 서서 잠시 망설였다. 아직 아내의 월급날은 열흘이나 남아 있었다. 며칠째 김치찌개에 김칫국이 나란히 밥상에 올랐다. 아내는 그것에도 미안해서 어쩔 줄 몰라했다.

오늘 저녁에는 아내가 좋아하는 해물잡탕이라도 끓여야겠다는 생각을 하며 성만은 시장 안으로 발걸음을 옮겼다. 회사에서 나눠주는 빵 한 조각으로 허기를 때우고 미싱 앞에 앉았을 아내를 생각하니 웬지 가슴이 아팠다. 내일은 일찍 새날이를 유아원에 맡기고 동인천으로 날일이라도 하러 가리라 작정했다. 그는 무엇을 살 것인지 이미 정했음에도 혼잡스런 시장 안을 괜히 기웃기웃거렸다. 주머니가 비어 있을 땐 이상하게도 먹고 싶은 것도 많고 사고 싶은 것도 많았다. 옷가게, 그릇가게, 통닭집, 순대골목을 차례로 지났다. 몇 천원만 있으면 한껏 풍요로움을 만끽할 수 있는 곳이 송림동 시장이었다.

성만은 다방에서 오후에 써버린 천원이 무척 아깝게 떠올랐다.

성만은 이력서를 되돌려받은 것만도 다행이라는 생각과 함께 대성중공업의 인사과장이 뭐라고 했는지 제 귀로 듣고 싶어 견딜 수가 없었다. 궁리끝에 시장 옆 전화박스가 따로 있는 천원짜리 다방엘 들어갔다.

"여기 송도기곕니다. 인사과장 계십니까."

성만은 천일금속 과장명찰의 목소리를 떠올리며 아무 회사 이름이나 갖다붙였다.

"대성중공업에 재직했던 종업원이 여기 면접 보러 왔길래, 협조 좀 얻을까 해서요."

금테안경의 인사과장이 눈에 선했다. 당신은 노사분규와는 무관하게 처리된 것이니까 다른 데 취직하는 데 아무 지장이 없어요. 성만이 어디 가서 먹고 살라는 거냐고 했을 때 그는 점잖게 말했었다.

"아 그 친구, 나가서까지 귀찮게 구는구만."

금테안경의 짜증스러워하는 모습이 목소리를 타고 왔다.

"성실하냐고요, 이 사람이 지금 누구 놀리는 거요? 회사 말아먹으려다 해고됐다면 알 조 아니오."

"그 사람에 대해서 좀더 자세히 얘기해줄 수 없을까요."

성만은 치밀어오르는 욕설을 참으며 정중히 물었다.

"지금 그렇잖아도 그 자식 때문에 회사가 시끄러워 죽겠소. 자세히 알고 싶으면 북부서 대공과에 알아보시오. 어떤 악질인지 잘 얘기해줄 거요."

야이 씨팔 새끼야, 성만은 수화기를 내려놓고서야 목에 걸린 말을 내뱉었다. 짐작은 했지만 이토록 노골적일 줄은 성만도 몰랐다.

월급날 아내와 인식이를 앞세우고 시장에 들러본 기억도 오래되었다. 어물전은 채소, 청과물 가게와 함께 맨 구석에 있었다.

"오랜만에 오셨수. 뭐 드릴까."

어물전의 중년 아주머니가 아는 체를 했다.

"잡탕거리 천원 어치만 주세요."

"홍합, 미더덕이 다 떨어졌는데 어쩌지, 파장이 돼놔서. 생태 안 가져가려우, 물 좋은데. 세 마리에 천원만 주구려."

"그래요. 토막쳐줘요."

머리에 수건을 동여맨 어물전 여주인은 복어배처럼 볼록한 생선칼로 생태의 지느러미를 능숙하게 따내고 세 등분을 쳤다.

비닐봉지를 받아든 성만은 시장을 도로 거슬러나왔다. 바로 옆에 채소가게가 있었지만 무는 시장 입구에서 보아둔 좌판 할머니에게 사리라 마음먹었다.

위원장 배종태와 벌인 주먹다짐은 이튿날 매듭이 지어졌다. 주먹을 먼저 날린 것은 성만이었지만 배종태로서도 문제를 확대시켜 유리할 게 없다는 판단이 섰던 것이다. 하긴 성만도 적잖이 맞았다.

갑작스런 성만의 기습에 배종태는 정신없이 몇 대를 맞았다. 그러나 싸움꾼답게 배종태는 재빨리 반격에 나섰다. 왼손으로 성만의 멱살을 낚아챈 배종태는 남은 오른손을 쏜살같이 날렸다. 왼뺨을 강타당한 성만도 배종태의 멱살을 맞잡은 채 턱을 소리나게 올려쳤다. 주먹이 몇 차례 더 오갔다. 둘은 곧 서로 주먹을 쓸 수 없게 뒤엉켜버렸다. 옆에 섰던 쟁의부장이 덤벼들었지만 이번엔 김천수와 오강범이 마주나섰다.

이미 사태가 걷잡을 수 없이 치달리자 개발과장은 슬그머니 꽁무니를 감췄고 주임들도 감히 나서지 못했다. 아무리 싸움에 이력이 붙은 배종태와 쟁의부장이라 할지라도 세부족이었다. 배종태는 빠져나가려 발버둥을 쳤지만 성만은 악착같이 틀어쥔 멱살을 놓지 않았다. 싸움은 쟁의부장이 주방에서 식칼을 들고 와서야 끝났다.

노조사무실에서 성만은 배종태에게 사과를 했다. 배종태는 흔쾌히 없었던 일로 하자고 손을 내밀었다. 술기운에 벌어졌던 객쩍은 사건 정도로 쉬 화해가 이루어졌다. 그런데 문제는 엉뚱하게 확산되고 있었다.

대성중공업 노동자들이 집단적인 식중독 증세를 보이기 시작한 것이다.

성만과 배종태의 주먹다짐은 삽시간에 대성중공업 전체에 알려졌다. 소문은 날개를 달고 공장 구석구석으로 퍼져나갔다. 점심시간에는 부어오른 배종태의 얼굴을 확인하려는 노동자들로 노조사무실 부근이 붐볐다. 쉬는 시간이면 성만에게 담배를 권하는 사람이 줄을 이었다.

소문은 입과 입을 건너며 대성중공업 전체의 공기를 불온하게 팽창시켰다. 소문은 하루이틀 지날수록 잠들기는커녕 더욱 불온함을 더해만 갔다. 공작부를 빠져나간 금형들이 프레스에 걸려 현장 가득 철판을 찍어 쌓듯이 공작부에서 흘러나간 소문은 외형생산부 전체로 파급되었다. 십수 년간을 묵묵히 일해온 노동자들에게 소문은 겨드랑이를 스멀스멀 간질이며 은밀한 선동으로 다가갔다. 그러나 그 은밀한 선동은 너무도 강렬한 흡인력을 지니고 있었다.

집단적인 식중독의 징후는 회식 삼겹살을 먹은 공작부에 이어 외형생산부와 엔진부, 조립부, 도장가공부에서도 나타나기 시작했다. 십수 년 동안 먹어온 회식 삼겹살이 보이지 않는 두드러기로 돋아나 온몸을 근질거리게 만들고 있었다. 분기별로 게걸스럽게 먹어치워온 돼지비계에 씻겨내려간 줄 믿었던 쇳가루는 몸속 깊숙이에 잠복해 있었던 것이다. 잠복중이던 쇳가루가 일시에 혈관을 타고 역류하며 활동을 개시한 것이었다.

식중독 증세가 제일 먼저 구체적인 병세로 나타난 곳은 외형생산부였다. 공작부 회식 이틀 후에 있은 외형생산부의 회식장소에는 부서원이 아무도 참석치 않았다. 시간 맞춰 차려져 있던 공단갈비 이층의 회식상에는 임자 잃은 삼겹살만 소복이 쌓여 있었다. 소주 대신 맥주가 상마다 올라 있었다. 과장과 주임들이 낭패한 표정으로 연신 출입문을 흘낏거리는 그 시간에 외형생산부 사람들은 삼삼오오 공단시장의 돼지곱창집에서 곱창안주에 소주잔을 돌리고 있었다. 간판도 없이 늘어선 공단시장 안의 곱창집마다 작업복 왼쪽 가슴에 다이아몬드 모양의 대성중공업 마크가 붙은 사람들로 북적거렸다. 세번째 비닐칸막이의 순대집에는 공작부의 오강범이 함께 자리하고 있었다. 또 한 집 건너엔 역시 공작부의 김천수가 외형생산부 사람들과 어울려 있었고 그밖에도 몇 명의 공작부 사람들이 눈에 띄었다. 특히 회사 내에 발이 넓은 강범은 특유의 달변으로 사람들을 웃기고 있었다. 팔뚝까지 걷어붙인 그의 작업복 어깨 옆에 붙은 안전마크는 칠이 벗겨져 있었다.

"워매, 프레스 사람들 심뽀도 벨시럽소잉. 삼겹살에다 맥주까장 차려놓은 곳에는 안 가고 냄새나는 돼지창시에 속씨런 쇠주 빨고 있소잉."

"그러는 선반쟁이들은 머한다꼬 엄한 괘기상은 들러엎고 난리를 부렸노."

"아이고, 내사 맥주 안 줘서 그랬제. 문디자슥이 저거마 맥주 처묵고 내는 안 주는기라. 인지라도 맥주 준다커마 내사 퍼뜩 달려갈끼래이."

강범이 경상도내기 프레스 김씨의 말을 받아 능글맞게 경상도 사투리를 흉내냈다.

"오가, 문디 저거 점지해놓고 삼신할미가 얼매나 후회했일꼬. 오가야, 그만이 맥주에 처묵고접어 기갈이 들렸시머 뭐한다꼬 여기서 남의 피껕은 소주 축내노. 인지라도 안 늦었다. 공단갈비 가봐라. 맥주가 박스째 쌓여가지고 처치곤란일끼다. 맥주 묵으러 왔다커머 우리 생산과장이 저거 할배 만난 듯이 반갑어라 컬낀까네."

강범이 프레스 김씨와 너스레를 떨고 있는 동안에 김천수는 대부분이 낯선 생산부 사람들의 얘기를 들어주고 있었다.

"사우회빈지 뭔지 이제 그거 내지 말아야 하는 거 아냐."

"안 내는 게 뭐야. 지금까지 낸 것도 다 돌려받아야지."

"돈도 돈이지만 인간들 하는 싸가지가 괘씸해서도 받아내야지 않겠습니까. 공작부에서는 어떡할 작정들입니까?"

자기들끼리 떠들던 사람들이 천수에게 물어왔다.

"아직 우리로서도 특별히 모아진 얘기가 없습니다. 다른 부서 얘기들도 들어본 다음에 뭘 어떻게 해도 해야잖겠습니까."

"먼저 터뜨린 데가 공작분데 공작부에서 총대를 메고 나서야 나머지 부서들도 움직이지. 되레 다른 부서 눈치만 살피면 어떡합니까."

시한폭탄은 뇌관에 불이 붙기를 기다리고 있었다. 도장가공이나 조립부와 마찬가지로 외형생산부도 공작부가 나서기를 노골적으로 요구했다.

"우리 공작부에서도 얘기가 전혀 없는 것은 아닙니다. 단순히 사우회비뿐만 아니라 이 기회에 어용노조를 바꿔야 되지 않겠나 하는 생각을 다들 갖고 있어요."

"맞는 말입니다. 이 기회에 아주 노조비도 내지 말아버려야 돼요. 노조가 도대체 제대로 맘에 들게 한 게 뭐 한가지 있어요."

몽땅한 검지손가락으로 미루어 프레스로 잔뼈가 굵은 모양인 젊은이 하나가 맞장구를 쳤다.

"노조 자체가 문제가 아니라 제대로 민주노조로 만드는 게 중요하겠지요."

"그건 그래. 옛날에 김진엽이 위원장 할 땐 그래도 괜찮았지. 그 사람도 지금은 워디 영업소 소장 맡아서 팔자 우라까이 해버렸지만."

나이든 고참 한 명이 천수의 말에 조용히 덧붙었다.

"문제는 다른 부서 사람들이 얼마나 움직여줄까 자신이 안 서네요. 괜히 공작부만 피보는 거 아니냐고 주저들 하거든요."

"거 뭔 소리요. 배종태 갈아치우자고 하면 사장하고 관리자들 빼고 대성중공업에서 반대할 놈이 누가 있소?"

"우리 회사에선 너무 인물이 없어. 총대 메고 탁 나서면 확 밀어줄 텐데 말야."

"대성중공업에는 그 흔한 위장취업자도 하나 없나 그래."

다들 제가끔 한마디씩 했다.

"이 사람들아, 자꾸 남들보고 뭐라 그러지 말고 젊은 사람들이 직접 좀 나서봐. 시퍼렇게 젊은 사람들이 어디 가면 굶어죽을까봐 그래? 공작부 사람들도 뭔가 확실히 믿는 바가 있어야 들고 일어날 것 아닌가."

천수는 옆사람에게 방금 말한 나이든 노동자의 이름을 물어보았다. 지용석, 초대 노조대의원을 지냈다는 대성중공업의, 산 증인이었다.

"형님이 그럼 좀 앞장을 서지요. 경험도 있고 하니까."

"내가 뭐 겁나서 안 나서는 건 아니고 좀더 패기있고 추진력있는 사람들이 나서야 일이 되겠지. 내 보기에는 공작부에 박성만인가, 그 왜 배종태와 주먹다짐했다는 친구가 나서면 괜찮다 싶더구만. 대도 옹골차고 회사도 다닐 만큼 다녔고. 거기다가 오강범이 정도 나서면 따를 사람들 더러 안 있겠어. 우리 부서에서도 저기 기호 자네하고 프레스 김씨 정도 나설 수 있을 테고."

김천수는 뜻밖의 원군을 만났다. 지용석, 그 이름을 머릿속에 새겼다.

"맞습니다. 이번엔 아주 부서별로 대표를 뽑아서 확실하게 밀고 나가야 합니다."

다음날부터 현장에서는 공공연히 연판장이 돌기 시작했다. 강범과 천수 등 젊은 축 몇 명이 어설프게 준비해온 노조민주화 싸움은 힘을 얻었다. 부서별로 신망있는 사람들이 속속 결속되어왔다. 처음부터 일을 꾸며온 젊은 축들은 성만의 가세에 한층 더 활기를 띠었다. 가족들 때문에 힘들 거라고 제쳐두었던 성만이 커다란 몫을 감당해주었다. 사우회비 반납 및 공제반대 연판장에 지장을 찍은 사람은 사흘이 안돼서 이천백 명을 넘어섰다. 95% 이상이었다.

회사측은 의외로 순순히 나왔다. 지금까지 공제한 사우회비를 환불하지는 못하지만 앞으로는 공제하지 않겠다는 것과 기존에 사우회비로 충당해온 분기별 회식비와 경조비는 회사쪽 경비로 계속해나가겠다는 약속을 받아냈다. 노동자측 대표로 성만과 강범, 외형생산부의 김씨와 이기호, 도장가공과 조립부에서 각각 한 명씩 올라갔다. 비록 이미 낸 돈을 받아내지는 못했지만 처음으로 얻어낸 승리였다.

그러나 그것만으로는 이미 전신으로 번진 집단적인 식중독 증세를 근절할 수 없었다. 회사측의 미봉책은 두드러기에 바른 일회용 물파스에 불과했다.

노동자들은 이번에는 아직 임기가 1년이나 남은 배종태 노조집행부에 대한 불신임을 발의하고 나섰다. 불신임을 위한 총회소집 요구서에 대한 서명운동도 출발은 순조로웠다. 그러나 이번에는 회사측도 정면대응을 해왔다.

성만이 해고통보를 받은 것은 불신임 총회를 일 주일 앞둔 날이었다. 게시판에 징계해고가 나붙은 사람은 성만을 포함해서 모두 열 명이었다. 강범과 천수, 프레스의 김씨와 이기호 등이 포함되어 있었다.

회사측의 전격적인 기습이었다. 그 열 명은 그동안 개별적으로 일으켜온 대성중공업 노동자들의 식중독 증세를 한꺼번에 일으키도록 모아온 장본인들이었다. 회사측이 내민 양보에는 덫이 달린 것이었다. 집단행동의 진원지를 추적하는 데 필요한 시간 한 달만 벌면 회사로서는 충분했다. 회식사건과 사우회비공제 거부운동의 주동자와 핵심인물들을 완전히 가려낸 이상 회사는 더이상 양보해야 할 하등의 이유가 없었다. 회사의 조그마한 양보 뒤에 숨은 비수를 보지 못함으로써 강범과 천수는 고스란히 당해야 했다. 처음부터 뜻을 같이하고 시작했던 사람들뿐만이 아니라 성만과 같이 뒤늦게 함께한 사람들까지 한칼에 당했다.

5

말로만 듣던 복직투쟁, 그 쓰라림을 미리 알았더라면 성만은 결단코 노조일에 나서지 않았을 것이다.

동료들은 야속했다. 아니 해고가 된 뒤에는 이미 동료가 아니었다. 현장에 찬바람이 불면서 누구 하나 해고자들에게 동조하는 사람은 없었다. 핵심적인 사람들이 한칼에 해고되어, 해고자와 연결되어 현장에서 활동을 할 사람들은 한 사람도 남아 있지 않았다.

해고자들이 정문에 매달려 외칠 때도 동료들은 다만 눈먼 장님이었다. 귀먹은 벙어리였다.

동료들은 한결같이 유인물 받을 손조차 없는 병신들이었다. 처음 성만은 뭘 어떻게 해야 할지 몰라 강범과 천수의 뒤에서 유인물을 나눠주지도 못하고 우물쭈물하기만 했다. 소 중 쳐다보듯 하는 그들에게 유인물을 나눠줄 엄두가 나지 않았다. 어쩌다 마지못해 유인물을 받은 사람들조차도 몇 발짝 안 가 수위실 앞에다 자진반납이었다.

복직투쟁은 한마디로 실의와 좌절의 나날이었다. 한 가지 보람이 있었다면 공장에 안 나가게 되면서 좋은 사람들을 많이 만날 수 있었다는 거였다. 공장에 파묻혀 사는 동안 한번도 만날 수 없던 사람들이었다. 분노가 있고 용기가 있고 의리가 있는 사람들이었다. 지역 해고자협의회의 좁은 사무실을 내 집처럼 드나드는 이들은 한결같이 빈털터리들이었지만 가슴을 나눌 수 있는 사람들이었다. 내일을 믿는 사람들이었다. 그리고 많은 것을 알게 되고 생각하게 되었다. 자본주의라는 것에 대해, 노동자라는 말에 대해 생각하게 되었다. 노동자들에게 있어 내일이 어떤 것인가 생각하게 되었다.

그러나 현실의 벽은 너무나 높았다. 현장내 작업을 할 수 없었던 해고자들은 기껏 진전 없는 출근투쟁을 되풀이할 수밖에 없었다.

어떻게든 돌파구를 마련해보려고 시도했던 통근버스 밑에 기어들어가는 투쟁도 패배감만을 안겨주었다.

어떻게든 동료들을 움직여보려고 궁리끝에 기습적으로 통근버스 밑에 드러눕기로 했다. 회사로 들어가는 진입로에 대성중공업 통근버스가 들어섰을 때 성만은 해고자들과 함께 일제히 차도에 뛰어들어 드러누웠다. 강범과 천수는 아예 끌어내지 못하게 차 밑으로 기어들어가 바퀴를 껴안았다.

"부당해고 철회하고 민주노조 쟁취하자!"

"원직복직 쟁취하여 인간답게 살아보자!"

그러나 차에서 내린 동료들은 드러누운 해고자들을 피해 지나갔다. 성만은 자신의 다리를 타넘고 지나가는 동료들을 올려다봤다.

"우리는 일하고 싶다, 여러분들의 힘이 필요……"

아무도 돌아보지 않았다. 도대체 누구를 위해 무엇 때문에 이 고생을 하며 복직을 해야 하나. 참담한 절망감뿐이었다. 누구도 싸움을 계속하자는 사람이 없었다. 복직을 포기하고 각자 취직을 하기로 했다. 그러나 취직을 해서 온전히 다니는 사람은 아무도 없었다. 절반쯤은 전력이 들통나서 쫓겨나고 나머지 절반쯤은 스스로 버텨내지 못했다. 성만도 마찌꼬바에 두어 번 취직을 했지만 두 번 다 한 달을 채우지 못했다. 도무지 일이 손에 잡히지가 않았다. 번듯한 회사에는 블랙리스트에 올랐는지 면접마다 미끄러졌다. 다시 해고자들이 모였다. 사장실을 점거하기로 결정한 것은 달리 어떻게 해볼 방법이 없었기 때문이었다.

며칠을 두고 현장답사를 하고 연습까지 했지만 결과는 허무하게 끝났다. 각자 며칠 먹을 빵과 음료수까지 배낭에 챙겨들고 새벽 3시 반을 기해 담을 넘어들어가 사장실을 점거하는 데는 성공했다. 그러나 만신창이가 되어 끌려나오는 데는 두 시간이 채 걸리지 않았다. 성한 사람은 아무도 없었다.

진숙이 병원에 달려왔을 때 성만은 머리와 얼굴을 온통 붕대로 감은 채 눈과 입만 빠끔히 내놓고 있었다. 쇠사슬이 할퀸 온몸은 뱀이 휘감은 것처럼 시퍼렇게 멍들고 살갗이 터져 있었다.

진숙의 눈에선 불이 일었다.

"세상에 인간들이 해도해도 정도가 있지……"

진숙은 원통해서 견딜 수가 없었다. 당장에라도 달려가 머리칼을 모조리 잡아 뽑아버리고 싶었다.

진숙은 성만이 해고를 당하고 며칠이 지나서야 그가 노조일에 끼어든 것을 알았다. 대성중공업에서야 이왕에 쫓겨난 거, 깨끗이 손털고 더 큰 일 당하기 전에 다른 직장 알아보라고 그녀는 한바탕 난리를 쳤었다. 그래도 성만은 도대체가 될 것 같지도 않은 일을 가지고 끝까지 고집을 부리며 그녀의 속을 뒤집었다. 대체 알 수가 없는 노릇이었다. 성만이 끝까지 고집을 부리며 출근투쟁이랍시고 아침마다 나갔다가 흠씬하게 두들겨맞고 돌아올 땐 속에 열불이 났었다. 도대체 지금까지 잘 지내다가 왜 뒤늦게 그런데 휩쓸려다니는지 진숙으로서는 이해를 할 수가 없었다. 말려도 말려도 듣지 않는 성만에게 진숙은 아예 이혼이라도 하자고 덤벼들었다.

"정 끝까지 그 길로 나갈려면 아주 갈라섭시다. 이왕 갈라설 거라면 하루빨리 갈라서는 게 서로에게 이로울 거 아녜요."

"어휴, 이런 소갈머리 없는 여자야. 뭘 알아야 얘기가 통하지."

성만은 아예 상종을 않으려 피했다. 그러나 진숙은 집요하고 끈덕졌

다. 시도때도 없이 떼거리로 몰려오는 해고자들에게 대놓고 싫은 소리를
했다.

"하려면 그쪽이나 실컷 하지 왜 앰한 우리 애아빠는 끌어들여요. 자꾸
그러려면 아예 우리 집에 오지도 마세요."

남편의 위신이나 체면 따윈 아랑곳하지 않았다.

"아가리 닥치지 못해!"

성만이 눈알에 핏대를 세우고 부라렸지만 진숙은 숙어들지 않았다. 라
면 하나를 끓여달래도 돈이 없어서 못 사온다며 어깃장을 부렸고 그런
날 저녁이면 어김없이 한판 전쟁을 치렀다. 성만의 고함에 놀란 세 살
난 인식이는 자지러지게 울고 아내는 아내대로 아이를 끌어안고 목을 놓
아 통곡을 했다. 울면서도 진숙은 물러서지 않았다.

"왜 엉뚱한 데 가서 얻어맞고 와서 나한테 분풀이야. 오늘 당장 갈라
서자는데. 이혼해주면 별 소원을 해도 상관하지 않을 테니까."

"그래, 이혼해줄 테니까 이혼서류 해갖고 와."

"오지랖 넓게 남의 일까지 나서서 설치는 사람이 왜 자기 이혼서류 하
나도 못 챙겨온대. 뱃속에 애만 없어도……"

재수없는 놈은 뒤로 자빠져도 코가 깨진다더니 아내의 뱃속에는 계획
에도 없던 아이가 들어차 있었다. 아이가 든 것을 알고 아내는 병원에
가서 떼겠다는 걸 성만이 기어이 말렸다. 애 하나 키우는 데 돈이 얼마
나 없어지는지 아느냐는 게 아내의 지론이었다. 오년 후면 융자 낀 11평
아파트에 들 수 있는 아내의 계획은 몇 년간 연기될지 모르지만 뱃속에
든 놈도 생명인데 없앤다는 게 성만은 도저히 내키지 않았다. 또 아내는
있는 애가 계집애면 몰라도 사내자식이니까 괜찮다는 생각인 것 같았지
만 성만으로서는 딸아이를 보고 싶은 욕심도 없지 않았다.

"내 말대로 떼자고 그럴 때 뗐으면 아무 미련 없이 탁 갈라섰을 텐데.
이 짓 하려고 말렸소?"

결국 견디지 못하고 방을 나서는 건 늘 성만이었다. 집앞 가게에는 창

피해서 못 가고 한참 떨어진 가게에서 소주를 털어부으며 시간을 때웠다. 한사코 말리는 아내의 마음을 모르지 않았다.

아무리 계절이 바뀌어도 아내는 변변한 옷가지 하나 사입지 않았다. 요즘 같은 좋은 세상에 남의 것 얻어입는 애들이 어딨어, 하면서도 그녀는 남의 아이 입던 옷을 인식이에게 얻어입혔다. 그 흔한 유모차 한대 없이 쓰다 버린 장난감으로 하나뿐인 아이를 키웠다. 콩나물 한움큼에도 손을 떠는 아내였다. 옹골지게 틀어쥔 적금통장 하나에 그녀는 가족의 내일을 걸었다. 남들은 전세값 따라잡기도 벅차하는 몇푼 안되는 월급으로 4백짜리 통장을 쥘 수 있었던 건 모름지기 아내의 내핍 덕분이었다. 아내 진숙이 아니면 누군들 월세방 둘 합쳐 양철냄비 하나 놓고 시작한 살림을 이나마 지탱해왔을까 싶었다. 성만은 잘 얘기해서 이해시켜야지 했지만 언제나 마음뿐이었다. 막상 아내 앞에서 얘기하려면 어색해서 입이 떨어지지 않았고 아내가 뭐라고 하면 짜증부터 부렸다.

진숙의 억척으로 통장 하나는 쥐게 되었지만 가난은 늘 성만의 곁을 떠나지 않았다. 가난은 성만의 생활을 지배하는 군주였다. 그날의 회식 건만 해도 그랬다.

"형님, 그날 회식때 왜 그렇게 갑자기 열받았어요? 강범이하고 우리야 미리 한바탕 하려고 작정하고 있었지만 형님은 왜 배종태 그자슥 뒤지라고 쳐발라버렸어요?"

응 그냥, 천수 등이 몇 번이나 물었지만 성만은 그렇게만 얼버무렸다. 실은 그 전날이 어머님이 올라왔다 내려간 날이었다. 성만은 그날밤 아내와 한바탕 말다툼을 벌였다. 잔업 마치고 집에 돌아왔을 때 어머님은 내려가시고 안 계셨다. 단칸방에 끼여 있기가 눈치보였던지 이틀 만에 내려가신 것이다. 마음이 안 좋았다. 그래도 아들 손주 보고 싶어 멀리서 올라왔는데 구경 하나 시켜드리지 못했다.

"차비는 좀 드렸어?"

성만은 아픈 마음으로 아내에게 물었다.

"예."

"얼마?"

"차표 끊어드리고 오천원 드렸어요."

아내는 조금도 작지 않다는 투였다. 성만은 기가 막혔다.

"뭐야, 오천원. 돈이 그것뿐이 없었어?"

"있기야 삼만원 있었지만 한달 동안 뭐 먹고 살게요."

"3만원 다 드렸으면 되잖아. 야, 니네 엄마가 왔으면 그랬겠어?"

아들이 퇴근하는 것도 못 보고 내려간 노인네가 얼마나 섭섭하였을까 생각하니 가슴이 아팠다. 환갑이 돼서도 농삿일을 놓지 못하는 어머니였다. 땅 한뼘 없는 집으로 시집와 남의 논과 밭에서 품을 팔며 젊음을 묻은 당신이었다. 젊어서 남편에게 멸시당하고 나이들어 자식 눈치보며 살아가는 어머니의 처지에 성만은 가슴이 아려왔다. 가난이 어떻게 당신의 탓이련만 중학조차 가르치지 못한 죄스러움으로 이날까지 성만에게 큰소리 한번 못 치고 살아온 당신이었다. 그랬기에 며느리가 쥐어주는 5천원짜리 한 장에도 섭섭함조차 내색하지 못했을 것이다. 형편 어려운데 니들 살림에나 보태 써, 할미라고 있는 게 손주 옷 한 벌 못 사줘서, 그렇게 말하고 버스에 오르는 주름진 당신의 얼굴이 선했다.

"다 드렸으면 내가 가불이라도 해올 거 아냐. 어떻게 사람이 그래."

"가불하면 뭐 다음달 월급에서 안 까나요."

그러는 아내더러 더 뭐라고 할 말이 없었다. 벽을 보고 돌아누운 채 성만은 그 밤을 반은 뜬눈으로 새웠다.

그렇게 하고 출근해서 하루종일 도대체 사는 게 뭐냐 싶은 생각으로 일을 했다. 회식자리에서는 노인네 생각을 떨치기 위해 억지로 쾌활하게 술을 마시는데 배종태가 속을 뒤집어놓았던 것이다.

막상 성만의 몰골을 보자 진숙은 솟구치는 분노를 어찌할 수가 없었다. 병원측의 처사는 진숙을 더욱 격분하게 했다. 머리가 터진 성만과

내일을 여는 집 129

또 한 사람만 대충 응급처치를 했을 뿐 나머지 사람들은 그냥 빈 병실에
다 처박아뒀다. 나머지 가족 몇이 도착하도록 병원측에선 의사 한번 와
보지 않았다. 해고자들은 제가끔 짐승 같은 신음소리를 끙끙거리고 있을
뿐이었다.

성만도 머리만 동여맸을 뿐 등과 가슴패기 곳곳의 살갗은 터진 채 방
치되어 있었다. 없는 것들은 어디를 가도 천덕꾸러기였다. 진숙은 성만
의 상처 부위를 손수건으로 찍어누르며 솟아오르는 울음을 앙다문 이빨
사이로 흘려야 했다.

"아이고, 이 바보같은 인간아. 내 그만두랄 때 그만뒀으면 이 꼴 안
당했을 거 아냐. 나서봐야 돈 없고 빽없는 사람만 당하지. 세상만사가
다 있는 놈들 편인 거 몰라서 이 짓을 해 그래……"

"의사나 좀 오라그라. 천수 저거 다리 부러졌다."

그는 앙다문 이빨로 터져나오는 설움을 겨우 깨물고 아내에게 말했다.
성만도 아내의 악다구니가 자신에게 향한 것이지 않음을 너무도 잘 알았
다.

"아니, 여기가 어딘 줄 알고 와서 생떼를 부리는 거예요."

흰 가운을 걸친 의사는 치료를 해달라고 요구하는 진숙과 가족들을 앉
은 채 노려봤다. 무식하게시리, 같이 얘기하기도 지저분하다는 듯이 말
아문 그의 입술은 초라한 행색의 아낙들이 혐오스럽기만 하다는 듯이 실
룩거렸다. 이마에 주름을 접으며 쳐다보는 삐뚜룸한 그의 눈끝에는 경멸
의 빛이 역력했다.

"회사측에서는 응급처치만 해달라고 했을 뿐이에요."

"사람이 죽어가는데도 병원에서 나 몰라라 할 수가 있어요!"

의사는 이 무식하고 지저분한 인간들과는 상종을 않겠다는 듯이 자리
를 차고 일어났다.

"회사 책임자를 데려오든지, 다른 병원으로 데려가든지 하시오!"

의사는 옆문을 열고 나가버렸다. 진숙은 어처구니가 없었다.

"회사에서 돈을 얼마나 처먹었기에 사람 보기를 짐승만도 안 여기는 거야. 천벌을 받을 놈들아!"

"기름 묻은 작업복이나 입고 있는 인간은 인간도 아닌겨?"

아무리 소리를 쳐도 거들떠도 보지 않았다. 원무과장이란 자가 와서 계속 떠들면 경찰을 부르겠단 말만 하고 갔다.

이 기막힌 결과 앞에서 다들 서로 멀뚱멀뚱 쳐다보기만 하며 말을 잊고 있었다. 시트조차 깔리지 않은 빈 병실에서 구원해준 것은 해고자협의회의 사람들이었다.

"이런 개새끼들."

"사람을 아주 죽일 작정을 했구만."

어떻게 연락이 닿아 달려온 사람들은 병실 안. 사람들의 몰골을 보고 벌써 전말을 알아차린 듯 분통을 터뜨렸다.

"여기 이력하고 있으면 어떡합니까. 이 병원, 회사 지정병원 맞지요?"

강범이 고개를 끄덕거렸다.

"답답하다 답답해. 이 새끼들은 사장하고 완전히 한통속이오."

해고자들만 모인 그 단체의 사람들은 자신들이 다 이런 일을 겪어본 것 같았다. 그들은 한가족같이 눈시울을 붉혔지만 모든 걸 잘 처리했다. 그들은 곧 병원과 싸워서 앰뷸런스에 해고자들을 실었다.

해고자협의회의 사람들이 데려간 병원의 분위기는 회사 지정병원과는 딴판이었다. 병원 규모는 작았지만 의사는 정성스럽게 치료를 해주었다. 간호원도 있는 대로 달려나와 응급처치를 해주었다.

"저 애부터 치료해주세요. 팔이 부러진 것 같구만요."

성만은 강범이부터 치료를 해달라고 의사에게 말했다.

"성님, 뭔 말이요. 팔이야 다쳐봐야 뿐지러지기뿐이 더하겠으라. 머리가 중하지라."

잠시 서로 다른 사람부터 치료를 해달라고 실랑이가 벌어졌다. 얼마

후에 젊은 의사 하나가 더 달려왔다.

피투성이가 된 채 서로 나중에 치료받겠다는 그들을 보며 진숙은 또 눈물이 돌았다. 그들이 다친 경위를 물으며 젊은 의사 둘은 차분히 치료를 해나갔다. 안타까운 표정으로 그들의 얘기를 들어주는 의사가 성만은 너무나 고마웠다.

6

본격적인, 정말 싸움과 같은 싸움이 시작되었다.

병원에서 하루를 보낸 뒤에야 다들 정신을 차렸다. 만삭이 가까워오는 배를 내밀고 인식이까지 안고서 진숙은 병원에서 밤을 새웠다.

밤새 성만의 끙끙거리는 신음소리를 들으며 뜬눈으로 새웠다. 혼자 생각도 하고 해고자협의회에서 온 사람과 얘기도 했다. 세상에는 진숙이 알지 못하는 것도 많았다.

날이 밝자 해고자들과 가족들 그리고 해고자협의회 사람들이 함께 모여 머리를 짰다. 여기서 물러서면 병신된 몸만 남을 뿐이라는 데는 다른 생각이 없었다.

다시, 아니 끝까지 회사와 싸우기로 했다.

병원에서 아침을 내왔지만 아무도 먹지를 않았다. 진숙이 앞장을 서서 해고자들을 일으켜세웠다.

"이렇게 누웠지 말고 빨리 밥들 먹어요. 먹고 싸우러 가야지요. 죽더라도 회사 앞에 가서 죽읍시다."

먹지 않겠다는 밥을 진숙은 억지로 성만에게 떠먹였다. 팔을 영 못 쓰는 강범도 다른 사람이 먹여줬다.

"모조리 회사로 가서, 거기서 죽든지 살든지 결판을 지읍시다."

처음엔 자신없어하던 사람들이 진숙을 따라 일어섰다.

"이렇게 만든 놈들 앞에 가서 마 아예 죽이달라고 합시다. 이왕에 딴

회사 다니기도 틀린 거 굶어죽거나 맞아죽거나 매한가진데 죽이달라고
합시다."

강범을 선두로 해고자들이 묵묵히 따라나섰다. 가관도 그런 가관이 없
었다. 김천수는 목발을 짚었고 강범은 팔에 깁스를 해 걸쳤고 성만은 미
라처럼 머리를 붕대로 동여맨 채였다. 환자복을 입은 사람이 열 명이었
고 가족들이 대여섯 명 되었다. 진숙은 만삭이 가까워오는 배를 내밀고
등에는 찔찔 짜는 인식이를 들쳐업고서 앞장섰다. 지나는 사람들이 이
희한한 행렬을 호기심에 차서 쳐다보았다. 버스 안에선 웃음을 참지 못
하는 사람들이 창으로 얼굴을 돌리고 키득거렸다.

"뭐가 우습소."

이미 날을 세운 진숙은 독하게 쏘아붙였다.

두 번 버스를 갈아타고 대성중공업 앞에 도착한 일행의 맨 앞에 선 진
숙은 뒤뚱거리며 처진 일행에게 성화를 부렸다. 놀란 것은 회사였다. 그
몰골을 하고 다시 오리라고는 상상도 못했던 것이다.

진숙은 신들린 사람마냥 달려들었다.

"사장 나와. 나와서 마저 죽이라고 그래. 니들이 사람백정이지 인간이
야!"

회사에서는 누구도 나서지 않았다. 속수무책이었다. 부러지고 찢어지
고 깨진 환자들과 부녀자 그리고 아이들을 죽이지 않는 이상 어쩔 방도
가 없었다.

"왜 안 나오는 거야. 다 한꺼번에 죽이라고 애새끼들까지 다 데려왔
다. 이 개같은 놈들아! 니들이 이 짓을 하고도 명대로 살 줄 알아."

진숙은 사람 얼굴만 얼쩡거리면 저주를 퍼부어댔다. 회사측은 정문을
걸어닫은 채 얼씬도 하지 않았고 노동자들은 후문으로 퇴근을 시켰다.

일주일째 해고자들은 환자복을 입은 채 병원과 회사를 오갔다. 가족투
쟁위원회를 만든 진숙은 그 사이 지역에서 사람이 모이는 곳이면 어디든
달려가서 억울함을 호소했다.

대성중공업의 무자비한 탄압은 지역 내에서 점차 반향을 불러일으켰고 현장 내에서도 다시 동요가 일기 시작했다. 진숙의 활약은 그 사이 지역과 대성중공업 노동자들에게 파다하게 알려졌다. 여성노동자들의 활동단체인 '내일을 위한 집'과 아내가 인연을 맺은 것도 이때부터였다.

진숙은 며칠새 딴사람이 되어 있었다. 돈과, 아니 앞으로 마련해야 할 집과 아이밖에 모르는 것 같던 그녀의 작은 몸뚱이 어디에서 도대체 그런 힘과 용기가 나오는지 알 수 없었다. 성만은 아내의 그러한 변화가 놀랍고 한편으로는 두려웠다. 아내의 행동에는 무서운 힘이 있었다. 반드시 이긴다는 믿음, 이기고야 만다는 자신감이 배어 있었다. 그가 지금까지 싸워온 것과는 근본적으로 다른 점이었다. 될까, 어렵다. 그래도 하는 데까지 해봐야지, 이런 식이었다.

"지려면 뭐하러 싸워요. 하여튼 내 그놈의 사장 우리 죽이지 않는 한 항복시키고야 말 거니까."

아내가 진정으로 존경스럽게 느껴진 것은 처음이었다. 그와 더불어 아내의 뒷모습을 보며 미안한 마음이 가슴으로 흘렀다.

병원으로 몰래 문병을 오는 노동자들이 생겼다. 몇몇이 돈을 걷어 보내오는 부서도 있었다. 서광이 보이기 시작했다.

결판은 비가 오던 수요일에 났다. 아침부터 봄비 같지 않은 강우량을 보이며 비가 쏟아졌다.

상처 부위에 빗물이 들어가면 안된다고 의사가 호통을 쳤다.

"여러분들, 정말 죽고 싶소?"

"우리 복직 못하면 선생님 치료비도 못 받아요."

"여러분한테 치료비 떼여도 굶어죽지 않소."

해고자들은 대성중공업 앞으로 갔다. 출근시간에 맞춰 정문과 후문에 절반씩 나눠 피킷을 들고 서 있었다.

복직 아니면 죽음을 달라.

어용노조 자폭하라.

대성노동자 단결하여 민주노조 쟁취하자.

이제 더이상 구호도 외치지 않았다. 통근버스가 도착했을 때는 이미 환자복이 흠뻑 젖어 있었다. 성만의 머리를 동여맨 붕대도 흠뻑 젖었다. 강범의 깁스한 팔도 흠뻑 젖었다. 진숙의 머리카락은 비에 젖어 흘러내렸다. 인식은 진숙의 옆에서 우산을 안아들고 울었다. 우산을 쓰고 출근하던 노동자들이 안타까운 눈길을 보냈다. 그러나 나눠주는 유인물을 받아드는 사람은 몇 안되었다.

버려진 유인물이 비에 젖어 어지럽게 구겨졌다. 피와 눈물로 쓴 유인물이 비에 젖어 동료들의 발에 짓밟히는 것을 보며 성만은 눈을 돌렸다. 그러나 조심스럽게 유인물을 감춰넣는 사람들도 있었다. 외형생산부의 한 나이든 노동자가 발걸음이 떨어지지 않는지 되돌아와 자신이 들고 있던 우산을 성만에게 쥐어주었다. 지용석씨였다. 그러나 성만은 잠시 후 우산을 접어 한쪽 구석으로 던졌다.

수위실 추녀 아래에서 진숙이 싸온 점심을 미리 나눠먹은 해고자들은 점심시간이 시작되자 필사적으로 정문을 기어올라갔다. 관리자들이 안에서 못 올라오게 밀어내렸다. 이미 젖을 대로 젖은 환자복이 시커먼 흙탕물로 더러워졌다. 성만의 환자복 윗도리가 벗겨져 쇠사슬이 핥고 지나간 자국이 시커멓게 드러났다. 정문을 기어오르다 나뒹군 성만의 머리에서 피가 배어났다. 진숙의 눈에선 눈물이 쏟아졌다. 아니 환자복을 입은 사람 모두가 눈물을 쏟고 있었다. 빗물과 뒤섞여 눈물을 훔치지 않아도 되었다. 성만의 머리와 얼굴을 동여맨 하얀 붕대가 붉은 색으로 번져가고 있었다.

죽여라 개새끼들아, 성만은 정문 위로 머리를 디밀며 울부짖었다.

관리자들은 점심시간을 맞은 노동자들이 정문 가까이 못 오게 막으며 해고자들에게 야지를 했다.

"병신새끼들, 꼴값 떨고 있네."

"야, 니들 그래서 뭐할래. 국회의원 나올래."

그들에게는 모든 게 이기적인 자신의 출세나 이익으로밖에는 연결이 되지 않는 것이다. 자신의 이익과 어긋나면 인간을 짓이길 수도, 자신의 출세에 도움이 되지 않으면 인간의 처절한 외침 따위에는 언제든지 침을 뱉을 수도 있는 것이다.

붉은 피가 이마로 흘러내렸다. 봉합수술한 성만의 머리가 터진 게 분명했다.

진숙이 그 큰 유리창을 주먹으로 깨뜨린 것도 그 순간이었다. 진숙은, 수위실 창안에서 빙글거리며 피투성이가 된 해고자들의 몸부림을 비웃고 있는 금테안경의 사내를 죽일 수만 있으면 죽이고 싶었다. 주먹으로 때려도 유리창은 끄떡없었다. 진숙은 오른주먹에 왼손을 감아쥐고 두 팔로 유리창을 내려쳤다. 유리창의 한쪽이 내려앉았다. 두 번 세 번 남은 조각의 유리창을 모아쥔 두 손으로 내려쳤다. 진숙의 팔뚝에선 흥건하게 피가 쏟아져나왔다. 옆에 섰던 인식이 자지러지게 울어대기 시작했다.

성만이 울며 달려왔다. 강범이 뒤따라왔다.

"가란 말야, 가. 가서 싸워."

진숙은 둘을 정문으로 떠밀었다. 빗줄기가 진숙의 뺨에 뿌려졌다. 성만이 입술을 어금니로 깨물며 정문 위로 기어올라갔다. 비옷을 입은 채 막아대는 정문 안의 관리자 위로 성만은 머리부터 떨어뜨렸다.

제일 먼저 어깨를 걸고 나온 것은 공작 1부였다. 으이쌰, 으이쌰, 그들은 성난 짐승처럼 그렇게만 외치며 성만에게 다가왔다.

외형생산부가 2공장으로부터 몰려나오는 것을 보고야 진숙은 정문 앞에 쓰러졌다. 어디에서 지켜보고 있었던지 천 명이 넘는 사람들이 몰려나와 정문을 열고 밖에 있던 해고자들을 앞세우고 들어갔다.

8개월이 지났다.

다들 복직을 하고 총선을 거쳐 노조를 민주화시켰는데도 성만은 복직
이 되지 않았다. 배종태가 뒤늦게 진단서를 첨부해 고소를 해서 형사입
건이 되었던 것이다. 회사측은 이것을 빌미로 성만의 해고는 노조문제하
고 관계없다, 동료근로자를 폭행해서 형사처벌되는 등 사내질서를 문란
시켰기 때문이라고 우겨댔다.

민주노조가 들어섰기에 머지않아 복직되겠지 했던 것이 오늘까지 온
것이다. 어쩌다 길거리에서 다이아몬드 마크의 푸른 작업복만 봐도 가슴
이 뛰었다. 아침마다 출근하는 사람들, 피로에 지친 몸을 만원버스에 싣
고 퇴근하는 사람들만큼 성만에게 부러운 사람들은 없었다.

7

가파른 송림동 비탈길을 성만은 천천히 걸어올라갔다. 언제나 불이 꺼
진 창, 그놈의 봉제공장은 10년 전이나 지금이나 잔업 없는 날이 없었
다. 그나마 월, 수요일은 7시에 끝나던 아내는 12월 들면서 연말 선적을
맞춘다고 매일 10시가 넘었다. 골목 어귀에 들어서면 언제나 먼저 살펴
보는 손바닥만한 창이었다. 깜깜하게 꺼져 있을 창을 생각하자 살을 에
는 추위에도 발걸음이 빨라지지 않았다. 비닐봉지를 든 손끝이 시렸지만
창에 불이 켜질 때까지 오래 걷고 싶은 심정이었다. 셋방이나마 그래도
그에게는 이 세상에서 편히 등을 누일 유일한 공간이었다.

오늘은 새날이를 유아원에 갖다 맡긴 뒤 해고자협의회 사무실에도 들
르지 않고 바로 집에 들어와 오전 내내 빈둥거렸다. 전화가 올까 해서였
다. 대성중공업의 하반기 마지막 단체교섭일이 오늘이었다. 강범이 사무
장으로 있는 노조의 교섭에 마지막 기대를 걸어볼 수밖에 없었다. 10시
에 교섭에 들어간 강범에게선 점심때가 넘도록 전화가 오지 않았다. 애
꿎은 담배만 줄창 태워대며 주인집 전화벨 소리에 귀를 기울였다. 결국
성만을 찾는 전화는 오지 않았다. 외롭고 서글펐다. 복직해서 노조까지

장악하고 있으면서 자기의 복직문제 하나 해결해주지 않는 강범과 천수
가, 모든 동료들이 야속했다.

그래, 미련없이 포기하는 거다. 언제는 혼자가 아니었나. 항상 혼자였
다. 그동안 잠시 혼자가 아니라고 생각했을 뿐이었다. 더이상 아내와 아
이들을 고생시킬 건가. 아침에 먹다 남은 식은 김칫국에 밥을 말아먹고
집을 나섰었다. 쇠뿔도 단김에 빼라고 처박아뒀던 이력서를 챙겨들고 나
섰지만 보기좋게 딱지를 맞고 돌아오는 그의 어깨는 무거웠다.

가뜩이나 좁은 집앞 골목은 성만이 들어서자 꽉 찼다. 아이를 안은 데
다 파카의 부피까지 해서 몸을 움츠려도 양쪽 팔이 담벽에 닿았다. 좁은
골목을 빠져올라가자 지나온 집의 지붕이 발아래로 내려다보였다. 눈길
을 돌리자 성만의 집이 바로 들어왔다.

길 앞으로 난 그의 집 창에 불이 들어와 있었다. 그가 나갈 때 분명히
연탄구멍, 전깃불 다 확인했었다. 갑자기 마음이 바빠졌다. 길 앞으로
바로 달린 부엌문을 열고 들어섰다.

아내는 한 사람이 겨우 몸을 돌릴 비좁은 부엌에서 열심히 무언가를
끓이고 있었다.

"왜 이제야 들어오세요."

아내는 흘러내린 머리칼을 물 묻지 않은 손으로 쓸어올리며 물었다.
그녀의 얼굴에는 환한 웃음이 피어 있었다.

"사람들이 아까부터 와서 기다리잖아요."

연탄아궁이에 바로 붙은 문턱 앞엔 안전화와 운동화가 댓 켤레나 겹쳐
놓여 있었다.

"아이고 성님, 워디 갔다가 이제야 오요."

강범이 얼굴을 방문 밖으로 내밀었다. 성만은 애매한 웃음으로 고개를
끄덕거렸다.

"이게 뭐예요?"

아내가 성만의 손에서 생태봉지를 받아들며 방안으로 들어가라고 재촉

했다. 성만은 별로 내키지 않았지만 비좁은 부엌에 계속 섰을 수가 없었다. 좁은 방안은 장정 대여섯으로 꽉 차 있었다. 거짓웃음을 지어보일 자신이 도저히 없었다. 성만은 이들의 시선을 피해 돌아서며 파카를 벗어 걸었다. 강범이 새날이를 받아안았다.

"바쁘지들 않았어?"

성만은 가능한 한 불편한 심기를 드러내지 않으려고 애쓰며 무덤덤히 물었다. 벌써 상 위에는 소주병과 김치찌개 냄비가 올라 있었다. 지용석씨의 품에 안겨 있는 큰아이 인식의 손에는 과자봉지가 들려 있었다.

"형님도 오셨어요. 미처 못 봤네요."

"왜, 이 사람아. 내가 자네 집에 오면 안되는감."

"아네요. 그게 무슨 말씀이세요. 처음 오셨으니까 한 소리죠."

"그동안 여러가지로 섭섭했지? 어려울 때 총대 맡기고선 통 돌아보지도 못했네. 간혹 회사 앞에서 자네 얼굴 봐도 영 면목이 없었네그려. 이해하게. 다들 없이 살다보니 자기 앞가림 바쁜 걸 어떡하겠나."

"이제 옛날 케케묵은 일은 탁 덮어두고 새로 멋지게 시작하는 마당 아닙니까. 기분좋게 한잔 하입시다."

천수가 어색한 분위기를 깨며 성만에게 잔을 권했다.

"형님, 기분 안 좋습니까. 왜 표정이 영 뚱씁은 것 같습니까."

여전히 침울한 표정인 성만에게 천수가 잔을 치며 핀잔을 주었다.

"기분이 좋을 건 또 뭐 있고, 안 좋을 건 또 뭐 있어."

"위매, 우리 성님 말하는 맵시 좀 보소. 그래 오매불망 꿈에도 그리던 복직이 탁 돼뻗졌는데, 기분 좋을 건 또 뭐 있고 기분 나쁠 건 또 뭐 있노?"

복직, 그 말에 성만은 귀가 번쩍 뜨였다.

"뭐라고. 내가 복직이 됐다고 그랬나 지금?"

성만은 받아들었던 잔을 내려놓고 강범을 쳐다봤다.

"그렇잖고라. 성님 여태 몰랐소잉. 위매 잡것 환장해버릴 거잉. 그래 우리가 지금 뭔 술을 마시고 있는지도 몰랐다 이 말이지라."

성만이 어쩔 줄 몰라하며 입을 반쯤 벌린 채 방안 사람들을 둘러봤다.

"오늘 노사협상에서 형님 복직시키기로 결정을 봤습니다. 사무장, 그 뭐냐 응, 합의서 그것 좀 보여드려."

강범이 구석에 놓아뒀던 서류봉투에서 종이 한 장을 꺼내서 성만의 코 앞에다 디밀었다.

"요그 삼번항 보이지라. 공작 1부의 박성만의 복직에 관한 건은 12월 17일자로 원직에 복직시킨다. 단, 해고기간 중의 임금은 기본급 전액을 지급한다. 틀림없지라? 요 끝에 있는 큼지막한 도장이 사장 도장이고 고 밑에 것이 인사담당이사, 또 고 밑에 것이 총무담당이사 것이요잉."

성만은 두번 세번 같은 줄을 훑어봤다. 틀림없었다.

"요쪽에 있는 거 요건 우리 위원장 직인이고, 고 밑에 있는 건 또 사무장, 바로 내 도장이요."

"다들 고맙구만요."

몇 번 입술을 다신 다음에야 겨우 성만은 인사를 했다. 어느새 방안에 들어온 아내가 성만의 손에서 합의서를 받아들고 들여다봤다.

"아까 들어올 때 왜 복직됐단 얘기 안해줬어."

"여기 계신 분들 덕분이니까 여기 계신 분들한테 들어야죠."

"제수씨가 그동안 뭣보다도 큰 고생 하셨습니다."

지용석씨였다.

"그럼요. 형수님 아니었으면 대성중공업에 민주노조가 어딨고 형님은 물론이고 우린들 어떻게 복직됐겠습니까."

천수가 맞장구를 쳤다.

성만은 촉촉히 젖어가는 아내의 얼굴을 물끄러미 지켜봤다.

"워매, 형수님. 라면 하나도 안 끓여줄 땐 참말로 야속시럽었소."

진숙의 손에서 합의서를 받아들며 강범이 놀렸다.

"주인집으로 전화해서 형님 좀 부탁합니다 하면 그런 사람 없어요, 하고 끊을 때만 해도 우리 형수님 이렇게 변할 줄 누가 알았겠어요."

얼굴이 새빨갛게 달아오른 진숙은 얼른 부엌으로 빠져나갔다.

방안엔 연신 웃음소리가 터져나왔다. 참으로 오랜만에 맞는 따스한 저녁이었다. 지용석씨의 품에 안긴 인식이도 어른들을 따라 덩달아 엉덩이를 들썩이며 좋아했다. 오랜만에 보는 제 어미와 아비의 웃는 얼굴에 어린 녀석도 좋은가 보았다.

"새날이 임마, 넌 모르지. 니가 뱃속에 있을 때 너희 엄마 대단했다."

강범에게서 새날이를 빼앗아 안은 천수가 코가 닿도록 얼굴을 가까이 하고 말했다.

"쓸데없는 소리들 그만하고 술이나 한잔씩들 드세요."

아내가 비닐봉지 가득 담아들고 들어온 것은 맥주였다.

"워매, 워매 이게 당시 뭔일이다요. 형수님."

놀란 것은 강범만이 아니었다. 구두쇠 악바리로 소문난 진숙이었다.

"좌우지간 사람은 오래 살고 볼 일이야. 세상에 또 누가 형수님한테 맥주 얻어먹을 줄 알았겠어요."

"새날아. 니네 엄마, 사람 여러 번 놀라게 만든다."

"뭐 나는 기분도 모르는 사람인 줄 알아요. 이건 맛뵈기고 애아빠 월급 타면 확실하게 한턱 낼 테니까 그때 봐요."

"여자가 독 품으면 무섭다는 거 그날 형수님 보고 처음 알았어라."

"그때 형수님 보면 엄청 사나울 줄 알았는데 이녀석 왜 이렇게 어린놈이 낯도 안 가리고 점잖죠?"

천수가 새날이를 어르며 빙긋거렸다.

"그때 형님이 현장사람들 몰고 나올 땐 참말로 눈물나데요. 1공장에서 공작부 사람들이 어깨동무를 하고…… 2공장에서도 형님이 생산부 사람들 몰고 나오는 순간에는…… 평생 그때의 감격은 못 잊을 겁니다."

천수가 잔을 비우고 지용석씨에게 권했다. 유리잔이 모자라 밥공기였다.

"정문을 열어제끼고 자네들 앞세워서 공장 안에 들어오면서야 자네들 얼굴 바로볼 수가 있겠더만. 자슥아, 니 그때 기억하나? 그렇게도 서럽게 울어쌓드만."

지용석씨는 품에 안고 있던 인식에게 물었다.

"이런 걸 보고 옛날 얘기 하면서 산다는 걸 테지. 그때 자네들은 몰랐어도 사람들, 인식이 엄마 보고 몰래 많이들 울었어. 배가 남산만큼이나 나와가지고서는."

"우리 형수님 마, 노조 명예위원장 앉혀야 쓰는디."

"그 때문에 난 완전히 신세 조졌다야. 이것 봐라, 내가 김치찌개 데우러 다니고 그래야 된다."

성만이 식은 찌개냄비를 들고 일어서며 말했다.

"나 만나서 신세 편 거지 뭐. 나만한 여자하고 살면서 가사노동도 분담하지 않으려고 그럼 쓰겠어요."

와 웃음이 터졌다.

"보기 좋은데 뭘 그래요. 인간평등은 남녀평등으로부터, 그것도 몰라요?"

외형생산부의 기호도 한마디 거들었다.

"니는 아직 총각이라서 그렇지. 장가 가봐라, 그게 그렇게 쉬운가. 하여튼 니들은 절대로 마누라 거 '내일을 위한 집' 뭐 이런 데, 여자들 모이는 데 절대 내보내지 마라. 나같이 신세 조지기 십상이다."

"그렇게 조지는 신세라면 나는 백번이라도 더 조지겠구만이라."

몇 순배 더 잔이 돌고 젓가락 반주에 맞춰 노래도 한 곡씩 뽑았다. 나 태어나 이 강산에 노동자 되어 꽃 피고 눈 내리기 어언 삼십년, 지용석씨가 부르는 '늙은 노동자의 노래'는 가슴을 울리는 데가 있었다. 작업복에 실려간 꽃다운 이내 청춘.

살아 춤추는 조국 노동자 해방 위해, 가자, 강범과 천수가 부르는 노동조합가는 힘이 넘쳤다. 가자, 노동조합의 깃발을 힘차게 휘날리자.

다음은 우리의 영원한 투사 이진숙 여사를 소개합니다. 뽕짝으로 하나 멋들어지게 뽑아주십시오. 강범의 요구에 따라 진숙은 '장부의 길'을 불렀다. 님께서 가신 길은 영광의 길이었기에…… 이어서 장차 이 나라의 위대한 혁명가가 될 박인식과 박새날의 아버지이자 여성해방, 노동해방의 기수 이진숙 여사의 남편이시고 대성중공업의 유력한 차기 쟁의부장이신 박성만 동지께서 그 노래도 아름답게 '아내에게 바치는 노래'를 불러드리겠습니다. 강범은 어디서나 사람을 하나로 뭉치게 만드는 재주를 가지고 있었다. 젖은 손이 애처로워 잡아본 순간, 강범은 반쯤 눈을 감고 노래를 부르는 성만의 손을 끌어다 진숙의 손 위에다 얹어주었다. 다시 태어나도 당신만을 사랑하리라.

자 합환주, 외형생산부의 김씨가 성만과 아내에게 나란히 잔을 채웠다.

"참 이거 나, 실감 안 나네. 내가 복직되는 게 틀림없는 거요? 내일부터 나가면 이제 어떤 놈도 안 막는다 이거지."

성만은 아직도 복직 사실이 잘 실감으로 느껴지지 않았다.

"난 점심때가 넘도록 전화가 안 오길래 틀렸나보다 하고 일자리 구하러 나가지 않았어."

"형님, 요번 복직 몇 억짜린지 알기나 하세요? 형님 복직 대신 연말보너스 때 일률적으로 20만원씩 지급하겠다는 회사쪽의 제안을 우리 교섭대표들이 일언지하에 거절해버렸단 말예요."

"그래서 투표까지 하느라고 오늘 늦어버렸지라. 회사쪽에서는 양쪽 안을 놓고 조합원 전체 비밀투표에 붙이자고 나왔응께."

"자슥들, 지들 생각에는 조합원들이 돈에 눈이 멀 줄 알았겠지."

"투표결과가 어땠는지 아요? 나도 과반수 안 나오면 워쩔까 속으로 걱정했는디 회사안에 대한 반대가 구십 프로가 넘어뻔지지 않았으랴."

"그럼, 한다 하는 배종태를 때려눕힌 에이급 선반공 박성만이 보통 박성만이야."

외형생산부의 김씨였다.

"자, 시간도 늦었는데 마지막으로 우리 인식이 노래 하나 듣고 일어섭시다."

"그려, 인식이 노래 하나 들어야제, 사랑도 명예도 있잖여."

강범이 주먹을 뻗으며 인식이를 일으켜세웠다. 녀석은 고사리만한 주먹을 쥐고 따라 흔들었다.

"좋았어. 하나 둘 셋 넷!"

사랑도 명예도 이름도 남김 없이, 한평생 나가자던 뜨거운 맹세, 발음이 분명치 못했지만 음정이 틀리지 않게 녀석은 노래를 이어갔다. 앞서서 나가니 산 자여 따르라.

방안 가득 박수소리가 울려퍼졌다. 모두들 네살박이 인식이를 깨물어주고 싶도록 어여뻐했다.

"박인식, 너희 아빠가 누구지?"

진숙이 물었다.

"에이급 선반공."

녀석이 뽐내듯 대답했다.

"에이급 선반공이 뭐야?"

"노동자."

"노동자가 뭐하는 사람이지?"

"역사의 주인."

강범이 인식이를 낮은 천장에 닿도록 번쩍 안아들었다.

"웜머, 이쁜 자슥!"

그날 송림동 산 27번지의 문간방은 손님들이 다 떠난 뒤에도 오래도록 불이 꺼지지 않았다. 진숙이 옷장 속에 고이 보관되어 있던 다이아몬드 마크 선명한 대성중공업의 작업복을 꺼내 다리는 동안 성만은 휘파람을 불며 설거지를 했다.

<1990, 창작과비평 봄호>

지옥선의 사람들

해포조선소의 사람들은 언제부터인가 자신들이 만드는 배를 지옥선이라 불렀다.

1

몇 시쯤일까. 탁상시계의 째깍거리는 소리만이 방안을 규칙적으로 울렸다. 16인치 TV화면만한 창은 겨우 제 형체나 알아볼 수 있게 희뿌옇다. 방안은 온통 어둠이었다. 얼마나 잤는지 알 수가 없었다. 기대는 자신의 이마에 배인 땀을 문지르기 위해 손을 들었다. 그러나 팔을 움직이기도 전에 관절을 뽑는 듯한 통증이 먼저 그의 어깨를 낚아챘다. 자신도 모르게 짧은 비명을 지르며 기대는 몸뚱이를 웅크려야 했다. 살을 파고드는 통증이 온몸을 휘감았다. 몸뚱이를 반대편으로 굴렸고 통증은 다시 전류처럼 일었다. 정확히 어디가 아픈지조차 알 수가 없었다.

모로 웅크렸던 몸을 조심스럽게 풀었다. 우선 왼쪽 다리부터 천천히 폈다. 견딜 만한 통증이었다. 다음은 오른쪽 다리를 폈다. 허벅지와 무릎, 종아리가 한꺼번에 당겼다. 근육이 끊어지는 고통이었다. 앙다문 이빨 사이로 신음소리가 새어나왔다. 몇 번이나 더 눈물을 찔끔거리며 등과 어깨, 허리를 차례로 폈다. 성한 데라고는 왼손과 왼팔뿐이었다.

여기가 어딜까. 자신이 지금 어디에 누워 있는지 기대는 알 수 없었다. 호일이 방 같기도 하고 상식이 녀석의 방 같기도 하였다. 자신의 방이 아닌 것만은 분명했다. 어젯밤의 기억을 더듬어보려고 애썼지만 제대로 연결이 되지 않았다. 뒤통수가 빠개질 것 같은 통증과 함께 여러 얼굴이 한꺼번에 떠올라 뒤엉키기만 했다. 그 얼굴들이 흐릿해지며 머릿속은 혼란으로 빠져들었다. 다시 잠을 자고 싶었다. 잠들어 영원히 일어나고 싶지 않았다. 통증은 온몸을 휘어감았고 그는 상처입은 짐승의 신음소리를 토해내며 어렴풋이 잠이 들었다.

지난밤의 하늘은 유난히 어두웠다. 바다는 더욱 어두웠다. 4월의 문턱이었지만 밤의 바닷바람은 아직 싸늘한 겨울의 그것이었다. 잇닿은 서너 개의 바위 여기저기에 다리를 뻗고 앉은 사내들은 넘실거리는 검은 바다를 말없이 응시했다. 아예 바위에 드러누운 사내들은 별 하나 뜨지 않은 캄캄한 하늘을 우러러봤다. 낮의 작업장에서는 느낄 수 없었던 바다 특유의 여린 비린내와 짠 소금내가 코끝을 자극했다.

경식이 녀석의 낮고 음산한 흥얼거림이 침묵을 갈랐다.

"외로워 외로워서 못살겠어요. "

파도소리에 잦아드는 녀석의 노랫소리는 감정이 없었다. 감정이 끼여들지 않아서 녀석의 노래는 늘 듣는 이의 가슴을 흔드는지도 몰랐다. 몇 사람이 나지막이 따라불렀다. 목소리가 합해질수록 더욱 처량스러워지는 노랫가락이었다.

"외로워 외로워서 못살겠어요. 하늘과 땅 사이에……"

어느새 노래는 합창으로 바뀌었다.

"확 안 때리치앗뿔래. 와 청승을 떨어쌓고 지랄들이고. "

봉수가 버럭 소리를 질렀지만 노랫소리는 더욱 높아졌다. 누가 뭐라 해도 아랑곳하지 않겠다는 대답이었다. 경식은 노래를 끝내고서도 곡조에 맞춰 좌우로 흔들던 상체를 계속 까딱거리고 있었다. 팔짱을 끼고 앉아 몸장단을 넣는 모양새가 한 곡을 더할 작정인 모양이었다.

"울려고 내가 왔던가. 웃으려고 왔던가……"

역시 낮고 건조했지만 듣는 이를 침울하게 만들었다.

"저자슥이 오늘 사람 부애 돋굴 일이 있나, 와 바람잡고 지랄이고."

그러나 봉수의 목소리는 경식의 노래와 함께 바위에 와 부딪치는 파도소리에 묻혔다. '울려고 내가 왔던가'는 해포조선소의 주제가였다. 아무리 소문난 음치라도 이 노래만큼은 제대로 알았다. 힘들고, 서럽고, 외롭고, 개같을 때면 하루에도 몇 번씩 불러보는 노래였다. 더럽고 아니꼬울 땐 뒤돌아서서 고래고래 악을 쓰며 불렀고, 제 신세가 처량스러울 땐 혼잣소리로 흥얼거렸다. 때로는 반항이고 때로는 외로움이고 때로는 절망인 그런 노래였다. 조선소 사람들은 누구나 그 노랫소리에서 묻어나오는 감정을 읽을 줄 알았다. 그리고 이 노래를 가지고 트집을 잡지 않는 것이 해포조선소의 불문율이었다. 기장의 등뒤에서 고래고래 소리를 높일 땐 야유고 도전이라는 것을 뻔히 알고도 넘어가주는 노래였다. 어쩌면 그것이 진정제나 신경안정제의 역할을 해왔는지 모른다. 아마 이 노래가 없었다면 밤마다 벌어지는 해포거리의 난투극은 몇 배 더 늘었을 것이다.

경식이 지금 이 노래를 부르는 것은 자신이 지금 누구에게도 간섭받고 싶지 않다는 표현일 수 있었다.

"울려고 내가 왔던가. 원한 맺힌 해포조선소."

합창이 되어버린 노래의 끝구절은 늘 그렇듯이 그렇게 맺었다. 원한 맺힌 해포조선소.

"그래 임마, 니 좆 꼴리는 대로 해봐라."

봉수는 뒤로 벌렁 누우며 씹어뱉었다.

어둠이 넘실거리는 해안의 저편, 수리조선 도크에서는 작업선 불빛이 가물거렸다. 그 불빛만이 어둠에 잠긴 바다와 하늘의 경계를 짐작케 하

였다. 제 3 도크 앞 대형 골리앗크레인 꼭대기에서는 깜빡깜빡 표시등이
점멸했다. 위에서 내리비추는 서치라이트에 크레인의 상체가 드러나 있
었다.

더이상 노래를 부를 생각이 없는지 경식은 팔짱을 낀 채 턱을 무릎에
괴었다. 기대는 전자시계의 조명버튼을 눌렀다. 여덟시 사십분, 약속시
간을 벌써 20분을 넘기고 있었다.

"시간 안 넘었는교?"

옆에 드러누웠던 봉수가 기대에게 물었다. 기대는 대답 대신 고개를
끄덕였다.

"올 놈들은 다 온 거 아인교? 시작하입시더."

"십분만 더 기다려보자."

"약속시간도 지대로 몬 지키는 자슥들하고 뭐를 같이 해묵겠노."

봉수는 작업복 주머니에서 담뱃갑을 꺼냈다. 왼손으로 뒤통수를 괴고
누운 그는 이빨로 담배 한 개비를 뽑아물었다. 담뱃갑을 주머니에 도로
넣은 그는 성냥을 꺼냈다. 여전히 한 손으로 머리를 괸 그는 남은 한 손
으로 불을 켜려들었다. 손아귀에 성냥갑을 쥐고 엄지와 중지 사이에 낀
성냥개비를 어렵게 문질렀다. 기대가 성냥갑을 빼앗아 불을 당겼다. 봉
수의 작업복 가슴께로 둘러진 하얀색의 야광 안전표식선이 불빛을 받아
선명하게 반사됐다.

"자식, 옷 좀 갈아입고 오지 않고서."

"옷 갈아입을 시간이 어딨는교."

"추리닝이라도 하나 걸쳐야 될 거 아니냐."

그렇게 말하며 기대가 자신의 잠바를 벗어 봉수에게 내밀었다.

"해포바닥에 조선소 닭발마크 작업복 입은 놈이 한둘인교. 춥은데 그
쪽이나 입으소."

길게 연기를 내뿜은 봉수는 다시 담배를 빨았다. 담뱃불이 빨갛게 타
들어갔다. 그는 기대에게 형님이란 말 대신에 그쪽이라고 했다.

"이 시간에 작업복 입고 바닷가에 나오는 얼빠진 놈은 없어. 우리 약속 때는 작업복 입지 않기로 했잖아. 그리고 그 담뱃불 얼마나 멀리서까지 보이는지 알아?"

봉수는 못마땅하게 입맛을 한번 다시고는 반쯤 남은 담배꽁초를 바다에 집어던졌다.

"이기 뭔교?"

기대의 잠바에 팔을 걸치던 봉수가 소주병을 꺼내들었다. 기대가 잠바 안주머니에 넣어뒀던 소주병이었다.

"한모금 해도 되겠는교?"

봉수는 고쳐잡은 병을 쓰다듬으며 뚜껑을 이빨로 물었다.

"넣어둬, 시간 됐어. 이제 시작해야 될 거 아냐."

인원을 점검했다. 모두 11명이었다. 여섯 명이 나오지 않았다. 선체조립부 모임의 총원은 17명이었다. 늘 하는 순서대로 먼저 지각자들의 해명과 자기 반성이 있었다. 5분 이상 늦은 사람이 세 명이었다. 그중에 호일도 끼여 있었다.

"집에서 제때 나섰는데 웬지 뒤가 찜찜해갖고 이리저리 서성거림서 해포대교 쪽으로 갔다가 되돌아오다보니께 그렇게 돼버렸어라."

앞으로 늦지 않겠다는 반성의 기미는 조금도 없었다. 다른 둘은 더했다. 호일의 얘기를 들으며 기대는 뇌리를 스치는 것이 있었다. 월요일 밤, 유인물을 전달하기 위해 그의 자취방에 들렀다 나오는 골목 어귀에서 마주쳤던 사내의 기억이 영 개운치 않았다. 기대가 그 얘기를 할까 망설이는 사이에 봉수는 이미 다음 순서로 넘어가버렸다. 사회를 맡은 봉수는 지각자들의 반성태도에 대해 아무런 주의도 주지 않았다.

"신상기하고 일순이의 불참사유를 해당 연락책임자인 경식이하고 헹님이 말씀하이소."

"상기형은 고향에서 어머님이 내려오셔서 오늘 못 나오게 됐습니다. 상기형은 아직 별 생각이 없는데 집에서 결혼을 서두르는 모양입니다.

상기형이 맡았던 스티커 부착은 대충 한 모양이고 오늘 회의의 결정사항에 전적으로 따르겠답니다. 이상입니다."

책 읽듯이 보고를 끝낸 경식이 콧잔등으로 흘러내린 안경테를 밀어올렸다. 녀석은 생긴 것도 그렇지만 말하는 투도 늘 조선소 사람 같지 않게 말쑥했다. 봉수의 눈길이 정형에게 향했다. 모임의 막내인 경식에 비해 모든 게 대조적인 정형이었다.

"일순이 글마는 오늘 마, 갑자기 철야명단에 들어가지고 못 나오게 됐심더. 반에 부상자가 많아가지고 작업에 마, 생 애를 묵는 모양이라. 그 바람에 반 전체가 날마다 추가잔업 아이머 철얀기라. 일순이도 파김치가 다 됐더마…… 그리고 스티커는 다 붙있고 반응들도 좋다 카면서 못 나와서 미안타꼬 전해주라 커고……"

정형은 길지 않은 얘기 속에서도 존대와 반말을 뒤섞었다. 올해 마흔 셋인 그는 선체조립부뿐만 아니라 동지회 전체에서도 가장 연장자였다. 비록 더듬거리는 눌변이었지만 성의껏 보고를 했다. 그러나 기대가 보기에 진행을 하는 봉수의 태도는 어딘가 모르게 무성의하게 느껴졌다.

"보고하신 분들이 오늘 회의 결과를 두 동지들에게 전달하이소. 그리고 연락없이 빠진 두 동지에 대해서는 해당 연락책임자들이 사유를 빠른 시일 내에 파악해서 보고하도록 하고 다음 회의 때는 반드시 나올 수 있도록 조치해주이소."

안건으로는 지난번 회의의 결정에 따른 실천사항 점검과 이후 계획 그리고 해포조선 내의 올해 임투에 대한 해포동지회 차원의 대응방침이 상정되었다.

"다른 의견이 더 없이며 규찰을 파견하고 안건에 들어가입시더."

봉수가 규찰자를 지명하기 위해 좌중을 둘러보았다. 지각자인 호일과 창대가 자진해서 일어섰다.

"두 동지가 고생해줄란고. 춥은데 애 좀 써주소. 그럼 지난주에 결정된 실천사항에 대한 결과와 반응들을 차례로 보고하도록 하겠심더."

사람들은 기대 못지않게 봉수가 사회 보는 것을 좋아했다. 기대가 매끈하고 빈틈없이 회의를 이끄는 데 비해 봉수는 거칠지만 시원시원했다. 그래서 특별히 미묘한 문제가 아니고 당장의 결단이나 행동이 요구되는 회의는 으레 봉수에게 맡겼다. 그러나 오늘 봉수의 회의진행 모습은 기대의 신경을 몹시 날카롭게 만들었다.

지난주 회의에서 결정된 것은 한국노동운동사의 일제하 부분 학습과 임금인상 선전 스티커의 부착이었다. 학습은 교재의 해당부분을 두 번 이상 숙독하는 것이었고, 거기서 배울 교훈을 찾는 것이 모두의 임무로 결정되었다. 스티커의 부착은 작업팀별로 구역이 할당되었다.

"우리 연마 쪽은 지정된 화장실 세 곳과 현장 네 곳에 스티커 삼십 장을 붙이기로 했는데 안전기강들의 감시도 심하고 시간도 제대로 없고 해서 열몇 장만 붙였습니다."

경식이 연마 쪽 보고를 했다. 용접 쪽은 정형이 보고를 했다. 도장 쪽도 보고가 됐다. 한결같이 엉망이었다. 기대가 포함된 주거지 부착팀을 빼고는 제대로 실천한 곳이 없었다. 학습에 대해서는 아예 보고조차 하지 않았다. 지난 1년 동안 이처럼 결정사항을 소홀히 실행한 적은 없었다. 결정사항을 지키지 않고서도 이처럼 태연하게 얘기한 적은 더욱 없었다.

"그럼 보고를 끝내고 올 임투에 대한 대응방침에 대한 토의로 넘어가겠심더."

봉수는 어물쩍 다음 안건으로 넘어갔다. 기대는 어처구니가 없었다.

"학습에 대해서는 보고도 하지 않았잖습니까?"

"그것 뭐, 꼭 해야 되나……"

혼자 중얼거렸지만 모두가 알아듣기에 충분한 크기였다. 그러고는 나 몰라라는 식으로 입을 꽉 다물어버렸다. 기대는 울화가 치밀었지만 꾹 참았다.

"한번 결정된 사항은 항상 분명하게 확인한 다음, 그 매듭을 짓고 넘어가야 되지 않겠어요？"

"그럼 보고들 해보소."

퉁명스럽게 내뱉고서 봉수는 다시 입을 고집스럽게 다물었다. 한동안 침묵이 흘렀다.

무엇이 봉수를 이렇게 뻬딱하게 만들었는지를 생각하니 기대는 가슴이 쓰라렸다. 이 황량한 조선소의 무쇳더미 속에서 강철로 단련되어온 그였다. 남들같이 모양나는 투쟁 한번 해보지 못하고 낮은 포복으로 낮은 포복으로 오늘까지 진군해온 해포조선소였다. 조금만 어깨를 들어도 목덜미로 시퍼런 칼날을 들이미는 이곳에서 무르팍이 뭉개지며 전선을 지켜온 그였다. 어떠한 시련 속에서도 흔들리지 않고 든든한 일꾼으로 성장해온 그가 흔들리고 있었다. 봉수의 옆모습을 물끄러미 바라보는 기대의 얼굴은 밤바다보다 더 어두웠다.

침묵을 깨뜨린 것은 돌소리였다. 따딱 따딱, 마주치는 돌소리는 규찰이 보내는 신호음이 분명했다. 무거운 침묵이 팽팽한 긴장감으로 바뀌었다. 규찰이 지닌 손전등이 반짝반짝 두 번 명멸했다.

"내려앉아."

기대가 조용히 지시했다. 모여 앉았던 바위에서 차례차례 바다 쪽으로 내려갔다. 바위틈새에 쪼그려앉은 사람들 사이에서는 숨소리조차 제대로 나지 않았다. 파도만 어둠속에서도 하얀 물보라를 일으키며 몰려와 바위틈에서 부서졌다. 발 아래에서 부딪치며 솟구친 물방울 몇 점이 기대의 뺨을 후려쳤다. 서늘한 촉감이었다. 몇 차례 더 파도가 달려들었고 옷은 반쯤 바닷물로 젖어들었다. 어쩐 일인지 규찰 쪽에서는 더이상 신호가 없었다.

"오늘 밤 패기밥 되는 거 아이가."

병덕이 낮게 중얼거렸다.

"입 다물어."

그러나 주의를 주는 기대의 목소리는 싸늘하도록 차분했다. 그는 봉수의 잠바 안주머니에서 소주병을 꺼내들고 상식을 불렀다.

"나머지 사람들은 꼼짝 말아요."

기대가 먼저 허리춤에 소주병을 거꾸로 꽂고 바위 위로 기어올라갔다. 그 뒤로 역시 해고자인 상식이 기어올랐다. 둘은 바위 위에 납죽 엎드린 채 규찰 쪽의 동정을 살폈다. 그림자 둘이 바위 쪽으로 다가왔다. 기대는 손에 쥔 소주병에 힘을 줬다.

"누구요?"

"호일이요."

"옆에는?"

"경택이 형님 왔어라."

사전 연락 없이 나오지 않은 사람 중의 하나였다. 기대는 긴장했던 몸의 신경이 한꺼번에 풀렸다.

"밑에 다 올라오이소."

상식이 아래를 향해 불렀다.

"뭐꼬."

"똥개 훈련시키나?"

바위 위로 올라와 사정을 파악한 사람들은 제가끔 한마디씩 규찰에게 핀잔을 주었다.

"동지 여러분, 지금 상황은 실제상황이 아니고 훈련상황입니다."

호일이 민방위훈련 라디오 중계방송의 아나운서마냥 숨넘어가는 소리를 우스꽝스럽게 흉내냈다.

"임마, 여기가 무슨 똥방위훈련본분 줄 알아?"

"유비무환이라고 알란가 모르겠으라. 회의 계속하시쇼, 잉."

호일이 이죽거리며 제자리로 돌아갔다.

사람들이 다시 자리를 찾아 둘러앉았다.

"저녁 한숟가락 뜨고 나오려는데 김부장이 뜬금없이 찾아와가지고 죽치고 일날 생각을 않는기라. 그자슥 되는 소리 안되는 소리 여태까지 귀신 씨나락 까묵는 소리 하다가 갔다 아이가."

경택은 자신 때문에 반쯤 물에 젖은 동료들에게 좀은 미안한 모양이었다.

"특별한 얘기는 없었어요?"

기대는 호일의 보고를 들을 때부터 불길한 예감을 떨칠 수 없었다. 경택의 얘기를 들으면서 다시 호일의 집 앞에서 마주쳤던 사내의 얼굴이 떠올랐다.

"뭐, 맨날 하는 소리제. 요새 현장분위기 어떠냐, 직훈동창회는 잘되냐, 그런 거. 그리고 사내에 붙여진 스티커에 대해 짚이는 데 없냐면서 슬쩍 떠보데. 통 모른다니까 조심하라면서 은근히 공갈치고 갔어."

경택은 해포조선소 직훈동창회 회장을 맡아보고 있었다. 기대와 같은 2기였지만 나이는 한 살 위였다. 조선소 내에서 직업훈련원 동창회는 남해공고 동문회와 더불어 가장 큰 세력을 형성하고 있었다.

"뭔가 냄새 맡은 것 같지 않았어요?"

"별다른 기색은 없었어. 글마들 툭하면 나한테 잘 오잖여."

"혹시 나올 때 집 주변에 서성거리는 사람 없었어요?"

"아무도 못 봤는데."

"뒤붙는 놈도 없었고요?"

"늦어서 막 뛰어오느라고 잘 살피지는 못했지만 쫓아오는 놈은 없었던 거 같여."

딱 집어 뭐라고 할 수는 없었지만 모두들 어디인지 모르게 흐트러져 있었다. 오합지졸이 되어버렸다는 느낌이 자꾸만 기대를 괴롭혔다.

"와, 무슨 일 있었어?"

찜찜해하는 기대의 얼굴을 살피며 경택이 되물었다.

"별일이 있었던 건 아니고……"

기대가 말끝을 흐리며 지금 자신이 느끼는 예감을 어떻게 표현해야 할까 머뭇거렸다.

"별일 없었다니까 하던 얘기 계속하입시더."

기대의 말허리를 자르고 봉수가 회의를 속개시켰다. 기대는 떼려던 입을 다물고 입술을 감았다.

그 뒤부터 회의는 거의 토론 없이 일사천리로 진행되었다.

올 임투에서의 요구는 최저생계비 확보와 노조쟁취로 하고 해포동지회의 이름으로 독자적인 선전활동을 벌이자는 부서대표자회의의 결정이 수정없이 받아들여졌다. 그러나 정말 행동으로 옮기겠다는 의지가 얼마나 담겼는지는 알 수가 없었다.

기대는 회의를 끝내고 나서도 기분이 개운치 않았다. 그토록 씩씩하고 규율있던 모임이 몇 주 사이에 한구석으로부터 걷잡을 수 없이 무너져내리고 있었다. 나머지 사람들이라고 규율이 흐트려져가는 조직을 보면서 드는 생각이 없을 리 만무했다. 모임보다는 술이 어울리는 날이었기에 자연스럽게 술자리가 만들어졌다. 소주병을 챙겨온 게 기대만이 아니었다. 어느 때부터인지 소주병은 해포동지들이 즐겨 휴대하는 기호식품 겸 호신용 무기였다. 어두운 밤길을 걸을 때면 동지회 회원들은 언제나 등골이 서늘함을 느껴야 했다. 지난 한 해 동안에만도 다섯 건의 린치사건이 있었다. 그중 세 건의 피해자가 동지회 회원들이었다. 나머지 사람들도 간접적으로 동지회와 관계가 있는 사람들이었다. 해포대교를 막아버리면 완전히 고립되는 이곳은 가히 해포조선소가 속한 그룹의 왕국이었다. 해포경찰서는 그룹의 일개 부서에 불과했다. 린치사건과 관련해서 그 어떤 사람도 처벌받지 않았다. 그 흔한 노동상담소 하나, 심지어 문화공간 하나 버텨낼 수 없는 이 섬에서는 피투성이가 되어서도 회사의 지시 없이는 치료조차 받을 수 없었다. 해포조선소에서 노동운동을 한다는 것은 곧 생명을 건다는 것을 뜻했다. 칼을 지녔다가는 무슨 혐의로 몰릴지 몰랐기에 기대도 밤길을 나설 때는 습관처럼 주머니에 소주병을 넣고 다녔다.

남은 사람은 여섯이었다. 다들 총각이었고 정형과 봉수만이 기혼이었다. 소주병도 남은 사람들 숫자만큼은 됐다. 경식이 녀석이 끝나고 마실 요량으로 미리 네 홉들이 두 병을 따로 준비해온 덕분이었다.

소주가 병째 돌려지고 차례로 나발을 불었다.

"씨발놈에 날씨 한번 암담한 게 사람 술 묵게 만드네."

봉수가 캄캄한 바다를 바라보며 중얼거렸다.

"걸뱅이 바가지 때문에 동냥한다 커지 와요."

크레인 운전사인 병덕이 비아냥거렸다. 트럭조수 출신답게 입심이 좋은 녀석이었다.

"니, 밥숟가락 놓을래. 와 자꾸 성님한테 엉기노."

봉수는 병덕에게 술병을 넘겼다.

"성질 긁지 말고 술이나 묵어라. 오늘 같은 날 철야하는 우리 불쌍한 김일순이를 생각하며 니가 대표로 한모금 했뿌라."

반죽좋은 병덕도 못 이기는 척하며 한모금을 빨고는 정형에게 병을 돌렸다. 봉수의 행동이나 말투가 평소와 같지 않게 풀어져 있었기 때문이었다.

"오늘같이 캄캄하고 파도 높은 날 야간작업 할 직에 성님은 무신 생각이 들던교?"

"자네가 더 잘 알 것 아이가. 크레인 꼭대기서 밤하늘 타고 앉았시머 기분이 어떻더노?"

"속세 떠나 공중에 떠 있으니깐 천국 아인기요. 구름 위에 뜬 기분이라는 말도 안 있는기요."

"조선소 귀신들 웅얼거리는 소리는 안 들리더나? 니 타고 있는 그 크레인도 사람 많이 잡아묵었다."

정형이 말을 끊고 소주 한모금을 빨았다.

"그란데 너그 내 모리게 쌈했나?"

정형이 갑자기 말을 돌려 기대와 봉수, 경식을 번갈아 쳐다봤다. 셋다 대답을 않았다.

"쌈은 무슨 쌈을 해요. 우리끼리 쌈할 일이 뭐가 있는기요."

"병덕이 니는 가만 있거라. 니보고 물은 거 아이다."

"아무 일 없어요, 형님."

기대가 쾌활한 목소리로 말머리를 돌리려 했다.

"날씨가 우중충해서 그렇죠, 뭐. 아직 청춘이잖아요. 현장분위기는 어때요?"

"항상 잔잔하지 뭐. 도크 안에 파도칠 일 있나."

"향우회는 잘되는교?"

"하긴 하는데 사람들이 하도 천차만별이라서 만나봐야 맨날 술이나 묵는 게 일이제."

정형은 선체조립부의 해포향우회 회장을 맡고 있었다.

"좀 괜찮은 사람들로 임원진을 구성해서 일꾼들을 좀 키워낼 필요가 있잖겠어요?"

"글쎄, 그러긴 해야겠는데……"

"봉수가 옆에 있으니까 형님 좀 도와주지 그래."

분위기를 누그러뜨릴 셈으로 봉수를 돌아보며 기대가 슬쩍 말을 넘겼다.

"현장일은 우리가 알아서 할낀까네 너무 신경쓰지 마소."

우리? 기대는 귀를 의심하며 되물었다.

"예, 우리요."

봉수는 다시 분명하게 말했다. 어둠속에서 기대는 가늘게 몸을 떨었다.

아무도 더는 입을 떼지 않았고 소주는 얼마 있지 않아 동이 났다.

"성님, 무진장집 가서 한잔만 더 해뿝시더."

병덕이 정형을 붙들었다.

"싫대이. 뭐 때문에 그란지는 몰라도 너거 자꾸 그라며 나도 인자 너거 안 볼끼라."

　정형은 자리를 털고 일어섰다. 하나둘 말없이 따라 일어섰다. 경식이
녀석만 꼼짝 않고 앉아 있었다. 가자고 불러도 대답조차 않는 녀석을 기
대가 억지로 붙잡아 일으켰다. 차례로 빠져나가고 봉수와 기대, 경식이
뒤처졌다.

　"형, 나 형들하고 술 한잔 더 하고 싶은데."

　경식이 방파제를 걸으며 말했다.

　"왜?"

　기대가 물었다.

　"형들 맘에 안 들어. 다."

　"와, 자슥아. 누가 맘에 들으라꼬 강요하데?"

　봉수가 윽박질렀다.

　"나, 운동 때리치울지 몰라."

　"집어치우고 싶으면 집어치아라, 자슥아. 누가 말리나. 니도 복학할
래, 아니면 사업할래."

　"내가 복학할 데가 어딨고 사업할 데가 어딨어요."

　경식이 발끈했다.

　"둘 다 관둬."

　방파제를 빠져나와서도 입을 여는 사람은 없었다. 경식의 옆모습 위에
떠나간 민호가 자꾸만 겹쳐져 기대는 머리를 털었다. 민호의 이탈은 경
식을 몹시 동요하게 만들었다.

　묵묵히 발끝만 내려다보고 걷던 그들 앞에 괴한들이 나타난 건 기대의
집으로 접어드는 골목에서였다.

　"전부 거기 서."

　"누구요?"

　"서랬잖아, 새끼들아."

　그들은 미리 기다리고 있었다. 어두워서 얼굴을 볼 수 없었지만 건장
한 체구들이었다. 기대가 아차, 했을 땐 이미 늦은 뒤였다. 예닐곱 명은

되어 보였다. 처음이 아닌 기대가 그래도 가장 침착했다.

그 순간에 있어서 최선의 방법은 피해를 줄이는 것이었다. 무슨 수를 써서라도 현장동지들을 지켜내는 것이었다. 상대와의 거리는 20미터도 채 되지 않았다.

"내가 소리치면 뒤로 뛰어. 뒤는 내가 맡는다."

맨 앞에 섰던 기대는 정면을 바라보며 낮게 말했다.

"준비해."

그들 중에서 둘이 먼저 다가왔다. 손가락이 없는 검은 장갑을 낀 그들의 손에는 짧은 쇠파이프가 들려 있었다.

"뛰어!"

기대는 소리치는 것과 동시에 빈 소주병을 꺼내 시멘트벽에 내리쳤다. 달려들려던 놈들이 주춤했다.

"형은!"

"뛰란 말야, 임마."

기대는 왼손으로 경식의 머리통을 후려치며 놈들을 향해 소리쳤다.

"씨팔 새끼들아, 덤벼. 배때기를 확 쑤셔버릴 테니까."

뜻밖의 반격에 기세가 눌린 놈들은 두어 걸음 주춤주춤 뒤로 물러섰다. 그때서야 기대의 등뒤로 봉수와 경식의 발자국 소리가 어지럽게 들려왔다. 10초, 20초…… 3분을 호흡으로 세는데 그토록 길 수가 없었다. 발자국 소리는 이제 완전히 멀어져갔다. 기대의 머릿속에는 아무것도 떠오르지 않았다. 그러나 자신이 여기에 있음으로 해서 봉수와 경식이 무사할 수 있다는 걸 기뻐해야 한다고 생각을 했다. 그들은 우리 투쟁에서 엔진이고 키이다.

소주병을 쥔 손아귀에 땀이 배어 미끈거렸다. 퇴로를 살피려고 뒤돌아보는 순간 주먹보다 큰 돌덩이가 하나가 날아와 그의 어깨를 강타했다. 구둣발과 곤봉이 쓰러진 그의 온몸에 비오듯 쏟아졌다.

"이 개새끼가 김기대야."

"야 이 악질 같은 새끼야, 이 섬에서 시체로 나가기 전에 떠."

완전히 늘어진 기대의 목줄기를 밟고 선 사내의 얼굴이 흐릿하게 보였다. 어디선가 본 적이 있는 얼굴 같은데 기억이 나지 않았다.

"쌍놈의 새끼야, 뼈다귀 오지랖에 싸서 떠나지 않으려면 내일 당장 해포 떠."

기대의 목을 밟고 섰던 구둣발에 힘이 들어갔다.

"뜨란 말야. 개새끼야."

그리고 다시 무수한 구둣발이 몸뚱이에 날아들었고 기대는 의식을 잃었다.

2

아침상머리의 TV뉴스는 어젯밤에 이어서 불법 노사분규에 대한 대통령의 엄단방침을 되풀이 방송했다. 아울러 지난밤 사이 파업을 벌이던 2개의 사업장에 경찰병력이 투입되어 농성중이던 노동자를 전원 연행했다는 짧은 보도가 있었다.

피투성이가 된 기대를 자신의 집에다 뉘어놓고 출근한 정형은 오전내내 일이 손에 잡히지 않았다.

점심식사를 마치고 다시 작업장으로 향하는 그의 발걸음은 무겁기만 했다. 상승준비를 하고 있는 크레인으로 작업자들이 모여들었다. 다들 식후의 노곤한 표정이 가시지 않았다. 부지런한 축들을 어느새 식사를 해치우고 깜빡 눈이라도 붙인 모양이었다. 정형같이 동작이 뜬 사람들은 밥 먹고 돌아오기도 빠듯하였다. 잠시 쉬려면 식사를 포기해야 했다. 그렇잖아도 정형은 오늘 점심을 포기하고 잠시 눈을 붙일까 하다 아침도 굶은 속이 오후에 부대낄까봐 식당까지 다녀오는 길이었다. 제일 가까운 제7식당이 걸어서 10분거리였다.

"거 빨리빨리 안 타고 뭐해."

안전기강들이 작업화끈과 작업복 상의 단추를 풀어제끼고 어슬렁어슬렁 걸어오는 작업자들을 향해 소리쳤다.

"아직 십분도 더 남았는데 왜 그러슈?"

"올라가서 다시 가이드레일 타고 내려가 작업 시작하려면 벌써 늦었어."

점심시간마다 벌어지는 안전기강과 작업자들 사이의 실랑이였다.

"오르내리고 왔다갔다하는데 시간 다 잡어묵고 밥은 언제 묵노."

"와 아이라. 오가는 시간을 빼주든지 식당을 갑판 위에다 채리든지 해얄 거 아이가 말이다."

말들은 와자지껄했지만 시계가 1시 10분 전을 가리키자 모조리 크레인에 올라 있었다.

"헬멧들 써요, 헬멧."

"니기미, 이거 쓴다고 죽을 기 사는 재주 있나."

역시 말은 그랬지만 다들 헬멧의 턱끈을 걸쳤다.

탑승완료 상승준비 끝. 안전기강이 무전기에 대고 외쳤다. 곧이어 무전기는 치직거리는 잡음과 함께 응답을 토해냈다.

"여기는 비행실, 상승준비 끝. 탑재함 작동해도 좋은가?"

오케이, 안전기강의 대답이 떨어지자 크레인이 천천히 지옥선의 갑판으로 상승하기 시작하였다. 여기는 비행실, 하던 병덕의 목소리가 정형의 귀에 여운으로 남아 엷은 미소를 자아냈다. 녀석은 운전실을 항상 비행실이라 불렀다. 조종실이면 조종실이지 비행실이 뭐냐고 무안을 주어도 고칠 생각을 않았다. 크레인이 갑판 위까지 올라가는데 5분이 걸렸다.

"다들 헬멧 턱끈 바짝 매고 공구들 떨어뜨리지 않게 조심하소. 오늘겉이 바람 부는 날 여차하면 밑에 사람 대갈빼기 터주기 십상인기라."

크레인에서 내리기 전에 정형이 반장된 몫으로 한마디를 했다. 하늘은

어제와 달리 청명했고 오후의 햇살은 따가웠다. 갑판 위는 철판들이 달
아올라 얼굴까지 화끈거리게 만들었다. 정형은 반원들을 차례로 가이드
레일에 태워 내려보냈다. 난간작업용 개인작업장인 가이드레일을 타고
배의 중간까지만 내려가도 사람이 고양이만해 보였다.

"성님, 오늘 와 그래 힘이 없어 비는교? 어젯밤에 잠 몬 잤는교."

막 가이드레일에 오르던 반원이 던진 끝말에 정형은 제풀에 깜짝 놀랐
다.

"몬 자기는 와 몬 자."

"얼굴에 딱 써 있는데 뭐요. 성님도 이제 몸 생각해가주고 밤에는 잠
만 자소."

정형은 다시 뜨끔하였다.

"뭔 소리야?"

"형수 좋다 컨다꼬 잠 안 자고 밤일 너무 하지 마소. 횟수를 줄이는기
보약인기라요. 밤이면 마 딴 일 하지 말고 잠만 자란 말임더."

정형은 그때서야 피식 웃으며 주먹을 쥐어 얼러 보였다.

"땅바닥에 확 뜨려뜨렸뿔까, 마. 자슥."

"처자식 책임질라 카머 맘대로 해뿌리소."

가이드레일 와이어를 풀었다.

"성님, 내려오지 말고 위에서 좀 쉬소."

노란 헬멧 아래 드러난 얼굴이 유난히 새까맣게 탄 탓에 위를 쳐다보
며 소리치는 반원의 이빨이 더욱 하얗게 돋보였다.

"오이야, 자슥아."

오후에는 반원들을 챙기며 갑판 위에서 시간을 때울 수도 있었지만 정
형은 가이드레일에 오르기로 했다. 일에 몰두할 때가 가장 편했다. 자신
은 아무래도 팔자에 타고난 용접쟁이라는 생각을 하며 신발덮개를 채웠
다. 앞치마를 두르고 턱끈을 알맞게 조이며 맞은편 해안을 바라보았다.
흐드러지게 핀 진달래로 산자락이 온통 붉게 물들어 있었다. 파도치는

퍼런 바다와 뭉게구름 몇 점만 흐르는 푸른 하늘 사이로 발갛게 떠 있는 해안의 풍경은 눈이 시린 한폭의 그림이었다. 그러나 헬멧에 달린 채광 유리를 내렸을 때 눈앞의 바다와 하늘, 해안이 모두 침침하게 변해버렸 다. 그는 채광유리를 걷어올리고 봉수의 바로 옆 가이드레일에 몸을 실 었다. 사방 두 자 크기의 가이드레일을 사람들은 공중에 뜬 감옥이라 불 렀다. 20미터 가량 내려가자 봉수가 있었다. 철판 하나를 지나쳐 내려가 자리를 잡았다.

도크바닥에는 동전만한 크기로 보이는 희고 노란 안전모를 쓴 사람들 이 오갔다. 20년이 넘었지만 고공에 매달려 아래를 내려다볼 때 오는 아 찔한 현기증은 어쩔 수가 없었다. 바람이 몰려오자 백만 평이 넘는 광활 한 조선소의 하늘은 검은 분진으로 뒤덮였다. 샌딩머신이 불어낸 쇳가루 와 페인트가루가 휘날리며 해포만을 회오리쳤다. 70미터 고공에서도 끝 이 보이지 않는 멀리 야적장으로부터 철판을 실은 트랜스포터와 함께 몰 려오는 흙바람은 제관공장의 철제지붕을 넘어 이곳 도크까지 단숨에 불 어왔다. 철구사업부 공장 앞을 내달리는 교실만한 크기의 운반차량, 트 랜스포터가 성냥갑만하게 보였다. 바람의 몇 점은 도크의 골리앗크레인 으로 불어오다 말고 사업부마다 버티고 선 윈치식 크레인에 걸렸다.

작은 구조물을 실은 트레일러와 사내 이동용 버스들만이 점으로, 벌레 처럼 꼼지락거리며 이동하고 있었다.

아래위와 양옆으로 흩어져 마치 딱정벌레처럼 선체에 달라붙어 있는 반원들의 가이드레일을 둘러보았다. 바람이 만만치 않았다. 용접장갑을 끼고 채광유리를 내린 다음 용접봉을 집어들고 철판에 드륵드륵 긁었다. 용접봉의 피복이 녹아내리며 파랗게 아크불꽃이 일었다. 오른손으로 철 판 연결부의 그루브를 용접해나가며 왼손으로는 스파타를 툭툭 털어나가 는 정형의 동작은 능숙했다. 한다 하는 용접쟁이들도 두 번 해야 할 작 업을 한꺼번에 해치워나갔다. 녹아내리는 쇳물 속의 작은 이물질 하나도 바로바로 집어내며 그루브를 메워나갔다. 40T짜리 후판은 다섯 번을 되풀이해서야 그루브가 매끈하게 메워졌다. 벌써부터 찝찔한 소금기가 얼굴을 타고 흘러와 입술을 적셨다. 목과 겨드랑이도 마찬가지였다. 두 개의 그루브를 완전히 메운 다음에야 정형은 채광유리를 걷어올리고 길게 숨을 들이마셨다.

어느새 내려왔는지 봉수가 옆에서 용접을 하고 있었다. 그런데 녀석은 또 맨을 집어들고 있었다.

"야 이놈, 봉수야."

몇 번을 있는 목청을 다 돋궈 불러서야 봉수가 알아듣고 고개를 돌렸다. 몇 미터 되지 않는 거리였지만 고공인 데다 가우징 소리와 크레인 소리에 묻혀 서로 대화가 힘들었다.

"너, 참말로 헬멧 안 쓰고 작업할끼가?"

"괜찮심더."

"이자슥아, 니 하나 다치는기야 괜찮겠지마는 남의 목숨 죽이니까 그렇지."

고공작업 때 맨을 들고 작업하는 것은 금기였다. 한 손을 맨을 쥐는 데 빼앗기기 때문에 가이드레일이 바람에 조금만 흔들려도 중심을 잡기가 어려운 데다 위에서 떨어지는 낙하물로부터 머리를 보호할 수가 없었다. 더구나 아차 실수로 맨을 떨어뜨리는 날에는 아래에서 작업하는 사람들에게 치명적이었다. 조선소, 특히 선체조립부에 있어서 가장 자주 일어나는 사고가 낙하물에 의한 사고였다. 고공 작업자가 스패너나 너트 하나만 떨궈도 낙하의 가속도 때문에 아래에서 작업하는 사람은 목숨을 건지기가 어려웠다. 그래도 헬멧이 답답하고 불편하기 때문에 몰래 맨을 쓰는 사람들이 더러 있었다. 특히 날이 뜨거울 때면 맨을 꼬불쳐 쓰는 얌체들이 많았다.

"니 하나 편차꼬 남의 귀한 목숨 위태롭게 해가주고 되겠나, 이놈아."

"눈이 아프가 죽겠는데 어야는교?"

"많이 아프나?"

"눈티가 반티가 된 거 보면 모리겠는교."

"그라머 쉬던동 해야지."

"말 겉은 소리를 하소."

하긴 봉수의 얘기대로 정형은 자기가 되지도 않는 말을 했다 싶었다. 눈이 아프다고 어떻게 쉬겠는가. 눈 따위가 아프다고 위에서 쉬라고 허락할 리가 만무했다. 죽지 않으면 나와서 일을 해야만 하는 게 조선소가 아니던가.

"자슥아, 내한테라도 말을 했시머 일을 좀 줄이줄 거 아이가."

"걱정 마소."

"내 작업량 넘겨줄끼니까네 천천히 해라. 헬멧은 쓰고."

정형은 해포에서 뼈가 굳은 자타가 공인하는 조선소의 살아 있는 역사였다.

정형이 해포조선소에 첫발을 디딘 것은 그의 나이 스물둘이던 69년이었다. 조선소가 생긴 이듬해 여름이었다. 20대와 30대의 시퍼런 청춘을 고스란히 바닷바람 거친 조선소에 바친 그였다. 월남전에서 돌아온 지한 달 만에 조선소에 들어와 오늘까지의 세월 동안 수많은 사고와 헤아릴 수 없는 죽음을 보아왔다.

가난이 원수였던 지지리도 못사는 빈농의 아들이었던 그는 돈을 벌려고 월남전에도 지원을 했었다. 젊은 객기와 허황된 애국심도 한몫을 거들긴 했었다. 그러나 월남전에서 번 것이라곤 푼돈도 되지 않는 미국달러 몇 푼뿐이었다. 매달 고향으로 송금된 그 돈도 그가 돌아왔을 땐 한푼 남아 있지 않았다. 남의 나라 침략전쟁의 용병으로 참전한 그에게 남겨진 것이라고는 제대기념품으로 받아온 레이션 박스 몇 개뿐이었다. 그덕분에 온 동네 사람들에게 생전 처음 오줌내 나는 캔맥주 맛을 보여줄수는 있었다. 돈 버는 것은 후방에서 무기, 식량, 의약품 할 것 없이 닥치는 대로 빼돌려 팔아먹은 높은 사람들의 얘기였을 뿐이었다. 말단 소총수가 벌 수 있는 돈이라곤 월남의 우거진 정글 어디에도 없었다. 가당

치도 않은 애국심으로 월남땅의 주인들을 살육한 보상은 사병들 몫의 각
종 보급품을 착복하여 치부에 몰두하던 자들의 목에 훈장을 걸어주는 것
뿐이었다. 미국과 박정희로부터 훈장을 받은 그자들로부터 아무짝에도
쓸모없는 종이조각, 표창장을 받아들고 감격했던 그는 부산항에 내릴 때
까지만도 어깨가 으쓱했었다.

"환영, 무적의 용사 불독부대."

이기고 돌아오라, 환송을 해주던 그 부산항을 3군악대의 팡파르 속에
들어섰을 때까지도 대단한 애국자나 된 듯이 우쭐했었다. 하얀 제복 차
림의 여고생들이 꽃다발을 걸어줬을 때는 영웅이 된 듯이 목에 힘이 들
어갔었다. 그러나 전장에서 돌아온 그를 기다리는 건 지긋지긋한 가난뿐
이었다. 땅 한 평 없는 촌골짜기에서 소작으로 어느 세월에 돈 모아서
남 보란 듯이 살겠는가. 그는 망설이지 않고 조선소에 취직하기로 결정
을 했다. 때마침 일손이 모자라 동네마다 사람을 모집하러 다니던 조선
소 직원이 그의 동네에 왔던 것이다. 사나이 한 번 태어나서 한 번 죽는
데 무얼 망설이겠는가, 이장집 마루에서 바로 계약서에 도장을 찍고 선
불까지 받았다.

"야야, 사람 나고 돈 났제, 돈 나고 사람 났냐. 워짠다고 조선소엘 간
다 커노."

조선소에 계약을 했다고 하자 그의 어머니는 펄쩍 뛰었다. 월남에 갈
때보다 더했다.

"전쟁터에서도 까딱없이 돌아왔는데 와 그래쌓는교. 한 오 년만 고생
하며 논도 사고 밭도 살 수 있심더."

"죽고 난 뒤에 논밭 해가 뭐할끼고. 윗말 아랫말에 조선소 홀리 가가
죽은 기 한둘인 줄 아나."

어머니는 물론이고 동네사람들도 월남전 가는 것보다 조선소를 더 위
험하게 생각했다. 남편이 조선소 돈 벌러 간 아낙네들은 반쯤 과부된 것
으로 여길 정도였다.

"이 돈이나 받아놓으소. 앞으로 꼬박꼬박 월급 타가 붙일낀까네 모다 가주고 소부텅 한 마리 사소."

"니 정 갈라 커머 장개라도 들고 가거라. 조선소 댕긴다 커머 누가 시집을 오겠노 말이다."

"씰데없는 소리 하지 마소. 돈만 벌어와 보소."

잡역부로 시작을 했다. 하루도 사람이 죽어나가지 않는 날이 드물었다.

그와같이 선불을 받고 온 사람 중에서도 견디지 못하고 도망치는 일이 비일비재했다. 조선소의 규모에 비해 설비와 기술은 너무나 원시적이었다. 그때에도 가장 많이 일어나는 사고가 추락사고였다. 지금처럼 가이드레일도 없이 요즘도 건축공사장에서 쓰는 방식으로 지지대를 세워 작업을 했었다. 숱하게 작업을 하다 떨어져 죽거나 추락물에 다쳤다. 지지대가 아예 무너지는 경우도 있었다. 요즘 하루에 몇 건 생기는 사고는 사고도 아니었다. 지금도 정형의 기억 속에는 어이없고 참혹한 죽음들이 생생했다. 죽지 않아도 될 죽음들이 너무 많았다. 그랬기에 그는 반원들이 설사 가장 아끼는 녀석인 봉수일지라도 남에게 해가 되는 행동만은 용납할 수가 없었다.

목숨보다 더 소중한 건 없다지만 이 조선소에서는 결코 그렇지 않았다. 목숨보다 소중한 것은 수도 없이 많았다. 오히려 목숨보다 덜 소중한 것이 적은 곳이었다. 존엄성을 인정받지 못하는 목숨을 지닌 사람들은 스스로를 마구 다루었고 동료들에 대해서도 그러했다. 그 속에서 정형은 사람의 목숨을 소중히 여기려 애써왔다. 자신의 목숨이 소중하듯 남의 목숨도 소중하며 아무도 보호해주지 않는 노동자들의 생명은 스스로 지켜내지 않으면 안된다고 믿었다. 그러나 때로 그런 노력들이 모두 부질없는 짓이라고 여기지 않을 수 없게 하는 사고들이 일어났다.

헤아릴 수 없이 많이 보고 겪은 사고들 가운데서도 전기자석식인 마그네틱 크레인으로 바꾸고 난 뒤 첫사고는 잊을 수가 없는 것이었다. 40T 이상의 후판을 거의 쓰는 조선소에서 제관된 철판을 옮겨붙이는 것은 무척 까다롭고 위험했다. 특히 철판 하나하나를 강철 와이어로 조인 다음 크레인으로 들어올리는 게 여간 더디지 않았다. 아무리 작은 조각일지라도 사람의 힘으로 움직일 수 있는 건 조선소 안에 없었다. 1만 5,200와트 전류로 움직이는 전기자석식 크레인은 그런 더딘 준비작업을 전혀 요구하지 않았다. 전기자석식 크레인은 말 그대로 전기를 통한 자력으로 백 톤의 철판을 한 번에 접착시켜 들어올리고 이동시켰다. 그러나 그 능률적인 기계는 몇 번이나 참변을 불렀다. 이동중이던 철판이 바닥으로 떨어졌던 것이다. 전기를 이용하여 자력으로 옮겨가던 것이기 때문에 전기가 끊기면 철판은 그대로 크레인에서 떨어질 수밖에 없었다. 첫번째 정전은 크레인이 도크 옆 노천작업장 위를 지날 때 일어났다. 철판은 콘크리트 바닥 위로 떨어졌고 그 자리에서 작업중이던 8명은 즉사했다. 철판에 깔려 즉사한 작업자들의 시체는 쥐포처럼 납죽하게 눌려 형체조차도 알아볼 수 없었다. 월남전에서도 볼 수 없었던 험한 주검이었다. 물론 누구의 시체인지 제대로 구분을 할 수 없었다. 치아와 혈액 등을 분석하면 알 수도 있었겠지만 그렇게 해야 할 이유가 회사로서는 하등 없었다. 여덟 명분의 보상금이 지불되면 그만이었기 때문이었다. 여덟 명의 주검은 위생부들이 가지고 온 퍼런 비닐부대에 집어담겼다. 으스러진 뼈와 터진 살점을 위생부들이 대충 긁어담았지만 시신들이 그나마 제 뼈와 제 살끼리 담겼는지는 알 수 없는 노릇이었다.

"비니루 포대기 몇 개고?"

"여덟 개."

아무리 막가는 인생들이 모였다지만 이런 꼴을 보고 일할 맛이 날 리 없었다. 일손을 놓고 둘러앉아 시신을 치우는 모습들을 바라보는 바닷바람에 거칠어진 검은 얼굴들에서는 한줄기 눈물이 흘렀다. 그들의 죽음이 서러워서가 아니라 내일 바로 저렇게 죽어나갈 수도 있는 자신의 운명이 서러워서였다. 그러나 고작 그들이 할 수 있는 것이라곤 담배를 피우며 지켜보다가 애매한 위생부와 싸움질이나 벌이는 것뿐이 없었다.

"야이 새끼들아. 아무리 개죽음이라 케도 사람 송장인데 그 따위로 수습하는 경우가 천지에 어디 있어."

삽자루로 흩어진 살점을 긁어모으는 위생부에게 누가 소리를 지르면 어김없이 위생부들이 대거리를 했다.

"개자슥들 지랄하지 말고 뒤졌뿌지나 마라. 안 그러면 치울 일도 없일꺼 아이가."

그러면 기다렸다는 듯이 작업자들이 욕설을 퍼붓고 달려들었다. 시체를 치우다 말고 위생부들과 작업자들 간에 한바탕 서글픈 싸움이 벌어졌다. 세가 불리한 위생부들이 시체를 대충 긁어담아 트럭에 올라타고 꽁무니를 내빼면서 싸움은 언제나 끝났다.

여덟 개의 비닐부대는 쓰레기처럼 반트럭에 던져 올려졌고 일을 마친 위생부들은 급수차로 핏자국이 흥건한 콘크리트 바닥에 물을 잔뜩 뿌리고서는 사라졌다.

"야이 자슥아, 그래도 너거 뒤지며 송장 염해줄 사람 내뿐이다."

위생부들은 작업자들에게 팔뚝 용두질로 작별인사를 대신했다.

그 다음번의 정전은 크레인이 지지대 위를 지날 때 일어났다. 떨어지는 블록과 함께 순식간에 지지대가 무너져내렸다. 선체외벽에서 작업을 하던 사람들 역시 무너져내리는 지지대와 운명을 함께했다. 그들의 살점은 떨어지면서 사방으로 흩어져 찾아 맞추기가 더욱 힘들었다.

그래도 능률적인 마그네틱 크레인은 그대로 사용되었다. 한 가지 보완조치가 이루어지기는 했다. 보완조치의 내용은 아크릴에 부서와 이름만 새겨진 명찰을 일제히 비닐로 바꾸고 사번까지 써넣었다. 아크릴 명찰은 철판에 깔리면 산산조각이 나버려 신원을 확인하기에 불편했기 때문이었다. 비닐로 명찰이 바뀌었기 때문에 이제 아무리 철판에 깔려도 명찰이 깨져버릴 염려는 전혀 없게 되었다. 더이상 사고가 나도 죽긴 죽었는데 누가 죽었는지 몰라서 회사가 속을 썩는 일은 없게 되었다.

"인제 죽드라도 남의 자손들에게서 제삿밥을 얻어먹을 염려는 없겠구만."

현장에서는 회사측에서 새로 나누어주는 비닐명찰을 달며 자조했다.

"앗싸리 군번줄을 모가지에 걸어줬뿌지."

또 하나 달라진 것이 있다면 사고가 나도 퇴근할 때까지 치우지 않는 것이었다. 대형사고가 나고 위생부들이 동원되면 자연히 작업이 중단되었기 때문이었다. 그래서 철판에 깔려 사망자가 나도 그대로 됐다가 작업자들이 퇴근한 다음에야 철판을 들어내고 시신을 수습했다. 한 바퀴를 돌려면 버스를 타고 30분을 달려야 하는 백만 평이 넘는 광활한 해포만 한구석에서 몇 명이 죽어가도 그 사실을 아는 사람은 그리 많지 않았다. 하긴 2만 명 중에 몇 명이 죽는 것은 대수가 아닐 수 있었다. 비상용 예비전력이 확보된 78년까지 언제 떨어질지 모르는 철판 아래에서 일을 해야만 했다.

"형님, 무슨 일을 그래 죽자살자 하는교."

세 그루브를 더 때우고 났을 때 겨우 쫓아내려온 봉수가 말을 걸었다.

"니놈 몫까지 할라 카이 그렇지."

대답을 하고 나서 정씨는 헬멧이 움직이지 않게 위를 손으로 감아쥐고서 목을 앞뒤로 제꼈다. 일어서서 뻐근한 허리도 풀었으면 싶었지만 앉은 채 상체를 좌우로 흔드는 것으로 만족할 수밖에 없었다.

"눈은 좀 어떠노."

"괜찮심더. 이까짓 눈 아푼 기 문젠교?"

그러면서도 봉수는 용접장갑을 벗고 눈두덩을 문질렀다. 정씨도 장갑을 벗고 주머니에서 비닐봉지에 든 소금을 꺼내 입안에 털어넣었다.

"흰 바가지들 아무 눈치 없더나?"

봉수가 고개를 끄덕였다. 일반작업자들의 안전모는 노란색이었고 관리직과 안전기강들의 안전모는 하얀색이었다.

"병원에 안 가도 되겠던교?"

봉수가 주위를 둘러보며 물었다. 기대 얘기였다.

"집에 들어가봐야 알겠제."

"형님 보기에는 어떻던교?"

"와? 걱정되나."

"말이라꼬 하는교."

"그라머 와 으르렁그리노?"

봉수와 경식이 기대를 들쳐업고 지난밤 정씨의 집을 찾아든 것은 열두시가 다 돼서였다.

"참말로 너거끼리 싸운 건 아이제?"

"그랬시머 지금 뭔 걱정이겠는교?"

"이쪽 쳐다보지 말고 얘기해라. 자슥들 저쪽에서 망원경으로 살필라."

"그라머 언 놈이 그랬노?"

"뻔한 거 아인교. 깨나면 더 확실히 알게 되겠지마는요."

봉수와 경식은 기대가 막고 섰는 동안 한참을 내달리다 뒤쫓아오는 기척이 없길래 개울에 몸을 숨겼다. 기대는 잡힌 것이 분명했다. 한참 뒤에 사람들 소리가 왁자지껄해서야 그들은 오던 길을 되돌아갔다. 놈들은 보이지 않았고 동네사람들만 쓰러진 기대를 둘러싸고 있었다.

"새끼들이 날 죽이겠다고…… 날 죽이겠다고……"

봉수의 등에 업혀서도 기대는 같은 말을 되풀이했다.

"형, 정신이 들어? 병원에 가야겠지, 응?"

경식이 안타깝게 물었다. 병원에 데려갈 수도 안 갈 수도 없는 노릇이었다.

"병원에 가면 안돼. 니네가 가면 안돼……"

말을 알아듣기는 하는 모양이었다.

"봉수형, 병원으로 갑시다."

경식은 봉수에게 보챘다. 봉수도 판단이 선뜻 서지 않아서 기대를 길

가에 내려놓고 물어봤다.

"시내 병원으로 가야겠지요?"

기대는 고개를 저었다.

"참말로 괜찮겠는교?"

고개를 끄덕였다.

"정신이 있시머 눈 좀 떠보소."

기대가 어렵게 눈을 떠 보였다.

"내가 눈지 알겠는교?"

"봉수야. 나 괜찮아."

죽을 것 같지는 않았지만 어떻게 해야 할지 떠오르지 않았다. 생각나는 얼굴이 정씨였다.

작업을 마치고 갑판으로 올라온 반원들은 헬멧을 벗어던지고 여기저기 드러누웠다. 작업복은 땀에 젖어 등이 얼룩졌고 마른 소금기로 어깻죽지 부근이 하얗게 일어났다. 정형도 오늘따라 파김치가 되었다. 어젯밤을 설치고 아침을 거른 탓이었겠지만 이젠 정말 몸이 예전 같지 않았다. 그래도 반원들 하나하나를 일일이 확인했다. 봉수와, 봉수와 똑같이 상습적으로 눈이 아픈 반원 하나를 빼고는 다 제 작업량을 채웠다. 둘의 모자라는 작업량도 자신의 오후 작업량으로 메울 수 있는 정도였다. 다들 정씨의 반이 되기를 바라는 것은 정씨의 따뜻한 마음 때문이기도 했지만 반원들간의 형제 같은 우의 때문이었다.

"고생들 했제. 한여름보다 봄바람 부는 이때가 더 힘든 법이데이."

신참들의 등을 두드리는 정형의 모습은 정말 반원들의 큰형이었다.

"성님, 오늘 한잔 할란교?"

작업 뒤의 칼칼한 목은 차갑게 얼린 소주와 컬컬한 막걸리를 절로 생각케 했고 그 상대로는 정씨가 언제나 인기였다. 반장님, 다른 반은 반장들을 다 그렇게 불렀지만 정씨의 반원들은 한결같이 성님이라고 불렀다. 정씨에 대한 인간적인 친근감의 표현이기도 했고 반장이란 것이 정씨의 연륜에 맞지 않기도 했기 때문이었다. 정씨 정도의 연배와 근속연수를 지닌 사람들은 거의 직장이나 기장에 올라 있었다. 반장에만 올라도 요령껏 막일은 피할 수 있었고 직장, 기장은 완전히 관리자 대열에 들었다. 관리자들은 출세 못한 대표적인 사례로 정씨를 꼽았지만 작업자들은 정씨의 반원이 되는 것을 행운으로 알았다.

"퇴근하고 와."

봉수의 작업량을 옮겨적고 나서 정씨가 나지막이 말했다. 봉수의 눈은 시뻘겋게 충혈되어 있었다.

"술 묵지 말고 일찍 들어가서 찬 수건 가주고 찜질하거라. 여편네 뒀다가 어디 씰기고."

남들 들으라고 그렇게 말하고는 봉수 옆에서 일어섰다.

봉수도 나이에 비해서는 근속연수가 높았다. 공고를 졸업하고 바로 조선소에 들어온 녀석은 그 또래 애들 중에서는 일하는 것이나 마음 씀씀이나 모든 게 두드러졌다.

정씨가 봉수를 눈여겨보게 된 것은 녀석이 입사한 지 6개월인가 지났을 때였다. 그때만 해도 매일 출근시간보다 30분 미리 나와서 작업장 청소하고 아침조회를 할 때였다. 새로 바뀐 기장이 유난을 떨면서 조기출근을 매일 아침 강조를 했다.

"내가 부서를 맡고 매일 아침 그렇게 강조를 했는데도 아직까지 지각자들이 생기는데 내일부터 늦는 사람들은 앞으로 불러내서 여러 사람 앞에서 톡톡히 망신을 줄낀까네 명심들 하소."

다음날 기장은 정말 조기청소에 참석하지 않은 사람들을 앞으로 불러냈다.

"보소, 이 사람들아. 당신들은 이 앞에 서 있는 사람들한테 미안시럽지도 안하나?"

중학교 조회시간 복장검사에서 적발된 아이들 모양으로 불려나간 사람들은 고개를 푹 숙이고 있었다.

"남들은 일찍 나와서 청소하는데 자기만 늦게 나오는 심보는 어떻게 생기묵었노. 당신들은 한마디로 양심불량인기라."

정씨는 물론 불려나가지 않았지만 기장의 얘기가 영 듣기 거북했다. 군대도 아니고 한두살 먹은 애들도 아닌데 반말지거리를 해대는 게 못마땅했던 것이다. 얼마나 이어질지 모를 기장의 훈계를 멈춰 세운 사람이 있었다.

"기장님, 질문 있습니다."

그렇게 팔을 든 건 앞에 불려나가 섰던 사람이 아니었다. 정씨와 마찬가지로 대열에 섰던 그는 기장의 허락이 떨어지기도 전에 따지고 들었다.

"저 앞에 불려나가 있는 사람들이 뭐를 잘못했는기요. 지금 시간이 여덟시 이십칠분임더. 작업 시작되려면 아직도 삼분이나 더 남았는데 와 저 사람들이 양심불량인기요."

그의 한마디는 조회 분위기를 완전히 뒤바꾸어놓았다. 닦달을 하던 기장은 똥 씹은 얼굴이 되었고 앞에 불려나가 섰던 사람들은 반대로 그동안 숙였던 고개를 당당하게 쳐들었다. 대열 속 여기저기에서도 웅성거렸다.

"물론 꼭 미리 나와야 된다는 법은 없지마는 일찍 나와가지고 청소하는 사람들하고 불공평하니까 하는 말이지."

"그라머 공평하구로 우리가 말캉 여덟시 반에 맞차가 나오머 되겠네요."

와, 하고 웃음이 터져나왔다.

"잔업하고 철야하다 보면 좀 늦게 일어날 수도 있는기고, 사람이 살다 보면 멀리 고향에 볼일이 생겨서 다녀오다 보면 좀 늦을 수도 안 있는기요."

"맞다."

"와, 아이라."

"누 집 아들이고, 사위삼자."

지지발언이 쏟아졌다.

"출근시간에 안 늦게 나와가지고 열심히 일하며 충분한 거 아인기요."

그렇게 말을 마친 녀석이 바로 봉수였다. 녀석은 그때 맨 막내였고 매일 아침 부서에서 맨 먼저 출근을 하고 있었다.

3

마루에 나와 앉은 라디오는 KBS노조의 집단행동으로 정상적인 방송에 차질이 빚어지고 있다며 양해를 구했다. 기대는 기꺼이 양해를 했다.

기대는 사흘 뒤에야 겨우 자리에서 일어났다.

정형의 집 마당에서 세수를 하고 머리를 감았다. 왼손 하나로 머리를 감으려니 여간 불편하지가 않았다. 손바닥으로 물을 떠었다 말고서 아예 머리를 세숫대야에 처박았다. 머릿속까지 시원해지는 기분이었다. 무릎을 꿇고 한동안을 그렇게 있었다.

"와 그라는교? 총각."

부엌문 앞에서 묵은 대두를 고르던 정형의 부인이 놀라 부르는 바람에 머리를 뽑아야 했다.

"괜찮아요, 형수님. 시원해서요."

고개를 들자 물방울이 주르르 목덜미를 타고 등과 가슴으로 흘러내렸다.

"내가 감겨주겠다 카이까네."

"아녜요, 물이 좋아서 그래요."

비누를 머리에다 문지르고 손바닥으로 물을 떠었었다.

"다 큰 사람이 애들 물장난하듯이 하고 있는교?"

지켜보기가 갑갑했던지 정형의 부인이 바가지로 물을 끼얹어주었다. 수건으로 젖은 머리를 대충 문지르고는 문턱에 기대어 앉아서 머리를 말렸다. 따사로운 봄날 오후의 햇살이 좁은 마당 가득 내려앉았다.

"이왕 물 묻힌 김에 면도도 하소."

면도기와 손거울을 받아들고 세숫대야 앞에 앉았다. 거울 속에 비친 자신의 얼굴이 무척이나 낯설어 보였다. 며칠 사이에 무성히 돋아난 수염이 더욱 자신을 낯설게 만들었다. 자식, 죽지 않고 살아났구나. 거울 속의 자신에게 그렇게 말하자 거울 속의 자신도 따라서 그렇게 말했다. 그는 여윈 자신의 뺨을 손바닥으로 문질러보았다. 자신의 살갗과 몸뚱어리가 오늘처럼 소중하게 느껴지기도 오랜만이었다. 왼쪽 눈 아래의 광대뼈 주변이 시퍼렇게 멍이 든 채 부어올라 있었다. 기대는 거울 속의 자신에게 왼쪽 눈을 찔끔하며 웃어 보였다. 넌 또 살아 남은 거야. 그리고 혼자 다시 시작하는 거야. 턱 주위에다 비눗물을 묻혔다. 하얗게 거품이 일었다. 아니야, 결코 혼자가 아니야. 전선을 떠나간 건 한 명에 불과해. 입술을 사려물고 면도를 시작했다.

민호의 이탈은 그가 동지회에서 차지하는 비중만큼 동지회에 심각한 충격을 안겨주었다. 그의 논리는 명쾌하였고 그의 입장은 언제나 단호하였으며 그의 어조는 어디에서나 주저함을 용납하지 않았다. 운동의 과학성과 합법칙성을 무기로 젊은 친구들을 맹렬하게 공략해 들어가던 녀석이었다. 해포조선소에서 기대에게 공개적인 비판을 서슴지 않은 것도 녀석이 처음이었다.

"언제까지 이런 수공업적인 방식으로 활동을 계속하려고 합니까. 이제 우리 운동은 더이상 구태의연한 경험주의에 근거한 활동을 요구하고 있지 않습니다. 과학성에 근거한 계획적이고 전면적인 활동을 요구하고 있습니다."

녀석은 모임에 참여한 지 한 달도 되지 않아서 당돌하게 동지회의 활동방식을 비판하고 나섰다. 기대는 본능적인 거부감이 일었지만 대수롭지 않게 넘겼다. 누구나 처음엔 지나친 의욕을 앞세워 일을 벌여보고 싶어 하게 마련이고 잉크냄새도 풀풀 풍기는 법이었다. 또 그러다 얼마 못 가서 제풀에 나가떨어지는 것도 이런 부류였다. 그래서 녀석이 경솔한 행동으로 모임의 보안이나 해치지 않을까 하는 걱정만을 했었다. 그러나 민호는 생각보다 왕성한 활동력을 보였고 주변에 젊은 친구들을 모아내는 수완을 발휘했다. 기대의 사업방식을 소극적이고 비과학적이라고 기회 있을 때마다 드러내놓고 공격해온 그는 지난해 추석투쟁을 보기 좋게 성사시켜 자신의 주장을 실천으로 뒷받침해 보이기도 했다.

갑자기 불어닥친 조선 호황에다 경쟁회사인 울산 현중조선의 파업으로 인해 해포조선소는 지난 한 해 동안 6,200만 톤의 수주를 확보하여 83년에 수립한 5천만 톤 수주 기록을 갱신하였다. 조선업계의 불황을 내세워 3년째 감원을 계속해온 회사측은 매일 추가잔업을 돌렸다. 몇 개 부서는 지난해 추석연휴 기간에도 특근을 해야 했다. 민호가 속한 제관부도 그중의 하나였다.

추석을 하루 앞둔 둥근 달은 조선소의 하늘에도 떴다. 야식을 먹고 작업장으로 향하는 제관부 사람들의 심사는 말이 아니었다. 새벽 1시, 다들 고향에 돌아가 오래 못 본 친구들과 밀린 얘기를 나누며 화투패라도 돌릴 이 시간에 짬밥을 먹고 조선소의 황량한 작업장으로 돌아가자니 억울해서 견딜 수가 없었다. 마른 풀섶의 가슴에 불을 당긴 건 현도사인 민호와 주변의 젊은 패거리였다.

"내일이 소도 쉬는 명절인데 우리는 이게 뭡니까?"

"내일이 아니라 오늘이다, 자슥아. 새벽 한시가 벌써 넘었다."

"우리 오늘 같은 날, 기분도 안 좋은데 노래나 한곡 부르고 작업 시작합시다."

민호의 계획대로 열댓 명이 모여서 노래를 불렀다.

"고향이 그리워도 못 가는 신세……"

노래의 곡목까지 민호는 미리 선정해놓고 있었다. 추석특근 계획이 발표되었을 때 동료들 사이에서 터져나오는 불만을 보며 민호는 조그마한 투쟁을 만들기로 작정을 했던 것이다.

야식시간이 지났는데도 작업을 시작하려는 사람이 아무도 없었다. 오히려 옆반의 사람들까지 꾸역꾸역 모여들어 어느새 노래자랑대회로 변해버렸다.

"야, 일반에 가수들 천지백가리네."

"거 이반에는 말캉 음치들만 모였는가배."

"저 사람들이 이반에 나훈아 친동생 있다 커는 소문도 못 들었는가배. 박씨, 나가가주고 본때를 좀 보이줬뿌라."

"불효자는 웁니다, 그거 했뿌라."

머나먼 남쪽나라 십자성, 아아 으악새 슬피 우니 가을인가요, 감자 심고 수수 심는 내 고향, 전선의 달밤, 처량한 노래들만 줄줄이 이어졌고 그새 사람들은 200명은 족히 모여들었다. 한껏 울적해진 조선소의 사내들은 그렇게 자신들의 축제를 만들었다. 나이 삼사십 줄의 사내들이 어쭙잖게도 나훈아의 대중가요를 부르며 목이 메었다. 다들 마음은 고향산천에 가 있었고 괴물처럼 거대한 철판 야적장을 돌아보자 웬지 눈시울이 뜨거워져서 노래를 끊고 밤하늘을 올려다보며 스스로를 진정시켜야 했다. 아아아 그리워라 어머님의 목소리, 차마 따라부르지 못하고 무겁게 박수를 쳐야 했다.

"이 사람들 작업 시작 안하고 뭐하노?"

담당 직장이 나서서 분위기를 가라앉혀보려고 했지만 마른 풀섶에 불씨는 이미 던져진 다음이었다.

"직장님도 한곡 뽑으소. 울려고 내가 왔던가……"

웃으려고 왔던가, 직장이 부르기도 전에 노래는 합창이 되어 뭐라고 떠드는 직장의 목소리를 묻어버렸다.

그날 야식 후의 철야는 자연스럽게 종을 쳤다.

"계기가 있을 때마다 과감하게 대중들의 불만을 조직해내야 합니다.

추석특근 투쟁은 그동안 우리가 얼마나 소극적으로 활동하면서 대중들을 적극적으로 조직하지 않았나 하는 점을 반성케 하는 쾌거입니다."

민호는 그 결과를 놓고도 기대를 공격하는 근거로 삼았다. 기대는 녀석이 작은 성공을 가지고 지나치게 크게 포장하려는 게 못마땅하였지만 말로만 떠들지 않고 실천을 조직하였다는 점을 높이 평가하였다. 그 사건을 계기로 민호는 국가정보기관보다 더 유능하다는 회사의 정보망에 걸려들었고 신분이 밝혀지면서 해고가 되었지만 열성적인 활동을 멈추지 않았다. 그는 동지회와는 별도로 은밀히 소모임을 만들었고 거기에는 경식이와 같은 새로운 세계에 대한 호기심이 많은 녀석들이 모였다.

면도를 마치고 나자 거울 속의 얼굴이 말쑥하게 보였다. 기분도 한결 상쾌해졌다.

"씻고 면도하고 나니까 총각 한인물 더 나네."

기대는 그 말에 멋쩍게 웃었다.

"기대 총각도 인제 고만 서울 가서 남과 같이 살지 그라는교. 나는 참말로 알다가도 모리겠일 때가 한두 번이 아임데이. 남들 머리를 싸매고 들어갈라 케도 몬 가는 대학 나와가주고 뭐한다고 이 고생을 하는교?"

기대는 애매하게 웃기만 했다.

"고생은 고생이라 치고 계속 그라고 있다가 참말로 무슨 일 당하머 어짤라 카능교. 벌써러 이래 일을 당한 기 몇 번쨴교. 골빙이 들어도 단단히 들었일김더."

"죽이기야 하겠어요. 걔네들도 사람인데."

"사람도 사람 나름이지요. 지금까지 한 거를 보소. 총각이 죄를 졌시머 뭔 죄를 얼마나 졌다고 초죽음을 맨들어놓는교. 여기서는 법도 인정도 다 필요없는기라요. 있는 사람들한테나 법이 필요할까 없는 사람은 죽어도 하소연할 데도 없는기라요."

정형의 부인은 한숨을 내쉬며 벌레 먹은 대두를 물에 담갔다.

"내사 마, 솔직한 말로 첨에는 기대 총각이 국회의원 겉은 거 해묵을

라꼬 그라는가 싶었지마는 인제 보니까 그런 것도 아닌 것 같고. 뭐가
답답어가지고 이 고생을 자청해가주고 하는지 속 시원하구로 말이나 좀
해보소."

"형수님은 대학 나오면 뭐 다 떼부자되는 줄 아세요? 다 월급쟁이 되
는 것 똑같애요. 월급 조금 더 받고 육체노동 대신에 넥타이 매고 일하
는 차이뿐이에요. 저 여기서 일한다고 큰 신세 조진 것도 없어요."

"아무래도 여기 있는 것보다야 안 낫겠는교?"

"형수님은 이런 생각 안해봤어요? 세상에서 가장 열심히 일하는 사람
이 가장 좋은 음식과 가장 좋은 집을 가질 수 있는 세상 말예요. 우리들
처럼 뼈빠지게 잔업 철야까지 해도 살아가기 빠듯한 게 아니라 일하는
것이 즐겁고 보람되고, 누구나 아프면 쉬고 치료받을 수 있고, 열심히
일하다 정년퇴직해도 일할 때와 똑같은 임금을 꼬박꼬박 받아서 걱정없
이 살아가는 세상 말예요. 공부만 잘하면 아이들은 얼마든지 학교에 다
닐 수 있는 세상이 된다면 어떨 것 같아요?"

"그런 세상이 어딨어요?"

"그런 세상이 있어요. 이 땅의 사람들 대다수가 그렇게 되기를 바라고
있고 또 그렇게 되도록 노력한다면 그렇게 되는 거죠. 그렇게 되지 않는
세상이 오히려 이상한 거지요."

"우리같이 없는 사람들이야 얼매나 좋겠는교마는 가진 사람들이 어디
그렇게 할라 커는교?"

"물론 않으려고 하죠. 한푼도 안 뺏기려고 절 이렇게 만드는 게 그들
이니까요. 하지만 일 안하고 남이 일해놓은 거로 배때기 채우고 떵떵거
리며 사는 사람이 많아요, 허리가 휘어지게 일하는 사람들이 잘사는 세
상을 바라는 사람이 많아요?"

"거기사 우리 겉은 사람들이 많지마는도……"

쾅쾅, 대문을 두드리는 소리 때문에 얘기가 중단되었다.

"누군교?"

"내다 엄마."

기대는 방으로 들어가려고 몸을 일으키다 말았다.

"혼자가?"

"응."

낡은 철대문이 열리자 국민학교 사학년인 종식이 뛰어들었다.

"어, 삼촌 일어났네."

"그래, 종식이 학교 갔다가 오냐."

"예, 삼촌 이제 걸어다닐 수도 있어? 엄마."

"그래."

"삼촌, 누구랑 싸웠어? 나쁜 사람들이랑 싸운 거야?"

녀석은 가방을 벗어 방안으로 집어던지고는 기대에게 달려들었다.

"삼촌 다 나았으면 나하고 낚시하러 가자."

"삼촌한테 매달리지 말어. 삼촌 아직 덜 나았어."

"피이, 나 그라머 나가 놀끼다."

"까불지 말고 들어가가 숙제 다 해놓은 담에 놀어라. 엄마가 이따가 호박죽 끓이주꾸마."

기대는 점심으로 호박죽을 두 그릇이나 비웠다. 상처와 부기에는 호박이 좋다며 정형의 부인이 제철도 아닌데 누렁호박을 구해왔던 것이다. 햇볕에 잠시 앉아 있었는데도 기대는 머리가 어지러웠다.

"들어가서 좀 누워 있겠습니다."

"그라소. 종식아, 삼촌 주무시게 엄마 방에 와서 공부해라."

기대는 벽을 짚고 방으로 들어갔다. 종식이 공책과 필통을 챙겨들고 나오다가 기대와 눈이 마주쳤다.

"삼촌, 저거."

녀석은 눈으로 활명수통을 가리키며 입맛을 다셨다.

"그래, 마셔."

둘은 은밀한 웃음을 교환했다.

기대는 좋아하는 종식을 보며 어린시절의 자신을 떠올렸다. 아버지의 머리맡엔 항상 반 되들이 활명수병이 놓여 있었다. 목수일을 나가던 아버지가 몸져누운 뒤부터였을 것이다. 별다른 약을 쓸 수가 없었던 아버지는 고통이 심해질 때마다 활명수를 플라스틱 뚜껑에 따라서 마시곤 했다. 기대는 그때마다 늘 간절한 눈빛으로 아버지를 쳐다보며 침을 꼴깍꼴깍 삼켰지만 아버지는 한 모금도 주는 법이 없었다. 기대는 궁리 끝에 배가 아프다고 꾀병을 앓았다. 어머니가 잔뜩 걱정을 하면 슬며시 활명수병에 눈길을 주었다. 그러나 매일 배가 아플 수는 없었다. 그래서 아버지가 자리를 비우는 틈을 타 야금야금 활명수를 훔쳐 마시기 시작했다. 처음에는 혀끝에 살짝 묻히고서도 탄로가 날까봐 조마조마했었는데 나중에는 아버지가 먹는 양보다도 기대가 축내는 게 더 많을 지경이 되었다. 결국에는 아버지가 눈치를 챘고 어머니 손에 빗자루가 들렸다. 그런데 엉뚱하게도 어머니는 혐의를 기대가 아닌 형에게 두고 닦달을 했다. 형은 결백을 주장했지만 거짓말까지 한다고 어머니에게 매를 더 벌었을 뿐이었다. 집안에 무슨 일이 있으면 항상 그 혐의는 형에게 돌아갔고 억울하게 매를 맞은 형은 엉엉 울며 도망치곤 했다. 기대는 반에서 1등을 놓치는 적이 없었지만 형은 뒤에서 한 손가락을 벗어난 적이 드물었고 툭하면 동네아이들을 두들겨주는 말썽꾸러기였던 것이다. 형의 결백을 아는 사람은 기대뿐이었지만 기대는 말하지 않았다. 시루 속의 감자를 훔쳐먹고 활명수를 훔쳐먹은 것은 물론 새 전구를 깨뜨렸던 것도 실은 모두 자신이었으며 형은 결백했었다고 어머니에게 고백한 것은 그로부터 10년은 더 지난 다음의 일이었다. 그때나 지금이나 기대는 형에게 미안한 존재였다.

기대는 종식의 도움을 받아 자리에 누웠다. 활명수 한 병을 단숨에 마신 종식이 손바닥으로 입가를 훔치며 나가버리자 기대는 다시 혼자가 되었다.

모든 게 민호의 탓으로만 느껴졌다. 신출내기 녀석 하나가 끼여들어 어렵게 이루어놓은 대열을 엉망으로 만들어버렸다는 생각과 함께 열변을 토하던 민호의 얼굴이 자꾸만 떠올랐다. 마지막 날 밤 풀죽은 녀석의 모습을 떠올리자 한편으로 측은한 마음도 들었다.

"너, 요즘 들리는 소문 어떻게 된 거야."

민호를 바닷가로 불러낸 기대는 단도직입적으로 물었다.

"무슨 얘기요……"

"서울 올라가겠다며."

"………"

"사실이야, 아냐?"

"그렇게 될 거 같습니다."

"될 거 같습니다? 언제부터 최민호가 그렇게 흐리멍텅해졌어."

밤의 해변 모래사장에는 드문드문 짝을 이룬 연인들이 눈에 띄었다. 외지에서 찾아온 애인들과 함께 조선소 사람들이 자주 찾는 조선소 등뒤의 크지 않은 해수욕장이었다.

"왜?"

"………"

"복학하겠습니다."

"물론 운동을 더 잘하기 위해서라고 하겠지. 확실히 결정한 거야?"

"예."

"그런데 왜 내게 얘기 안했어."

"떠나기 전에 말씀드리려고 했어요."

그들 앞으로 한 쌍의 남녀가 지나쳐갈 때까지 기대는 기다렸다.

"다 결정해놓은 다음에 통보해주겠다? 니가 이번 과정에서 취한 행동의 어느 부분이 노동자의 집단적인 규율과 연관이 있어? 니가 취하고 있는 태도 어느 구석이 해방되기를 열망하는 노동자계급의 요구에 응답하고 있느냐 말이야. 단 이 년도 버티지 못할 새끼가 이십 년, 이백 년을 보람 없는 노동을 강요당해온 노동자계급을 지도하겠다고, 돈 안 드는 말이라고 그동안 온갖 주둥아리를 놀렸어?"

"형은 새로운 일을 시작하려는 저에게 꼭 그런 식으로만 얘기해야 해요?"

민호 녀석은 자존심이 무척 상하는 모양이었다.

"야이 새끼야, 그래도 알량한 자존심은 붙어 있어? 니놈이 말끝마다 입에 올리던 소부르주아지의 더러운 근성을 니놈은 지금 온몸으로 보여주고 있어. 왜, 아니라고 말하고 싶어? 네놈은 지금까지 뻥긋하면 입에 올리던 노동자계급의 이름을 팔아 노동자계급을 철저히 기만했어."

"저 가겠습니다."

"가, 꺼져버려 이 버러지 같은 새끼야. 너같이 쥐새끼 풀빵집 드나들듯 오간 놈들 트럭으로도 한 트럭이 넘어."

기대가 해포조선소에 발을 디딘 이후의 8년 동안 민호와 같이 왔다가 떠나간 숫자만도 적지 않았다. 기대가 아는 숫자만도 두 손으로 꼽기에 모자랐다. 그러나 그들의 절반쯤은 고된 노동을 감당하지 못해 스스로 나가떨어지거나 발을 제대로 붙이기도 전에 회사의 정보망에 걸려들어 쫓겨났다. 나머지 절반은 눈에 띄는 성과가 보이지 않는 활동에 무력감을 느끼고는 전망이 보이지 않는다며 회사의 위협과 동료들의 눈길을 함께 뒤로 하며 떠나갔다. 그렇지만 기대는 한번도 민호에게서처럼 화를 낸 적은 없었다. 오히려 어디에 가서든지 열심히 살자고 따뜻하게 등을 두드려 보냈다. 아직도 87년 이전과 조금도 달라지지 않은 해포조선의 간고한 전선은 어설픈 관념으로 자신을 지탱하는 이들의 몫이 되기에는 너무 벅찬 것이었다.

"선배라고 해도 말이 너무 지나치지 않습니까?"

"내가 언제부터 너 따위 자식의 선배야. 내가 지금 선배라고 너한테 이러는 줄 알아. 내가 한번이라도 나이 몇 살 더 먹었다고 깔아뭉갠 적이 있어?"

　민호 녀석의 출현과 당돌한 도전은 내심 못마땅하기도 했지만 한편으로는 신선한 자극이었다. 기대가 8년여를 해포에서 지내며 자신도 모르게 사상적으로 자신을 강화하는 노력을 게을리해왔던 것은 사실이었다. 사업의 전개도 목적의식성과 계획적이기보다는 민호의 지적대로 경험주의의 타성에 젖어가고 있었다. 그랬기에 녀석의 잉크냄새 나는 주장들을 비웃기보다는 스스로를 혁신하는 계기로 삼으려 기대는 노력했다.

　"한 가지만 묻자. 니가 호떡집에 불난 것처럼 설쳐대며 모아놓은 친구들에게 어떻게 말할 거야."

　"제가 알아서 하겠습니다."

　"그럼, 동지회에는 뭐라고 보고할 거야."

　"거기도 제가 직접 참석해서 설명하겠습니다."

　밀물시간의 바닷물은 어느새 저 멀리서 발 아래까지 모래를 적시고 들어왔다.

　"내 분명히 말하는데, 공기 더럽히지 말고 내일 당장 해포 떠. 다시 내 눈에 띄면 내가 가만두지 않을 거야."

　일요일 낮 서광사 뒷산에서 열린 7인 대표자회의의 분위기는 그 어느 때보다도 무거웠다. 평소 같으면 산꼭대기까지 올라 한바탕 고함이라도 친 다음 회의에 들어갔을 텐데 기대의 몸이 아직 회복되지 않아서 절 뒤의 소나무숲에 자리를 잡았다.

　기대에 대한 린치사건과 극도로 흐트러진 동지회의 규율문제가 심각하게 토론되었고 책임이 물어졌다. 이날 회의에서는 기대의 징계가 결정되었다.

　"지금 동지회가 이 지경이 된 거는 최민호 동지의 이탈이 큰 몫을 차지했다는 거는 분명한기라요. 그 때문에 젊은 회원들이 활동가라고 하는 우리 지도부를 우습기 여기고 안 있는교. 지금이라도 이 문제에 대한 분명한 책임을 물을 때만이 조직의 규율을 세울 수 있다고 나는 봅니더."

철구사업부의 대표 동지였다. 기대보다 한 살 아래였지만 모든 일을 항상 원칙에 따라 처리하는 진중한 동지였다. 처음 학습을 지도하면서 기대 자신이 놀랄 정도로 그는 학습에 열중하였고 인식능력도 두드러졌었다. 그는 마치 스폰지와 같았다. 분야별 학습을 무섭게 흡수해냈고 현실해석에도 뛰어났다. 그러면서도 머리만 무거워지지 않는 그의 태도에 기대는 훌륭한 동지로서의 깊은 신뢰를 지니고 있었다.

"이미 떠났뿌리고 없는 사람에게 어떻게 책임을 물을 수 있겠는교."

민호가 속해 있던 제관부의 대표 동지가 반문을 했다.

"내 말은 우리 지도부가 그 일에 대해 책임을 지는 모습을 회원들에게 보여줘야 한다는 말임더."

"그라머 우리 지도부가 무슨 책임을 어떻게 져야 된다는 건지 딱 까놓고 말해보소."

"먼저 그런 사람을 동지회 회원으로 추천한 동지가 책임을 져야 될끼고 또 대표자회의에서 지도를 맡기로 한 동지도 지도책임을 통감하고 반성해야 안되겠는교?"

철구사업부 대표 동지의 발언에는 군더더기가 없었다. 언제나 요점을 우회하지 않고 진솔하고 명료하게 의견을 밝혔기 때문에 그의 발언은 남다른 무게를 지녔다.

민호를 추천한 것은 제관부 대표 동지였고 개별적인 특별지도를 부여받은 것은 기대였다.

"우예 책임을 지면 되겠는교?"

제관부의 대표 동지가 떨떠름하게 물으며 기대를 쳐다봤다. 기대는 고개를 숙였다. 대부분 자신이 운동에 입문시킨 대표자회의에서 자신이 징계의 대상으로 올라 있다 생각하니 가슴이 쓰렸다.

"이 문제를 어떻게 처리했시머 좋을는지 동지 여러분의 생각을 허심탄회하게 말해보소."

사회를 맡은 탑재부 대표 동지가 발언을 요구했지만 다들 기대와 제관부 대표를 바라볼 뿐이었다.

"추천을 한 제관부 대표 동지에게는 큰 책임이 없다고 봅니다. 처음부터 악의를 가지고 가입한 게 아니기 때문에 지도를 맡은 저에게 책임이 있습니다. 징계를 받아들이겠습니다."

기대와 제관부 대표에게 전회원 앞으로 반성문 제출이 결정되었다. 민호의 개별적인 소모임 구성과 운영을 저지하지 못한 책임을 물어 기대에게는 1개월간 생활비 지급 중지와 아울러 육체노역이 부과되었다.

기대에 대한 징계는 그것으로 끝나지 않았다. 린치사건이 발생한 데는 본인의 부주의와 모임 전후의 회원간 동행 금지 규율을 어긴 책임이 크다는 점을 들어 역시 1개월간 학습지도권을 박탈당했으며 그 기간 동안 선체조립부 대표자로 정형이 선임됐다. 대신 정형이 학습을 지도할 수 있도록 준비를 시키는 책임이 기대에게 주어졌다.

회의는 린치사건으로 나타난 심각한 보안상의 문제와 악화된 내부규율이 서로 맞물려 있다고 보고 몇 가지 결정사항을 내린 뒤 마무리되었다.

점심을 지어먹었지만 음주는 방금 있은 회의에서 결정된 대로 금지되었다. 다음 한 달 동안의 동지회 부서모임의 학습과제인 해방 후 노동운동사에 대한 대표자 사전 교양은 다른 사람이 준비되지 않았기 때문에 어쩔 수 없이 기대의 지도로 진행되었다. 전평의 문제와 전평을 둘러싼 정치정세가 주된 내용이었다.

"너무 섭섭하게 생각하지 마소."

산에서 내려오며 탑재부 대표 동지가 기대에게 위로의 말을 건넸다.

"괜찮아."

"몸 다 났거든 일하러 나가도록 하소. 암만 케도 노가다 하라 컨 거는 좀 무리한 결정 겉은데……"

"아냐, 일을 안하니까 정신이 나태해져. 그렇잖아도 잘된 거야."

기대는 산에서 돌아온 저녁에 바로 자신의 방으로 돌아갔다. 이제 어느 정도 움직이는 데 자신도 생겼고 더이상 정형의 식구들에게 신세를 지기도 부담스러웠다.

일 주일 넘게 비워둔 자취방에서는 퀴퀴한 냄새가 진동을 했다. 그러나 하얗고 빨갛게 곰팡이가 슬어 있어야 할 부엌의 라면 냄비는 깨끗이 닦여 있었다.

그러고 보니 방안의 이부자리도 가지런히 정돈되어 있었고 앉은뱅이 책상 위엔 선물상자 하나와 쪽지 한 장이 접혀 있었다.

기대씨

막차 나갈 시간이 이제 한 시간밖에 남지 않았군요. 여섯 시간을 넘게 기다렸는데 못 보고 돌아가게 될 것 같아 섭섭하네요. 우리 회사에 한번 들르지도 못하는 걸 보니까 몹시 바쁜가 보죠. 벌써 두 개의 계절이 바뀌었는데도 우리의 싸움은 끝이 보이지가 않아요. 일본인 사장과 담판을 짓기 위해 대표단이 일본으로 건너가게 되었어요. 저도 포함이 되었답니다. 가톨릭 노동사목의 도움으로 사흘 뒤에 김해공항을 통해 일본으로 가요. 일본놈 사장 덕분에 분수에 안 맞는 비행기까지 타보게 생겼군요. 떠나기 전에 시간이 되면 회사에 한번 들러주면 좋겠어요. 아주 쬐끔 보고 싶기도 하거든요. 우린 일본 본사 앞에서 떼인 돈을 받을 때까지 천막을 치고 버티며 싸울 작정입니다. 몇 달이 걸릴지 모를 일입니다. 다음달이 기대씨 어머님 생신이에요. 기대씨를 이 세상에서 가장 소중히 생각하는 어머님 생신 잊지 말고 찾아뵙도록 해요. 싸구려지만 어머님 스웨터 한 벌 미리 준비했어요(제가 샀다고 하지 마세요. 속상해하실 테니까).

그리고 밥 좀 해먹고 다니세요(명령임). 먹다 남은 퉁퉁 불은 라면 그릇이 저를 많이 속상하게 했어요. 김치 두 포기 담가놨어요. 기대씨의 몸은 기대씨만의 것이 아니라 기대씨를 사랑하는 우리 노동자 모두의 것임을 잊지 않았겠죠.

기대씨의 건투를 빌며 애동이

　순애의 편지였다. 녀석의 애틋한 마음 씀씀이에 새삼 기대의 가슴이
저려왔다. 애동은 기대가 그녀에게 붙여준 애인동지라는 뜻의 애칭이었
다. 해를 넘겨 여태까지 계속되는 싸움 속에서도 웃음을 잃지 않고 있는
순애의 얼굴이 편지 위에 어른거렸다.
　2년 전 꼭 한 번 순애와 함께 집을 찾아갔었다. 결혼승낙을 해달라고
기대가 말했을 때 어머니의 얼굴은 참담하게 일그러져 있었다.
　"집에서 뭘 한다고?"
　"농사를 지어예."
　어머니는 외면하며 다시 물었다.
　"학교는 어딜 나왔어?"
　"창원상업고등학교 야간부 나왔어예."
　순애는 묻지도 않은 야간부라고까지 또박또박 말했다. 어머니는 더이
상 아무것도 묻지 않았다. 무섭게 기대를 노려보았을 뿐이었다. 어머니
는 아직도 버려야 할 것이 하나 남아 있던 셈이었다. 한가닥 기대에게
가졌던 기대마저 깨끗이 무너져버린 어머니는 그날부터 며칠 동안 일을
나가지 않고 누워 계셨다는 얘기를 형에게서 나중에 들었다. 아버지가
돌아가시고 영등포시장에서 생선좌판을 하며 기대를 대학에 보낸 어머니
였다. 자신이 어머니 인생의 전부였다는 사실은 기대가 누구보다 잘 알
았다. 기대가 법대에 들어갔을 때 어머니는 이미 판검사라도 된 듯이 온
시장에 식혜를 만들어 돌렸다. 기대가 갑자기 군대로 끌려가기 전 2년이
어머니에게는 가장 행복했던 시절이었는지 모른다. 기대는 강제징집과
복학의 거부 그리고 두 번의 감옥살이에 이어 또 한번 어머니의 가슴에
못을 박아야 했다. 순애에게 역시 죄스럽기 짝이 없었다.
　"미안하다."
　집을 나서며 기대는 순애를 바로 쳐다볼 수가 없었다.
　"아직 어머님에게 얻은 신뢰가 이 정도뿐이야."

"지는 처음부터 쉽게 될 거라꼬는 생각 안했어예."

순애는 애써 웃음을 지어 보였다.

"그럴 줄 알았으면 내 얘기대로 대충 얘기했으면 되잖아."

"평생 모실 어머님인데 어떻게 거짓말을 해예. 허락하실 때까지 기다려야지예."

그래도 형이 기대의 편이 되어주어서 순애에게 좀은 낯이 섰다. 어쩌면 기대 때문에 항상 장남으로서의 지위를 박탈당해온 형이었지만 어려울 때마다 기대의 편이 되어주었다.

"어머님, 괜히 그래 보는 거니까 너무 걱정 마세요."

형은 영등포역에서 기차표를 끊어 음료수와 함께 순애에게 쥐어주었다. 지금은 영등포시장에서 점포를 얻어 닭집을 하는 형이었다.

"임마야, 다부지고 싹싹한 게 나는 맘에 딱 든다. 너 놓치지 마라."

개찰구 앞에 줄을 선 기대의 옆구리를 쿡쿡 찌르며 형은 귓속말을 했다.

내려오는 기차 속에서 기대는 자신이 가진 것을 포기한다는 것이 얼마나 어려운 것인가를 생각했다.

부엌의 스테인리스 용기에 담긴 김치는 벌써 잔뜩 쉬어져 있었다. 깨끗이 쓸고 닦아뒀을 방안에도 먼지가 앉아 있었다. 방청소를 마치고 나니 밤 열시가 넘었다. 이부자리를 깔고 누우니 그래도 제 방이라고 편안했다. 순애는 지금 산 설고 물 선 일본땅에 가 있을 것이었다. 공책을 꺼내 오랜만에 일기를 썼다.

새로운 출발을 요구하고 있다. 지금의 무기력한 자신을 떨치고 일어서야 한다. 군대를 제대하고 일 주일도 되지 않아서 해포로 뛰어내려왔던 그때 나의 열정을 되찾아야 한다. 벌써부터 방어적인 태도를 갖는 나는 도대체 뭐냐. 징계를 받았다는 것을 기쁜 마음으로 받아들이자. 잘못을 징계할 줄 아는 조직과 동지를 가지고 있음을 기뻐하자.

발전하는 운동과 함께 자신을 발전시키지 못하는 낙오자가 되지 말자. 어제의 나와 단호히 결별할 줄 아는 내가 되자. 어제에 주저앉아 집단 주의로부터 멀어져간 선배들의 잘못을 되풀이하지 말자.

자신이 쓴 일기를 찢어내 한번 훑어보고 기대는 라이터를 꺼내 불을 붙였다. 재떨이를 비우고 부엌칼을 이부자리 밑에다 감추고 눈을 감았지만 쉬 잠이 오지 않았다.

살고 싶으면 해포 떠, 자신의 목을 밟고 섰던 놈의 탁한 목소리가 자꾸만 귓전을 울렸다. 힘내예, 순애가 눈동자를 반짝이며 그 틈새로 얼굴을 디밀었다. 비탈길 옆방이라 오르내리는 사람들의 발자국 소리가 선명하게 들려왔다. 잠이 들려다가 몇 번이고 발자국 소리에 놀라 일어났다. 한동안 사라졌던 버릇이었다. 깊은 밤일수록 크게 들리는 그 발자국 소리에 두려움으로 떨며 잠을 설친 날들이 그 얼마였던가.

4

TV뉴스에서는 KBS노조의 투쟁으로 시끌벅적했다. 기대는 며칠 동안 정신없이 일만 하다 오랜만에 일찍 들어와 흑백 TV 앞에 드러누웠다.

하역회사의 짐꾼 노릇은 일 주일을 넘기지 못하였다. 그새 날일 나가는 곳까지 알아내 들쑤셔놓은 모양이었다. 그렇잖아도 힘에 부쳐서 겨우겨우 나가던 날일이었다. 오래 일을 하지 않은 데다 매타작을 한 독이 덜 풀려서인지 등짐을 지는 게 여간 고통스럽지 않았다. 그래도 한편으로는 자신과의 싸움이다, 여기서 주저앉으면 안된다는 의지 하나로 이를 악물고 버텨냈다.

"김씨, 이거 미안시럽네."

어제 아침에는 일을 나가자 총무가 미리부터 기다리다가 기대를 사무실로 불러갔다.

"딴데서 연락이 왔대이. 우리사 누구든동 일만 잘하면 그만이지마는 저쪽 애기 안 들을 수 없는 처지 아인가?"

"날품팔이도 시키지 못하게 회사에서 그래요, 경찰에서 그래요?"

"그거 알아서 뭐하노. 다 거기가 거그 아이가."

사람 좋게 생긴 사십 줄의 총무 아저씨는 일 주일 치 노임이 담긴 누런 봉투를 내밀었다.

"내 미안시럽어 가주고 하루 치 더 계산해가 담었대이. 자네 옳은 일 한다 카는 거 알지마는 세월이 그런 거 우짜겠노."

기대는 기어이 덤으로 주는 하루 치를 총무에게 돌려주었다. 대신 총무에게서 트럭 화물회사를 소개받아 오늘 처음 나갔다. 부두하역보다야 한결 일이 수월했다. 차를 타고 집을 찾아가 짐을 부려주는 것이어서 계속 짐을 지는 게 아니었다. 오전에 한 차, 오후에 한 차 해서 두 차의 짐을 부리는 것으로 오늘은 하루 일이 일찌감치 끝났다. 낡아빠진 흑백 TV가 뉴스를 막 끝낼 즈음에 정형이 찾아왔다. 뜻밖이었다. 가끔 옛 부서 사람들과 직업훈련원 동기들이 술생각이 나면 찾아오긴 했지만 요즘 들면서 그나마 뜸했다. 동지회원들간의 방문은 가능한 한 삼가고 있었다.

"형님이 어떻게 이 구석까지 찾아오셨어요."

"시끄럽다마. 니 요새 일 나간다며."

정형은 잔뜩 화가 난 얼굴이었다.

"누가 그래요?"

"야간교대 들어오는 놈들이 그라더구마는. 이삿짐 냉장고 짊어지고 항동 비탈길 올라가더라꼬. 니 지금 도대체 지정신이가 아이가."

기대는 눈을 아래로 내리깔며 씁쓸하게 웃었다.

"지난번 회의 결과 제가 형님한테 말씀드렸잖아요. 저 이제 다 나았으니까 걱정 마세요."

"아무리 잘몬한 기 많아도 그렇지 지 한몸도 건사 몬하는 놈이 뭔 놈에 노가다고. 이노무자슥 이게 얼굴 쪼매 봐라, 영 반쪼가리가 아이가."

정형이 거북등 같은 손바닥으로 기대의 앞으로 흘러내린 머리칼을 걷어올리며 뒷덜미를 잡고 흔들었다.

"형님, 저녁 안 드셨지요?"

"내사 회사에서 안 묵었나. 니는 여태 안 묵었제? 내캉 나가자."

문을 걸어잠그고 기대는 정형을 따라나섰다.

"뒤에 타거라."

기대는 오토바이 뒷자리에 올라 정형의 허리춤을 껴안았다. 골목을 빠져나간 오토바이는 부두를 향해 한참을 달렸다. 정형의 작업복에서 풍기는 땀내음과 용접냄새가 한없이 친근하게 느껴졌다.

"회 묵을래? 보신탕 묵을래?"

달리며 정형이 소리쳤다.

"월급날 멀었잖아요?"

"월급날 아이먼 니 저녁 한그릇 몬 사주겠나."

"아무거나요, 좋아요."

정형은 오토바이를 보신탕집 앞에서 세웠다.

"실큰 묵어라. 몸조리에는 이기 최곤기라. 우리 마누라가 괴기 한번 지대로 안해 묵있제? 그것도 마음은 괜찮은데 없이 살다 보이까네 안 그래 됐나."

정형이 냄비에서 고깃점을 찾아내어 자꾸만 기대의 접시에 올려놓았다. 불판의 열기 때문에 기대의 얼굴에는 땀이 비 오듯 흘러내렸다. 연신 물수건으로 얼굴을 닦아냈지만 미처 훔쳐내지 못한 땀방울이 밥그릇에 뚝뚝 떨어져내렸다.

"이노무자슥 이거 몸이 허해놓은까네 식은땀 흘리쌓는 거 좀 봐라. 이래가주고 뭔놈에 노가다한다꼬 설치쌓노 말이다. 아지매요, 여기 괴기 일인분만 더 주소."

"이제 배불러요."

"개고기는 아무리 많이 묵어도 괜찮은기라."

정형은 들깨 한 종지를 냄비에다 들이부었다.

"들깨 이기 또 몸에 좋은기라. 이 보신탕은 말이다, 쌍놈들, 니 말대로 하면 민중 조상들의 슬기와 한이 담긴 음식 아이가."

"그건 왜요? 형님, 소주 한잔만 하실래요?"

"그라자. 니도 한잔은 혈액순환에 좋을끼다."

"여기 소주 한 병 주소."

"이자슥아, 내 말이 빈말이 아이라. 옛날에 쌍놈들이 뭐를 묵고 영양가를 보충했겠노. 양반들이사 소 잡어묵고 돼지 잡어묵고 하면 됐겠지마는 머슴들이나 남의 소작 부치는 사람들, 일 년 농사 지어봐야 양반들이 다 걷어가고, 오뉴월 더위를 어쩨 넘겼겠노? 만만한 기 한식구겉이 키운 멍멍이 아이겠나. 지가 키우던 짐승 잡어묵는 심정이 어예 좋았겠노마는 노동을 감당하고 밤일도 해서 씨앗 보려면 눈물을 머금고 멍멍이를 끌고가서 잡았던기지 머. 니도 한잔 해라."

정형이 잔을 기대에게 건넸다.

"본래 그래서 이 보신탕이 쌍놈의 음식, 노동자 음식이었는데 이 양반 놈들이 가만 보니까 쌍놈들이 힘도 좋고 애 잘 낳고 오래 살고 하거든. 그래서 뭘 먹고 그런가 살펴보고는 지들이 따라 처묵은 거지. 오늘 소주 이거 와 이래 달착지근하노."

기대는 소주를 털어넣고 고기 한점을 들어내 다진 마늘과 들깨, 고춧가루가 들기름에 알맞게 버무려진 양념장에 찍었다. 입안 가득 고기를 넣고 우물우물 씹으며 기대는 정형에게 잔을 권했다.

"그래서 요즘은 묵고 노는 놈들이 보신탕 처묵고 일은 안하고 오입질이나 해쌓아놓으니까 개값이 올라가지고 우리가 영 묵어보기 힘든기라."

"그 얘기 들으니까 제가 보신탕 먹을 자격이 있는지 찔리는데요."

"무신 소리 하노, 니가 없이며 누가 있노."

건더기를 다 건져먹고 남은 밥을 냄비에 붓고 볶았다. 뱃속이 오랜만에 꽉 들어찼다. 소주 몇 잔에 눈앞이 아른했다.

"아는 사람 만낼라."

정형은 기대에게 파이버를 씌워 방파제까지 데리고 온 다음에야 얘기를 꺼냈다.

"내, 니한테 의논할 기 하나 있다. 니 지금 나가는 일 집어치아라. 내이번에 회의 나가며 단단히 따질끼라. 세상에 그런 인정머리없는 사람들이 어딨노 말이다."

"제가 자청한 일이에요. 형님."

"니 참말로 죽을라꼬 환장을 했나. 동지라 커는 기 도대체 뭐꼬. 서로 살붙이처럼 여기는 거 아이가. 니도 집에 가면 귀한 자식일낀데 절마들한테 당한 것도 설븐 일인데 이기 무신 짓이고 말이다. 그라이까네 니 딴생각하지 말고 내 일이나 거들어주라."

KBS투쟁은 TV가 지닌 영향력만큼이나 노동자들의 관심을 끌었다. MBC뉴스에서 원종배가 집회 사회자로 나선 모습이 보도되자 그의 인기는 폭등했다. 기생오라비처럼 생겼다며 준 것 없이 미워하던 사람들까지 하루아침에 태도를 돌변했다. 걔, 겉보기는 그래도 처음 사랑방중계 시작할 때부터 말하는 뽄새가 다르더라는 둥, 사내놈은 허우대만 멀쩡해서 안된다는 둥 원종배를 추켜세우느라 안달이었다.

"내가 한겨레신문 지국에서 유인물 몇 장 얻어다가 작업장에 몰래 뿌렸는데 사람들 반응이 끝내주는기라."

동료들의 KBS투쟁에 대한 응원에 힘입어 정형은 어렵지 않게 그동안 제도언론에 지녀왔던 불만을 전파할 수 있었다. 특히 오래 조선소 밥을 먹은 사람들일수록 언론에 대한 사무친 반감을 가지고 있었다. 언론이라는 것이 가진 자들의 나팔수에 불과하다는 것을 꿰뚫어보고 있는 젊은 축들은 아예 그들에 대한 기대 따위를 가지고 있지 않은 탓인지 몰랐다.

기대는 정형이 스스로 유인물을 구해다가 현장에 뿌렸다는 말에 새삼

스레 정형의 가슴이 넓어 보였다.

"니가 유인물을 좀 맨들든둥, 아이머 창원에 나가가지고 구해오며 어떻겠노?"

정형은 얘기를 하며 약간의 흥분을 감추지 못했다.

"조선소 사람이 얼매고? 몇 백 장 가주고야 간에 기별이나 가나 어디."

비록 개인의 의욕으로 은밀하게 이루어진 작은 일이었지만 동료들의 반응에 사뭇 뿌듯함을 느끼는 모양이었다. 기대는 정형의 팔짱을 다정스레 자신의 팔로 꼈다.

"해야지요. 형님이 나서가지고 앞장서는데 제가 안할 리 있어요?"

"그래, 니 거 좋은 솜씨로 멋지게 하나 썼뿌라. 뿌리는 거는 내가 마 책임질낄까네."

방파제에 와 부딪치는 파도소리마저 시원스런 밤이었다. 해포와 돌산을 가로질러 쌓은 거대한 방파제를 따라 정형의 오토바이를 끌며 나란히 걸었다. 싱그러운 바닷바람을 맘껏 들이마신 기대의 가슴은 새로운 기쁨으로 고동쳤다.

"형님, 그런데 부서회원들한테는 얘기했어요?"

"하머, 내가 유인물 구해오며 같이하기로 벌써 얘기 다 됐는기라."

"정말 잘했네요. 형님."

기대는 처음 정형의 부서에 배치받았을 때의 기억이 떠올랐다. 직업훈련원에서 바로 배치받은 곳이 선체조립부 정형의 반이었다. 누구나 그렇듯이 처음에는 용접을 시키지 않았다. 제관용접의 조수 노릇을 몇 달이나 했다. 조수란 게 무슨 일에서나 그렇듯이 천덕꾸러기일 수밖에 없었다. 선체조립부의 용접사들은 그 방면에서는 전국에서 한다 하는 A급들이었고 성질들 또한 꽤나 괴팍했다. 기대가 그나마 선체조립부에 배치된 건 직업훈련원을 전체 2등으로 졸업한 덕분이었지만 고작 조수 노릇이나 하며 하루에도 몇 대씩 얻어터지기가 일쑤였다. 크레인으로 맞춰주는 철

판이나 블록이 정확히 제 위치에 닿는 순간을 놓치지 않고 용접봉을 가
져다 대는 것이 기대의 일이었다. 한번 놓치면 한참 동안을 고생해야 했
기 때문에 용접사와 조수의 호흡이 잘 맞아떨어져야 했다.

"야이 호로새끼야, 정신을 어디다 팔어처묵고 있어."

한순간만 늦어도 용접사는 용접기로 헬멧을 후려치며 욕설을 퍼부었
다. 그때 가끔 자신의 용접기를 기대에게 들려주며 하나둘 가르쳐주곤
하던 이가 정형이었다.

"내 최초로 해포조선소에서 이십만 톤급 유조선 만든 얘기 해줄까?"

파도치는 바다를 바라보던 정형이 문득 생각이 난 듯 입을 떼었다.

"내 얘기 들으면 내가 와 케이비에스 갸들 쌈을 남의 일겉이 안 봐 넘
기는지 알게 될기라."

해포조선소에서 최초로 20만 톤급 유조선을 진수한 것은 꼭 이맘때였
다. 정형이 마지막 공정을 하다 가이드레일에 매달려서 돌아보면 건너
해변이 온통 붉은 진달래로 물들어 있던 4월이었다. 10월유신이 선포되
고 이듬해 봄이었으니까 1973년도의 일이었다.

"기대 니 칠십삼년에 뭐하고 있었더노?"

"열다섯 살 때니까 중학교 다녔죠."

"니 중학교 댕길 때 나는 그라이까네 그 당시에만도 우리나라에서 최
고 큰 배를 만들고 있었는기라."

정형의 눈앞에는 그 시절의 기억이 퇴색한 흑백영화의 필름처럼 아련
히 떠올랐다.

"그때 솔직히 기술이 있었나, 시설이 있었나, 뭐가 있었노? 한마디로
인해전술이었제. 줄잡아 그 배 한 대 맹그는 데 백 명은 더 죽었을끼
다."

유신선포 직후 헐값에 수주를 얻어올 때부터 정부는 국력신장의 상징
인 양 열을 올리며 떠들어댔다. '하면 된다'는 유신구호가 도크에도, 제
관공장 천장에도, 철판을 실어나르는 트랜스포터 옆구리에도 내걸렸다.

회사에서는 위대한 역사를 창조하는 '산업역군'으로서 자부심과 책임감을 가지라고 했다. 정형은 진심으로 자부심과 책임감을 가지고 일했다고 지금도 말할 수가 있다. 자신의 조그마한 실수로 우리나라가 만든 최초의 대형 유조선에 하자가 생길까봐, 혹시라도 나라의 명예에 흠집을 낼까봐 가우징 소음 가득한 철판 속에서 목이 움직이지 않을 때까지 오버헤드 용접을 했었다. 하지만 하면 된다는 구호가 통통선이나 만들 기술과 설비를 가지고 20만 톤을 건조할 수 있게 해주지는 않았다. 그럼에도 '의지의 한국인들'은 마침내 해냈다. 헤아릴 수조차 없는 수많은 목숨과 평생 병신이 된 노동자들과 살아 남은 자들의 피와 땀을 제물로 20만 톤급 선박 건조에 성공을 했다.

유조선의 진수식은 몇 주 전부터 TV와 라디오, 신문을 통해 요란하게 선전되었다. 목숨을 담보로 유조선을 만든 노동자들의 감회는 형언할 수 없는 것이었다. 그러나 막상 진수식이 거행된 그날 자신의 손으로 유조선을 만들었던 노동자들은 아무도 진수 장면을 지켜볼 수 없었다.

형형색색의 만국기가 도크를 뒤덮고 오색 천이 선수에 드리워진 진수식장은 높은 분들의 것이었다. 박정희를 비롯한 권력과 돈을 가진 사람들과 노랑머리의 외교사절들의 열렬한 박수 속에 도크의 수문이 열렸다. 그들이 하얀 장갑을 끼고 도크를 빠져나가는 유조선을 바라보며 건배를 할 때 노동자들은 제관공장과 철구공장, 엔진공장에 내팽개쳐져 있었다. 지옥선을 만든 노동자들은 그들의 잔치가 끝나도록 갇혀 있어야 했다. 정형도 예외일 수 없었다. 출입구마다 기관단총을 들고 섰는 경호요원들을 지켜보는 정형은 영락없이 포로가 된 심정이었다. 경호요원들이 보이지 않는 구석지로 몰려 담배를 돌려 피우는 지옥선의 노동자들 눈에서는 아롱져 흐르는 것이 있었다.

"그래도 성님은 죽지 않고 살아 남았으니 다행이네요."

"그렇제, 살아 있는 거를 복으로 알아야제."

진수식이 있던 날 저녁에 정형은 TV로 배가 바다를 헤치고 나가는 장면을 봤다. 정형의 반에서 작업을 했던, 날개 하나가 집채만하던 스크루는 힘차게 바닷물을 차고 항진했다. 건설부장관과 조선소장에게 훈장이 걸리는 장면까지 TV는 보여주었다. 말을 끊고 왼편의 조선소 도크를 바라보는 정형의 얼굴이 더욱 검게 보이는 것은 밤이었기 때문은 아니었을 것이다.

"테레비에서는 말하데, 아시아에서 두번째로 큰 배라꼬. 세계만방에 도약하는 한국의 국력과 기술을 과시한 쾌거라꼬 말이다. 그러면서도 공기를 앞당기기 위해 눈 내리는 겨울밤에 오십 미터 난간에서 일하다 눈보라에 날려 죽어가야 했던 노동자들에 대해서는 한마디도 안해주두마는. 단 한마디도 말이다. 백 명이 넘는 사람들이 와, 어쩌다가, 뭣 때문에 죽어갔는지 말이다. 기자 글마들 눈에는 웅장한 배만 보였지 노동자들 따위는 보이지도 않았는기라. 글마들 눈에 우리는 글마들하고 똑같은 인격을 가진 인간이 아이었을지 모르제. 결국 우리한테는 우리가 만드는 배가 지옥선일 뿐인기라."

일렁이는 것은 눈앞의 시커먼 바다만이 아니었다. 정형과 기대의 가슴 속에서 출렁이며 끓어넘치는 것이 있었다. 파도로 달려와 둘의 가슴에 부딪치는 것은 분노였다. 이야기를 마치자 정형은 허리께가 웬지 허전했다. 그리고 목이 말랐다. 갈증이었다.

"삼십 명이 한꺼번에 블록 밑에 깔려 죽었어도 테레비고, 라디오고, 신문이고 간에 한마디, 한 줄 내주는 놈이 없었다 아이가. 바로 글마들이 지그들도 노동자라 카면서 노조 만들고 싸운다 카이 솔직히 말해가 밉은 생각이 먼저 들더라…… 정부한테 탄압받는다 카이 한편으로 꼬소한 생각도 안 든 기 아이지마는 그래도 자슥들 기특타 아이가…… 우짜든동 우리가 힘을 보태조야제."

기대는 가만히 정형의 손을 마주잡았다. 굳은살이 박힌 손바닥이었지만 더운 피가 느껴졌다.

"우리가 힘을 보태주는 기 잘못하는 거 아이제?"

"그럼요, 형님. 분열이 저들의 무기라면 단결은 우리 노동자들의 가장 큰 무기잖아요. 경상도 전라도, 사무직 생산직, 이리 쪼개고 저리 가르고 싶어하는 건 평생 우리를 지배하려는 사람들이죠. 그런 분열공작을 뿌리치고 우리 노동자의 대열로 순식간에 달려온 사건이 케이비에스 투쟁의 본질인데 우리가 나서서 도와주는 게 당연하지요. 팔십칠년 팔십팔년에는 울산에서 구로까지 우리 노동자들이 들고 일어났고, 작년에는 선생님들이 합류해왔고, 올해는 케이비에스가 달려온 거죠. 이렇게만 나가면 몇 년 안에 얘기는 끝나지 않겠어요? 그런데 우리가 쌍수를 들어 환영하지 않을 수 있어요?"

"그래, 지금 니가 한 말 그걸 유인물로 만들어보란 말이다. 내사 뭐 말할라 카머 입안에서만 빙빙 돌아가주고, 일일이 말로가 다할 수는 없다 아이가."

5

KBS 전면파업 돌입, 주먹만한 신문 1면의 머릿기사 아래에는 '울산 현중조선도 파업 움직임'이라는 활자가 길게 누워 있었다.

동지회는 다시 아연 활기를 찾기 시작했다. 기대가 창원에서 구해온 언론노보 200부와 성명서 2천 장이 바로 동지회원들의 손으로 어제 현장에 뿌려졌다.

오늘 아침에는 '해포조선소의 민주노조 건설을 열망하는 사람들' 명의로 된 동지회의 유인물이 출근하는 회원들의 가슴속에 품어져 조선소의 6개 출입문을 통해 들어가고 있었다.

정형의 오토바이는 언제나처럼 3도크가 가까운 제5문을 향해 느긋하게 달려갔다. 시간은 평소보다 10분 이른 7시 50분, 출입문이 가까워지자 앞서 달리던 오토바이들이 속도를 줄이기 시작했다. 4차선 도로가 통근버스와 오토바이의 행렬로 가득 찼다. 정형도 클러치를 풀고 기아를 1단으로 내렸다. 몇 백 미터의 도로가 온통 감청색에 하얀 안전표식선이 그어진 작업복으로 넘실거렸다. 20미터 폭의 출입문이 보이는 지점에서부터는 오토바이와 통근버스, 자전거와 보행자들이 뒤엉켜서 밀리고 있었다. 매일 아침 겪는 일이지만 오늘 아침은 출입문이 감청색의 거대한 물결을 빨아들이는 속도가 유난히 더뎠다. 정형은 한쪽 발로 아스팔트를 딛고 오토바이를 앞으로 이동시켜나갔다. 부릉부릉, 액셀러레이터를 당기는 오토바이 소리들이 도로를 메웠다.

하얀 헬멧의 안전기강과 경비완장들이 출입문에 도열해 눈을 부라려 뜨고 소지품을 감시하고 있었다.

어제 뿌려진 유인물 때문에 비상이 걸린 모양이었다.

정형은 오토바이를 길 옆으로 뽑아내 좌판으로 향했다. 아침을 거르고 나온 축들이 선 채로 좌판의 국밥을 퍼먹고 있었다. 정형은 아침을 먹고 나왔는데도 웬지 온몸이 긴장되어 김이 풀풀 나는 국밥에 침이 넘어갔다. 정문의 동정을 살피며 좌판에서 담배 한 갑을 샀다. 체격 좋은 경비와 안전기강들은 눈에다 잔뜩 힘을 주고 있을 뿐 몸을 수색하진 않았다.

정형이 막 정문을 향하려는데 뒤쪽 도로에서 작은 소란이 일었다. 하얀 유인물이 도로 가운데 흩날렸던 것이다. 난데없이 도로 가운데 홀연히 뿌려진 유인물을 줍느라고 잠시 혼란이 일었다. 오토바이들이 멈춰섰고 통근버스 속의 노동자들이 창문을 열고 고개를 내밀었다. 잠시 후 한 떼의 안전기강들이 정문을 뛰쳐나와 유인물이 뿌려진 곳으로 헐레벌떡 뛰어갔다.

몇 명의 안전기강은 아직도 아스팔트 바닥에 남아 있는 유인물을 주웠고 나머지 안전기강들은 노동자들이 읽고 있는 유인물을 낚아채갔다. 그러나 대부분 이미 주머니에 챙겨넣은 다음이었다.

정형은 더 어물거리지 않고 오토바이를 출입문으로 몰았다. 유유히 출입문을 통과한 정형은 집채만한 블록들과 윈치식 크레인의 사열을 받으며 플랜트작업장 사이로 난 도로를 거쳐 3도크로 향했다.

5만 평 크기의 3도크에는 전장 1천 미터의 산더미만한 지옥선이 골리앗크레인 아래 누워 있었다. 네덜란드에서 주문한 블루스트라토스인가 하는 30층 건물보다 높은 이 지옥선은 외관작업이 거의 마무리되어가고 있었다. 110미터 높이의 황색 골리앗크레인이 아침햇살을 받아 눈부시게 빛을 반사했다.

정형은 길게 아침 바닷공기를 들이마셨다. 외관용접이 끝나 정형의 반은 오늘부터 내부 배관작업에 투입되게 되어 있었다. 허리 높이의 하수관만한 배관용접을 위해 파이프 속으로 기어들어가는 작업이 있는 날은 아침부터 신경질이 난다. 바람 한점 없는 배 속에서 또 용접가스 날아갈 곳조차 없는 파이프 속으로 에어호스 하나를 끌고 들어갈 걸 생각하면 벌써부터 숨이 컥컥 막혀오는 건 어쩔 수가 없다.

어제 저녁부터 KBS는 연속극마저 중단이 되었다.

기대는 아침에 도착한 화물차 두 대를 창고에 부려놓고 짐더미 위에 드러누웠다. 졸음이 쏟아졌다. 사흘 밤을 매일 유인물 때문에 창원까지 다녀와야 했기에 제대로 눈을 붙이지를 못했다. 오늘 새벽에는 하나뿐인 해고동료 상식과 함께 주거지 배포를 하느라고 동이 터서야 방에 들어갔었다.

방문 자물쇠는 부서져 있었고 방 한가운데는 식칼이 꽂혀 있었다. 무언의 협박이었다. 해포에 발을 디딘 뒤 벌써 세번째 당하는 일이었다.

문을 걸고 누웠지만 잠이 오지가 않았다.

"어이, 김씨 상차해야지."

짐더미 위에서 깜빡 잠이 들었던 모양이었다. 부르는 소리에 깼을 때 기대의 온몸은 목욕을 한 것처럼 땀으로 흠뻑 젖어 있었다.

한 차를 싣는 데 기대는 다리가 휘청거려 몇 번이고 쓰러질 뻔하였다. 징계처분만 아니었다면 기대는 아마 오늘 일을 나오지 않았을 것이다. 한 달이 되려면 아직 열흘이나 남아 있었다. 지난밤 창원에서 인쇄된 유인물을 찾아 돌아오던 버스 안에서도 기대는 몇 번이나 쓰러질 뻔하였다. 자리를 차지하지 못해 손잡이에 매달린 채 졸며 오다가 몇 번이고 무릎이 꺾였다. 눈은 저절로 내리감겼고 허리는 끊어질 것 같았다. 선 채 잠이 들었다가 무릎이 꺾이는 바람에 화들짝 놀라곤 하였다.

"김씨, 어디 아픈교?"

"아뇨."

"얼굴색이 영 안 좋은데."

화물사무소 직원의 말에 은근히 기대는 쉬라는 말이 떨어지길 바랐다. 그러나 직원의 입에서 떨어진 말은 기대의 바람과는 정 반대였다.

"저기 들어와가 있는 이삿짐차 좀 따라가서 들여놔주소."

일을 마치고 약속장소로 가는 기대는 신경을 곤두세웠다. 미행을 생각해야 했다. 자신과 같은 방향으로 걷는 사람은 모두가 의심스러웠다. 지팡이를 짚고 주춤주춤 걸어오는 할머니도 믿을 수가 없었다. 골목길로 들어가 몇 바퀴를 돌았다. 휴지장수도 미심쩍었다. 자전거를 타고 갑자기 지나쳐가는 여자 때문에도 깜짝 놀랐다.

오늘 아침 라면을 사러 길 앞 구멍가게에 들렀을 때 주인 아주머니는 어제 밤늦게까지 낯선 사내 하나와 담당형사가 집 앞에서 기다리다 돌아갔다고 일러주었다. 기대가 들어오면 경찰서로 전화연락을 해달라고 부탁하고 갔다는 것도 말해주었다. 가겟집을 통해 저들은 기대의 움직임을 알아냈지만 기대 또한 가겟집을 통해 자신에 대한 감시상황을 알아냈다.

"담당 조형사말고 같이 온 사람 얼굴이 어떻게 생겼어요?"

"머리가 짧고 어깨가 딱 벌어졌제. 키는 총각보다 쪼매 작고."

"서울말 쓰지 않던가요?"

기대는 자신의 목을 밟고 섰던 사내를 떠올리며 물었다.

"그랬제, 되기 건방시럽더구마는."

"얼굴의 광대뼈도 좀 많이 불거졌지요?"

"아는 사람인가배. 눈에 살기가 도는 기 영 밉상시럽더래이."

바로 한 달 전 기대에게 해포를 떠나라고 강요하던 놈이었다. 그때말
고도 틀림없이 어디서 본 적이 있었다. 미간을 찌푸리고 애를 써도 떠오
르지가 않았다.

"맨날 오던 형사가 뭐라 캤는데…… 해포공사가 뭐하는 회산데."

해포공사, 그렇다. 그는 해포공사라는 간판을 내건 지역기관의 기관원
이었다. 그와 마주쳤던 건 민호와 함께였다. 언젠가 상식이까지 해서 해
고자 세 명이 탁구를 치고 나오다 맞닥뜨린 적이 있었다. 민호가 나흘간
그 기관에 연행되었다가 풀려난 지 얼마 지나지 않아서였다. 아이구, 아
직도 해포에 계셨었어. 차가운 웃음을 지으며 그는 민호의 손을 한참 잡
고 흔들었다. 민호가 몹시 당황해했던 기억이 났다.

"뭐하는 놈이야?"

기분 나쁜 웃음이 걸려서 탁구장을 나와서 물었었다.

"해포공사."

민호는 그 한마디만 대답을 했다. 그 뒤에 민호는 다시 한번 끌려갔고
자신이 해포에서 할 일이 별로 없는 것 같다며 이제 해포조선소는 현장
노동자들 스스로가 책임을 져야 한다는 말을 기대가 전해들은 것도 그
즈음이었다.

기대는 충분히 이해가 되었다. 그곳에서 맛보았을 인간의 나약함과 그
러한 자신에 대한 혐오는 한동안 죄절감에 빠지게 하고 자신을 학대하게
만들기 마련이었다. 해포공사, 기대로서도 절망감을 동반하지 않고 떠올
릴 수 없는 곳이었다. 그러나 기대는 민호가 자신에게 닥친 역경을 슬기
롭고 용기있게 극복해낼 거라고 믿었다. 지금까지 동료들 앞에서 보여온
단호함의 절반만 자신에게 단호해진다면 될 수 있는 일이었다. 하지만
민호는 자신에게 두 배 가혹해지는 대신 동료들에게 보인 너그러움의 두
배를 자신에게 너그럽고 말았다. 기대가 민호에게 실망한 것은 용기없고
슬기롭지 못한 데 있는 것이 아니라 그것을 끝내 솔직하게 인정하지 않
는 태도 때문이었다. 자신의 과오와 한계를 인정하고 그것으로부터 결별

할 때에만 새로운 출발은 언제고 가능한 법이었다.

혹시 있을지 모를 미행을 확실하게 따돌리기 위해 약속장소까지 가는데 기대는 시간이 두 배나 걸렸다.

두 주 만에 보는 부서의 회원들은 모처럼 활기에 차 있었다. 출석률도 좋아 야근 샌딩작업에 들어간 경식을 빼고는 전원이 나왔다. 다들 유인물 배포작업에 대한 무용담으로 시끌벅적했다.

주거지 배포팀에 속했던 골리앗크레인 운전수 병덕이 새벽녘에 있었던 자그마한 사고를 허풍 섞어 떠벌리며 동료들의 주의를 끌어모았다.

"우리 집들이팀은 마 오백 장 돌리느라고 잠도 몬 자고 죽어났다 아이가. 새벽 세시에 안 자는 사람들이 와 그래 많은교. 한 집은 마 대문 밑으로 유인물을 시일 집어넣을라 카는데……"

트럭조수 출신답게 입심이 좋은 병덕은 하던 몸짓과 함께 말을 멈추며 듣는 사람의 긴장감을 높였다.

"와, 어쨌는데?"

"개가 콱 물었뿌더나?"

회원들이 귀를 쫑긋 세우며 묻자 병덕은 다시 한번 좌중을 돌아보며 극적인 효과를 최대한 살리려들었다.

"자슥, 뜸들이지 말고 퍼뜩 얘기해봐라."

"막 허리를 꾸부리고 대문 밑으로 유인물 한 장을 집어넣는데 대문이 확 열리면서 뭐하는 사람인기요 카면서 소리를 빽 지르는기라. 그 아지매 목소리는 또 얼매나 큰지, 내가 얼매나 시껍을 하고 놀랬겠노. 너거 겉앴시머 그때 어옜겠노?"

땡칠이라는 별명의 병덕은 연신 몸짓을 섞어가며 너스레를 떨었다. 주거지 배포팀은 해고자인 기대와 상식, 부서원이 아무도 없는 단독작업자인 병덕으로 이루어졌다.

"그래가지고 어쨌든교?"

봉수가 빙긋이 웃으며 물었다.

"내가 누고. 남한땅에서 제일 크고 세계에서 두 개뿐인 해포조선소 삼호 골리앗크레인 비행사 아이가. 이 컴퓨터 대갈빡에 퍼뜩 떠오르는 기 있었는기라."

병덕은 옆에 앉은 기대의 무릎을 슬쩍 친 다음 말을 이었다.

"멸망의 날이 멀지 않았심더. 예수 믿고 구원받으시이소. 하늘님은 아지매를 사랑합니더, 캤뺐지 뭐."

모두의 입에서 가벼운 웃음이 터져나왔다. 기대도 쿡쿡 웃음이 삐져나왔다. 병덕이 한 말은 사실 기대의 임기응변이었다.

"그라이까네 그 아지매 뭐라고 카더노?"

"예수 믿고 천국 갈라 커면 교회 나오라꼬 유인물까지 내밀었더마 유인물은 거들떠보지도 않고 우리 집은 절에 나감더 카면서 대문을 쾅 새리 닫아뿌는기라."

"그라머 그기 하느님 덕이가 부처님 덕이가. 앞으로 누를 믿어야 되는기고."

정형이 점잖게 한마디 거들었다. 자신에게 맡겨진 과업을 훌륭히 마무리해낸 사람들에게 우러나오는 넉넉함이 모두의 웃음마저 풍성하게 만들었다.

모두들 자신에게 맡겨진 책임을 조금도 어긋남 없이 해냈다. 동료들의 반응도 무척이나 좋았다. 여태 그 흔한 노동조합 하나 가져보지 못한 해포조선소의 노동자들이었지만 바람이 어디로 부는지는 알았다. 연초부터 TV와 라디오는 경제가 위기니 어쩌니 하면서 호들갑을 떨어대며 그 책임이 노동자들에게 몽땅 있는 것처럼 몰아붙여대는 수작이 뭘 낳을지쯤은 알았다. 임금인상 억제, 뻔한 수법이었다. 노조 있는 곳만큼은 해준다는 게 노조가 필요없다는 해포조선소가 속한 그룹의 논리였으므로 울산의 현중조선소를 비롯한 같은 업종 노동자들의 투쟁성과 여하에 따라 해포조선소의 임금인상액은 결정되게 마련이었다. 그동안 현중조선소가 기세 좋게 싸워낸 덕택에 해포조선소의 노동자들은 덩달아 전례없는 임금인상이 이루어졌는데 올해는 민정당 대통령이 '불법쟁의 엄단'을 내세워 초전박살의 군인정신을 발휘하고 있는 수작으로 보아 덤으로 돌아올 게 별로 없을 거라 여기고들 있었다. 지하철 노동조합원이 굴비 엮이듯 엮여가고 풍산금속이 완전 점령당하며 계속 밀리던 전황을 바꿔놓은 것은 생각지도 않았던 KBS였다.

해포동지회도 오랜만에 현장동료들의 지지를 확인하며 앞으로의 사업에 자신감을 가질 수 있었다. 동지회에서 뿌린 유인물을 동료들이 숨겨 가지고 보면서 반응을 나타내는 것을 지켜보며 뿌듯한 자부심도 생겼다.

"그라고 말이다, 아침에 제오 출구 앞에서 뿌린 유인물, 그거 어예 된 일이고. 무신 재주로 그 많은 사람들 머리 우로 확 뿌릿노."

정형이 봉수에게 물었다.

"경식이 글마가 오늘 밥값 안했는기요."

교대자에게 샌딩머신을 넘겨받은 경식은 에어면을 조절해 조명의 위치를 맞췄다. 철판으로 사방이 막힌 탱크 속은 밤이나 낮이나 다를 바가 없었지만 야근은 웬지 더욱 답답하게 느껴진다. 한쪽 구석에서 누군가 먼저 샌딩을 치기 시작했다. 쇳조각이 철판에 마주치는 듯한 파열음이 에어면을 쓴 귓전에 진동했다. 작업을 시작할 땐 언제나 징그럽게 듣기 싫은 소음이어서 누군가 먼저 치기 시작하면 다들 냅다 샌딩을 때려댔다. 경식도 어깨에 힘을 주며 용접 부위를 중심으로 불순물과 녹을 떨궈나가기 시작했다. 컨테이너 두개만한 탱크 속에서 12명의 반원들이 샌딩을 치자 소음과 쇳가루로 블록은 가득 찼다. 쇳가루는 자욱하게 시야를 가렸고 샌딩을 불어내는 $10kg/cm^2$가 넘는 압력에 밀려 어깨와 허리로 통증이 전해왔다. 밤인데도 전경들의 방석복보다 더한 샌딩복 안의 몸뚱이는 땀이 배어나기 시작했다. 그러나 경식은 가슴 졸이고 또 통쾌했던 아침의 일을 생각하며 철판을 사정없이 때려나갔다. 이 질식할 것 같은 블록의 철판을 뚫어낼 듯한 기세로 샌딩을 쳤다.

경식은 통근버스를 타고 출근길 정문에서 유인물을 살포하기로 작정하고 봉수와 일순의 도움을 얻었다. 3천 명이 수용된 독신자 아파트에서 무리지어 대기하는 통근버스 가운데 제5문을 거쳐 도크로 직행하는 버스에 올랐다. 자리는 적당히 차 있었다. 경식은 버스 뒤쪽의 통풍구 밑에 자리를 잡았고 봉수와 일순, 상기가 그를 둘러싸고 섰다. 차가 출발할 때에는 서서 가는 사람들로 꽉 찼다. 버스는 출입문이 가까워오면서 속도를 줄이고 수시로 멈춰섰다. 차도와 양편의 인도는 출근길의 보행자와 오토바이로 가득 차 있었고 마침내 정문이 눈에 들어오기 시작했다. 꽉 메워진 사람들로 다시 차가 멈춰섰다. 경식은 재빨리 품속의 유인물 뭉치를 꺼내 통풍구 밖으로 올려놓았다. 차가 다시 출발하자 버스 뒤창 너머로 너울거리며 떨어져내리는 유인물이 보였다.

민호에게서 언젠가 들은 방법이었다. 잘못 튕겨나온 샌딩볼이 경식의 왼팔을 아프게 후려쳤다. 우주복 같은 샌딩복을 입었지만 아픔으로 외마디 비명을 질렀다.

경식은 민호와 가장 가까웠다. 원래 내성적이던 녀석은 민호가 떠나버리고 난 뒤에 더욱 말수가 줄어들었다. 통신대학을 등록까지 했다가 민호의 설득으로 집어치운 녀석이었다. 아직도 경식은 민호에 대한 뚜렷한 감정이 없었다. 미워한다거나 아쉽게 여기는 그런 감정이 전혀 들지 않았다. 오히려 자신이 앞으로 어떻게 해야만 할 것인지가 막연할 뿐이었다. 열변을 토하던 민호의 얼굴과 자신의 얼굴을 후려치며 도망치게 하고 소주병을 깨어들던 기대의 모습이 수없이 교차되었다. 운동을 한다는 것, 지난 1년간 경식에게서 그것은 유일한 의미였다.

갑자기 블록 안이 조용해졌다. 경식의 샌딩머신이 멈추자 밀폐된 블록 안은 시커먼 쇳가루 먼지만 자욱했다. 또 한 시간이 지났다. 다시 들어온 교대자에게 경식은 샌딩머신과 에어면을 넘겨주고 맨홀을 통해 블록을 빠져나왔다. 한 시간 단위로 교대를 해야 하는 고된 일이었다. 그래도 블록을 빠져나오자 살 것 같았다. 경식은 갑판 위의 철판에 아무렇게

나 몸을 던져 누웠다. 바깥 날씨는 싸늘했다.

"경식이 글마가 우예 그래 기발한 생각을 해냈노?"

정형이 봉수에게 물었다. 경식이 봉수에게 그 방법을 얘기했을 때도 봉수는 경식에게 똑같이 물었었다.

"민호자슥이 캤다 카데요."

"그래……"

민호 얘기가 나오자 활발하던 분위기가 갑자기 굳었다.

"자, 하던 얘기나 마저 해뿌자. 글마도 어디서고 좋은 일 안하겠나."

괜한 걸 물었다고 생각한 정형이 억지로 뒷갈무리를 했다.

"맞심더, 어느 자슥이 효자될지 알겠는교?"

병덕이었다.

"그렇지라. 케이비에스가 시방같이 효자 노릇할지 위째 알았겠소, 잉."

호일이도 거들었다. 봉수가 기대를 흘낏 쳐다보고는 입을 떼었다.

"지금까지 나온 얘기말고 케이비에스와 관련지아가 더 말할 사람 없는 기요?"

얘기들이 나올 만큼은 나온 것 같았다. 봉수가 지금껏 한마디도 않고 듣고만 앉았던 기대에게 말을 시켰다.

"딴사람들 할 얘기 없시머, 앞으로 케이비에스가 얼매나 버틸지 형님이 얘기 좀 해줘보소."

기대를 형님이라고 부르는 봉수의 목소리에서 요즈음 보여왔던 차가움은 없었다.

"제가 생각할 때 케이비에스에 너무 크게 바라지는 않았으면 좋겠어요. 그 중요성을 부정하는 게 아니라 이미 케이비에스는 지금까지 버티며 싸운 것만으로도 제몫을 충분히 해냈다고 보는 거죠. 지금까지 한 것만도 그들이 할 수 있는 이상을 했다고 보고 이제 우리가 나설 준비를 해야겠죠."

"내 생각에는 그동안에 우리가 케이비에스를 이용해가주고 해포에서 선전은 잘했다 싶어. 그렇지마는 쌈을 하는 당사자들한테는 우리가 직접 해준 기 없다 아이가. 우리는 너거 편이다 하는 걸 분명히 보여줘야 안 되겠나?"

"서울까지 올라가잔 말입니꺼?"

경택이 되물었다.

"직접 가지는 몬해도 성금을 보낼 수도 안 있나? 가능하제?"

정형이 가능한 방법인지 뒷말은 기대에게 물었다.

"가능은 하죠."

"글마들 월급 우리 몇 배 받는데 무신놈에 성금인교."

경택이었다.

"맘에 표시 아이가."

성금을 모아서 보내자는 정형의 제안에는 의견이 분분하였다. 결론은 사회자의 결심에 달려 있었다.

"물론 방송국에 다니는 사람들 한 달 월급이 백만원은 넘는다 해쌓지 만 우리가 보내는 성금은 특별한 의미가 있다고 생각심더. 있는 사람이 돈 쓰는기사 뭐가 어렵겠는교. 와 우리가 짜글짜글 끓는 철판 우에서 목 숨 걸고 용접해가 벌은 돈을 보냈는지 생각하며 더 열심히 안 싸우겠는 기요. 우선 우리 부서부터 거두고 딴 부서에도 같이하자 해봅시더."

더이상의 반대하는 사람들은 없었다.

6

결사항전, 붉은 머리띠를 맨 이용철 투쟁본부장의 최후 기자회견 장면 을 화면에 깔며 아나운서는 울산 현중조선소에 대한 경찰력 투입이 초읽 기에 들어갔다고 말했다. 지난밤의 뉴스였다. 그리고 오늘 아침 TV에

는 자욱한 최루연기에 덮인 현중조선소와 백골단이 때에 절은 작업복의
노동자들을 걷어차며 끌고가는 장면이 생방송되었다.

일요일인 이튿날 서광사 뒷산에서 열린 임시 확대부서대표자회의는 시
작 전부터 긴장이 감돌았다. KBS의 지도부는 경찰투입 강제해산이라는
협박에 굴복하여 조합원들의 결의를 뒤집어엎고 어이없는 일방적 항복을
선언하고 말았다. 현중조선소에 1만 8천 명의 경찰병력이 투입된 지 꼭
10시간 만에 그들은 투항을 하였다.

"새끼들은 싸워보지도 안하고 항복을 해뿌노."

"자슥들, 항복하며 절마들이 봐줄 거 겉은 줄 아는가배. 똑똑타 커는
놈들이 그것도 모리나. 두고 보라며, 인제 줄줄이 당할끼라."

KBS 지도부에 대한 불만이 쏟아졌다.

"지 무덤 지가 판 거 아이가. 겁준다꼬 칼 놨뿌머 어예 되노 말이다.
대가리가 터지더라도 붙다가 터져야제 몇 놈만 당하제. 저러머 다 안 당
하나 말이다."

KBS는 무력하게 대오가 흐트러졌고 경찰병력은 울산으로 속속 추가
집결하고 있었다. 치열한 접전 끝에 조선소를 내준 현중조선소의 동지들
은 84미터 상공의 골리앗크레인에 올라가 결사항전을 다짐하고 있었다.
남한 각지의 노동조합들이 연대총파업을 표명하고 청년학생들이 들고 일
어나 현정권과 독점재벌에 대한 응징을 하러 거리로 나섰다. 어용집행부
란 소리를 듣는 삼우조선소 노조마저도 동조파업 운운하고 있었다. 그러
나 노조조차 가지지 못한 해포조선소, 지옥선의 노동자들은 무엇을 할
것인가. 솟구치는 분노와 함께 안타까움이 자신들을 견딜 수 없게 하였
다.

각 부서의 부대표까지 참가한 확대대표자회의는 본 안건에 들어가기에
앞서 처리해야 할 몇 가지 사항이 있었다. 기대와 제관부 대표 동지의
징계해제 건도 그중의 하나였다. 그래서 총 참석자는 16명이나 됐다.

"먼저 두 동지가 제출한 반성문과 징계처분에 대한 각 부서별 모임의 평가를 보고해주소."

사회를 맡은 철구사업부 대표 동지의 주문에 따라 각 부서의 대표들이 반성문을 회람한 결과를 보고했다.

"우리 의장사업부에서는 마, 징계를 받은 두 동지가 보여준 반성하는 태도를 본받어가주고 규율을 잘 지키자는 자체 결의가 있었심더. 징계야 당연히 인자 해제시키야 안되겠는교."

"그만하면 됐응께, 징계를 해제시키자는 거이 부서의 모아진 의견이었으라우."

여수 출신의 특수사업부 대표 동지였다. 동지회에 들어오기 전까지만 해도 주먹 쓰기 좋아한 그에게 기대는 가끔 운동이 사람 만든 대표적인 예라고 농담을 던지곤 하였다. 꿍하는 게 없는 전형적인 남도 사나이였다. 한결같이 책임있는 지도부의 자세에 신뢰를 보낸다는 반응이었다.

마지막 선체조립부의 보고는 부대표인 봉수가 맡았다.

"사실 우리 선체조립부의 대표 동지가 징계를 받은 거는 우리 부서회원 전체에게 책임이 있심더. 그런데도 대표 동지만 징계를 당해서 부서원들이 전부 영 죄시럽어가주고 그간에 참말로 열심히 일을 했심더. 그라고 부서 내에서는 여기 계신 정형이 임시대표로 나와가 말씀을 했겠지마는도 부상자에게 노역 결정을 내린 거는 인정머리없는 거라꼬 항의가 있었심더."

봉수가 잠시 기대를 건너봤다.

"그라고 또 이 자리를 빌리서 우리 김기대 동지를 잠시나마 최민호 동지와 같이 도매금으로 넘긴 거를 개인적으로 사과드리고, 반성하겠심더."

정형이 그윽한 눈길로 봉수와 기대를 번갈아 건너보며 고개를 끄덕였다.

징계해제가 결정되었다.

"이번 과정을 통해가주고 우리 동지회에 대한 자부심은 오히려 드높아지고 동지들간의 믿음도 더 커진 거 겉은 생각이 듭니다. 마지막으로 노역징계를 받은 김기대 동지의 징계해제 소감을 듣도록 하겠심더."

기대는 가만히 대표 동지들을 둘러보았다. 한편으로는 두렵게 성장해버린 이들이 갑자기 낯설게 느껴졌지만 정녕 그토록 늠름해 보일 수가 없었다.

"부두하역 육일과 화물 상하차 이십삼일, 해서 어제까지 총 이십구일간 작업을 했고 받은 임금은 사십구만 오천원입니다. 운동을 하는 각오와 자세를 새롭게 하는 계기가 되었습니다. 동지들에게 다시 한번 마음으로부터의 감사와 사과를 드립니다."

기대는 정말 지난 한 달 동안만큼 자신을 겸허하게 되돌아본 적이 없었다.

"항상 우리들에게 모범이 되어주시는 김기대 동지에게 힘찬 박수 한번 쳐줍시더."

짝짝짝, 소중한 박수였고 잊지 말아야 할 동지애였다.

징계기간 동안 번 임금을 기대가 동지회의 투쟁기금으로 내놓겠다고 고집을 부리는 바람에 잠시 보기 좋은 실랑이가 벌어졌다. 결국 울산 현중조선소로 전액을 보내기로 낙찰을 보았다. 이럴 때의 전권은 항상 사회자에게 있었다.

"그 대신 지난달에 지급하지 않았던 해고자 생활지원비 삼십만원을 가지고 정상식 동지까지 해서 두 분 해고자 동지에게 십오만원씩 보너스로 지급하겠심더. 내일모레 있는 전세계노동자의 날, 오일절을 맞는 기념 특별 보너스로 말임더. 다 좋지요?"

다시 박수가 터져나왔다.

"오일절 보너스 받은 건 아마 전국에서 처음일기다."

"부럽은기요? 내가 회사에 살짝 찔러주끼요. 당장이라도 모가지 당할 수 있구로요."

"끔찍시런 소리 하지 마라. 나는 마 하루라도 지옥선 안 타머 두드러기가 안 났부나."

점심을 먹은 뒤에야 본 안건인 울산 현중조선소의 골리앗크레인 농성투쟁과 관련한 해포동지회의 투쟁방침 마련에 들어가게 되었다.

토의에 들어가기 전에 현중조선소의 골리앗투쟁 결사대가 전국의 노동자들에게 보낸 서한을 특수사업부 대표 동지가 낭독하였다.

"이 땅의 모든 것을 생산하는 전국의 노동형제 여러분. 우리는 오늘 일천만 노동자의 자존심을 두 어깨에 걸머지고 팔십사 미터 상공의 골리앗으로 올라갑니다. 아니, 올라가는 것이 아니라 쫓겨갑니다. 우리 노동자들의 피땀어린 노동의 성과로 살쪄온 더러운 독점자본과 독재권력이 도리어 이 지상의 모든 것을 생산해온 우리를 지상으로부터 내쫓고 있는 것입니다. 저들은 자신의 노예이기를 거부하는 노동자들에게는 단 한 평의 발 디딜 땅도 내놓지 않겠다는, 실로 파렴치한 선전포고를 우리에게 한 것입니다."

철구사업부 대표 동지의 낭독을 듣고 있는 봉수의 눈앞에는 비장한 표정의 현중조선소 이용철 투쟁본부장의 얼굴이 떠올랐다. 결사항전, 그의 이마에 질끈 동여매인 머리띠와 비참하게 끌려가던 현중조선소 노동자들이 중첩됐다.

"억울하게 죽어간 수많은 노동자들의 피와, 우리들의 땀과 눈물이 어려 있는 소중한 일터는 이제 육해공 입체작전에 유린되고, 일만 팔천 명 전투경찰의 워커발 아래 더러워지고 있습니다. 우리는 지금 이 순간 무참히 짓밟히고 있는 우리들의 일터와 정문을 사수하던 동지들이 짐승처럼 끌려가는 모습을 쌍안경으로 지켜보고 있습니다. 분노와 원통함으로 치를 떨며 어금니를 굳게굳게 깨뭅니다. 골리앗 위에 있는 우리들은 기름과 산소탱크, 아세틸렌 가스통, 그리고 위대한 노동자계급의 자존심을 품에 안고 결의를 다지고 있습니다."

듣고 있는 대표자들은 어금니를 깨물며 사월 마지막의 투명한 하늘을 올려다봤다. 나뭇가지 사이로 내리쬐는 따스한 햇빛이 눈망울에 고이는 물기를 말렸다.

"저들이 돈이 많으면 얼마나 많고 권세가 높으면 얼마나 높기에 우리 노동자들을 이다지도 천대한단 말입니까. 우리는 내려가고 싶습니다. 가족들의 따스한 품으로 돌아가고 싶습니다. 그러나 용기도 자존심도 없는 천대받는 노동자로는 결코 다시 땅을 밟지 않을 것입니다. 우리들의 요구가 관철되지 않는 한 우리는 결코 내려가지 않을 것이며, 우리가 내려가지 않는 한 해포만에는 결코 망치소리가 다시 울리지 않을 것입니다. 단언하건대 저들은 결코 우리를 끌어내릴 수 없습니다. 싸늘하게 식은 시신 일백 구를 끌어내릴 수는 있겠지만 살아 있는 우리를 끌어내릴 수는 절대 없을 것입니다……"

낭송을 하는 철구사업부 대표 동지의 목소리가 물기에 젖었다.

해포조선소의 사람들은 밤과 낮의 골리앗을 알았다. 한낮 철빔 위에 내리쬐이는 태양의 온도와 한여름에도 방한복을 입고 버텨야 하는 밤의 혹독한 추위는 겪어본 사람만이 알 수 있는 고통이다.

"전국의 노동형제 여러분! 우리들이 다시 살아서 땅을 밟을 수 있도록 도와주십시오. 지금 울산을 가득 채우고 있는 경찰병력이 여러분의 지역으로 되돌아갈 수 있도록 싸워주십시오. 동원할 수 있는 모든 수단, 사용할 수 있는 모든 방법을 사용하여 투쟁에 나서주십시오. 일천구백구십년 사월 이십팔일 현중조선소 골리앗투쟁 결사대. 외로운 늑대들."

무거운 박수를 쳤고 모두들 굳게 입을 다물고 있었다. 모두의 가슴은 끓어오르는 격정과 착잡함이 교차했다. 특히 현중조선소의 투쟁은 언제나 해포조선소의 일꾼들에게는 잔잔한 파문을 가슴 깊이 일으켰다. 비록 조선소를 저들의 군홧발에 빼앗겼지만 영웅적인 항전을 계속하고 있는 현중조선소의 노동자들은 이들에게는 한없는 부러움이었다. 자랑스런 자신의 지도부를 지지하며 위력적인 가두투쟁을 계속하고 있는 현중조선소의 노동조합은 변함없이 부러운 조직이었다. 현중조선소 진압을 위해 출동하던 경찰병력을 한 시간이나 포위 공격한 현중자동차 노동자들도 눈물겹게 자랑스러웠다. 그리고 우리 노동자들에게 저토록 완강한 항전을 계속할 수 있는 부대가 있다는 것도 벅차게 자랑스러웠다.

그러나 해포조선소는 뭔가. 파업은커녕 어용노조일지언정 노동조합 간판 하나 없다. 소모임을 하나 만들기 위해서도 온갖 위험과 노력을 감수해야만 한다. 대표자 모임을 한번 하기 위해서도 산꼭대기까지 올라야 하고 규찰을 세워야 한다는 게 못 견디게 서글펐다. 동원할 수 있는 온갖 방법, 온갖 수단 중에서 막상 동지회가 할 수 있는 걸 찾으려니 막막하기만 하였다.

"너무 낙담들 해뿌지 말고 우리가 할 수 있는 기 뭔지 찾아봅시다."

울산으로 지원을 가자, 해포조선소 내에서 싸움을 만들어보자, 현중그룹의 대리점을 공격하자, 돈이라도 거둬 보내자, 궁여지책이 나왔지만 현실성있는 방법은 많지가 않았다.

"뭐 좀 나은 방법이 없겠는교?"

철구사업부 대표 동지가 기대에게 물었다.

"방법들은 이미 다 나온 것 같습니다. 이중에서 한두 가지 원칙에 맞는 방법을 선택하면 되리라고 봅니다. 첫번째는 현중조선소의 투쟁에 실질적인 도움이 되고 두번째는 우리 해포조선소의 투쟁역량을 강화시키는 결과로 되는 방법입니다. 무모한 투쟁으로 해포조선소의 투쟁역량을 크게 파괴하지 않는 범위 내에서 현중조선소투쟁을 확산시켜야 되겠죠."

여러가지 조건을 검토한 끝에 두 가지 방안이 선택되었다. 첫째는 최대한 현중조선소의 투쟁과 해포조선소 내 노동자의 요구를 연결시킨다는 취지에서 임금인상 공세를 앞당기기로 했다. 두번째는 창원에서 열리는 항의시위에 해포조선소의 방어전투조를 구성하여 참여하기로 하였다. 3명 정도의 해고 또는 구속을 감수한다는 계획 아래 지도부인 부서 대표자 2인과 부대표자 3인, 그리고 평회원 중에서 지원자 10인으로 방어전투조를 구성키로 하였다.

다들 지도부 대표로 참여하겠다고 나섰다.

"무엇보다도 중요한 거는 우리 해포조선소 내의 투쟁이라 커는 걸 맹심하소. 좀전에 김기대 동지도 말씀했듯이 해포조선소에다가 울산 현중조선소보다 몇 배 강한 철옹성 겉은 조직을 건설해야 되는 만치 역할을 논가립시더."

철구사업부 대표 동지는 조직력이 가장 나은 부서로 선체조립부와 제관부, 철구사업부, 의장사업부, 플랜트사업부를 꼽고 그중에서 대표자나 부대표자 한 명씩만 나오도록 하였다.

선체조립부에서는 기대와 봉수가 서로 나가겠다고 우겨대는 바람에 잠시 다툼이 벌어졌지만 승리는 기대에게 돌아갔다. 봉수에게 사고가 생길 경우 현장조직 강화에 타격이 크다는 기대의 논리가 봉수의 고집을 눌렀던 것이다.

"맞다. 노동해방이 일박 이일 만에 될끼가. 봉수 니가 없으머 되나."

정형이 기대의 손을 확실히 들어주었다.

"벌써 두 번씩이나 콩밥 묵었는데 또 내보낸다 커는 기 말이나 되는기요."

"방어전투조 나간다고 다 감옥에 가는 줄 알아?"

"그라이까네 내가 나간다 커는기요."

봉수가 계속 항변을 했지만 이미 내려진 결론이었다.

이틀 후에 있는 전세계노동자의 날 기념식에 회원 전원을 창원으로 동원한다는 결정을 하고 회의는 마무리가 되었다. 전세계 노동자여 단결하라, 기대의 선창에 따라 인터내셔널가를 한 소절씩 따라불렀다. 마지막으로 그동안 선체조립부의 임시대표로 고생을 한 정형이 5·1절의 기원이 된 1886년 시카고 노동자투쟁의 지도자가 형장의 이슬로 사라지기 전에 남긴 최후 진술을 낭독했다.

만약 그대가 우리를 처형함으로써 노동운동을 쓸어없앨 수 있다고 생각한다면 우리의 목을 가져가라. 가난과 불행과 힘겨운 노동으로 짓 밟히고 있는 수백만 노동자의 운동을 없애겠단 말인가. 당신은 하나의 불꽃을 짓밟아버릴 수 있다. 그러나 당신 앞에서, 뒤에서, 사면팔방에 서 끊일 줄 모르는 불꽃은 들불처럼 타오르고 있다. 그렇다. 그것은 들불이다. 당신이라도 이 들불을 끌 수 없으리라.

산을 내려오며 기대와 봉수는 나란히 걷게 되었다. 한동안 서먹서먹했 던 것이 어느새 말끔히 가셔 있었다.

"형님, 그동안 미안했심더."

"쓸데없는 소리 하지 마라. 그런데 뭐가 그렇게 못마땅하데?"

기대가 봉수를 흘겨보며 물었다.

"괜히 정신이 쪼매 흐트러져가주고 앰하게 핑곗거리 만들어볼라 했던 거 아인교."

봉수가 겸연쩍게 웃었다.

"내가 말해줄까? 그 자슥 와 그랬는공."

뒤따라내려오던 정형이었다. 둘이 다정스레 걷는 것을 보니 무척 흐뭇 한 모양이었다.

"글마 자슥 그거, 니가 저승사자보다 더 무섭더란다."

"에이 참, 형님. 씰데없는 소리 쪼매 하지 마소."

"내가 와, 없는 소리 했나."

기대 모르게 정형은 봉수와 마음속의 얘기를 나눈 게 있는 모양이었 다.

"솔직히 말해서 이래 나가가 언제 좋은 세상 오겠노 싶은 기, 앞날이 캄캄한기라요."

몇 년 전까지만 해도 봉수에겐 갈등이 없었다. 노예로 살지 않으려는 노동자가 선택할 수 있는 길은 노동운동뿐이었다. 그때는 승리할 것인가 패배할 것인가 하는 걸 생각해볼 여유가 없었다. 죽음을 넘나드는 노동과 참을 수 없는 모멸, 질식해버릴 것만 같은 암담한 노동자의 내일을 봉수는 운명으로 받아들일 수가 없었다. 그래서 선택한 길에서 만나는 사람들은 누구나 피를 나눈 형제와 같았다. 87년, 그 뜨겁던 여름보다 더욱 뜨겁게 타오르며 전국을 뒤흔든 노동자의 투쟁은 봉수를 감격으로 전율케 했다.

허용되는 것은 뜻없는 복종과 보람없는 노동의 자유뿐이었던 긴 어둠의 터널을 지나 노동자의 삶도 햇살처럼 빛날 수 있다는 사실을 머리가 아니라 벅차게 고동치는 심장으로 마주하게 되었다.

"금시라도 새 세상이 올 것 겉은 생각이 막 들었던 기 어제 겉은데 얼매 전부터는 자꾸 낙심이 되는기라요."

"왜, 쟤들이 하도 설쳐대서?"

"세월이 나쁘고 좋고가 문제가 아이라, 이래가 참말로 좋은 세상 오겠나 싶은 생각이 들었다 아인기요."

봉수가 어느새 옳은가 그른가의 문제가 아니라 승리할 수 있느냐 마느냐의 문제로 고민을 옮겨간 것은 커다란 한걸음 전진이었다.

"우리가 질 거라고 결론을 내리진 않았겠지?"

봉수는 기대를 쳐다보며 빙긋 웃고는 걸음을 재촉했다.

"이길 수 있느냐 마느냐에서 이제 어떻게 하면 빨리 이길 수 있도록 할 거냐를 생각하고 있겠지?"

봉수는 다시 빙긋 웃었다.

"형님, 내가 와 그동안 형님 미워했는 줄 아는교. 바로 지금 겉은 형님보며 마 끔찍스럽심더."

"왜?"

산기슭은 벌써 어스름이 내려앉고 있었다. 등산가방을 멘 봉수는 여전히 빙긋 웃는 얼굴로 앞만 보고 걸었다.

"말을 해봐라."

"지금 겉을 때 보면 찔러도 피도 한방울 안 날 거 겉다 아인교. 형님은 절망도 고민도 없는기요?"

봉수는 기대에게 가끔 넘을 수 없는 벽을 느꼈다. 자신이 기대의 벽을 넘어섰다고 생각할 즈음이면 기대는 어느새 그의 앞에 새로운 벽으로 달려와 있었다.

"챙피시러운 말이지마는 형님보다 나은 일꾼이 되겠다고 달려드는데 번번이 졌뿐다 아인기요. 노동운동은 우리 겉은 놈이 더 철저히 해야 되는디 그기 잘 안되니까 택도 없이 형님이 미워졌뿌드라 아인기요."

"짜식, 그렇게 따지면 내가 널 더 미워해야 되는데. 난 사실 너나 저기 형님 따라가려면 한참 멀었다고 생각해."

둘의 앞에는 정형이 걸어가고 있었다.

"형님, 이제 전처럼 열심히 하겠심더. 울산현중이라꼬 처음부터 잘했겠는기요."

"그래, 어쩌면 봉수 네가 생각했던 대로 해방되지 않으면 불행과 가난으로부터 벗어날 수 없는 사람들이 노동운동의 진정한 주인이겠지. 뒤집어서 말하면 노동자의 해방을 위해서 아무리 더디고 힘들고 어렵더라도 투쟁의 전선을 꿋꿋하고 끈질기게 지켜나가는 사람만이 노동운동의 주인이 아니겠냐. 주인은 남을 원망하지 않고 남의 부족한 점을 껴안으려고 하는 거 아니겠니. 그리고 동지들로부터 자신의 부족함을 배우고."

"예, 그렇게 생각하고 있심더. 민호도 지 나름의 몫을 한 거고. 인자 남은 거는 우리의 모가치 아이겠는기요."

산길을 벗어나 평지가 나왔다. 기대와 봉수는 어깨를 걸었다.

"우리 해포조선소가 전선의 마지막 보루라고 생각하자."

둘은 어깨를 건 채 어느새 저만큼 앞서가 있는 정형을 쫓아 뛰었다.

"형님, 우리 죽는 날꺼지 이 전선을 같이 지킵시더."

전세계노동자의 날, 5월 1일 아침이 밝았다. 기대는 창원으로 가는 첫차에 올랐다. 아직 채 가시지 않은 어스름 속에 희미하게 드러난 조선소의 크레인을 바라봤다. 450톤을 한꺼번에 들어올릴 수 있는 3호 골리앗은 윈치식 크레인들을 좌우로 거느리고 서 있었다. 부처님 오신 날인 오늘도 병덕이 특근을 빠지지 못했으면 100미터 상공 운전실에 떠 있을 것이었다. 노동자의 운명도 블록들처럼 크레인으로 들어올려 옮겨버리고 싶다던 병덕의 얘기가 떠올랐다. 해포대교에 올라서자 창밖으로 펼쳐진 바다에는 온통 물안개가 피어오르고 있었다.

순애의 회사에 도착했을 땐 일곱시가 지나 있었다.

"참말로 오랜만에 보네예."

낯이 익은 사무장이 기대를 맞았다. 오랜 농성으로 수척해진 얼굴이었다.

"순애언니 소식들을라꼬 왔는교?"

"아녜요. 그동안 하도 못 와봐서 들렀어요."

사무장은 일본에서 온 편지를 붙여놓은 게시판 앞으로 기대를 안내했다. 일본어와 우리 말이 같이 적힌 현수막을 들고 말끔한 건물 앞에서 연좌하고 있는 사진 속에 순애의 얼굴도 있었다.

"일본놈 사장은 아직도 까딱도 안하는 모양이라예."

기대는 오래 머무를 시간이 없었다. 주머니에서 봉투를 꺼내 사무장에게 내밀었다.

"이게 뭐라예."

"얼마 안되지만 보태 쓰세요."

기대는 졸음에 겨워하며 수위실을 지키고 있는 조합원들 앞을 지나 순애의 회사를 빠져나왔다. 어제 동지회로부터 받은 십오만원을 놓고 기대는 잠시 망설였다. 해고되고 나서 집에 돈 한푼 보낸 적이 없었다. 모레가 어머님 생신이었다. 기대는 망설임 끝에 순애가 사주고 간 속내의와 함께 오만원을 형님에게 부쳤다. 그리고 나머지 십만원이 든 봉투를 사무장에게 건네주었다.

여덟시 반, 기대는 철구사업부의 대표 동지와 나란히 공원 긴 의자에 앉아 있었다. 약속시간은 10분이 남아 있었다.

"김형, 울산 골리앗 동지들이 얼매나 버틸 거 겉은교. 결국에는 깨지고 말겠지요."

철구사업부 대표 동지는 근심스럽게 물었다.

"깨지겠지. 하지만 케이비에스처럼 쉽게 항복하진 않을 거야. 더 많이 천대받고 더 많이 싸워왔으니까."

"사방으로 포위된 데다가 골리앗 전체를 그물로 뒤집어씌워가 생포할라꼬 그물꺼지 맨들고 안 있다 커는기요. 개놈의 새끼들, 노동자가 무신 짐승인교 말임더."

휴일 아침 공원에는 배드민턴을 치러 나온 아이들 몇 빼고는 텅 비어 있었다. 동지회의 사람들은 서넛씩 짝을 지어 흩어져 있었다.

"그렇게 할 수 있겠지. 골리앗 위에 그물을 칠 수도 있을 테고. 백 명 모두 굶어죽게 내버려둘 수도 있겠지, 적어도 지금은. 저들은 스스로는 아무것도 내놓을 줄 모르는 자들이니까. 그러나 골리앗은 울산에만 있는 것이 아니라 삼우조선소에도 있고 우리 해포조선소에도 있어. 거기에 우리가 모두 올라갔을 때도 그렇게 할 수 있을까."

"남한땅 전체를 뒤집어씌울 그물을 짤 놈들 아인기요."

"그전에 우리 노동자들이 그렇게 하게 내버려두지 않을 테지. 현중의 동지들이 지금 저들에게 보여주기 위해 골리앗에 올라가 있는 게 아냐. 구호만 크게 외친다고 덥석 제 뱃속에 든 걸 내줄 거라고 믿을 만큼 어리석지 않아. 현중 동지들은 우리에게 외치고 있는 거야. 자, 우리는 여기까지 올라왔다, 이제는 당신들이 나서야 할 차례라고 말이야."

흩어져 있던 사람들은 제가끔 시계를 들여다보고 있었다. 여덟시 사십분이었다.

철구사업부 대표 동지가 엄지손가락을 젖혀보이며 조 대표들을 불러모았다. 서너 명씩 짜여진 조의 대표들이 모였다.

"지금부터 이동할낌더. 오늘 전술을 설명해주소."

기대가 오늘 예정된 가두시위의 전술 세 가지를 설명하고 나자 철구사
업부 대표 동지가 마지막 당부의 말을 했다.

"지금, 골리앗이 어떤 데고 거기에 올라가 있는 현중 동지들의 마음이
어떤 건지는 우리보다 더 잘 알고 있는 사람이 없일낌더. 길게는 얘기
안하겠심더. 우리는 오늘 우리 노동자들의 시위를 보호할라꼬 자원한 김
더. 우리의 책임은 가진놈들의 똥개들로부터 우리 노동자들을 지키내는
김더. 어떤 일이 있더라도 시위대가 삼십 미터 뒤로 후퇴하기 전에 우리
가 후퇴하머 안되는기라요. 우리가 한 발짝 물러서머 본대는 열 발짝을
물러서야 되고, 본대가 열 발짝 물러서머 우리 전체 노동자는 백 발짝
천 발짝을 물러서게 된다 커는 거를 잊지 마소. 해포동지회가 내보낸 전
투조 이름값을 합시더."

철구사업부 대표 동지와 일일이 악수를 나눈 조장들은 조원들을 인솔
하고 차례로 공원을 빠져나갔다. 그들은 이제 지옥선이 아닌 또 다른 한
척의 배를 만들려는 작업장으로 향하고 있다. 험한 바다, 휘몰아치는 파
도를 헤치며 항진하는 지옥선 한 척을 만들기 위해서도 얼마나 많은 노
동자의 피와 눈물, 죽음이 있었는지 해포만의 사람들은 알고 있다. 태양
의 온도로 끓어오르는 한여름 갑판과 눈보라, 살을 에는 겨울 도크에서
지옥선을 만들어온 동지들을 지나쳐 기대는 철구사업부 대표 동지와 나
란히 앞으로 나섰다. 그들의 두 어깨 위로 싱그러운 오월 초하루의 아침
햇살이 내려앉고 있었다.

<1990, 실천문학 겨울호>

또 하나의 선택

1

사흘째의 결근이었다. 겨울의 마지막 자락을 비집고 내려앉은 오후 햇살이 좁은 마당을 가득 채웠다. 아직 2월이었지만 봄날 같은 따사로움이었다. 마당 가운데의 수도꼭지에서 쏟아지는 물줄기는 고무통을 가득 채우고 넘쳐 흘렀다. 두 팔을 걷어붙인 진숙은 다부지게 옷가지들을 빨래판에 문지르고 있었다. 하얗게 부풀어오르는 비누거품이 햇빛에 반사되어 보라색으로 반짝였다.

단비를 품에 안은 석철은 문턱에 걸터앉아 진숙의 옆모습을 물끄러미 지켜봤다. 집안은 정물화처럼 조용하기만 했다. 야근에서 돌아온 옆방의 전자회사 아가씨들은 잠에 곯아떨어졌는지 정오가 지나도록 기척이 없었다. 같이 세들어 사는 나머지 방문들에는 누런 자물쇠들만 덩그러니 매달려 있었다. 언덕 아래 소방도로를 지나는 행상들의 확성기 소리만이 간간이 집안의 정적을 깨뜨릴 뿐이었다.

참으로 오랜만에 맛보는 한가로운 오후였다. 석철의 초췌한 볼에서는 긴 방황 끝에 돌아온 사람에게서 묻어나는 피곤함이 배어 있었다. 단비를 내려다보는 그의 눈자위는 깊게 꺼져 있었다. 자신을 닮아 단비는 유

난히 눈초리가 짙었다. 가지런한 눈초리를 새초롬히 떨며 새근새근 잠을
자는 단비의 얼굴은 무척이나 평화로웠다. 녀석이 뽀얗게 살이 오른 볼
을 샐룩거릴 때마다 석철의 거칠어진 볼에서도 옅은 웃음이 떠올랐다.
빨간 핏덩이이던 녀석이 어느새 뚜렷한 이목구비를 갖추고 있었다.

"단비 잠들었어요?"

두 손은 여전히 빨래를 문지르며 진숙이 물었다. 석철은 단비의 눈치
를 살피며 고개를 끄덕였다.

"방에 들여다 재우지 그래요."

진숙은 이마로 흘러내린 머리칼을 팔뚝으로 쓸어올렸다. 손등 가득 묻
어 있던 비누거품 한방울이 그녀의 머리칼 위로 떨어지는 것을 보며 석
철은 문턱에서 일어섰다. 진숙은 잠시 허리를 펴곤 다시 빨래를 헹구기
시작했다. 옷소매를 팔꿈치 위까지 걷어올린 그녀의 빨갛게 달아오른 두
팔이 돌아서려던 석철의 눈에 아리게 와 박혔다. 찬물에 손을 담그기에
는 아직도 이른 계절이었다.

단비를 아랫목에 내려놓았다. 녀석은 잠이 들어서도 앙증스런 손아귀
로 거머쥔 석철의 옷자락을 놓지 않았다. 조심스레 녀석의 손을 풀어낸
다음 석철은 윗목의 옷장에 기대앉았다. 결혼생활 3년 동안에 늘어난 것
이라곤 없는 살림이었다. 손바닥만한 창문 아래 놓인 TV는 살림을 시
작하며 진숙이 마련해온 것이었고, 그 양쪽으로 버티고 앉은 천일전축은
석철이 총각 때부터 쓰던 물건이었다. 부엌으로 난 샛문과 미닫이 방문
사이에 놓인 쌀통은 동료들이 집들이 선물로 사준 것이었고 나란히 붙어
선 냉장고는 월부로 들여놓았던 것이다. 그래도 는 것이 있다면 단비의
기저귀와 옷가지를 담은 3단짜리 조립식 선반 하나가 고작이었다.

방문 앞의 탈수기가 요란한 소음을 내며 돌기 시작했다. 선잠이 들었
던 단비가 화들짝 놀라며 게슴치레 눈을 떴다. 석철은 얼른 녀석의 머리
맡에 놓여 있던 젖꼭지를 입에 물렸다. 녀석은 입술을 오물거리며 몸을
뒤챘다. 석철은 녀석의 옆에 나란히 누워 가만히 어깨를 토닥거렸다. 아

이는 팔을 뻗어 석철의 옷자락을 거머쥐고는 스르르 눈을 감았다. 단조로운 팔동작을 되풀이하던 석철도 단비를 따라 잠으로 빠져들었다.

일주일간의 단식은 석철의 몸과 마음을 한꺼번에 무너뜨리기에 충분했다. 너무나 힘겨운 싸움이었다. 회사와의 싸움에서도 자신과의 싸움에서도 그는 완벽하게 패배했다. 처음 단식투쟁을 결정할 때까지만 해도 상임집행위원 간부들 어느 누구도 그처럼 참담한 패배를 당하리라고는 생각지 못했다. 석철도 마찬가지였다.

회사측이 아예 노조와의 교섭 자체를 거부하는 사태가 한 달을 넘고 있었다. 3당통합 이후부터였다. 어느날 아침 노태우가 김영삼과 김종필의 팔을 추켜든 희극적인 장면이 김형곤의 코미디와 어떻게 다른 것인지를 석철은 뼈저리게 맛보아야 했다. 아무리 사소한 요구일지라도 그것이 단지 노조의 요구라는 이유로 철저히 묵살당했다. 뿐만 아니라 회사측은 노조의 홍보대자보를 찢고 대의원의 현장활동을 봉쇄하는 등의 공공연한 도발을 자행했다.

노조에 대한 선전포고가 공개적으로 공표된 것이 벌써 두 주 전이었다. 모처럼 조회를 소집한 사장은 전조합원 앞에서 자신의 의사를 분명히 밝혔다.

"그동안 사회적인 혼란과 통치권의 약화를 틈타 불순한 체제전복세력이 우리의 산업현장에까지 광범하게 침투했습니다. 물론 우리 회사에서는 그런 일이 없겠지만 만에 하나라도 순수한 노사문제를 떠나 불순한 목적을 가지고 체제전복을 획책하거나 그러한 세력에 동조하는 사람이 있다면 스스로 회사를 떠나는 것이 현명할 것입니다. 이제 구국적 차원의 3당통합을 통해 안정적인 통치기반이 창출되었습니다. 체제를 수호하고 산업의 평화를 유지하기 위해 불법적인 노사분규 현장에는 과감히 공권력을 투입하겠다는 정부당국의 발표는 여러분도 들었을 것입니다. 회사도 그동안은 노사관계의 과도기적 시기로 생각하고 인내와 양보를 거

듭해왔지만 앞으로는 어떠한 부당한 행위도 묵과하지 않을 것입니다."

사장의 '인사말씀'은 처음부터 끝까지 위협과 도발로 이어졌다. 그동안 감히 조합원들 앞에서 할 수 없었던 도전이었다.

조합으로서는 걸어온 싸움을 피하는 재주는 없었다. 간부회의에서의 선택은 언제 어떻게 싸우느냐 하는 것뿐이었다.

"회사에서는 어떻게 해서든지 조합으로 하여금 무리한 싸움을 벌이게 해서 조직 자체를 날려버리려고 하고 있습니다. 오늘 조회에서 사장이 한 얘기도 고의적인 노조 자극이었다고 볼 수 있습니다. 우리가 어떻게 대처해야 할지 방안이 필요합니다."

석철이 화가 치밀어 있는 간부들의 분위기를 가라앉히며 말문을 열었다. 어휴, 열받아서. 다들 혼잣소리로 욕설을 씹어뱉을 뿐 말이 없었다.

"한번 붙어보자는데 붙어주는 수밖에 더 있어요. 더 기고만장해지기 전에 한판 붙읍시다."

쟁의부장 만식이었다.

"누가 붙지 말자는 사람 있어. 무엇을 가지고 어떻게 싸우는 게 좋을 건가가 문제 아냐?"

교육부장인 완수가 퉁명스럽게 받았다.

"싸울 건수야 너무 많아서 탈이지. 식당문제, 휴게실문제, 환자문제, 통근버스 대자보 찢은 거, 사장이 협박한 거."

"예. 그중에서 조합원들이 가장 절실하게 생각하는 문제에 집중해서 싸움을 합시다. 작은 요구라도 일단 요구를 하면 확실히 따내야 회사에 타격이 가고 조합원들이 자신감을 갖게 되는 거니까요."

그래서 결정된 것이 '식당투쟁'이었다. 식당 문제는 수림 노동자들의 가장 오랜 불만 중의 하나였다. 조합이 있기 전부터 식판을 내던지는 일이 가끔 생길 정도였다. 한바탕 싸움을 하고 나면 한동안 나아졌다가 며칠 지나고 나면 다시 엉망으로 되돌아갔다. 식당 밥에 대한 불만은 비조합원들조차도 마찬가지였다.

모든 사람들의 관심사가 걸린 문제였기 때문에 쉽게 이길 것으로 낙관했던 것이 탈이었다. 간부 단식농성 며칠이면 해결될 것으로 다들 안이하게 판단했다.

단식 3일째가 되도록 회사쪽은 반응이 없었다. 예전 같으면 적당히 임시방편이라도 내놓았어야 마땅했다. 식당에서 제 발이 저려 싸우는 기간만이라도 내놓던 고깃점조차도 이번에는 없었다.

조합원들은 점심시간마다 식당 앞에서 농성을 벌이는 간부들을 멀찌감치 피해서 들어갔다.

"먹을 건 먹고 싸워야지 간부들만 고생을 해서 어떻게 해."

겸연쩍어하면서 식당으로 가는 사람들도 있었지만 슬금슬금 피해가는 사람들이 더욱 많았다. 겨우 대의원들 일부가 자발적으로 점심시간에 중식을 거부하고 같이 농성에 참여했다. 간부들 사이에 불만이 터져나왔다. 며칠째의 단식으로 허기가 몰려왔고 배고픔은 사소한 일에도 사람들을 신경질적으로 만들었다. 자신들은 굶고 있는데 식당에서 밥을 먹는 조합원들이 얄밉기 짝이 없어지기 시작한 것이다. 석철은 싸움이 잘못 풀려간다 싶었지만 이미 저질러진 일이었다.

단식 4일째 되던 날 상근자인 석철과 사무장을 제외한 간부들은 단식 중단을 결정했다. 현장에서 작업을 해야 하는 나머지 간부들 중에 평소 체력이 약한 홍보부장이 작업중에 탈진을 했기 때문이었다.

"우리 상근자들이야 쓰러져도 괜찮지만 현장에서 작업을 해야 하는 간부들은 더이상 단식을 해선 안돼. 홍보부장은 다행히 그냥 쓰러졌지만 지금 체력으로 작업을 하다가는 무슨 사고가 생길지 모르는 거야."

석철은 평소와 달리 회의에서 꼭 쓰던 존대를 하지 않았다. 짧은 얘기를 하는 동안에도 바싹 탄 입술을 혀끝으로 몇 번이나 축였다.

"그런 위험을 감수하고 단식을 계속해야 회사측도 사고가 날까봐 두려워서 요구를 받아들일 거 아닙니까."

완수는 완강했다.

"그러다 정말 사고가 나면?"

회사측이 우리들의 신변을 걱정했다면 벌써 들어줬을 것이다. 그러나 석철은 그 말은 목젖으로 삼켰다.

상근자들의 단식은 일주일간 계속됐지만 결과는 참담한 패배였다. 아무것도 회사로부터 따내지 못한 것은 차라리 문제가 되지 않았다. 치명적인 것은 조합원에 대한 조합간부들의 경멸에 가까운 불신이었다.

"개새끼들, 자기 받는 돈이 걸린 임금문제에나 눈이 시뻘개가지고 덤비는 놈들을 위해 우리가 이 고생 해야 되는 거야."

그렇게 말하는 건 쟁의부장 만식이 하나가 아니었다. 싸움을 통해서 높아진 것은 회사에 대한 분노가 아니라 간부들의 조합원에 대한 섭섭함이었다.

눈앞의 자기 배부른 것밖에 모르는 조합원들, 이것이 간부들의 머릿속에 남겨진 식당투쟁의 결과였다.

이제 석철에게도 더는 한 발짝도 앞으로 나아갈 힘이 남아 있지 않았다.

잠에서 깨어났을 때 머리맡에 진숙이 앉아 있었다.

"웬 땀을 비오듯 흘리면서 자요."

그녀의 손에는 따뜻하게 데워진 물수건이 들려 있었다. 그제서야 석철은 자신의 온몸이 흥건하게 젖어 있는 것을 알았다.

"내가 얼마나 잤지?"

"한 시간도 안됐어요."

옆에 누운 단비는 아직 잠들어 있었다.

"물 여기 있어요."

"닭장수는 아직도 안 왔어?"

"지나갔는지 안 지나갔는지 잠들어버렸으니 어떻게 알아요."

진숙은 닭죽을 끓여주겠다며 아침부터 찹쌀을 안치고 마늘을 다듬어

부엌 한켠에 올려두고 있었다. 빨래하면서는 수돗물 소리 때문에 행상들
이 지나가는 소리가 들리지 않는다고 석철에게 문턱에 나가 앉아 있게
했었다.

단비와 함께 잠들기 전까지는 닭장수가 지나가지 않았다. '싸고 질긴
고급휴지' 장수로부터 '굵은 달랑무 두 단에 천원 받는' 야채장수와 '물
좋고 잘생긴 고등어가 한 보따리에 천원'인 생선장수가 지나갔을 뿐이었
다. 계란장수와 두부장수는 두 차례나 훑고 지나갔다.

"지금 들리는 마이크 소리 닭장수 아녜요?"

석철은 나른한 얼굴을 부비며 두 귀를 모았다. 멀리서부터 다가오고
있는 확성기 소리의 내용은 알 수가 없었다. 점점 가까워오면서 뚜렷해
진 확성기의 주인은 닭장수가 아니었다.

"여기는 삼영전자 이동판매 대리점입니다. 저희 삼영전자에서는 오늘
하루에 한해서 특별히 소비자 여러분께 전품목을 보증금 없이 십개월 분
할 판매하고 있습니다. 특히 흑백티브이나 화질이 나쁜 구형 칼라티브
이, 전기세가 많이 나오는 구형 세탁기는 높은 가격으로 구입하고 신제
품으로 교환하여 드리오니……"

하필 세탁기 선전이었다. 삼영의 특별한 하루는 일년 내내 계속된다는
것 정도는 석철도 알고 있었다. 어쩌다 쉬는 일요일은 물론이고 지난 이
틀간에도 서너 차례 똑같은 소리를 들었다. 그러나 아직도 빨갛게 얼어
있는 진숙의 손목을 훔쳐보며 듣는 세탁기 선전은 여느때 같지가 않았
다.

다른 행상들과는 비교가 되지 않는 성능의 확성기가 "삼영 엑설런트
칼라티브이"와 "사랑이란 이름의 삼영 히트세탁기"의 선전방송을 임학동
산 43번지 일대에 흩뿌리며 멀어져갔다. 갑자기 짜증과 함께 배고픔이
몰려왔다.

"닭죽 기다리다 허기지겠다. 있는 대로 해서 먹자."

"몇 시간도 못 참는 사람이 일 주일은 어떻게 꼬박 굶었는지 모르겠

네. 기다려요. 시장 가서 한 마리 사올 테니까."

2

"김형, 김형 있소."

귀에 익은 목소리였다. 숟가락을 내려두고 대문으로 나갔다.

"아니, 어떻게 여기까지 다 찾아왔소. 어서 들어와요."

한형이었다.

"제대로 찾아왔네, 이거. 전에 밤늦게 와봐서 좀 헤맸소."

커다란 허우대에 소탈한 얼굴이 여전하였다. 마주잡은 손이 따뜻했다.

"애기는 잘 커요? 제수씨는 어디 갔소?"

"안에 있어요. 들어갑시다. 실업자가 무슨 돈 있다고 이런 걸 사들고 다닙니까."

한형의 한 손에는 귤봉투가 들려 있었다.

"돈 좀 썼소."

겸연쩍은 표정을 지으며 사람 좋게 껄껄 웃었다. 언제나 낙천적인 한 형다웠다. 누군가 한형을 가리켜 그 낙천스러움이 저돌스럽다고 했던 말이 갑자기 떠올라 석철은 혼자 웃었다.

"야, 수림노조 이거 큰일났네. 위원장이 출근은 않고 닭죽이나 끓여먹고 있으니 이거 어떡합니까, 제수씨. 한발만 늦었으면 국물도 못 얻어먹을 뻔했습니다."

한형은 석철이 해고자 시절에 알고 지내던 국일중공업의 해고자였다. 석철보다는 한 살 손위였지만 말을 트고 지냈다. 그래도 노동운동에 뛰어든 지도 오래됐고 아는 것도 많아서 늘 석철이 도움을 받았다. 동료들의 어려움에 대해 마음 쓰는 것이 유달랐지만 항상 원칙에 철저해서 석철이 한편으로 어려워하기도 하는 사람이다.

"사흘째 결근이라면서. 도대체 어떻게 된 거요?"

밥상을 물리고 나자 한형이 조심스럽게 말문을 열었다. 진숙은 단비를
안고 자리를 피해주었다.

"얘기 다 들었을 거 아뇨. 어떻게 해야 할지 나도 모르겠소."

"다른 간부들처럼 김형도 수림의 조합원들은 도저히 안된다고 믿고 있
는 거요? 의리없고 이기적이라고 말이오."

"한형, 내가 뭘 더 어쩔 수 있겠소. 식당문제는 조합원 모두의 문제
아니오. 자기 자신의 문제에조차 나 몰라라 하는데 도대체 할 수 있는
일이 뭐가 있겠소? 나도 이젠 정말 지쳤소."

석철은 단비 때문에 피우지 않던 담배를 꺼내 물었다.

"식당문제가 조합원들 모두의 문제임은 분명합니다. 그런데 왜 조합원
들이 적극적으로 동참을 안했다고 김형은 생각하오? 조합원들은 좀더
나은 밥을 먹고 싶은 바람이 없었겠소?"

한형은 석철의 대답을 기다렸다. 석철도 이상했다. 왜 자신이 그 생각
을 해보지 않았는지 알 수가 없었다. 표현은 안했지만 자신도 다른 간부
들과 마찬가지로 조합원들에 대한 배신감만을 머릿속에 꽉 채우고 있었
을 뿐이었다.

"김형, 우리 냉정히 생각해봅시다. 분명히 좋은 식사에 대한 조합원들
의 요구는 있었지 않소? 아마 지금도 있을 것이오."

석철은 고개를 끄덕이며 동의를 했다.

"그렇다면 어디서 문제가 생겼겠소?"

"요구야 있지만 그걸 스스로 해결하려는 책임감은 없는 거죠. 바라기
만 하고, 잘 되면 혜택을 보겠다는……"

"김형, 그렇다면 권력자들과 사장들이 하는 말처럼 노동자들은 본래
게으르고 무책임하다는 결론을 우리는 내려 하는 거 아니오. 그들은 노
동자를 주인의 지위에 놓아준 적이 한번도 없으면서도 주인의 책임을 다
하지 않는다고 비난하지요. 주인의 지위에 있지 않은 사람이 어떻게 주
인의 책임을 다하겠소. 조합원이 주인으로서의 역할과 지위를 다할 수

있도록 보장해주지 않은 채, 노동조합이라고 해서 자동적으로 노동자들이 주인으로서의 책임을 다하기를 기대할 수는 없는 거 아니겠소. 문제의 원인은 조합원들에게 있는 것이 아니라 조합원들 대신 조합원들의 문제를 해결사처럼 풀어주려던 집행부에 있는 건 아니오?"

한형의 무서움은 이런 데 있었다. 석철은 자신도 모르게 얼굴이 시뻘겋게 달아올랐다.

"주인으로서 책임을 다할 수 있도록 만들어준 다음에 조합원들이 책임을 지기를 바라야 되는 거 아니겠소? 조합원들의 요구와 그 싸움에 대한 준비 정도의 면밀한 검토 없이 자기들이 해결사처럼 나서서 설치다가 안되니까 왜 조합원들을 원망합니까?"

한형의 신랄한 비판을 석철은 조금도 서운해하지 말아야 했다. 그는 늘 문제의 본질을 꿰뚫어보는 탁월한 식견을 가지고 있었다. 그의 지적은 결코 단편적이거나 기술의 문제에 머무르지 않았다. 본질을 꿰뚫으면서도 구체적인 문제를 예리하게 밝혀내는 것이 한형이었다. 그런데 그의 비판이 기껍지만은 않은 이유는 스스로도 분명치 않았다.

"그래서 어떻게 했으면 좋겠소."

"패배의 원인이 지도부의 잘못에 있으니까, 지도부에서 책임을 명백히 밝히고 조합원들이 투쟁의 주인이 되는 방법을 찾아봅시다."

한형은 해가 저물어서야 집을 나섰다. 그래도 이야기를 주고받다보니 한결 머릿속이 가벼워진 것 같았다. 무엇보다 그와의 토론 속에서 문제가 무엇인지 분명하게 알 수가 있었다.

"단비, 안녕."

한형은 플라스틱 기린을 빨고 있는 단비를 한번 번쩍 안아들었다.

"김형, 내일 공장 나가면 기레빠시로 단비 장난감부터 하나 만들어다 주슈. 제수씨, 그럼 닭죽 잘 먹고 갑니다."

"바쁜데 찾아와줘서 고맙소."

"의리의 사나이 돌쇠가 고민에 빠졌다는데 만사를 제치고 오는 게 당연하지 않소."

　의리의 사나이 돌쇠, 오랜만에 들어보는 소리였다. 의리의 사나이 돌
쇠는 어릴 때부터 학교시절까지 석철의 별명이었다. 친구들의 어려움을
못본 척하지 않고 곤란한 곳에는 항상 같이 있다고 해서 그렇게 불렸다.
별명 때문인지는 몰랐지만 석철은 스스로 싫고 어려워도 친구들의 일이
라면 마다않고 살아왔다. 노조의 위원장이 된 것도 그런 연유인지 몰랐
다. 주위에서 석철의 별명을 다시 알게 된 것도 한형 때문이었다. 같은
해고자 시절 가두시위가 있으면 선두를 놓치지 않던 둘이었다. 한번은
갑자기 들이닥친 백골단을 피해 도망치다 한형이 막다른 골목으로 들어
간 적이 있었다. 역전 근처 시위 때였다. 그때 끌려가던 한형을 두 명의
백골단을 상대로 격투를 벌여 구출한 것이 석철이었다. 한형을 끌고 가
던 백골단에게 석철이 겁없이 덤벼들어 격투가 벌어지자 순식간에 주변
에 있던 동료들이 합세를 했다. 본대와 멀리 떨어진 백골단은 한형을 놓
고 혼비백산하여 줄행랑을 치고 말았다.

　그날 시위는 그렇게 잘되지 않았지만 대포집에 모인 해고자들은 모두
통쾌함을 만끽했다. 전리품으로 얻은 사과탄을 한형이 안주머니에서 꺼
냈다 넣었다 하며 자랑을 했다. 그 와중에도 백골단으로부터 사과탄을
빼앗았던 것이다. 모두들 자신의 무용담에 흡족해 마지않았지만 역시 그
날의 최고 수훈은 석철이었다.

　"야, 석철이 대단하던데. 나도 덤빌까 말까 망설이고 있는데 갑자기
이단옆차기를 날리는데, 멋있더마."

　"옛날에 한가락 한 모양이야."

　듣기 싫지는 않았다.

　"왕년의 반뿐이 안돼."

　석철도 호기롭게 맞받았다.

　"왕년에 내 별명이 뭐였는지 아십니까. 의리의 사나이 돌쇠라고 들어
나봤나 모르겠소."

석철이 나이 30줄에 소년시절의 별명을 되찾게 된 것은 그래서였다.

3

식당 앞 마당에서는 한바탕 야유회가 벌어졌다. 야외용 버너 위에서는 찌개가 끓고 깔판 위에는 밑반찬이 먹음직스럽게 깔려 있었다.

"노동자 진짜 노동자…… 첫사랑에 눈물 흘릴 땐 그땐 정말 철부지였지. 파업투쟁에 세상 알았다. 노동자 새세상, 앗싸……"

도장부 대의원 경식이 공기에 밥을 퍼담으며 콧노래를 부르고 있었다.

"앗싸, 살리고. 짜석아, 노래만 살리지 말고 밥그릇도 팍팍 살리라."

"알겠습니다, 형님. 오늘 밥은 마 기름기가 찰찰 흐릅니다."

오늘의 자치식사에는 도장부까지 가세해서 30명이 넘고 있었다.

"야, 끝내주게 맛있겠는데."

식당에서 짬밥을 먹고 나오던 사람들은 너나없이 부러워했다.

"야, 우리도 한 숟가락만 얻어먹자."

반죽이 좋은 축들은 아는 얼굴들을 비집고 끼여들기까지 했다.

둥그렇게 둘러앉은 사람들 앞으로 밥그릇이 하나씩 다 돌아가고 군데군데 김치찌개 대접이 놓였다. 아주머니들이 집에서 가져온 포기김치가 먹음직스러웠다. 허연 식당김치와 시어터진 시장김치에 물린 총각들의 젓가락이 김치보시기를 슬그머니 넘나들었다.

"식사준비가 거의 완료되었응께 곧 시식을 허도록 하겄습다. 아자씨, 침이 꼴깍 넘으가드라도 쪼까만 참으쇼잉."

조립부의 대의원 창호가 너스레를 떨었다.

"오늘도 요로코롬 우리에게 야외식사를 허게 만들어주셔뻔지신 우리 사장님께 감사하는 마음으로 노래 한곡 불러뻔지겄으라. 사장님, 우리 사장님, 하나 둘 서이 넛."

사장님 우리 사장님, 돈 욕심 좀 그만 내세요. 사우나에 몸보신에 밑

빠진 독이잖아요……

"자, 그럼 구호와 함께 식사 개시. 수림노동자 단결하여 개밥식사 물리치고 사람식사 쟁취하자!"

쟁취하자 쟁취하자, 왁자지껄 떠들어대며 수저가 요란하게 오갔다. 이층 사무실에서 이 모습을 내려다보고 있던 정수태 사장은 오만상을 일그러뜨렸다.

석철은 조합원들의 한귀퉁이에 끼여앉아 밥을 먹었다.

"위원장님, 그동안 굶느라고 살도 많이 빠졌을 텐데 실컷 들어요."

아주머니 한 분이 찌개대접을 석철의 앞으로 옮겨놓았다.

"위원장님 좀 먹게 정환이 너는 김치만 건져먹고 고기는 그만 먹어라."

"맞다맞다, 정환이 니는 하는 것도 없이 너무 많이 먹는 것 같다."

"차체가 커서 기름이 많이 먹는 걸 어떡합니까?"

공포의 삼겹살 정환은 항변을 하면서도 고기 한 점을 건져 낼름 입속으로 집어넣었다. 와 하고 여기저기서 웃음이 터졌다.

석철은 식당문제에 대해 부서별 현장토의에 붙이길 정말 잘했다 싶었다. 싸움은 이렇게 신나게 하는 거였다.

사흘의 결근 뒤에 출근한 석철은 상집간부들을 차례로 면담했다. 그리고 조합원들에게 실망해서 활동을 않겠다는 간부들을 '마지막 한번'이라는 조건으로 모아냈다. 상집회의를 소집하는 데 일 주일이 걸렸다. 설득하기가 그만큼 힘들었다. 회사에서는 회심의 미소를 띠고 있었지만 석철은 서두르지 않았다.

"지난번 식당투쟁의 패배에 대한 철저한 평가와 반성 없인 우리 노조는 더이상 설 자리가 없습니다. 패배의 원인을 먼저 찾아보도록 하겠습니다."

"기본적으로 전술을 잘못 잡았다고 봐요. 작은 행동이라도 전조합원이 함께하는 것이라야 하는데 조합원들은 구경하고 간부들은 굶는, 한마디로 일체감있는 투쟁이 못 된 것입니다."

석철이 개별면담을 통해 충분히 의견을 나누었기 때문에 더이상 조합원들을 원망하는 간부는 없었다. 정세가 나빠져서 그렇다는 책임회피도 더는 없었다.

"단식이라는 방법 자체가 조합원들에게는 맞지 않는기라요. 좀 잘 묵어보자꼬 하는데 굶기는 와 굶는기요?"

몇 사람이 쿡쿡 웃는 바람에 문화부장의 말이 끊겼다.

"웃을 일이 아이라요. 나무 만지는 일이 얼마나 힘이 드는기요. 아침을 든든히 묵고 와도˚점심때가 되머 허기가 져가 기진맥진 안하는기요. 그런 사람들한테 굶는 거는 죽어뿌라 커는 거보다 더한기라요. 거기다 아침도 몬 묵고 출근하는 사람이 태반이나 되는 걸 한번 생각해보소. 굶고 쌈하는 기 맞는 일인가. 택도 없심더. 개밥 아니라 돼지죽이라도 일단은 묵어야 배기내는 데는 우얄기고 말임더."

"문화부장님 말이 맞는 것 같습니다. 또 다른 생각이 있으면 말씀해주십시오."

"방법에도 물론 문제가 있었지만 요구도 잘못되었던 것 같습니다. 그냥 식당 개선하라는 게 조합원들에게 상당히 막연하게 들렸던 것 같아요. 과거에도 몇 차례 고치겠다고 해놓고 얼마 지나면 흐지부지 원위치하곤 했지 않습니까. 며칠 가지도 않을 효과를 위해 조합원들이 적극적일 수는 없었던 것 같습니다."

쟁의부장 만식이었다. 패배가 때로는 사람을 성숙하게 만들기도 했다.

다음날 아침 게시판에는 조합의 대자보가 나붙었다. 단식투쟁에 대한 집행부의 평가와 반성이 그 내용이었다. 그리고 부서별로 대의원 책임하에 식당문제에 대한 토의에 들어간다고 밝히고 있었다.

부서별 조합원토론 결과는 석철의 무릎을 치게 하는 내용이 많았다. 그중의 하나가 식당이 개선될 때까지 직접 취사하기였다.

'보란 듯이 잘해먹어 보자. 사장이 배가 아파 죽을 지경이 되도록 재

미있게 점심시간마다 밥을 해먹자.'

식당이 어떻게 개선되어야 하는지에 대한 해답도 있었다.

'지금 식당은 사장 친척이 임대를 받아서 운영하기 때문에 중간에 이윤을 챙기고 회사에서는 직접 책임이 없기 때문이다. 식당은 회사가 직영하고 조합에서 부식 구입과 식단표 작성에 참여해야 해결된다.'

일주일 만에 점심식사 직접 지어먹기가 전체부서로 확산되었다. 그것은 투쟁이라기보다 축제라는 표현이 걸맞았다. 특히 부서별로 단결과 유대를 강화하는 데 톡톡히 기여했다. 다른 부서보다 더 맛있게 해먹으려고 함께 애쓰고 서로가 역할을 나누어 맡으면서 그동안 조합활동에서 느낄 수 없었던 또 다른 유대감이 생겨났다.

무엇보다도 두드러진 아주머니들의 참여가 전체에 활력을 불어넣었다. 집회나 행사에 늘 소극적인 아주머니들이어서 간부들 사이에서는 차라리 없는 게 낫다며 불만이 터져나오곤 했었다. 그런 아주머니들이 김치는 물론이고 밑반찬까지 만들어와서 점심식사를 풍성하게 만들며 투쟁을 주도했고 또 자신들의 기여에 스스로 흐뭇해했다.

"참기름을 빼먹고 안 가져왔는데 좀 사다주라."

"밥 좀 미리 올려주십쇼."

석철과 사무장은 출근하면 아침부터 조합원들 점심준비를 미리 도와주느라고 바빴다. 꼭 열흘 만에 정수태 사장은 손을 들었다.

'앞으로 식당을 직영하고 1인당 식비를 300원씩 인상하겠음, 총무이사.'

그러나 조합원들은 취사 축제를 끝내지 않았다. 부서별 토의를 통하여 회사의 일방적 공고가 아니라 조합과 공식적 교섭을 통해 합의가 이루어지기 전까지는 요구가 받아들여지지 않은 것으로 간주하기로 했기 때문이었다.

점심시간은 식사시간인지 총회시간인지 아니면 놀이시간인지 분간이 안되었다. 그 어느 것도 아니기도 했고 그 모두 다이기도 했다. 부서별 장기자랑이 흥겹게 펼쳐졌고 구호소리는 힘이 넘쳤다.

"노조탄압 분쇄하자. 회사측은 성실히 교섭에 임하라."

조합원들의 요구는 어느새 사람식사 쟁취에서 거기까지 가 있었다.

회사측은 노조에 교섭을 요청하지 않고 배겨낼 재간이 없었다. 정수태 사장과 석철의 서명이 나란히 담긴 합의서가 게시판에 나붙는 데까지는 꼭 보름이 걸렸다.

'합의서 ① 식당은 3월 15일자로 회사가 직영한다. ② 부식비는 현재보다 1인당 400원씩 인상한다. ③ 자격 있는 영양사 1인을 고용한다. ④ 식당운영위원회를 노사 동수로 구성하고 식단의 작성과 식당운영을 통제한다.'

4

졸음이 쏟아졌다. 얼마나 시간이 지났는지조차 알 수가 없었다. 사면이 밀폐된 방안은 출구를 잃어버린 붉은 조명으로 채워져 있었다. 의지와 무관하게 흘러내리는 눈꺼풀은 천근만근의 무게로 석철을 괴롭혔다. 더는 자신의 눈꺼풀을 떠받치고 있을 기력이 없었다. 석철은 또다시 날아올 곤봉을 기다리며 눈을 감았다. 눈꺼풀이 겨우 맞붙었다고 생각한 순간 곤봉이 그의 어깨에 꽂혔다. 그러나 매질이 주는 아픔과 두려움은 이제 그에게 별 의미가 없었다. 그가 잠시 눈을 바로 뜬 것은 본능적인 반사작용이었을 뿐이었다. 흘러내리는 눈꺼풀은 이미 자신의 통제를 벗어나 있었다.

"김석철, 눈 똑바로 못 떠."

마주앉은 수사관의 목소리는 나지막하고도 싸늘했다. 3인 1조로 편성된 심문조의 우두머리인 그는 흥분하는 적이 한번도 없었다. 똑같은 질문을 되풀이 던지는 그는 석철이 졸 때마다 책상 위에 놓인 곤봉으로 목과 어깨를 후려칠 뿐이었다.

"야, 너 이 책 읽었지?"

그가 들이댄 것은 『노동자의 새로운 철학』이라는 제목의 책이었다.

"아닙니다."

"읽지 않으려면 뭐하러 샀어, 임마. 돈 주고 사다가 집에다 뒀으면 읽었을 거 아냐."

"아닙니다."

"이새끼 무조건 아니래. 들어오기 전부터 무조건 오리발 내밀기로 단단히 작정을 했군."

"아닙니다."

석철은 그의 집요하게 되풀이되는 질문에 지쳐 더는 그를 납득시키기를 포기하고 있었다. 그를 납득시키기보다 차라리 몇 대 더 맞는 것이 수월했다. 그러나 그는 결코 석철의 희망대로 놓아주지는 않았다.

"그럼 왜 안 읽었어?"

"읽을 시간도 없고 봐도 무슨 내용인지 알 수가 없어서요."

"쉬운지 어려운지는 읽어봤으니까 아는 것 아냐?"

"아까 얘기했잖아요. 맨 앞에 한 장 보다가 무슨 소린지 몰라서 덮어뒀다고요."

"야 임마, 위원장 정도 되는 놈이면 이런 책 한 권쯤은 읽었어야 할 거 아냐. 그렇게 무식해가지고 어떻게 위원장 노릇 했어?"

정나미가 뚝뚝 떨어지는 낮은 쇳소리였다. 이제 그의 어투는 책을 읽었다는 게 문제인지 아니면 그 책을 읽지 않은 것이 잘못이라는 것인지 분간이 되지 않았다.

"야, 김석철. 도대체 니가 제대로 아는 게 뭐 하나라도 있어? 있으면 한번 얘기해봐라. 학출들 로보트짓 한 것말고 니 스스로 한 일이 뭐 있냔 말야."

자존심에다 인두를 가져다 대는 조롱이었다. 그러나 석철에게는 졸음이 먼저였다. 그의 목이 제 머리 무게를 이기지 못하고 옆으로 꺾어졌다. 사내는 석철을 후려치는 대신 곤봉으로 책상을 쾅쾅 내리쳤다.

"여기가 너희 집 안방인 줄 알아?"

옆에 섰던 사내가 석철의 머리채를 휘어잡고 도리질을 시켰다.

"경찰서 정보과하고 여기하고 똑같은 줄 착각하지 마. 경찰서와 노동부에선 쥐새끼처럼 잘도 빠져나갔지만 여기선 어림없어."

석철은 이번에 분실로 끌려오기 전에도 경찰서와 노동부의 조사를 받았다. 덫의 이름이 이적표현물 소지 탐독이라는 것 그리고 방의 붉은 색깔과 폭력이 함께 한다는 점이 달랐을 뿐이다. 이번에는 석철의 집에 있던 『노동자의 새로운 철학』이라는 책 한 권이 그 빌미였다. 그러나 사실 석철은 그 책을 읽어보지 못했을 뿐만 아니라 그 책이 현행법에 위배되는지 어쩐지도 몰랐다. 지금도 서점에 버젓이 꽂혀서 판매되고 있는데 왜 자신이 가지고 있는 것은 혐의를 받는지 알 수가 없었다.

"얘기 좀 해봐."

조사를 하던 사내가 옆에 섰던 사내에게 눈짓을 하고는 밖으로 나갔다. 석철은 연신 목을 꺾으며 졸았다.

"힘들지. 한대 피워."

옆에 섰던 사내가 맞은편 의자에 앉으며 담배를 권했다. 다른 사람이 없을 때 그는 석철에게 온정적이었다. 책상에 팔을 괴고 석철은 담배를 받아물었다.

"김석철, 계속 버텨봤자 너만 손해야. 적당히 했다고 시인하고 일단 여기서 나가는 게 좋아."

"뭐 한 게 있어야 했다고 하죠."

정말이지 불 게 있으면 불어버리고 싶을 지경이었다. 그는 이 방에 들어온 뒤로 단 한숨도 자지 못했다. 3인 1조로 구성된 심문조는 번갈아가며 석철을 의자에 고스란히 앉혀둔 채 조사를 계속했다. 똑같은 진술서를 열 번도 더 써야 했다.

"야, 우리도 피곤하다. 그까짓 책 몇 권 읽었다고 해봐야 집행유예야. 위원장씩이나 되는 놈이 그렇게 미련을 떠냐."

석철은 이들도 몹시 난처해하고 있다는 걸 눈치챘다. 집과 조합사무실에 있는 책을 모두 쓸어왔지만 문제삼을 만한 것이라곤 고작 『노동자의 새로운 철학』 한 권뿐이었던 것이다.

손가락에 담배를 낀 채 석철은 책상에 머리를 박았다.

"그래, 잠시 쉬면서 잘 생각해봐. 헐크 재 깨기 전에 얘기하는 게 좋을 거야."

헐크라고 불린 사내는 야전용 침대에서 코를 드륵드륵 골며 자고 있었다. 놈은 교대를 하고 들어오자마자 무조건 석철을 메다꽂고 모래주머니 두드리듯 했었다. 놈의 존재를 상기시키는 건 분명한 협박이었지만 잠시라도 눈을 붙일 수만 있다면 그 다음은 어떻게 돼도 상관없었다.

식당문제로 노조에 완패를 당한 정수태 사장이었지만 순순히 물러설 사람은 아니었다.

석철을 비롯한 간부 7명을 경찰과 노동청에 고발했다. 업무방해와 쟁의조정법 위반이라는 것이었다. 어처구니가 없는 노릇이었다. 경찰서와 노동청에 불려다니며 조사를 받고 불구속입건이 되었다. 구속을 시키기에는 워낙에 명분이 없었기 때문이었다.

"야, 김석철 일어나."

밖으로 나갔던 심문조의 우두머리가 되돌아와 있었다.

"너 말야, 우리가 집으로 돌려보내주면 어떻게 할 거야? 그냥 내보내주면 너 더 말썽 안 부릴 거야?"

"………"

언제 말썽을 부렸느냐는 대꾸가 머릿속에서 어렴풋이 떠올랐다. 대답할 기력도 없었지만 해봐야 매만 몇 대 더 번다는 걸 석철이 모를 리 없었다.

"너 우리가 그냥 내보내주겠어. 그렇지만 죄가 없어서 나간다고 착각하지 마. 증거가 책 한 권뿐인 줄 알아? 여기도 수두룩해."

사내가 내던진 사진은 노조사무실 전경이었다.

"잘 봐. 이건 김석철이 네 책상 책꽂이에 꽂힌 거야. 꽃파는 처녀, 철학 에세이, 민해철······"

여러 달 전의 사진이었다. 찬바람이 불어닥치면서 문제의 소지가 있을 만한 책은 모조리 치운 지가 오래였다. 자신의 책상 위에 꽂힌 책들은 사실 그가 읽어보고 싶어했던 것이었다. 그러나 그 책을 읽을 만큼의 여유를 석철은 가져보지 못했다.

"눈 똑바로 뜨고 살펴봐."

다음 사진은 대출용 서적들로 가득 채워진 책장이었다.

"할말 있어? 이 안에 이적표현물에 해당하는 책이 몇 권이나 되는지 알아. 자그마치 열네 권이야. 약삭빠르게 다 치워버렸지만 이 사진만으로도 공소유지는 충분해."

조합사무실 문을 몰래 따고 들어와 찍어간 사진임에 분명했다. 사진은 그뿐만이 아니었다. 조합이 붙인 3당합당 규탄 대자보를 비롯해서 수십 장이 되었다. 회사측과 기관은 이미 오래전부터 석철을 옭아넣기 위한 준비를 해왔음이 분명했다.

"너 무죄로 나가는 거 아냐. 마누라와 자식새끼가 불쌍해서 우리가 불구속으로 일단 내보내주는 거야."

약 주고 병 주는 셈이었다. 꼭두새벽에 들이닥쳐 집안을 난리법석으로 만들며 이웃사람은 물론이고 아내와 단비가 보는 앞에서 수갑을 채워 데리고 온 그들이었다. 석철은 얼떨떨할 뿐이었다.

"이 새끼 뭐 좀 불었어?"

뒤늦게 잠에서 깬 헐크가 분위기 파악을 못하고 설쳤다.

"내보내주기로 했어."

"어, 그래······"

놈의 목소리가 대뜸 달라졌다.

"다시는 우리 이런 데서 만나지 않도록 하자고."

내 할말 사돈이 했다.

"우리가 개인적으로 감정이 있어 뭐가 있어."

청하는 악수라 손을 마주잡기는 했지만 벌레가 달라붙은 느낌이었다.

"나가서 마누라하고 아이한테 잘해. 애가 무슨 죄가 있어."

"………"

석철은 사랑하는 단비가 이런 자들의 입에 오르내리는 것 자체가 역겨웠다.

"불구속이란 거 항상 잊지 말고. 앞으로 요만한 건수라도 잡히면 구속이란 거 기억해."

우두머리인 사내가 손가락 끝을 쥐어 보였다.

"………"

밖으로 나와서야 석철은 자신이 그 붉은 방에서 지낸 것이 꼬박 사흘 밤낮이라는 것을 알았다. 높은 담벼락에 둘러싸인 회색건물을 되돌아보았다. 여한없이 실컷 잠을 자고 싶다는 생각을 하며 석철은 반쯤 눈을 감고 휘청거리는 발걸음을 옮겼다.

그의 앞에 더 큰 덫이 기다리고 있다는 것을 짐작할 겨를이 석철에게는 없었다.

5

사람은 누구나 한 가지쯤은 자부심을 가지고 있고 또 그것을 소중히 여기며 살아간다. 석철의 33년 세월을 나름대로 일관되게 지탱해온 자랑은 무엇일까. '의리의 사나이 돌쇠' 그 한마디였다. 아무리 없이 살아도 비굴하게는 살아오지 않았다는 것만큼은 언제든지 단비에게 말해줄 자부심이 석철에게 있었다.

손을 봐줘야 할 노조가 수림만은 아니고 옭아넣어야 할 노동자가 석철만은 아니었던 탓인지 한동안 불안한 평화가 유지되었다. 그러나 자신이 비굴해졌다는 사실만큼 석철을 고통스럽게 만드는 일은 없었다. 공단 입구에 위치한 제일강업에서의 떳떳치 못한 기억이 가슴의 한귀퉁이에 남아 두고두고 그를 괴롭혔다.

석철이 제일강업을 찾은 것은 장기파업으로 바닥이 난 부식비를 마련하기 위한 일일주점이 열린 날이었다. 제일강업은 여름이 되도록 임금협상이 원점에서 맴돌고 있었다. 회사는 담배 한 갑 값인 750원을 고수하고 있었고, 일당 2천 4백원을 요구하는 노조의 파업은 그 끝이 보이지 않았다.

석철이 어이없는 상황에 마주친 것은 교육부장 완수와 함께 제일강업 정문에 이르러서였다.

일일주점 장소인 제일강업은 진압복을 입은 전경들이 완전히 봉쇄하고 있었다.

"세상에 막걸리 한잔 마시겠다는데 원천봉쇄를 하는 이런 좆같은 경우가 어딨어."

"이젠 아주 눈에 뵈는 게 없군."

길이 막힌 노동자들이 끼리끼리 모여앉아 분통을 터뜨리고 있었다. 그러나 예전 같으면 한바탕 몸싸움이 붙어도 벌써 붙었을 텐데 나서는 사람이 없었다. 조직력이 탄탄하다고 소문이 났던 바로 옆의 태평산업 노조가 정부와 회사의 협공에 맥없이 주저앉은 것이 두 달도 채 되지 않았다. 연대투쟁은 아련한 추억이 되어가고 있었고 지역의 분위기는 끝없이 가라앉아만 갔다. 제일강업의 파업이 벌써 몇 주째 계속되도록 엎드리면 코 닿을 거리에 있는 석철조차 그동안 한번도 찾지 않았다.

싸움을 시작한 건 제일강업의 몇 안되는 아주머니들이었다.

"야 이 나쁜 놈들아, 먹고 살자는 것도 죄냐."

"못하게 할 거면 미리 얘기라도 하든지."

며칠 동안 뙤약볕 속을 뛰어다니며 초청장을 돌리고 온종일 음식을 장만해서 손님 맞을 채비를 한 아주머니들은 화가 머리끝까지 치밀어 있었다.

"니놈들이 이 음식들 다 책임질 거야? 도대체 무슨 권리, 어떤 법으로 사람이 오가지도 못하게 막느냐 말이야."

경찰의 대답이 걸작이었다.

"식품위생관리법 위반입니다."

"뭐, 식품위생 뭔 법? 삶아서 개나 줘라, 이놈들아."

아주머니들은 들고 나온 파전과 막걸리통을 경찰들 앞에 내동댕이쳤다. 그중에서 파전 한 장이 지휘관의 제복 가슴팍에 척 달라붙었다.

"뭐 이런 년들이 있어. 모조리 잡아들여!"

순식간에 몸싸움이 붙었다. 주변에서 지켜만 보고 있던 사람들이 나섰다.

"아니, 여자들을 왜 때리고 그러는 거요?"

"그 아줌마들이 뭘 잘못했소?"

나서는 사람 중에는 잘 아는 간부들도 있었고 한형의 모습도 보였다.

"저것들도 모조리 잡아 실어."

경찰 책임자가 지휘봉으로 한형이 있는 곳을 가리켰다. 일행들을 포위한 전경들이 항의한 사람들을 골라서 끌어냈다. 그중에는 한형도 끼여 있었고 전경들은 석철이 서 있는 앞으로 그를 끌고 갔다.

석철은 항의 한마디 하지 못했다. 그러고 나서는 사람 만나는 게 싫었다. 동지 어쩌고 하는 말 자체가 혐오스러워졌다. 술친구가 길 가다 싸움이 붙어도 끝까지 함께 싸우는 게 인지상정인데 한형이 끌려가는 것을 보면서도 외면하고 만 자신이었다. 그러고도 아무렇지 않게 돌아다닐 만큼 그의 낯짝은 두껍지가 못했다. 물론 변명거리야 있었다.

"위원장님은 나서면 안돼요. 나서면 얄짤없이 이거예요."

완수가 주먹을 쥔 두 손을 X자로 엇갈려 보이며 붙들었다. 그러나 그건 이유가 될 수 없었다.

의리의 사나이 돌쇠, 아주머니 말대로 삶아서 개나 줄 소리였다. 지금 상태로 더이상 무엇을 한다는 것은 자기 자신이 도저히 용납할 수가 없었다.

위원장직에서 사퇴를 해야겠다는 결심을 굳히고 후임자를 찾던 중에 휴가싸움이 터져버렸다. 며칠만 빨리 위원장직에서 사퇴를 했더라도 자신이 절도범으로 몰리는 운명만큼은 피할 수 있었을 것이다. 그러나 운명의 싸움은 한발 앞서 달려와 그를 낚아채고 말았다.

조합원들이 일손을 놓은 것은 여름휴가 일정이 공고된 날이었다. 누구도 시킨 일이 아니었다.

"위원장님, 도대체 어떻게 된 겁니까?"

가쁜 숨을 몰아쉬며 조합사무실로 달려온 것은 도장부 대의원 경식이었다.

"왜?"

석철과 사무장이 동시에 되물었다.

"회사 공고 못 봤어요? 휴가기간을 칠월 이십구일부터 팔월 일일까지로 써붙였어요."

"정말이야?"

석철이 사무장과 마주앉아 정리하고 있던 게 휴가날짜에 대한 조합원 설문조사 결과였다. 휴가일정은 조합의 의견에 따르는 것이 지금까지의 관례였다.

"지금 내가 더위먹어서 작업시간에 여기까지 뛰어온 줄 알아요? 현장에선 벌써 난리가 났어요."

경식은 목이 긴 고무장갑을 벗어 탁자 위에 내던졌다.

"칠월 이십구일부터 팔월 일일까지라고 했어?"

사무장이 달력을 짚으며 회사측 휴가일정을 확인했다.

"칠월 삼십일일이 일요일이니까, 그럼 일요일 빼면 휴가는 삼 일뿐이잖아."

"그러니깐 현장에서 난리가 났죠."

명백한 도발이었다. 석철은 아랫입술을 깨물며 책상 위에 쌓여 있는 설문지를 내려다봤다. 땀과 먼지로 얼룩진 설문지에는 일년에 한번 있는 휴가에 대한 조합원들의 바람이 스며 있었다. 그중에는 몇 번이고 지워가며 다시 쓴 것도 있었다. 이제는 휴지조각이나 다름없었다. 회사는 공고문 한 장으로 조합원들의 소박한 바람을 잔인하게 비웃어버렸다. 너희들 운명의 주인은 너희가 아니라 회사라는 것을 그들은 확인시켜주려는 수작이었다.

"사무장, 내려가서 공고문 다시 확인하고 대의원회의 소집해."

이것들이 조합을 웃음거리로 만들어, 조합원들을 이 따위로 멸시해. 석철의 잠들었던 투지가 혈관을 타고 꿈틀거렸다.

왜 이럴 때 단비의 얼굴이 떠올랐는지 몰랐다. 석철은 요사이 며칠 동안 울적한 마음을 녀석과 놀며 달랬다. 녀석과 놀아주다보면 이것저것 다 잊어버리곤 했다. 점심시간을 이용해서 토막나무들로 만든 물체모형을 녀석은 여간 좋아하지 않았다. 원통, 삼각뿔, 정육면체, 원구 등 주인집의 교육용 장난감을 본떠 만든 것이 이제는 작은 광주리에 한광주리가 되었다.

"위원장이오? 지금 노조가 책임질 수 있는 행동 하고 있는 거요?"

인터폰을 들자 대뜸 큰소리였다.

"도대체 누구십니까?"

"나 총무이사요."

총무이사인지 몰라서 물은 것이 아니었다.

"노조가 뭘 어쨌다는 겁니까?"

"현장에서 지금 작업을 거부하고 있지 않아요?"

총무이사의 목소리는 흥분했다기보다 들떠 있었다. 요리조리 빠져나가던 노조가 드디어 걸려들었다고 쾌재를 부르고 있는 모습이 선했다.

"왜 작업을 거부한대요?"

"………"

"작업을 거부하면 뭔가 이유가 있을 거 아닙니까? 총무 이, 사, 님."

"그, 그거야…… 아마 여름휴가 때문이겠지."

"더듬거리지 말고 얘기하세요. 휴가 결정할 땐 노조가 있는지 없는지 몰랐다가 지금에야 노조가 있는 줄 알았어요? 끊으십시오."

석철은 팽개치듯 수화기를 내려놓았다. 조합원들의 반발을 구실로 조합을 공격하겠다는 회사의 계산이 뻔히 들여다보였다. 총무이사는 너무 좋아한 나머지 득달같이 조합사무실로 전화를 해서 제 심중을 내보인 것이다.

"점심시간에 대의원들 다 모이라고 했습니다."

현장에 나갔던 사무장이 땀을 훔치며 들어왔다.

"분위기는 어때?"

"좋은 것 같은데요. 직접 한번 돌아보죠?"

"그럴까."

석철은 안전화를 갈아신었다. 그는 결심이 필요할 때마다 현장을 돌았다. 마음이 흔들릴 때나 자신이 없어질 때도 현장을 찾았다. 비지땀을 흘리고 있는 조합원들을 보면 자신이 무엇을 어떻게 해야 하는지가 항상 분명해졌다.

제재공장에 들어서자 숨이 컥 막혀왔다. 슬레이트 지붕의 철골건물은 7월의 태양에 가열되어 열탕을 방불케 했다. 매년 여름이 되면 20% 가까운 인원이 빠져나갈 만했다. 더위에 달아오른 톱밥먼지로 공장 안은 잔뜩 팽창되어 있었다. 벨트톱날이 돌아가고 있었지만 빈 기계였다. 조합원들은 원자재에 걸터앉았거나 삼삼오오 짝을 지어 떠들고 있었다.

기계 몇 대를 지나쳐서야 동료들이 석철을 발견하고 모여들었다.

"야이 씨팔, 휴가 사흘이 뭐꼬?"

입사동기인 광수의 얼굴은 톱밥과 먼지, 땀으로 범벅이 되어 있었다.

"수림의 시계바늘은 거꾸로 돌아가나. 작년보다 더 줄어드는 경우가 어딨어."

박형의 얼굴도 땀으로 얼룩져 있었다. 석철은 눈인사로 대답에 대신했다. 가구공장에는 겨울과 여름이라는 두 개의 계절이 있을 뿐이었다. 공장을 꽉 채운 톱밥을 마시며 비지땀을 흘려야 하는 여름은 겨울보다도 더욱 고역이었다. 여름휴가는 이 계절을 버티게 하는 유일한 낙이었다.

"친구라면서 두 번이나 전화왔었어요."

사무실에 들어서는데 사무장이 고개를 갸웃거리며 얘기를 했다. 석철에게 전화를 할 정도의 친구면 사무장이 대부분 알았다.

"누구라고 안 그래?"

"다시 전화하겠다고만 그랬어요."

"경찰 아냐?"

"글쎄요……"

경찰과 근로감독관의 발길이 회사에 요즘 들어 부쩍 잦아지고 있었다. 그리고 사흘이 멀다 하고 조합으로 전화를 해서 자신들의 존재를 확인시켰다.

전화벨이 울렸다.

"받아보세요. 그 전화 같으니까."

사무장이 바로 수화기를 석철에게 넘겨주었다.

"김위원장이오?"

붉은 방의 그 우두머리였다. 수화기를 든 석철의 표정이 일그러졌다.

"그렇습니다만 누구십니까?"

그의 목소리를 기억하고 있다는 것을 석철은 상대에게 드러내고 싶지가 않았다.

"나 지난번 분실에서 만났던 최요."

"웬일로 전화까지 주셨습니까?"

석철의 입에서 말이 곱게 나오지가 않았다.

"김위원장 요즘 소문이 안 좋던데. 지금도 작업거부중이라면서. 지난번 내가 한 말 잊은 거 아니겠지. 언제든지 다시 불러들일 수 있어."

"여름휴가도 대공업무와 관련이 있는 줄은 미처 몰랐습니다."

"김위원장 이거 왜 이래, 분명히 내 경고했어. 나중에 나한테 섭섭하게 생각하지 마."

대의원회의에서는 휴가일수가 일요일을 제외하고 4일이 되어야 한다는 데 이론의 여지가 없었다. 회사측과의 싸움에서 쟁점이 된 것은 단체협약의 해석을 둘러싼 문제였다. '여름휴가는 4일간의 유급휴무로 한다'는 것이 단체협약 제43조 3항의 규정이었다. 지금까지는 휴가일수에서 일요일은 별도로 계산되었고 이번과 같은 경우 일요일을 포함하면 휴가는 5일간이 되어야 마땅했다. 지난해 여름에도 그래서 5일간 쉬었다.

"지금까지 그렇게 하루씩 더 놀게 했던 건 일요일을 휴가일수에서 제외한다고 해석해서가 아니라 사장님이 특별히 아량을 베풀어서였습니다. 이건 경영권에 속하는 문제입니다."

교섭석상에서 노무부장은 여유만만했다. 궤변을 늘어놓다가 그나마 궁하면 경영권이라며 어거지를 썼다.

"특별한 아량, 사장님의 재량권이란 말은 사실과 다릅니다. 단체협약이 체결된 이후 이번과 같이 일요일을 포함시켰던 경우는 한번도 없었다는 건 부장님도 인정하시죠?"

교섭에는 역시 빈틈없는 사무장이 제일 노련했다.

"………"

사무장의 질문하는 의도를 간파하지 못한 노무부장이 우물쭈물했다.

"해석을 그렇게 했거나 사장님의 재량이거나 지금까지 그랬던 것만큼은 사실이잖아요? 총무이사님, 맞죠?"

사무장이 갑자기 화살을 총무이사에게로 돌렸다. 석철은 순간 머리가 반짝이고 실무에 밝은 사무장이 위원장감으로는 어떨까 하는 생각을 했다. 아무래도 대가 너무 약한 게 흠이었다.

"그렇긴 했지요."

욕심만 많고 미련한 총무이사가 덜컥 걸려들었다.

"관례화되었다고 해서 항상 해주어야 할 의무가 있는 건 아닙니다."

총무이사는 아직도 자신의 발언이 왜 실수인지 모르고 아는 체를 했다. 노무부장의 얼굴이 일그러졌지만 그래도 이사는 어디까지나 자신의 상급자였다.

"단체협약을 끝까지 읽어보지 않으셨군요. 부칙 제2조에는 기타 자세한 사항은 통상적인 관례에 따른다고 규정되어 있습니다."

교섭대표들의 얼굴에는 회심의 미소가 떠올랐다.

"무, 무슨 소리 하는 거야. 관례화돼서 5일이라니. 누, 누가 관례화됐다고 했어요."

뒤늦게 사태를 알아차린 총무이사는 얼굴이 시뻘개져서 자신의 말을 번복했다. 논쟁에서의 승패는 거기서 결판이 났고 회사측은 그 다음부터 무조건 신성불가침한 '경영권'만 되뇌었다.

어차피 말로 해결될 일은 아니었다. 말로만 해결할 수 있는 게 노조라면 석철은 벌써 위원장직을 사무장에게 망설임없이 넘겨주고 사퇴했을 것이다. 오랜만에 석철이 전조합원 앞에서 연설을 했다.

"조합원 동지 여러분, 톱밥 분진과 본드 냄새, 밀폐된 도장공장에서 우리가 흘린 땀이 얼마입니까. 우리의 망가지는 건강은 접어두더라도 당장 작업을 하다보면 물에 빠진 쥐새끼들처럼 땀에 흥건히 젖는 것이 지금의 실정입니다. 거짓말을 보태지 않는다 하더라도 우리 수림 노동자들이 그동안 흘린 땀방울을 다 모았으면 웬만한 염전 하나쯤은 충분히 만들고서도 남음이 있었을 것입니다."

웃음이 간혹 터졌지만 모두의 눈시울은 붉어 있었다. 결코 농담이 아니었기 때문이었다.

"그렇게 일한 우리들이 일년에 단 한번 단 오일간도 산과 강가에서 쉴 권리가 없단 말입니까? 정녕 우리가 소나 돼지가 아니거늘, 우리가 이 조시대의 노예가 아니거늘, 우리한테 그 하루의 휴가를 빼앗아야 정녕 옳단 말입니까."

무거운 박수들이 터져나왔다.

부서별 토의를 거쳐 실력행사를 결의했다. 휴무기간에서 일요일을 제외하지 않을 경우 파업에 돌입한다는 제안에 92%의 지지가 나왔다. 임금인상 투쟁 때의 78%를 훨씬 상회하는 결과였다.

6

유치장을 출발한 시간은 밤 11시였다. 석철의 두 손에는 수갑이 채워져 있었다. 같은 포승에 묶인 다섯 명과 함께 호송차로 향하는 그의 얼굴은 무겁게 굳어 있었다.

"도둑놈들, 한대씩 피워."

호송차가 움직이기 시작하자 함께 탄 경찰관이 담배를 한 개비씩 나누어주었다. 순경계급장을 단 그는 서른 남짓 되어 보였다. 배가 잔뜩 나온 중년사내가 먼저 굽실거리며 담배를 받아물었다.

"다시 세상 구경할 때까진 담배 맛 못 볼 거야."

석철도 말없이 순경이 켜주는 라이터에 불을 붙였다. 철망이 쳐진 차창 밖으로 라이트를 켠 차량들이 질주했다. 석철은 깊게 빨아들인 담배연기를 길게 뿜었다. 그의 내려감은 눈 앞에 수갑 채워진 자신의 손이 보였다. 무거운 한숨도 담배연기와 함께 내뱉었다. 자꾸만 한숨을 내쉬는 것은 숨이 막힐 것만 같았기 때문이었다.

노조가 쟁의발생을 결의한 바로 다음날 회사가 내민 것은 노동부의 유권해석이었다.

'단체협약에 특별한 규정이 없는 경우 휴무일자에 일요일이 포함된다고 볼 수 있다.'

그리고 지방노동위원회는 노조의 쟁의발생신고서 접수 자체를 거부했다. 휴가는 회사의 경영권에 관한 사항이므로 쟁의행위의 대상이 되지 않는다는 이유였다. 환장할 노릇이 따로 없었다. 헌법과 법률 어느 조항에도 나와 있지 않은 경영권을 이유로 노동쟁의조정법에 명백히 명시된

단체행동권을 제한할 수 없음은 물론 그 내용을 이유로 해서 노동위원회
가 쟁의신고서 접수를 거부하는 것은 불법이라는 전문변호사의 견해는
현실에서 아무 소용이 없었다.

　이런 상황 아래서 수림노조가 파업을 강행하기에는 역부족이었다. 합
법적인 절차를 모두 거쳐 파업에 들어갔던 제일강업에 경찰병력이 투입
된 것이 이틀 전의 일이었다. 석철도 도저히 자신이 없었다. 부서별 현
장토의 결과에 따라 전면파업을 철회하는 대신 '땀 닦으며 일하기' 투쟁
을 벌이기로 했다. 조합에서 부서별로 대형수건을 한 장씩 지급했고 조
합원들은 땀이 흐르면 곧장 수건으로 달려들었다. 가만히 서 있어도 땀
이 비오듯 하는 공장에서 땀을 다 훔쳐가며 일을 하려니 작업이 제대로
될 리가 만무했다. 생산량은 절반으로 떨어졌고 수건 앞에는 줄이 끊이
지 않았다. 작업복이 소금걸레가 되도록 흠뻑 땀에 젖어 일하는 사람은
아무도 없었다.

　가만히 구경만 하고 있을 회사와 경찰이 아니었다. 회사는 석철과 간
부 8명을 업무방해죄로 고소했다. 석철의 혐의는 수건을 나누어줘 정상
적인 작업을 방해했다는 것이었다. 코에 걸면 코걸이도 그런 코걸이가
없었다.

　교도소에 도착해 입감절차를 마쳤을 땐 자정이 넘은 시간이었다.

　끝으로 입고 있던 옷을 모두 벗고 검신을 했다. 석철도 입고 있던 운
동복과 내의까지 벗었다.

　"똑바로 서, 이 도둑놈의 새끼들아."

　벌거벗고 선 모양들이 가관이었지만 웃음은 나오지 않았다. 석철의 왼
쪽에 선 사내는 온몸이 문신투성이였고 오른쪽은 배가 올챙이처럼 나온
중년사내였다.

　"엎드려 뻗쳐. 하나 하면 내려가며 개과, 둘 하면 올라오면서 천선 한
다. 푸샵 실시, 하나!"

　"개과!"

"둘!"

"천선!"

"복창소리 봐라, 이 도둑놈의 새끼들."

교도관은 말끝마다 도둑놈이었다.

"하나 하면 인과, 둘 하면 응보 한다. 하나!"

"인과!"

"둘!"

"응보!"

역시 석철은 입을 꽉 다물고 있었고 오른쪽의 배불뚝이는 팔굽혀펴기를 서너 차례도 못하고 배를 바닥에 깔고 끙끙거렸다.

"야이 도둑놈의 새끼야, 너는 아가리에 본드 칠했어."

교도관의 구둣발이 석철의 맨허리를 밟았다.

"모두 일어서. 자, 이번엔 지상에서 일미터 높이까지 뛴다. 실시."

왼쪽의 문신을 새긴 사내가 가장 높이 뛰어올랐다. 귀두 둘레로 구슬을 박아 해바라기 모양을 한 성기와 고환이 사내가 뛸 때마다 출렁거렸다. 사타구니에 감췄던 가루담배를 떨어뜨린 한 명은 맨살에 붉은 줄이 쩍쩍 가도록 몽둥이질을 당했다.

"뒤로 돌아. 허리 굽히고 다리 벌려. 똥구멍 벌리란 말야."

검신의 마지막 순서였다. 치질과 물품은닉 검사였지만 자존심을 까뒤집으라는 소리로 들렸다. 석철은 이것만큼은 따라 할 수가 없었다.

"넌 뭔데 안 벌려, 도둑놈의 새끼야."

벌써 수십 번도 더 석철은 도둑놈 소리를 들었다. 서너 차례 연타를 맞은 석철의 가슴패기가 시뻘겋게 달아올랐다. 그래도 똥구멍을 까지 않고 뻣뻣이 버티자 교도관은 수감서류를 확인했다.

"도둑놈의 새끼, 공안도 아니잖아. 노조위원장이면 짜식아, 체제를 도적질할 정도는 돼야지 겨우 회사 물건을 도적질해."

검신을 마치고 석철은 지급받은 퍼런 수인복으로 갈아입었다. 바지가

짧아 종아리가 껑충 드러나보였다. 팔소매도 마찬가지였고 검정고무신은
발이 다 들어가지 않았다.

맞지 않는 고무신을 끌고 긴 복도를 따라 감방으로 향하는 석철의 두
손에는 식기 두 개와 숟가락 하나 그리고 빨간 딱지의 수인호칭 1024번
이 들려 있었다. 마침내 오고야 만 감옥이었다. 회사와 경찰의 집요한
공작에 비하면 너무나 늦게 온 셈이었다. 휴가싸움을 할 때부터 예감하
고 또 각오했던 감옥이었다. 석철의 가슴을 못 견디게 짓이기는 것은 감
옥에 갇힌 사실이 아니라 자신에게 들씌워진 절도라는 죄목이었다.

휴가가 시작된 7월 29일 석철은 아침 일찍 갈증을 느끼며 자리에서 일
어났다. 전날 밤 마신 술이 아직도 뒷머리를 뻐근하게 했다. 싸움도 어
제로 마무리되어 그동안 못 마신 술을 흠뻑 마셨다. 개운치 못한 싸움의
뒷맛 때문이기도 했다. 회사는 끝내 물러서지 않았고 휴가일정은 결국
일요일을 포함해서 4일간으로 되고 말았다. 하지만 어떻게 보면 통쾌하
기도 한 휴가비에 대한 조합원의 반격이 술맛을 당기게도 했다.

따낸 것은 없었지만 사장을 묵사발 만들었다는 게 간부들은 여간 고소
하지가 않았다. 술안주로는 최고였다.

"사장도 아마 조합원들이 그렇게 나오리라고는 생각도 못했을 거야."

회사측의 휴가 상여금 지급은 불길에다 휘발유를 끼얹은 격이었다. 휴
가가 하루 줄고 간부들이 고발까지 당해서 열을 받아 있는 조합원들에게
회사는 작년과 꼭같은 50%의 상여금만을 지급했다. 올해는 반드시 휴가
상여금을 인상해주겠다고 지난해 여름휴가때 사장이 직접 전조합원 앞에
서 한 약속이 오간 데 없어진 것이다.

"조합원들 머리가 하여튼 기발한 데가 있어."

쟁의부장 만식은 계속 벌어진 입을 다물지 못했다.

조합에서는 왜 약속을 안 지키느냐고 따졌고 사장은 얼마 올려주겠다
는 약속은 안했다고 우겼다.

"올려주겠다고 한 것만은 사실이잖아요. 그럼 단돈 백원이라도 올려줘

야 할 거 아네요."

"김위원장, 정말 이런 식으로 나올 건가?"

"사장님이야말로 세상이 좀 바뀌었다고 이럴 수 있는 겁니까? 이게 사장님이 말하는 성실이고 신뢰고 협조입니까? 약속은 지키기 위해서 있는 겁니다."

"단돈 백원이라도 꼭 더 받아야 되겠다 이거지?"

"그럼요. 휴가 출발도 못하고 밖에서 기다리고 있는 노동자들을 보십시오."

휴가기분을 완전히 구겨버린 조합원들은 운동장에 모여앉아 약속이행을 요구했다.

"좋아. 정 그렇다면 주지."

사장은 정말 조합원 1인당 100원씩을 더 지급했다. 조합원들은 어이없어하며 서로의 얼굴을 쳐다보고 벌린 입을 다물지 못했다. 석철이나 조합지도부도 다르지 않았다. 부서별 토의에 맡겼는데 도장부에서 제일 먼저 방침을 정하고 지도부의 승인이 되기도 전에 행동으로 옮겼다. 사장실로 몰려가 받은 백원을 도로 던져주고는 퇴근을 해버린 것이었다. 이에는 이, 조롱에는 조롱이었다.

"삥끼쟁이들이 얼마나 화끈한지 이럴 때 보면 알겠지."

도장부의 대의원 경식이 어깨에 힘을 주며 잔을 비웠다.

"사람들이 워째 고로코롬 점잖지가 못할까이. 우리 조립부 쪼까 보드라고. 워떠키 정중하고 신사적인가를 말이시. 봉투에 딱 모다 담아서 '자녀교육비에 보태 쓰십시오' 하고 문자까지 써설라믄 전달해주지 않았드라고. 요런 봉투 받아본 사장은 아마도 유사 이래 정수태 빼고는 없을 테니께."

조립부의 창호였다. 언제 들어도 친근감이 가는 녀석의 사투리였다.

"저런 문디자석, 인간이 쫀쫀시럽기는. 백원썩이 뭐꼬. 우리사 마 동전이란 동전은 다 보태서 던져줘뿌렸구마는. 정수태 인간이 불쌍치도 안

하더냐. 너거는 피도 눈물도 없더냐. 그래 불쌍한 인간한테 동전 몇 개
도 더 몬 보태주나."

제재부에 속한 문화부장이었다. 같이 따라 웃으면서도 석철의 마음 한
구석이 씁쓸했다. 휴가문제를 둘러싸고 보여준 회사의 태도로 보아 앞길
은 더욱 첩첩산중일 수밖에 없었다. 정수태 사장은 오늘 당한 보복을 준
비할 테고 출입이 잦아진 근로감독관과 경찰이 손을 놓고만 있지는 않을
것이 분명했다. 수림노조가 얼마나 더 버텨나갈 수 있을까, 자신이 없었
다.

부엌에 나가 냉수를 한대접 들이켜고 들어오는데 경찰이 들이닥쳤다.

"김위원장, 같이 좀 갑시다."

수림담당 정보과 형사였다.

"오늘부터 휴가요. 시골 처갓집에 가기로 했는데 다녀와서 갑시다."

"미안해, 김위원장. 상부의 지시라서 어쩔 수 없어."

눈짓을 하자 초면의 형사들이 달려들어 석철의 양쪽 팔짱을 끼었다.
소란스러움에 달려나온 아내는 한 번의 경험이 있어 지난번처럼 놀라지
는 않았다.

"미안해, 하루 정도면 될 거야."

석철은 아내를 돌아보며 그렇게 말했다. 정말 미안했다. 노조일을 하
면서 가족들과 함께 시간을 보내본 적이 거의 없었다. 갖가지 집회와 행
사, 조합원들의 경조사를 쫓아다니느라 일요일에도 집에 붙어 있을 틈이
없었다. 이번 휴가만큼은 약속한 대로 서산의 처갓집을 거쳐 함께 서해
바다에도 들르기로 하고 오늘 오후 차표까지 예매해둔 상태였다.

석철은 경찰서에 도착할 때까지도 회사가 고소한 업무방해 혐의인 줄
로만 알았다. 그러나 그를 조사한 곳은 정보과도 조사계도 아닌 형사계
였다. 회사의 물품을 상습적으로 절취한 혐의였고 뒤따라온 경찰관이 집
에서 증거물로 압수해온 것은 단비의 장난감 한 광주리였다. 제품을 만
들고 남아서 버리는 나뭇조각으로 목침이나 화분대 등을 만들어 가는 건

가구공장에서 흔히 있는 일이었고 그걸 절도행위라고 생각하는 사람은 아무도 없었다. 마른하늘에서도 벼락이 치는 수가 있었다. 그는 회사의 물품을 상습적으로 절취하였고 단비는 그 장물을 가지고 놀았던 셈이었다. 석철은 태어나서 처음으로 이 사회체제 자체를 증오하게 되었다.

37방을 찾아가는 5사동의 복도는 길고도 어두웠다.

7

변기 옆이 석철의 자리였다. 모두 열일곱 명 중에 제일 나쁜 자리였다.

처음 며칠 동안 석철은 침묵으로 일관했다. 침묵하고자 작정을 해서가 아니라 자신이 어떻게 행동해야 할지 알 수가 없었기 때문이었다. 절도범이란 사실을 현실로 받아들이고 적당히 어울리며 살아가기에는 억울함 이전에 스스로에게 용납되지가 않았다. 자신이 함께 갇혀 있는 진짜 절도범과 같이 취급된다는 건 참을 수 없었다. 하지만 그렇다고 해서 나는 죄가 없는 양심수다 하고 싸우기에는 엄연한 절도죄라는 죄목이 그를 짓눌렀다.

'도둑질이나 한 주제에 민주주의 좋아하네.'

그렇게 모두들 조롱할 것만 같았다. 더욱이 그렇게 받는 조롱이 자신에게만 한정되지 않고 열심히 운동하는 사람들 모두를 욕되게 할까봐 두려웠다. 이러지도 저러지도 못하는 고통스러운 나날이었다.

나는 도대체 뭔가, 하는 질문만 머릿속을 맴돌았다. 입으로 빨고 뒹굴리며 가지고 놀던 장난감을 장물로 압수당한 단비의 두 눈망울이 떠오를 때마다 가슴이 미어져왔다. 단비의 장난감 하나 제대로 못 사주고 회사의 못 쓰는 나뭇조각을 대신 깎아줬다 구속된 남편을 아내는 또 얼마나 못나게 생각할까. 노조 한다고 항상 입바른 소리 하더니 뒷구멍으로 회사 물건이나 훔치는 질 나쁜 인간들이라고 아내가 이웃으로부터 손가락질이나 받지 않는지 괴롭기 짝이 없었다. 그러나 아무리 궁리를 해도 헝클어진 머릿속의 고민은 풀어지지가 않았다.

고민은 석철의 머릿속에서가 아니라 석철이 아래로 보는 감방의 동료들 모습에서 풀려나왔다.

5사동 37방은 절도범과 폭력범들이 수감되어 있었다. 대부분 개털인 셈이었다. 면회도 잘 안 오고 차입물도 드물었다. 감옥 속은 공평할 줄 알았는데 결코 그렇지 않았다. 돈 있는 사람은 그래도 한결 편하고 없는 사람들은 더욱 비참하고 힘든 곳이 감옥이었다. 감옥도 어쩔 수 없는 분명한 이 사회의 일부였다. 개털들이 모인 37방은 먹는 것에서 내의와 비누에 이르기까지 모든 것이 부족했다.

"야, 너 내의 두 개지. 하나 내놔."

석철이 첫면회에서 돌아왔을 때 감방장은 차입된 석철의 내의 한 벌을 내놓으라고 했다. 터무니없이 사람을 괴롭히곤 하는, 폭력과 절도 전과 각각 3범이었다.

"야 임마, 딱 천원 너 입어."

빼앗아서 자신이 가질 줄 알았는데 그는 37방의 막내인 스무살짜리 절도범에게 던져주었다. 천원을 훔쳐 자장면을 사먹었다 구속된 녀석은 말끝마다 딱 천원밖에 훔치지 않았다며 차라리 만원짜리를 훔쳐 탕수육이라도 먹어버릴 걸 그랬다고 억울해했다. 녀석은 입감한 지 한 달이 지났는데 면회 온 사람이 아무도 없었다고 했다. 평소에 얘기하는 걸 보면 야비하고 지저분한 그들이었지만 또 한편으로 얼핏얼핏 나타나는 인간미가 있었다. 며칠 동안 생활하면서 석철은 자신도 모르게 그들과 가까워졌다. 처음의 거리감과 달리 그들도 똑같이 가난하고 억눌리며 살아가는 사람들이라는 생각이 들었다. 그들도 자신과 똑같이 없이 살며 천대받기는 마찬가지였다. 석철이 그들과 어울리고 대우를 받게 된 계기는 세면 시간을 두고 벌어진 실랑이 때문이었다.

"세면 끝."

얼굴에 물을 채 다 묻히기도 전에 감방으로 돌아가라는 것이었다. 석철은 못 들은 듯이 세수를 계속했다.

"야잇 도둑노무 새끼야, 세면 종료라는 소리 안 들려."

"세수를 해야 종료를 할 것 아닙니까. 왜 다른 방은 사람도 적은데 5분씩 주고 우리는 사람이 스무 명 가까이 되는데 3분도 안 주는 겁니까?"

범털이라고 불리는 경제사범들에 비해서 개털들의 세면시간은 턱없이 짧았다.

"도둑노무 새끼가 말이 많아. 도둑질 안했으면 여기 들어오지도 않았을 거 아냐. 여기 놀러 들어온 줄 아나?"

교도관들은 한결같이 수인들의 죄목에 상관없이 도둑놈이라고 불렀다.

"도둑놈 도둑놈 하지 마십시오."

수인들이 제일 듣기 싫어하는 말이 도둑놈이라는 소리였다. 그렇게 붙은 싸움 덕분에 석철은 보안과에 끌려가 죽지 않을 정도로 얻어맞았다.

"넌 뭐가 그렇게 잘났어. 남들 다 가만있는데 왜 혼자 떠들어?"

"감옥에 있는 사람은 세수할 권리도 없습니까?"

"그래도 족보가 공안이다 이거야? 절도까지 병합된 놈이. 그래 공안 대우 해주지."

그리고 끌려간 곳이 벌방이었다.

사흘 동안 포승에 묶인 채 먹방에서 지내다 돌아오자 감방에서의 대우가 달라졌다.

"그 사장놈 되게 악질이네. 손 한번 봐야 쓰겠구만."

석철의 사연을 들은 수인들은 모두가 분노했다.

"사장 그 한 놈이 악질이 아니라 이 세상이 그렇게 돼 있다니까."

별로 말이 없는 '특공 영감'이 어눌하게 한마디를 보탰다. 특수공무집행방해와 상해죄로 들어온 영감의 나이는 오십하나였다. 나이에 비해 희끗하게 바랜 머리칼과 주름살 깊은 얼굴이 영감이라는 말을 어색하지 않게 했다.

"특공영감은 그래서 멀쩡한 짜바리를 차 본네트에 싣고 내달렸수."

"그럴 만했으니까 그랬지."

"특공영감 오늘 동지 만났다고 세게 나오네."

"차선위반이 큰 위반은 아니잖아. 그래도 어쨌든 위반은 위반이니까 좀 봐달라고 사정사정을 했지."

'특공영감'의 직업은 택시운전사였다.

"근데 이 자식이 손가락으로 내 가슴을 쿡쿡 찌르면서 '영감, 잔말 말고 면허증이나 내놔' 이러는 거야 글쎄. 이제 나이 서른도 안돼 보이는 놈이 말야. 허참, 내 나이 오십 넘도록 운전대 잡은 것이 그날처럼 후회스러울 수가 없었어."

석철은 고개가 끄덕거려졌다. 얼마전 신문에서 파렴치범처럼 호들갑을 떤 교통순경을 매달고 몇십 미터를 달린 운전사의 사정을 이해할 것 같았다. 다시 한번 석철은 37방의 수인들이 무슨 흉측한 죄인들이 아니라 다들 나름대로 사연을 가진 이웃임을 확인할 수 있었다.

석철은 그날로 감방장의 옆자리로 옮겨앉게 되었다. 또 한가지 기쁜 일은 변호사가 선임된 것이었다. 이 거대한 공룡과 같은 법과 제도에 맞서 구속된 채 혼자 싸워야 한다는 고립감으로부터 벗어날 수 있었다.

"돈이 어디서 나서 변호사를 샀어?"

단비는 유리창 너머에 있는 아빠를 보고 두 눈만 껌벅거렸다.

"조합간부들이 걷어줬고 집에 있던 통장 털었어요."

"생활비는 어떻게 하려고?"

"단비랑 둘이 있는데 얼마 들겠어요. 우리 걱정 말고 당신 건강이나 조심해요."

한형과의 마지막 만남이 생각났다.

한형을 감자탕집에서 만난 건 휴가싸움에 들어가기 전이었다. 한형이 제일강업 앞에서 경찰에 연행돼 도로교통법위반죄로 구류 사흘을 살고 나온 며칠 뒤였다. 석철은 마음속의 미안함과 달리 그의 비위를 건드리기만 했다.

"난 다시는 해고당하고 싶은 생각이 없소. 감옥에 갈 생각은 더더욱이나 없고. 이놈의 위원장도 이제 그만할 거요."

"위원장님께서 왜 이러실까. 의리의 사나이 돌쇠가 여기서 휘청거리면 우리 노동자들이 어떻게 역사의 주체로 설 수가 있겠소?"

"역사의 주체, 다 개뼈같은 소립니다."

"김형, 오늘 왜 이래?"

"난 한형하고 다르오. 책임져야 할 가족이 있소."

"누구는 없소?"

"그래도 한형은 집이라도 있고 정 어려우면 도움을 받을 부모라도 있지 않소. 과외라도 할 수 있는 재주도 있고. 그러나 우린 뭐요. 노동 않으면 돈 한푼 나올 곳이 없지 않소."

"………"

안했으면 좋았을 얘기였다. 그리고는 싸움이 터져서 만나지 못했다.

감옥생활은 자신과의 싸움이었다. 저들이 주는 조건을 고스란히 받아들이거나 싸우거나 선택은 둘 중의 하나뿐인 곳이 감옥이었다. 석철은 싸우는 쪽을 택했다. 지기는 싫었다. 자신을 잡아가둔 이 어처구니없는 권력에 항복할 수는 없었다. 항상 마음을 흔드는 진숙과 단비를 생각해서라도 죄인 노릇을 받아들일 수는 없었다. 물 한 모금 밥 한 숟갈이라도 낮게 받아먹으려면 싸워야 했고 그것은 항상 자기결단을 요구했다. 사람이 사는 곳은 어디서나 먹는 게 일차적인 문제였다. 교도소도 예외는 아니었다. 틀에 찍은 밥은 형편이 없었다. 감옥에 와서도 식사 때문에 싸워야 하나 싶었지만 그것이 개털들 모두의 절박한 요구였다. 교도관료들이 착복한 급식비를 되찾아 조금이라도 나은 밥을 먹기 위해서는 싸우는 수밖에 없었다.

문짝을 걷어차고 구호를 외쳤다. 몇 번의 집단폭행 끝에 다시 벌방으

로 묶여갔다. 이번에는 손을 뒤로 묶어 밥을 손으로 먹을 수 없었다. 던
져 넣어주는 밥을 개처럼 엎드려서 입을 대고 먹어야만 했다. 눈물 젖은
밥이었다. 더 괴로운 것은 대소변이었지만 싸우기 위해서 먹었다. 틀밥
을 핥으면서 석철은 무엇을 위해 싸우고 있는지 스스로 반문했다. 뺨을
타고 흐르는 더운 물기를 느끼며 굴복하지 않으리라 다짐을 했다.

개털들은 누구나 식사개선투쟁에 관심이 높았다. 석철의 징벌이 해제
될 때까지 사동이 술렁거렸고 식사도 꽤 나아졌다. 그러나 이 싸움을 끝
으로 석철은 수인 번호표가 빨간색인 공안사범들만 모아놓은 8사동으로
옮겨가야 했다.

공안사범 전용의 8사동은 5사동에 비하면 가히 천국이었다. 세면시간
이 마음껏 주어졌고 10분뿐이던 운동시간도 한 시간이나 되었다. 식사도
한결 나았다. 무엇보다도 머리와 발을 엇갈려가며 칼잠을 자지 않고 두
팔 두 다리를 활개 펴고 누워 잘 수 있어서 좋았다. 삼복더위의 날씨에
도 4, 5평 공간에서 열일곱 명이 밤낮을 함께 지내는 고역을 면했지만 석
철은 가슴 한쪽이 허전했다. 자신 하나가 특혜를 받기 위해 싸운 것은
정녕 아니었다. 5사동은 여전히 똑같은 대우를 받게 될 것이었다.

"33방 동지 들립니까. 김석철 위원장님 맞죠?"

8사동에서의 첫통방이었다. 얼굴은 보이지 않았지만 높은 복도를 울리
는 목소리는 쾌활했다.

"저는 바로 옆집 32방에 사는 박인식입니다. 5사동에서 고생 많으셨
죠?"

처음에는 이렇게 크게 떠들어도 되나 싶었다.

"절 어떻게 아십니까?"

석철은 시찰구에다 얼굴을 대고 먼저 들린 목소리의 절반만한 크기로
대답을 했다.

"김위원장님 데려오려고 사흘씩이나 위장을 원천봉쇄했는데 왜 모르겠
습니까요."

석철은 비로소 자신이 8사동으로 넘어오게 된 이유를 알았다. 5사동에서 계속 석철이 말썽을 부린 탓도 있었지만 공안사동 전체가 석철이 벌방에 들어갔다는 사실을 알고 단식투쟁을 벌였던 것이다.

"제가 5사동에 있던 것이나 벌방에 갇힌 사실을 어떻게 알았어요?"

"연출갔던 동지한테 보고를 들었지요. 오늘 아침에 우리 옥중투쟁위원장님이신 김근식 선배님께서 보안과장과 담판을 지었지요."

공안사동의 요구는 석철이 내걸었던 식사개선에다 그의 8사동으로의 이감이었다.

"축하합니다."

어느 방에서인지 알 수 없었지만 인사가 쏟아졌다.

"저녁식사 후에 정식으로 김위원장 환영식을 거행할 거니까 좀 쉬어두십시오."

자리로 돌아온 석철은 두 다리를 쭉 뻗고 앉았다. 책상다리를 하고 앉으라고 강요하는 사람은 아무도 없었다. 벌방에서 5일간 쌓인 피로가 몰려왔다. 비스듬히 기대누운 벽에 낙서들이 가지런히 되어 있었다.

김성호 1987년 6월 군사독재타도투쟁의 한길에서 잠시 포로로 머물다.

신형진 1989년 2월 노동해방의 열망을 불태우다 가다.

민경주 1989년 9월 조국통일선봉대의 자랑스러움을 이곳에 새기다.

그들의 숨결이 어디선가 들리는 것 같았다.

김석철…… 자신은 무어라고 새겨야 할까 생각해보았다.

8사동에서의 첫식사는 고깃국이었다. 비계만 떠 있던 5사동에서와는 달리 고깃점이 더러 있었다. 식기를 닦으며 몸까지 함께 씻고 나니 포만감이 넘쳤다.

"잠시 후부터 집회를 시작하겠으니 동지 여러분께서는 모두 모여주시기 바랍니다."

석철도 시찰구에다 얼굴을 디밀고 섰다.

"그럼 지금부터 식사개선과 김석철 동지 이감투쟁 보고 및 김동지 환영대회를 시작하도록 하겠습니다."

묵상과 임을 위한 행진곡, 얼굴이 보이지 않을 뿐 밖에서 하던 집회와 다를 바가 없었다. 사회는 삼민동맹사건으로 구속된 노동자였다.

"먼저 옥중투쟁 공동위원장이시고 8월옥중통일투쟁 준비위원장이시며 전민련 중앙집행위원장이시자 소내처우개선위원회 교섭대표이신 김근식 선배님의 대회사가 있겠습니다."

박수소리가 터져나왔다.

"3일간의 가열찬 단식투쟁을 전개하여 처우개선과 김석철 동지 이감을 쟁취해낸 동지 여러분께 옥중투쟁위원회를 대표하여 치하를 드립니다. 그리고 조작된 죄목으로 구속되어 고립된 감옥생활 속에서도 대중의 권익을 위해 투쟁하다 이감해온 김석철 동지에게 뜨거운 환영의 마음을 전합니다……"

감방의 울림을 고려한 목소리는 느리고도 단호했다.

"감옥은 쉬었다 가는 곳도 썩었다 가는 곳도 아닌 투쟁 속에서 자신을 한층 단련하여 민중의 쓸모있는 일꾼이 되어 돌아가기 위한 학교라는 사실을 항상 명심하고 학습과 토론, 투쟁을 조금도 게을리하지 맙시다."

집회가 끝난 뒤 32방에서 책을 보내왔다. 빵봉지로 만든 노끈 끝에 돌을 매달아 뒤쪽 창틀로 던져 운송로를 개척했다. 그리고 칫솔을 갈아 만든 도르래로 책을 매달아 보냈다. 감옥에서는 모두가 삐삐용이 되었다.

8

계절은 어느새 성큼 가을의 문턱에 이르러 있었다. 이른 아침부터 내리기 시작한 초가을의 이슬비가 교도소 하늘에 흩뿌리고 있었다.

"그리워도 뒤돌아보지 말자. 작업장 언덕길에 핀 꽃다지. 정녕 사랑이 무언지 알 것만 같아. 퀭한 눈 올려다본 흐린 천장에 흔들려 다시 피는 언덕길 꽃다지……"

단식 일주일째에도 누군가 남은 기력이 있어 부르는 노래는 비에 젖은 사동으로 낮게 깔리고 있었다.

식당문제로 단식을 하면서 석철은 무슨 일이 있어도 다시는 단식을 않기로 다짐을 했었다. 소내 처우유지를 위한 통방이 시작되었을 때도 석철은 단식투쟁만은 결사반대였다. 그러나 감방 안에서의 선택은 너무나 뻔했다.

10월 들어서 식사가 슬그머니 나빠지고 운동시간이 야금야금 줄어들기 시작했다. 공안정국의 한파가 감옥의 담을 넘어들어오면서 8사동에서는 그동안 확보했던 처우를 조금씩 빼앗으려는 교도소 당국과 재소자들 간에 치열한 접전이 벌어지고 있었다. 최소한 현재의 처우만큼은 사수해야 한다는 위기의식이 신문 반입을 둘러싸고 폭발했다.

매직으로 시커멓게 몇 줄씩 칠해져 나올 때까지만 해도 불빛에 비춰보면 무슨 글씨인지 알아볼 수 있었던 신문이었다. 하루하루 검은 칠을 한 면적이 늘어가던 신문이 지난주부터는 아예 가위질을 당해 걸레쪽이 되어 들어왔다. 싸움은 늘 하는 대로 감방문을 차는 것으로 시작됐다. 신문검열과 부식비 비리에 대해 법무부장관 직접면담을 요구로 내건 단식투쟁이 7일째에 이르고 있었다. 어떻게 보면 너무도 작은 것을 위해서도 모든 것을 걸고 싸워야 하는 곳이 감옥이었다. 지면 먹방이고 이기면 당분간의 현상유지가 보장되었다.

그러나 지금 석철에게는 배고픔이 문제가 아니었다. 자신이 돌아가 비빌 언덕이 무너진 아픔이 배고픔을 둘째자리로 내몰고 있었다. 간부들의 면회가 뚝 끊긴 지가 벌써 몇 주째였다. 면회 때마다 진숙에게 물어보았지만 대답은 늘 신통치 않았다. 지난번 면회에서도 그랬다. 면회금지 조치가 내리기 전이었으니까 단식 이틀째 되는 날이었다.

"사무장하고 완수, 면회 한번 오라고 그래."

"그러죠……"

여전히 진숙은 우물쭈물 얼버무렸다.

"무슨 일 있어 ? "

"………"

"해고당했어 ? "

"아녜요. 당분간 면회 오긴 힘들 거예요. "

분명히 무슨 일이 생겼다는 걸 진숙의 표정에서 읽을 수 있었다.

"뭐야, 왜 ? "

"사무장하고 간부들 다섯 명 회사 관뒀어요. 벌써 여러 날 됐어요. "

석철이 구속되자 회사는 남은 간부들 여섯 명을 상대로 2억 3천만원의 손해배상 청구소송을 냈다. 평생을 벌어도 쥐어볼 길이 없는 액수였다. 땀을 닦으며 일하게 해서 생긴 손실의 1차 소송분이라는 것이었고 대의원들을 상대로 나머지 손실에 대한 2차 소송까지 내겠다고 회사는 밝혔다.

"그런다고 회사를 관둬. 누구 좋으라고 ? "

"회사의 요구하고 맞바꾼 거예요. 퇴사하면 손해배상소송 취하하겠다고 했대요. "

석철은 맥이 탁 풀렸다.

"별수 없었을 거예요. 당장 변호사를 사는데도 한 사람에 백만원씩이 있어야 되는데 그 돈이 어딨어요 ? "

노동자에게 몇천만원씩의 손해배상청구는 구속보다 더한 압박일 수 있었다. 더구나 그나마 목돈인 퇴직금마저 가압류하겠다는 회사의 위협에 간부들은 무릎을 꿇어버렸다.

"노조는 ? "

"전화 받는 사람도 없어요. 퇴사할 때 더이상 대의원과 조합원들한테는 문제삼지 않는다는 합의를 했대요. "

"그 얘길 왜 여태 안했어 ? "

"실망한다고 나올 때까지 얘기하지 말라고 해서요. 당신한테도 미안해서 못 오겠대요. "

가뜩이나 침침한 면회실이 더욱 어두워 보였다. 돌아갈 곳이 없어져버
렸다는 막막함이었다.

"하루종일 할 거요? 자, 그만 끝냅시다."

교도관이 접견록을 덮고 일어섰다. 연출을 끝내고 33방으로 돌아오는
복도는 입감할 때만큼이나 길게 느껴졌다.

8사로 옮기고 난 뒤 석철의 감옥생활은 어려움이 없었다. 자신에게 들
씌워진 절도범이라는 죄목도 이제는 아무런 문제가 되지 않았다. 그는
사동에서 가장 책을 많이 읽는 축에 속했다. 투쟁이 없는 날엔 온종일
독서와 통방으로 보냈다.

"조합주의와 개량주의가 어떻게 다릅니까?"

"노동조합공동전선과 그냥 통일전선의 차이가 뭡니까?"

배우는 데서는 부끄러움을 모르기로 한 석철이었다. 이웃 방의 학생에
게 물어보고 모르면 중계를 해서라도 선배들에게 해석을 부탁했다. 석철
이 붉은 방에 끌려가서 탐독 여부를 추궁받았던 『노동자의 새로운 철학』
도 감방에서 읽게 되었다. 현실은 그렇게도 희극적이었다. 책을 보고 토
론을 하는 과정에서 석철은 도대체 판단하기가 애매했던 여러가지 다른
의견들이 왜 생기고 무엇이 옳은지 차츰 깨달아갔다. 그동안 단편적으로
가지고 있던 생각을 나름대로 하나의 논리로 조리있게 정리하게 되었을
때의 기쁨이란 이루 말할 수가 없었다. 그러면서 때로는 얼마나 자신이
한 실천들이 한심한 짓이었나를 깨닫고 혼자 얼굴을 붉힌 적도 한두 번
이 아니었다. 이제 밖에 나가서 새로 일을 시작하면 정말 잘할 수 있을
것 같아 마음이 바빠지기까지 하던 중이었다. 책을 읽으면서도 수림의
공장 구석구석과 조합원들의 얼굴을 떠올리며 어떻게 해야겠다는 설계를
하곤 했었다. 그런데 간부들은 자신이 돌아올 때까지도 버티지 못하고
떠나버린 것이다.

누구보다 활기차게 생활했던 석철이었지만 처우개선투쟁이 신이 나지
가 않았다.

가을비는 온종일 처량스럽게도 내렸다. 창밖의 빗방울을 쳐다보고 기대앉은 석철의 눈앞엔 동료들의 얼굴이 하나하나 차례로 떠올랐다 사라져갔다. 회사를 관둬버렸다는 사무장과 완수, 만식 들은 무엇을 하고 있을까. 대의원 경식이와 재룡등이 삼겹살은 회사에 그대로 남아 있을까. 얼굴이라도 한번 보고 싶었다. 저녁식사 시간에 맞춰진 집회가 시작될 때까지 석철은 어지러운 상념에 빠져 있었다.

옥중처우개선투쟁 제9차 결의대회인 오늘의 초점은 김근식 선배의 기조연설에 있었다. 김선배는 바로 오늘 열릴 예정이던 자신의 재판을 거부하고 출정조차 하지 않았다.

"그동안 앞서 이곳에서 생활한 동지들이 피로써 쟁취한 성과들을 사수하기 위해 7일째의 단식투쟁을 벌여나가고 있는 동지 여러분! 우리는 현재의 처우를 지켜내고 더욱 개선시켜서 다음에 들어올 동지들이 좀더 나은 조건에서 자신을 단련시켜서 나갈 수 있도록 해야 할 책임이 있습니다. 타성과 안일, 타협은 우리 운동을 죽이는 해악입니다. 제가 오늘 재판을 거부한 것은 현정권의 재판놀음 희극에 제가 또다시 한 소품으로 이용되는 것이 참을 수 없이 역겨웠기 때문입니다. 그러나 더욱 중요한 이유는 현재 우리가 마주하고 있는 투쟁전선, 소내투쟁과 재판투쟁에 가장 철저히 대응하는 것이 우리에게 주어진 책임이라는 데 있습니다."

그는 우리들이 맞닥뜨린 바로 그 지점에서 치열한 대치전선을 형성하자고 역설했다. 우리가 잘 싸워서 감옥을 꽉 장악하고 나가지 않으면 밖의 동지들이 들어올 자리가 줄어들 수도 있지 않겠느냐는 얘기는 폭소를 자아냈다.

"그러면 밖의 동지들이 더 잘 싸울 수 있게 될 테고 또 치열하게 싸워서 자꾸 감옥에 들어오다보면 우리는 밀려서 나갈 수도 있지 않겠습니까?"

어디에서 저런 여유가 나올 수 있을까 궁금했다. 항상 감명깊게 선배들의 연설을 듣는데 오늘은 빗소리만큼이나 아득하게 들렸다. 공안사동

의 한결같은 특징은 아무도 죄의식을 가지고 있지 않다는 것과 고개를
숙이는 일이 없고 여유만만하다는 점이었다. 갑자기 자기만 이 공안사동
에서 고립되었다는 부질없는 생각이 들었다.

"33방 동지, 계속 버텨낼 만하세요?"

34방에서 통방을 걸어왔다.

"없는 놈이 굶는 재주라도 있어야지요."

석철로서는 그냥 농담이 아니었다.

"김위원장님도 공판 며칠 안 남았는데 어떡할 겁니까?"

"저도 거부해야 한다고 생각하세요?"

"그거야 여러가지 조건에 따라 달라질 수 있는 거죠."

재판 날짜가 점점 다가오고 있었지만 석철은 결심이 선뜻 서지 않았
다. 접견 온 변호사는 특별히 고집을 부리지 않으면 집행유예로 나갈 수
있다고 했다. 그러나 망설여졌다. 나가기 위해 검찰의 공소사실을 대충
인정하고 후회하는 듯한 낯빛을 지어야 하는가. 8사동 동지들을 생각할
때 그럴 수는 없었다. 그렇게 나약하게 타협하라고 얼굴도 모르는 자신
을 벌방에서 구출하기 위해 며칠간의 단식을 하며 싸우지는 결단코 않았
을 것이다.

하지만 석철의 어떤 각오도 진숙과 단비의 생활대책이 되지는 못했다.
통장은 이미 자신의 변호사비로 거덜이 났을 테고 빠듯한 생활비는 단비
의 분유값과 자신의 옥바라지 비용으로 녹아내렸을 게 뻔했다. 진숙이
어떻게 생활을 꾸려나가는지가 무엇보다 큰 걱정이었다. 손 내밀 만한
변변한 친척 하나 없기는 석철이나 진숙이나 마찬가지였다. 머릿속에서
는 하루에도 몇 번씩 재판거부와 타협이 밀고 밀리는 공방전을 벌였다.

소내투쟁은 석철의 고민과 무관하게 격렬하게 발전해갔다. 단식 열흘
이 지나면서 탈진해서 쓰러지는 사람들이 나타나고 교도소 당국은 호스
를 목구멍 속에 집어넣고 강제급식을 감행했다. 몇몇 사람들은 소극적으
로 저항하면서 강제급식을 받아들였다. 그러나 대부분의 사람들은 필사

적으로 강제급식을 거부했다.

단식 열이틀째, 오늘도 교도관들은 맨 오른쪽 21방부터 차례로 방문을 따고 들어왔다. 김근식 선배를 비롯한 거물들은 검치라는 명목으로 이미 격리된 상태였기 때문에 서너 시간이 지나서 31방에까지 이르렀다. 31방은 미리 빵봉지에 담아뒀던 똥덩이를 내던지며 저항했지만 잠시 후 잠잠해졌다. 그리고 석철의 차례였다.

"맞고 먹을래 그냥 먹을래."

몇 번이나 목줄기까지 들어온 호스를 뿌리친 석철이었지만 턱주걱까지 우악스럽게 틀어쥔 교도관들의 힘을 당해낼 재간은 없었다. 그동안 자신들을 우습게 여겨온 공안들에 대한 분풀이를 겸해서 저항할 수 없을 만큼 때린 다음 이어서 일곱 명의 교도관이 전신을 타눌렀을 때는 손가락 하나 까딱해볼 수 없었다.

"개새끼야 정신차려. 세상이 옛날 같은 줄 알아?"

석철은 두 눈만 껌벅거리며 호스로 흘러드는 미음을 받아들여야 했다.

"뭘 쳐다봐. 기억해뒀다 세상 뒤집히면 손봐주겠다 이거야?"

놀고 있던 손바닥 하나가 석철의 뺨을 후려쳤다.

"눈깔 내리감어, 이새끼야."

석철은 그리 크지 않은 눈을 치켜떴다. 그것이 석철이 할 수 있는 반항의 전부였다. 싸움이 마지막 고비로 접어들면서 격렬히 대치하는 부류와 소극적으로 저항하는 부류로 나뉘어졌다. 교도관들의 대응도 다르게 나타났고 석철과 같이 완강하게 버티는 사람들에게는 더 많은 대가가 주어졌다.

석철이 다시 5사동으로 이감을 간 것은 그의 뱃속에 들여보내진 미음을 모두 토해내버렸기 때문이다. 강제급식을 마친 교도관들이 비웃음을 던지며 돌아섰을 때 석철은 자신의 입속 깊이 손가락을 집어넣어 그들이 흘려넣은 미음을 한방울도 남기지 않고 토해버렸다.

"못 배운 빨갱이가 무섭다더니 이새끼가 그짝이구만."

입속에 남은 미음 찌꺼기를 침과 함께 석철은 그들의 낯짝에 뱉어버렸다.

"어휴, 이런 꼴통같은 새끼."

더 어떻게 할 엄두를 못 낸 교도관들은 그들의 몫을 5사동의 폭력배들에게 넘겼다. 한 달 반 만의 귀환이었다.

9

옥중투쟁위원장인 김근식 선배와의 면담은 보안과장실에서 이루어졌다. 처우개선 싸움은 절반에 가까운 사람들이 탈진을 하고 가족들의 항의농성을 계기로 신문에 보도가 되기 시작하면서 마무리되었다. 싸우는 만큼 당하고 당한 만큼 얻는 것이 감옥투쟁의 변함없는 원리였다. 모든 처우는 종전 수준대로 되돌아왔고 이감되었던 공안사범들은 원상회복하기로 합의가 이루어졌다. 그러나 석철은 8사동으로 되돌아가는 것을 거부했다.

"김위원장, 고생 많았습니다. 건강은 어떻습니까?"

석철에게 그렇게 묻는 김선배의 정중한 목소리 어디에도 위엄을 갖추려는 권위주의의 냄새는 나지 않았다.

"저희 같은 젊은놈들이야 그까짓 거 뭐 별겁니까. 선배님들은 어떠세요?"

"우리야 이골이 나 있지요."

많은 사람들이 자신의 명망과 분파의 이익을 앞세워 원칙보다는 대세와 타협해갈 때 의연히 자신의 원칙을 지키며 민주민족운동의 통일을 위해 묵묵히 헌신해온 김선배의 삶을 어렴풋이 석철도 들어왔다.

"5사동에서는 고초를 겪지 않았습니까?"

"전혀요. 8사동의 동지들이 보고 싶지만 전 지금의 5사동이 더욱 좋습니다."

석철은 교도소당국의 기대와 달리 5사동의 재소자들로부터 시달리기는 커녕 오히려 그들의 원호를 받았다. 그가 8사동으로 옮겨져 간 뒤 석철의 얘기는 사실보다 더욱 절절하고 과장되게 포장되어 5사동 전체에 전파되어 있었다. 감히 누구도 석철에게 손찌검을 하지는 못했다. 그들은 지금까지 어쩌다 자신들과 함께 생활하게 된 지식인 출신의 공안사범들을 '선생님'으로 대우해주었었지만 마음 한편에는 그들과는 별종이라는 이질감과 열등감을 가지고 있었다. 그러나 석철은 죄목에 절도가 걸려 있기도 했지만 그들과 똑같은 못 배우고 가지지 못한 동류였기에 석철을 자랑하는 것은 자신들에 대한 자랑일 수 있었다. 석철이 5사동에 남기로 결심한 것은 대우를 받아서가 아니었다. 자신을 진정으로 더욱 필요로 하는 곳은 8사동보다 5사동이었다.

"김석철씨, 김선생 말씀대로 8사동으로 옮기지 그래요. 공안들은 공안들끼리 지내야 서로 편한 거 아닙니까."

대단한 변화였다. 도둑놈에서 1024번을 거쳐 김석철씨로 되돌아와 있었다. 보안과장은 석철로 하여 이러지도 저러지도 못하는 처지가 되어 있었다. 이감으로 석철을 잠잠하게 만들기는커녕 8사동의 불씨를 5사동으로까지 옮겨붙인 결과를 불렀던 것이다. 석철의 단식은 5사동으로 옮긴 뒤에도 계속되었고 은연중에 동조를 하던 같은 방의 재소자들이 직접 가세할 기미를 드러냈던 것이다.

"교―도―소 당―국―은 규―정―된 정―량―의 식―사―를 즉―각 지―급―하―라."

석철은 말라붙은 입술로 8사동에서 배운 대로 온 사동이 들리도록 느릿느릿 구호를 외쳤다.

"김형, 규정된 정량의 식사가 도대체 얼마요?"

돼지고기찌개가 나온 날이었다.

"일주일에 돼지고기 이백 그램입니다. 오늘이 그 돼지고기 나온 날이니까 한번 확인해봅시다."

"어떻게요? 저울도 없는데. "

동료 수인들이 밥을 먹으려다 말고 눈이 둥그래졌다.

"돼지고기 한 근이 얼마쯤 되는지는 대충 알잖아요. 일인당 이백 그램이니까 세 명의 찌개에 든 고기를 다 모아서 한 근이 되는지 안되는지 보면 될 거 아닙니까. "

"그렇지, 저기 백정이 있으니까 잘 알겠구만. 야 백정, 고기 다 한번 모아 담아봐. "

정육점에서 일하다 월급문제로 주인을 때려 들어온 더벅머리에게 임무가 맡겨졌다. 열여덟 명의 찌개에 담긴 고기를 모조리 거둬담았는데도 여섯 근은커녕 한 근도 채 되어 보이지 않았고 그나마 태반은 비곗덩이였다.

"비계 빼면 반 근뿐이 되지 않는데요. 정말로 일인당 이백 그램씩 주게 되어 있어요? "

거둬모은 돼지고기를 눈앞에 두고 더벅머리는 고개를 갸웃거렸다.

"야—잇 천—하—에 진—짜 도—둑—놈—들—아. 훔—쳐—간 돼—지—고—기 다—섯—근—을 내—놓—아—라. "

석철이 철문을 식기로 긁으며 다시 소리를 쳤다.

"어이 씨팔, 뭐 이래. "

"떼어처먹어도 정도껏 떼어처먹어야지. "

"그러면서 우리보고 도둑놈이라고. "

입감한 뒤에 한번도 기를 펴지 못했던 수인들이 석철의 큰 목소리에 자신의 소리를 슬쩍슬쩍 묻혀서 날려보냈다. 교도소당국이 제일 두려워하는 일반수들의 반란 조짐이 보이기 시작한 것이다.

"천이십사번 김석철씨, 8사동도 단식을 끝냈고 요구했던 것도 다 해결이 되었어요. 이젠 그만 좀 합시다. "

석철은 그러고도 이틀 동안 더 단식을 했다. 5사동도 8사동과 동일한 수준으로 규정에 따른 식사를 제공할 것, 세면시간과 운동시간을 2배 늘

릴 것을 요구하며 싸웠다. 그때부터 석철은 5사동 전체의 뜨거운 지지를
받았다.

석철을 강제로 8사동으로 돌려보내자니 겨우 잠재워놓은 8사동을 다시
시끄럽게 만들겠고 그냥 5사동에 그대로 두자니 더욱 문제라는 데 보안
과장의 고민이 있었다.

"공안사범이 도대체 뭡니까? 저는 절도죄로 들어왔습니다. 그러니까
5사동에 있는 게 당연하지 않습니까?"

"정말 왜 이러나. 당신이 도둑질해서 들어오지 않았다는 것은 천하가
다 아는 사실 아닌가? 어깃장 그만 부리고 김선생 따라 8사동으로 돌아
갑시다."

보안과장은 사뭇 애원조였다. 도둑질하지 않았다는 걸 천하가 다 알고
있다고? 석철의 얼굴에서는 씁쓸한 웃음이 스쳐갔다. 그 죄목으로 재판
을 기다리고 있는 그였다.

"정말 5사동에서 잘해낼 수 있겠습니까."

김근식 선배는 말없이 석철의 손을 마주잡았다.

"예. 걱정 마십시오. 8사동 동지들께 인사 전해주십시오."

5사동 16방으로 돌아왔을 때 그동안 보지 못한 신문들이 가위질한 기
간의 신문들과 함께 도착해 있었다. 한달여에 달하는 한겨레신문을 석철
은 한 페이지도 빠뜨리지 않고 훑어갔다. 어느날 독자투고란의 제목에서
석철의 눈이 번쩍 뜨였다. 절도죄로 몰아 억울한 구속, 맨 끝의 투고자
이름부터 확인했다. 신진숙, 아내였다. 석철의 억울한 사연과 생계의 막
막함을 호소하며 그의 석방을 요구하는 내용이었다. 요즈음 집에서 부업
을 해서 아이의 분유값을 벌고 있다는 대목은 안타까웠지만 그래도 다행
스럽게 여겨졌다.

그동안 중단되었던 면회도 즉각 재개되었다. 석철은 이제나저제나 하
며 연출 준비를 했는데 진숙은 나흘이 지나도록 면회를 오지 않았다. 부
업 때문에 못 오나 하다가 닷새째에는 무슨 일이 생기지 않았을까 하는

276

걱정이 돼서 책이 눈에 들어오지 않았다. 오다가 교통사고가 나지 않았을까 하는 경박스런 생각마저 들었다.

하루가 더 지나서야 연출을 나갔다. 진숙이 아니었다. 머리가 희끗희끗해진 아저씨들이었다. 평소에 조합활동에 소극적이고 매사에 뒤꽁무니를 빼던 사람들이었다.

"미안허이. 얼굴이라도 한번 볼라고 왔네."

"몸은 좀 위떤가?"

석철은 그들의 머리칼만큼이나 바랜 수림의 작업복을 보자 눈시울이 붉어왔다.

"아저씨들이 어떻게 출근 않고 여기까지 오셨어요?"

결근이라곤 모르는 사람들이었고 월차를 쓸 주변들도 아니었다.

"………"

"실은 말일세, 자네도 알지, 왜 충청도 정씨라고. 옛날에 자네 바로 옆 기계에서 일하지 않았나. 그 사람이 어제 죽었어. 그제 일하다 말고 머리가 어지럽다고 주저앉아서 조퇴를 했는데 그날 밤 죽어버렸어."

"………"

죽어라고 일밖에 모르던 사람이었다.

"가족들이 어떻게 되죠?"

"자식을 늦게 봐서 이제 고1, 중2더라고. 회사측에선 집에서 죽었으니까 모른다는 거야."

"조합마저 없으니 아무도 나서줄 사람도 없고…… 나온 김에 위원장 자네 생각이 나서 왔네."

나이보다 빨리 늙어버린 얼굴들은 깊은 주름이 박혀 있었다.

"부서에서 몇푼씩 걷긴 했네만 관값이나 되려는지. 자네가 있었으면 잘 처리를 했을 텐데…… 우리가 그동안 너무 무심했네."

말끝을 흐리며 굳은살이 박힌 손바닥을 유리창에 마주붙였다. 잡을 수 없는 손이지만 석철도 그 위로 손바닥을 마주댔다.

"할말은 없네만 꼭 돌아와서 복직해야 하네. 사람들이 모두 기다려."

긴 한숨 끝에 남긴 그 말이 가슴에 박혀 빠지지 않았다. 비록 감옥에 갇혀 있고 간부들이 회사를 떠났지만 조합원들과 자신은 끊을 수 없는 운명으로 연계되어 있었다.

"그리고 완수하고 만식이 그놈이 어떻게 연락을 받고 초상집에 왔더라고. 어젯밤에 술을 마시면서는 오늘 자네한테 같이 오겠다더니만 아침 되더니 새로 잡은 공장에 출근한다고 그냥 갔어. 그냥은 도저히 자네 볼 낯이 없다고 다시 일 잘해서 고개 들고 찾겠다고 전해달라더만……"

유리창 너머의 아저씨들 얼굴 위로 녀석들의 얼굴이 떠올랐다. 비록 수림을 떠났지만 녀석들도 어디선가 새로이 시작하고 있으리라는 믿음이 들었다.

진숙은 그 다음날에야 면회를 왔다.

"어떻게 된 거야?"

"단비가 몸이 좀 나빠서요."

그러고 보니 품에 안겨 있어야 할 단비가 없었다.

"왜, 많이 아팠어?"

"……조금요. 감기래요."

"비오고 환절긴데 조심하지 않고서."

"미안해요."

진숙은 얼굴을 푹 숙이며 젖은 소리로 대답했다. 석철은 별 생각없이 한 자신의 말을 진숙이 섭섭하게 받아들인 줄 알고 얼른 변명을 했다.

"당신보고 뭐라 그런 거 아냐. 이 안에서도 이번 비오고 하면서 감기 걸린 사람이 한둘이 아냐."

그래도 진숙은 고개를 들지 않았다.

"왜 그래, 애들이 아프기도 하면서 크는 거지."

석철은 진숙이 혼자서 단비를 데리고 지내기가 얼마나 힘에 겨웠을지 짐작이 갔다. 고개를 든 진숙의 얼굴에는 눈물이 흘러내리고 있었다. 면회를 와서 한번도 눈물을 내비치지 않은 진숙이었다. 오히려 쾌활한 모습을 보이려고 애쓰는 모습이 항상 역력했었다.

"단비는 어디다 두고 왔어?"

"………"

"지금은 괜찮아?"

"단비…… 감기가 아니라 폐렴에 걸렸어요."

입술을 깨물며 울음을 참던 진숙이 소리내어 흐느꼈다. 단비가 아팠을 때 진숙의 수중에 현금이라고는 몇푼 남아 있지 않았다. 진숙이 수림주식회사를 찾아갔던 것은 석철의 의료보험카드에 확인도장을 받기 위해서였다. 쳐다도 보고 싶지 않은 회사였지만 병원에서 보험카드에 확인도장이 찍혀 있지 않다고 받아주지를 않았다. 일반으로 하기에는 병원비가 너무나 많았다.

"그 개자식들이 도리어 당신 보험카드를 빼앗대요. 당신은 이미 해고 처리했으니까 자기 회사 사람이 아니래요."

그렇게 수림은 석철의 온 가족에게 다시 한번 가슴 깊이 못질을 했다.

"그래서 돈은 어떻게 구했어?"

석철은 앙다문 입으로 겨우 물었다.

"백두 아빠가 구해줬어요."

백두는 한형의 두살난 아들이었다. 석철은 진숙에게 해줄 말이 없었다. 자신의 아이가 아프다는데 석철은 할 수 있는 일이 아무것도 없었다. 필요한 건 돈이었고 자신은 갇혀 있었다.

"회사놈들이, 애가 아파서 그런다고 사정했더니 당신 해고비하고 퇴직금 타가래요, 글쎄."

그거라도 받지, 그러나 그건 아니었다.

석철은 그날 밤을 뜬눈으로 지새웠다. 그러나 더이상의 갈등은 아니었다. 어두운 밤하늘을 내다보며 법정에서의 진술을 몇 번이고 고쳐썼다.

첫 공판날의 아침이 밝아왔다.

8사동에 들러 옥중투쟁위원회에 출정사실을 보고하고 승인을 받기 전에는 재판정에 나가지 않겠다는 뜻을 석철은 미리 통보해놓았다. 보안과에서는 의외로 쉽게 석철의 요구를 받아들였다. 그들 말대로 석철이 한다면 하는 이른바 대책이 안 서는 꼴통이어선지는 알 수 없었다.

머리띠 다시 묶으며 투쟁으로 일어서는
출정전야 이 밤도 빛나는 새벽별
내 조국 한반도에 청춘을 바치련다
통일조국 산천에 뼈를 묻으리라
사랑하는 동지들과 투쟁을 얘기하며
지새우는 출정전야 승리의 다짐 속에
어머님의 미소처럼 출정의 동이 튼다
어서 가자 전선으로 반미구국전선으로

출정전야, 석철의 출정보고가 끝나고 나서 8사동의 동지들이 불러준 노래였다. 새로 들어온 전대협의 학생동지가 보급한 이 노래는 단연 8사동의 인기순위 1위라고 했다. 가사를 별도로 하고도 곡조가 사뭇 석철의 가슴에 자맥질했다.

석철은 호송버스를 타고 가며 준비한 진술내용을 까먹지 않으려고 온 신경을 집중했다. 8사동의 학생 한 명과 석철, 그렇게 둘이 공안으로 분류되어 출정을 했고 나머지는 모두 일반수였다. 다들 잔뜩 긴장한 얼굴들이었다.

"피고는 노조위원장직에 있으면서 불법적인 쟁의행위를 상습적으로 일으켜 회사에 막대한 피해를 끼치고 사회적 불안을 야기해왔습니다. 뿐만 아니라 평소 불온서적을 소지 탐독해왔으며 휴가비를 인상시켜주지 않는다고 조합원들을 시켜 아버지 뻘의 사장 면전에 동전을 던지게 하는 반인륜적 행위를 저지르기까지 했습니다. 뿐만 아니라 회사의 자재를 무단으로 절취하여 회사 밖으로 반출하였음에도 개전의 정이 없는 자로서······ 징역 2년의 형을 구합니다."

검사의 논고와 구형은 예상에서 한치도 어긋나지 않았다.

"피고 진술하시오."

석철은 최후진술을 시작하기 전에 방청석을 한번 돌아보았다. 단비는 진숙의 품에 안겨 있었고 한형과 이웃의 노조위원장 몇이 보였다. 회사에서는 석철이 일했던 제재부의 아주머니 세 분이 나와 진숙의 옆에 나란히 앉아 있었다. 석철과 눈이 마주치자 엉거주춤 손을 들어보였다. 완수와 경식의 얼굴도 눈에 띄었다.

"먼저 일을 잘하지 못해 조합원들을 어려움 속에 남겨두고 구속된 저를 위해 이 자리에 나와주신 아주머님들께 깊은 반성과 고마움을 표시합니다."

준비되지 않은 인사말이었다.

"검사님의 논고를 들으며 저는 분노를 넘어 차라리 서글픔을 느꼈습니다. 저보다 월등히 많이 배우고 학식도 높은 분이 그 좋은 배움을 고작 우리와 같이 힘없고 억울한 노동자들을 짓밟는 데밖에 쓸 수가 없는지 측은한 마음이 듭니다. 제가 오늘 이 자리에 나온 것은 재판받기 위해서가 아니라 저의 어린 자식이 세상을 알게 되었을 때 애비가 왜 빨갱이가 되고 또 절도범으로 몰리게 되었는지를 분명하게 밝혀두기 위해서입니다. 검사님 그리고 재판장님, 저는 너무나 큰 죄를 지었습니다. 저는 비록 가진 것도 학식도 없지만 제가 가진 능력이 있다면 저와 똑같이 땀흘려 일하는 사람들을 위해 쓰려고 했습니다. 바로 그것이 제가 죄인이 된 첫번째 이유입니다. 저는 고등학교를 졸업한 열아홉의 나이로 공장에 발을 들여놓았습니다······"

자신이 다녔던 공장들과 수림의 비참한 작업조건과 인간적 멸시들이

어떠했는지를 낱낱이 열거해나가자 진숙과 아주머니들이 손수건을 꺼내
들었다. 석철의 진술은 어느새 30분을 넘고 있었다. 준비한 내용은 20분
정도였는데 준비하지도 않은 말들이 자꾸만 쏟아져나왔다.

"간단히 요지만 말씀하세요."

판사가 재촉을 했다.

"예, 저는 예전에 법은 공평하고 누구나 지킬 가치가 있는 것이라고
배웠습니다. 또한 국가의 권력은 모든 국민을 위해 존재하는 것으로 알
고 있었습니다. 그러나 제가 노동조합을 하고 나서 이 자리에 서기까지
이 땅의 법과 국가권력이 보여준 것은 그 반대였습니다. 이 땅의 법이
아주 소수의 사람들을 위해 다수의 사람들을 짓밟는 데 그 용도가 있으
며 이 땅의 국가권력은 그것을 집행하기 위해 존재하고 있을 뿐이라는
사실을 저는 분명히 알게 되었습니다."

"피고, 피고!"

재판장의 제지에도 석철은 진술을 계속했다.

"저는 갇혀 있습니다. 그러나 저는 이 시간에도 보람없는 노동과 무권
리를 다시 강요당하고 있을 조합원들과 마음으로부터 굳게 연계되어 있
으며 기필코 다시 돌아갈 것이고, 다시 일어설 것입니다. 동료를 배신하
지 않는 것이 도둑놈이라면 저는 도둑놈이 되겠습니다. 노동자가 인간답
게 살기 위한 방법을 공부한 것이 빨갱이라면 저는 기꺼이 빨갱이가 되
겠습니다."

며칠 밤낮을 준비하고 외운 최후진술이었다.

"그것만이 폐렴에 걸린 아이를 들쳐업고 길거리에서 눈물 뿌리는 제
아내를 감옥에서 지켜봐야 하는 이 땅 노동자의 운명을 영원히 바꾸는
길이라면 그 길을 가겠습니다."

재판에서 돌아온 날 석철은 5사동 16방 동료들의 강력한 요구로 법정
에서의 최후진술을 재방송했다. 동료들은 법정에서보다 더 큰 박수를 보
내주었다. 그날 밤 석철은 8사동 33방 벽에 새겨두었던 자신의 이름 옆

대신에 5사동 16방에 누워 자신의 가슴에다 아로새겼다. 김석철, 의리의 사나이 돌쇠 민중의 벗이 되기를 선택하다.

그리고 2주 후 석철은 징역 1년 6월을 선고받았다.

〈1991, 창작과비평 가을호〉

■ 해 설

비장함에 새겨진 거인의 발자국

김   재   용

긍극적 승리와 가능한 현실적 패배의 사이

1987년 7, 8월 한여름의 더위를 무색하게 하면서 전국적으로 타오른 노동자들의 투쟁이 있고 난 후에 우리들 앞에 나타난 방현석은 많지 않은 작품을 발표했음에도 불구하고 그의 작품은 발표될 때마다 항상 우리 모두의 관심과 기대를 모았다. 노동자계급의 입장에서 삶과 현실을 그린 작가가 방현석만이 아닌데 유독 그의 작품을 많은 사람들이 기다렸던 것은 그가 평균잡아 한 해에 한 편의 작품을 발표할 정도의 과작인데다가 그의 작품 어느 하나도 우리를 결코 실망시키지 않는 튼튼한 기반을 가지고 항상 우리들 앞에 나타났기 때문이다.

방현석의 첫작품 「내딛는 첫발은」과 다음에 발표된 「새벽출정」을 읽었을 때 우리는 강렬한 비장함에 사로잡혔다. 「새벽출정」의 주인공의 "죽을 수는 있어도 물러설 수는 없다"라는 절규는 비장함의 정수이지만 그의 작품에서 우리가 느끼는 비장함은 단지 이 말에서 비롯되는 것만은 아니다. 그것은 원천적으로 그의 작품에 등장하는 주인공과 그들이 대면하고 있는 거대한 환경 사이의 관계와 그 관계를 묘사하는 작가의 시각에서 비롯되는 것이다.

첫작품인 「내딛는 첫발은」부터 최근 작품인 「또 하나의 선택」에 이르기까지 그의 작품은 대부분 노동자계급의 패배 —— 엄밀하게 패배 직전까지 —— 를 그린다. 그런 점에서 1980년대 후반 이후 나오기 시작한 노동현실을 그린 여느 소설처럼 의식이 깨어 있지 못한 상태에서 하루하루를 살다가 어떤 계기를 통해 각성된 노동자로 바뀌어나가고 그 연장선속에서 승리를 구가하는 그런 도식을 방현석 작품에서는 찾아볼 수가 없다. 그러나 그 패배는 무기력한 패배가 아니고, 패배로만 끝나지 않는다. 여기서 강렬한 비장함이 흘러나온다. 비장함은 주체와 세계와의 관계에서 세계의 힘이 허약할 때는 발생하지 않는다. 그렇다고 이 세계와 맞서 싸우는 주체의 역량이 아예 없을 때도 생기지 않는다. 비장함은 주체가 일정한 역량을 갖추고 있지만 그것이 대면하고 있는 이 세계의 힘이 그보다 더 강력할 때 발생하는 것이다.

다른 작가에게서 찾아보기 어려운 이런 비장함이 방현석의 작품에서 일관되게 드러난다는 것은 과연 어떤 의미를 가지고 있는 것일까? 그가 이 어려운 현실을 이겨나가는 데 있어서 튼튼한 자신감을 가지고 있지 못하기 때문에 그러한 것인가? 결코 그렇지 않다. 오히려 그는 노동자계급을 비롯한 민중이 언젠가는 승리할 것을 믿고 또한 그럴 수 있는 역량을 넉넉하게 가지고 있다는 사실을 누구보다도 잘 알고 있다. 그러나 동시에 이 억압적인 현실 속에서 노동자계급을 비롯한 민중이 싸워나가야 하는 적의 세력도 결코 만만치 않다는 것도 잘 알고 있다. 방현석의 작품에 드러나는 그 강렬한 비장함은 그가 가진 튼튼한 현실인식과 이에 기초한 혁명적 낙관주의에서 비롯된다.

방현석의 이런 현실인식은 노동현실을 다루고 있는 여타의 작가와 작품으로부터 그의 작품을 구별시켜주는 가장 개성적인 움직임이다. 「지옥선의 사람들」에서 작가의, 현실에 대한 비교적 냉엄한 탐구는 이 소설의 등장인물인 기대와 민호의 대비에서 뚜렷하게 드러난다. 해포조선소에 발을 디딘 후 8년 동안 계속해서 운동을 하는 기대와 무서운 학습력과

현실분석 능력으로 추석투쟁이란 조그만 싸움을 승리로 이끌었던 적도
있었지만 복학을 위해 현장을 미련없이 떠나는 민호. 자신과 자신을 포
함한 전체 운동이 지배계급을 위시한 적대적 현실의 힘과 어떤 역관계를
가지고 있는가를 항상 탐구하면서 그것에 맞는 투쟁과 생활을 해나가기
때문에 항상 미래의 희망을 잃지 않고 낙관적으로 살아나가는 기대와 같
은 사람과, 금방이라도 새세상이 올 것처럼 순진하게 믿고 일하다가 쉽
게 포기하는 민호와 같은 사람을 대비하여 함께 보여주는 데서 작가는
복잡한 현실과 인간살이를 결코 단순화하지 않는다. 이 작품에서 기대가
가지는 낙관은 작품 초반부에 나오는 기대에 대한 테러와 민호를 잘못
추천했기 때문에 받는 징계로서의 육체노동이란 시련과의 연관에서 제기
되고 있다. 이 작품에서 주가 되는 부분은 이 작품에서 압도적인 부분을
차지하고 있는 적대적 현실이 지닌 힘이다.

그의 최근 작품인 「또 하나의 선택」에서도 그의 객관적인 현실인식은
잘 드러난다. 주인공 석철은 식당투쟁에서 가지게 된 조합원에 대한 어
처구니없는 배신감과 이적표현물 소지탐독이란 죄 아닌 죄로 고문을 받
아야 하는 시련 속에서 위원장직마저 그만두고 싶어한다. 그런데 거기에
더해 회사와 노동부와 경찰의 각본에 의해 절도죄로 구속되고 법원에서
1년 6월의 선고를 받는 더 큰 시련을 맞이한다. 석철을 누르고 있는 온
갖 형태의 억압적 폭력을 통해 작가는 현실의 힘이 결코 만만치 않다는
것을 보여주는 것이다. 그러나 이런 억압적인 상황 속에서 그는 오히려
더 열심히 투쟁해야 하고 자기와 같은 처지에 있는 민중과 항상 같이 길
을 걸어야 한다는 사실을 더 강하게 인식한다. 절도죄로 일반범과 함께
생활하면서 그들을 이해하고, 자기에게 배신감을 안겨주었던 현장동료들
의 애정을 확인하면서 그리고 가족에 대한 뜨거운 애정에 주인공 석철은
결코 좌절하지 않는 것이다.

그런데 억압적 힘이 만만치 않다는 것을 보여주는 그의 이런 특징은
"연대투쟁은 아련한 추억이 되어가고 있었고 지역의 분위기는 끝없이 가

라앉아만 가는" 정세의 상대적 침체기——삼당통합과 공안정치를 시간 적 배경으로 하고 있는 「또 하나의 선택」과 「지옥선의 사람들」에서 비로 소 나타난 것은 아니다. 그것은 87년 노동자 대투쟁의 연장 속에서 지역 의 연대투쟁이 활발하던 상승시기에 발표된 작품인 「새벽출정」에서 이미 시작되고 있다. 이 작품의 초반부 역시 주인공이 시련을 겪는 장면부터 시작된다. 오랜 투쟁에 같이 참여하고 있던 동지들, 그중에서 어려움을 마다하지 않고 싸웠던 동지들이 투쟁장을 떠나가는 장면에서 시작하는 이 작품에서 주인공 미정은 그 난관과 시련을 겪으면서도 그리고 동지가 떨어져 죽는 비극을 겪으면서도 결코 좌절하지 않고 싸워나간다.

그의 첫작품인 「내딛는 첫발은」에서 시작하여 최근에 발표된 「또 하나 의 선택」에 이르기까지 그의 작품을 일관되게 지배하고 있는 비장함과 그 정서의 토대가 되는 튼튼한 현실인식은 그의 작품 중 상대적으로 부 분적인 승리로 끝나는 작품인 「내일을 여는 집」에서도 예외는 아니다. 노조민주화투쟁에 큰 기여를 했음에도 불구하고 복직이 되지 못했던 주 인공 성만이 복직 소식을 전하는 직장동지들과 간단한 축하식을 하는 장 면으로 끝나는 이 작품에서도 정작 작가의 관심은 복직 소식을 듣는 날 오전까지도 새로운 직장을 구해보려다가 과거에 노조에 관련되었다는 회 사의 제보로 번번이 실패하고 그 고통 속에 부대끼는 주인공의 모습인 것이다. 한 공장에서 노조일로 해고당하면 회사들간의 정보교환과 블랙 리스트 때문에 아무 곳에도 취직할 수 없는 지경을 당할 수밖에 없지만 그래도 절망하지 않고 여전히 싸워나갈 수밖에 없는 노동자들의 열정과 신념을 객관적 억압의 벽의 강고함과 연관지어 보여주고자 했던 것이다.

노동자계급을 비롯한 민중이 싸워나가야 할 이 폭압적 현실과 적의 힘 이 결코 만만치 않다는 사실을 인식하고 그것을 작품 속에 드러내보이고 있다는 것은 그가 결코 혁명적 낭만주의에 함몰되지 않고 어디까지나 혁 명적 낙관주의에 기초하고 있음을 잘 말해주고 있다. 혁명적 낭만주의는 주체와 주체에 적대적인 객관적 세계 사이의 현실적 역관계를 무시하고,

주체의 입장에서 객관적으로 존재하는 현실을 일방적으로 규정할 때 발생한다. 그리하여 혁명적 낭만주의는 전망과 현실을 구분하지 못하게 된다. 이러한 혁명적 낭만주의는 신념과 열정에 찬 위대한 움직임처럼 보이지만 구체적인 현실의 강고한 벽에 부딪칠 때 그 신념은 여지없이 무너지게 된다. 이에 반해 혁명적 낙관주의는 혁명적 낭만주의가 범하는 그러한 맹동주의를 극복할 수 있는 태도이다. 현실에 존재하는 모순으로부터 노동자계급과 민중은 자기의 해방을 위해 투쟁할 수밖에 없고, 또 그것은 궁극적으로 승리할 수밖에 없다. 그렇지만 그러한 궁극적 승리는 금방 얻어지는 것도 아니고 손쉽게 굴러들어오는 것도 아니다. 그것은 지난한 시련의 과정을 통해 얻어질 수밖에 없는 것이며 그 과정에는 현실적인 패배가 항상 뒤따르기 마련이다. 그러나 이러한 시련과 패배가 과정에 지나지 않기 때문에 이것으로 인해 죽을 수는 있지만 물러설 수는 없고, 포기할 수도 없다는 사실을 인식하는 데서 혁명적 낙관주의는 발생한다.

이상에서 살펴보았듯이 방현석의 작품이 지닌 가장 두드러진 특징 중의 하나인 비장함은 그가 가지고 있는 튼튼한 현실인식에 그 뿌리를 두고 있다. 궁극적 승리와 가능한 현실적 실패 사이에서 균형감각을 가지고 현실을 그려낼 수 있기 때문에 그는 안이한 현실인식에 입각한 행복한 결말을 피할 수 있는 것이다. 이러한 현실인식은 또한 그의 작품을 단순한 혁명적 낭만주의가 아니라 과학적 세계인식에 기초한 혁명적 낙관주의의 가능성을 품은 작품으로 돋보이게 하는 것이다.

노동자계급 당파성과 총체성

방현석의 작품을 읽으면서 지나칠 수 없는 또 하나의 특징은 노동자계급 당파성에 구체적으로 접근하고 있다는 것이다. 1980년대 중반 이후 우리 민족문학은 노동자계급의 당파성 문제를 핵심적 과제로 새롭게 떠

올렸고 이것을 제외하고는 민족문학을 올바르게 가늠하기 어렵게 되었
다. 그러나 이런 인식상의 중요한 진전에도 불구하고 그것의 구체적 내
용은 여전히 추상적인 수준에 머무르고 있었고 때로는 노동자계급 당파
성을 속되게 이해함으로써 그 진정한 의미를 몰각하는 경우마저도 있었
다. 그런 점에서 노동자계급 당파성을 문학 특히 소설에서 올바르게 구
현한다는 것은 우리 민족문학의 올바른 진전을 위해서 매우 중요한 일이
다. 방현석의 작품은 바로 이 노동자계급 당파성을 점차적으로 구현해가
는 과정을 보여준다는 점에서 우리의 주목을 끈다.

올바른 노동자계급 당파성이란 우선 노동자계급의 입장에서 이 현실과
세계를 바라보는 것을 의미한다. 자본주의사회에서 다른 계급에 비해 노
동자계급의 입장에 설 때만이 이 현실과 세계를 가장 객관적으로 이해할
수 있기 때문에 노동자계급의 입장에서 바라보는 것이 매우 중요하다.
그러데 다른 계급 예컨대 자본가계급에 비해 노동자계급이 현실과 세계
를 가장 객관적으로 바라볼 수 있다는 것은 노동자계급의 눈을 통할 때
만이 이 현실과 세계를 그 전체적 연관 속에서 이해할 수 있고 또한 그
것을 정적인 과정이 아니라 동적인 과정 속에서 이해할 수 있다는 것이
다. 노동자계급의 입장에 선다는 것이 그 현실의 전체적인 연관을 파악
하는 것에 이어지지 못할 때 그것은 자본주의사회의 분업이 강요한 또
하나의 노예로 전락하게 된다. 그럴 때 그것은 노동자계급 이기주의나
혹은 경제주의에 함몰되는 것이며 이것을 극복할 때 노동자계급의 의식
성을 확보할 수 있는 것이다.

방현석에게서 의식적 노동자계급의 눈이 구체적으로 작품 속에 드러나
는 것은 그의 첫작품부터 시작되는 것이 아니라 차츰 시간이 지나가면서
구현되는 것으로 보인다. 물론 「내딛는 첫발은」에서 이미 노동자들이 단
결하여 투쟁하는 것이 단지 월급 몇푼을 더 받고자 하는 것이 아님을 등
장인물의 입을 통해 말하고 있고, 또 그다음 작품인 「새벽출정」에서는
한 발 더 나아가 지역에서의 연대투쟁이란 형태로 총체성에 대한 지향을

보이고 있는 것이 사실이다. 그러나 그것은 아직 소박한 형태에 지나지 않고 현실을 그 객관적 전체성 속에서 규명하고 그 연관을 탐구하는 데 까지는 미치지 못하고 있는 것이다.

그런데 「내일을 여는 집」에 이르면 그 이전에 비해 현격한 진전을 보여준다. 이 작품의 처음에 나오는 중학교 3학년 시절에 대한 회상 부분은 이 작품의 주인공 박성만이 못 견뎌 하는 배운 자들의 내리깔보는 시선의 원형을 설명하거나 혹은 그가 가난 때문에 학교를 다니지 못했던 사정만을 설명하려고 집어넣은 것이 아니다. 그 진정한 의미는 모든 사람들에게 평등하고 진실만을 가르친다고 언뜻 생각될 수 있는 학교교육이라는 것도 그가 어떤 계급에 속해 있느냐에 따라 다르다는 것을 보여주기 위해서 설정한 회상이다. 이 작품에서 어린 주인공에게 등록금을 못 낸다고 인간적으로 수모를 겪게 하는 선생이 다른 과목이 아니라 윤리선생이라는 것은 그런 점에서 한층 더 의미심장한 세부이다. 학교가 모든 사람을 진리에 기초해서 가르치는 것이고 그중에서 다른 어떤 과목보다도 윤리라는 과목이 인간으로서의 올바른 길을 가르치는 것이어야 할진대 오히려 이 과목 선생이 단지 가난하다는 이유 하나만으로 인간을 인간으로 대접하지 않는 비극이 학교에서 시작되는 것이다. 작가는 바로 이러한 사정을 들추어가면서 자본주의사회에서 학교라는 것도 얼마나 그 체제로부터 자유로울 수 없으며, 결국 노동자로서의 이 주인공의 운명을 결정하는 데도 큰 요인으로 작용하는가 하는 것을 보여주고 있다.

이처럼 노동자계급의 입장에서 교육문제를 새롭고 올바르게 바라보고 있는 한편, 이 작품에서는 여성문제도 노동자계급의 입장에서 규명하고 있다. 탁아소에서 여는 주부강좌에서 남녀평등을 인식하게 된 부인이 남편에게 가정에서 남편이 독재자로 군림하는 가부장적 관계를 청산하고 서로 존중하는 새로운 가족관계를 만들자고 제안했을 때 주인공은 선뜻 수긍한다. 이것은 그가 노동자이기 때문에 회사에서 받는 차별대우를 생각할 수 있었기 때문에 가능한 것이었다. 주인공은 남자라는 이유 하나로 자신의 주장을 강요하는 것이 얼마나 부끄럽고 창피한 일인가를 다른 무엇이 아닌 회사와의 싸움과정을 통하여 알게 되었던 것이다. "사장은 부장을, 부장은 과장을, 과장은 주임을, 주임은 기사를, 기사는 현장노동자를 지배하는 것이 당연한 미덕이 되도록 뒷받침하는 것이 남성의 여성에 대한 지배라는 사실"을 그는 알게 되는 것이다. 사장과 부장 등의 사람이 노동자를 지배하는 것이 당연하고 자명하여 조금도 의심할 수 없는 것처럼 보이지만 이러한 지배를 받고 있는 노동자인 성만은 이것이 단지 하나의 역사적 형태의 결과에 불과하며 그것이 물신화되어 보편적인 것처럼 위장되어 있는 것에 지나지 않는다는 사실을 알고 있기 때문에 남성이 여성을 지배한다는, 어떻게 보면 당연하고 자명한 것으로 보이는 것도 결코 원래 그렇지 않았다는 것을 쉽게 알 수 있었고 그리하여 과거의 낡은 불평등한 관계를 청산하고 서로 존중하는 새로운 윤리를 만들어야 한다는 그의 부인의 입장에 기꺼이 동참할 수 있었던 것이다. 이런 점에서 이 소설은 올바른 노동자계급의 눈 즉 당파성을 획득할 수 있는 것이다.

단순히 노동자계급의 눈을 통해 현실과 세계를 바라보는 것에 그치지 않고 의식성에 입각함으로써 그 현실을 그 전체적 발전과정 속에서 바라볼 수 있게 되는 올바른 노동자계급 당파성의 문제는 그후에 발표된 「지옥선의 사람들」에서도 부분적으로 드러나고 있다. 이 작품에 등장한 봉수라는 인물이 그 이전까지는 "노예로 살지 않으려는 노동자가 선택할 수 있는 길은 노동운동뿐"이었기에 무작정 그 하나를 위해 달려온 것에 비해 이제는 "옳은가 그른가의 문제가 아니라 승리할 수 있느냐 마느냐의 문제로" 옮겨가는 것에서 단순한 노동운동에서 벗어나 전체 변혁운동을 끌어안게 되는 사정의 일단이 내비치고 있다. 그런데 이러한 진전은 봉수의 의식과 말로써 끝나는 것이지 이 작품의 전체과정에서 필연적으로 드러나는 그런 성질의 것은 아니기 때문에 작가의 의식적인 노동자계급의 눈과는 현저한 거리를 가지고 있다. 이러한 점은 정형이 정작 노동

자들이 20만톤급 유조선을 만들었음에도 불구하고 그것을 기념하는 진수
식이 철저한 노동자의 소외 속에서 이루어졌고 이러한 양상은 이것이 언
론을 통해서 세상에 나갈 때에도 마찬가지였다는 사실을 들면서 언론의
계급성을 밝혀주는 장면에서도 드러난다. 그러나 이 부분에서도 앞서와
마찬가지로 이 작품의 필연적 발전과정 속에서 자연스럽게 드러나기보다
는 정형의 기억이라는 삽화적 구성에 그치고 말았다는 점에서 작가의 올
바른 눈과는 현저한 거리를 지닌다.

　최근의 작품인 「또 하나의 선택」은 「지옥선의 사람들」보다 소재에 있
어서는 축소된 느낌을 주지만 작가의 인식은 넓어지고 있다. 이 작품의
주인공 석철은 식당투쟁에서 조합지도부의 단식과는 관계없이 자기들의
잇속만 지키는 조합원들에 대한 배신감으로 심한 좌절을 겪고, 나아가
회사와 결탁된 공권력의 폭압으로 이적표현물 소지죄로 잡혀가 고문을
받으면서 자기 자신에 대한 자신감을 차츰 잃게 된다. 게다가 근처 다른
현장에서 이루어지는 투쟁에 대해서 나설 수 있을 정도의 분위기라고는
전혀 못되는 위축된 상황과 새롭게 변해버린 세상 분위기에 편승해 끊임
없이 조합을 괴롭히는 회사측의 도발로 인해 한층 더 시련을 겪는다. 이
런 어려움 속에서 주인공 석철은 위원장직마저 사퇴해야 되겠다는 마음
을 먹을 정도로 투쟁의 의지가 상당히 흐트러지고 내일의 희망에 대해서
도 불안해한다. 이런 상태에 놓여 있는 그를 결정적으로 바꾸어놓은 것
은 휴가싸움과 이에 맞선 회사의 흉계로 인해 그가 절도죄로 잡혀들어간
대목이다. 회사에서 쓸모없이 버리는 나뭇조각으로 그의 어린 딸 단비의
장난감을 만들어준 것이 상습적인 절도죄로 둔갑해버리는 현실 앞에서
"석철은 태어나서 처음으로 이 사회체제를 증오하게" 된다. 회사와 노동
청과 경찰이 결탁하여 귀에 걸면 귀걸이, 코에 걸면 코걸이식으로 모든
일을 행해온다는 사실을 이미 겪어 잘 알고 있던 그가 유독 자신을 절도
죄로 몰아붙인 이 말도 안되는 폭력 앞에서 사회체제를 새삼 문제삼는
것은 왜일까? 이 어처구니없는 일을 겪으면서 그는 노동자들이 상대해

오던 회사라든가, 그 회사와 손을 잡고 있는 경찰과 노동청이라는 제한된 영역을 넘어서 더 큰 힘이 존재하고 있고 그것은 바로 권력이라는 것을 알게 된다. 권력은 추상적인 것이어서 평상시에는 그 존재를 알아차릴 수 없을 정도로 숨어 있지만 이런 어처구니없는 일을 당하게 되면 형체조차 없는 것 같았던 그 권력이 마치 손에 잡힐 듯이 눈앞에 드러나는 것이다. 석철이 경험한 것은 이 은폐된 권력이 자신의 모습을 선연하게 드러내는 부분이다. 그렇기 때문에 이때부터 자신이 맞서는 것은 단순한 회사와 경찰관이 아니라 그 모든 것을 현재의 모습대로 유지해주는 권력을 행사하고 있는 이 사회체제이다. 그 경험에서 석철은 체제와 관련지어 자신의 문제를 보지 않는 한 문제의 인식과 해결은 영원히 부분적이고 제한된 것일 수밖에 없다는 것을 깨닫게 된다. 그렇기 때문에 석철은 처음으로 이 사회체제를 증오하는 것이다. 석철로 하여금 사회체제와 권력을 깨닫게 해준 이 어처구니없는 사건의 본질은 그가 수감되고 난 후 공안사범이 있는 8사동으로 가지 않고 일반범이 있는 5사동에 남아 있으려고 할 때 그에게 건네는 보안과장의 말 즉 "정말 왜 이러나. 당신이 도둑질해서 들어오지 않았다는 것은 천하가 다 아는 사실 아닌가"라는 말에서 더욱 명백하게 밝혀진다.

어처구니없는 일을 당함으로써 엄청난 권력과 사회체제의 문제까지 노동자 자신의 구체적 현실과 관련지어 이해할 수 있게 된 석철에게는 그것이 가진 엄청난 힘에 질려 주저앉는 길과 맞서 싸워나가는 두 가지 길이 있다. 석철은 후자를 선택한다. 이렇게 싸워나가야 한다고 결정할 수 있었던 것은 단순한 신념의 문제가 아니라 자기와 가족의 삶이 매개되어서이다. 이 싸움이 가장 극적으로 드러나는 것은 마지막 재판 부분이다. 다소간의 억지스러움이 드러나 있는 소내투쟁을 넘어서 이 마지막 재판 부분은 이 작품의 핵심과 이 작품의 한계를 동시에 그대로 보여주는 부분으로써 매우 감동적인 대목이다. 평소에는 숨겨져 그 본질이 제대로 드러나지 않던 권력과 사회체제가 어처구니없는 일을 계기로 그 본모습을 드러내게 된 것이다. "저는 예전에 법은 공평하고 누구나 지킬 가치가 있는 것이라고 배웠습니다. 또한 국가의 권력은 모든 국민을 위해 존재하는 것으로 알고 있었습니다. 그러나 제가 노동조합을 하고 나서 이 자리에 서기까지 이 땅의 법과 국가권력이 보여준 것은 그 반대였습니다. 이 땅의 법이 아주 소수의 사람들을 위해 다수의 사람들을 짓밟는데 그 용도가 있으며 이 땅의 국가권력은 그것을 집행하기 위해 존재하고 있을 뿐이라는 사실을 저는 분명히 알게 되었습니다"라고 재판정에서 석철이 외치는 부분은 법과 국가권력과 사회체제가 그동안 은폐해오던 계급적 본질을 너무나 선명하게 꿰뚫는다. 작가가 마지막에 이 재판장면을 설정했던 것은 결코 우연한 일이 아니다.

'거인'의 발자국 소리

노동자들의 투쟁이 월급 몇푼 더 받자고 하는 일이 아니라는 사실을 등장인물의 말을 통해 밝히던 처음의 한두 작품에서 법과 권력, 사회체제까지 연결시켜 노동자의 구체적 삶을 이해해야만 한다는 인식을 작품의 구체적인 인물과 사건을 통하여 보여주고 있는 작가적 태도의 발전은 가히 획기적이다. 이것은 좁은 의미의 노동자계급 당파성을 벗어나 올바른 의미의 노동자계급 당파성을 구현할 수 있는 조짐을 예고하는 것이기도 하다. 경제적인 이해관계에 사로잡혀 있을 때에나 혹은 좁은 의미의 노동자계급 당파성에 갇혀 있을 때는 정작 자본주의사회에서 자본주의가 강요하는 노동의 분업을 혁파하여 새로운 총체적 인간관계를 만들어야 하는 노동자계급이 오히려 그 분업의 노예가 되어 왜소화될 위험이 있다. 이런 위험을 벗어나고 있다는 점에서 이 작가는 우리들에게 한 발짝 한 발짝 점차 나아가고 있는 '거인'의 발자국 소리를 들려준다. 그러나 우리는 아직 거인의 뚜렷한 정체를 가늠하기 어렵다. 거인의 발자국 소리는 이제 막 들려오고 있을 뿐이지 그것의 진정한 실체를 우리는 아직

보고 있지 못하다. 왜 그럴까? 그것은 방현석의 작품에서는 노동자들이 이대로 더이상 살 수 없다는 것을 잘 보여줌에도 불구하고 이들을 여러 가지 방법으로 지배하고 있는 사람들이 왜 지금 이 방식으로는 더이상 현상태를 유지할 수 없는가 하는 것을 보여주는 데까지는 아직 이르지 못하고 있기 때문일 것이다. 「또 하나의 선택」의 재판장면에서 석철의 의식과 내면은 비교적 구체적으로 드러나지만 재판관은 대상화되어버린 채 끝난 것은 단적인 예이다. 그리고 「지옥선의 사람들」이 소규모 사업장을 배경으로 한 다른 작품들과는 달리 대규모 중공업 사업장을 택하였기 때문에 노동자 이외의 다른 계급 특히 자본가계급과 정경유착 등을 그릴 수 있는 최소한의 여지를 확보했음에도 불구하고 그러지를 못해, 다른 작품에 비해 이 작품에서 설정한 대규모 사업장에 걸맞는 내용을 얻지 못했던 데서도 드러나고 있다. 물론 이러한 한계는 방현석이 즐겨 사용하고 있는 중편소설의 틀과도 어느 정도 관련을 맺고 있기 때문에 작가의식과 더불어 장르의 모색도 함께 이루어져야 할 것이다. 지금 이 땅에 살고 있는 사람들이 겪고 있는 '총체적 위기'를 노동자계급의 입장에서 보여주는 것은 매우 어려운 일이지만 그러나 성취해야 할 지점이다.

방현석은 궁극적 승리와 가능한 현실적 패배 사이의 적절한 균형을 파악하고 있기에 안이한 현실인식에서 빚어지는 상투적인 도식적 구성과 행복한 결말을 대신하여 넉넉한 내일의 희망에 뿌리를 내리고 있는 혁명적 낙관주의를 지닐 수 있었고, 노동자계급의 눈으로 현실과 세계를 바라보면서도 편협한 계급이기주의나 경제주의적 태도에 빠지지 않고 현실을 그 총체성 속에서 포착해내려고 노력함으로써 올바른 노동자계급 당파성의 구현을 어느 정도 성취할 수 있는 문턱에 이르렀고 또 한층 더 총체적인 세계이해의 가능성을 예견해주기도 한다. 이것은 노동자계급의 입장에 서서 이 세계를 보려고 하는 그의 주체적 결단과 그것에 걸맞는 지칠 줄 모르는 현실에 대한 탐구에서 비롯되고 있는 것이다. 당위와 선

험에서 출발하는 현실재단이라는 도식주의의 함정을 벗어나기 시작한 이
작가에게 우리 문학이 창조하고 획득해야 할 또 하나의 성취를 요구하는
것은 결코 필자의 무리한 주문이 아닐 것임을 확신한다.

후 기

첫단편 「내딛는 첫발은」을 발표한 것이 88년초였으니까 그 뒤로 한 해에 한 편 정도의 중편을 쓴 셈이다. 쏜살같이 지나온 4년여 세월이었고 내게 맡겨진 일을 감당하기에도 벅찬 나날들이었다. 마땅히 능숙하게 해내야 할 일들조차 제대로 못하면서 글을 쓴다는 것은 늘 스스로를 떳떳치 못하게 만들었다. 그러나 쑥스러운 고백이지만 어느 한 편의 글을 쓰면서도 몇 차례씩 눈시울을 적시지 않은 적이 없었다. 내가 만났던 많은 사람들 그리고 그들과 함께 겪었던 기억들이 그렇게 만들었다.

하지만 나의 글이 가혹한 경제적 수탈과 정치적인 억압 속에서도 내일에 대한 희망을 결코 잃은 적이 없는 이들의 무한한 창조력과 빛나는 지향을 얼마나 옳게 그렸는가를 돌아보면 송구스러울 뿐이다.

자정이 넘은 지금 창밖에는 가을비가 내리고 있다.

모두들 어려운 시기라고 한다. 그러나 나는 무엇이 그리도 다급한지 앞을 다투어 깃발을 내리며 떠들어대는 요란한 반성에는 찬성할 수가 없다.

이틀 전에는 경대 아버님께서 징역 1년의 실형을 선고받았다. 울 듯 말 듯한 표정으로 호송차에 오르는 경대 아버님을 신문으로 읽으며 많은 사람들이 가슴 미어지는 아픔을 느꼈을 것이다. 바로 지난봄에 그 아버지로부터 외아들을 앗아간 정권이 해가 바뀌기도 전에 도리어 그 아버지에게 죄수복을 입혀 감옥으로 옮아넣었다. 도대체 세계 어느 나라의 역사에 이런 일이 있었던가. 진정 죄수복을 입고 재판정에 서야 할 자는 누구이며 다가오는 겨울을 차가운 옥사에서 자신의 죄값을 치러야 할 자들은 지금 어느 자리에서 무엇을 하고 있는가.

우리가 해야 할 반성이 있다면 그것은 우리가 그동안 얼마나 철저하게 노동대중과 민중을 신뢰하고, 모름지기 그들의 힘에 의거해서만 우리 민족에게 주어진 과제를 해결할 수 있다는 확고한 신념을 가지고 노력해왔느냐일 뿐이다.

진정으로 우리가 민중의 편이고자 한다면 기본철학마저 결핍된 요란한 반성을 이야기하기 전에 조직을 빼앗기고 거리와 감옥으로 내몰리는 노동자들을 위해, 자식을 가슴에 묻고 이 겨울을 감옥에서 나야 할 경대 아버님을 위해 무엇을 할 것인지를 고민하고 실천해야 할 때가 아닐까 싶다.

인간에게는 그 어떤 동물도 가질 수 없는 위대한 이상이 있다. 그리고 그 위대한 꿈과 이상을 실현할 목적의식성이 있고 창조적 능력이 있다. 누구도 우리 인간으로부터 이 꿈과 이상을 박탈할 수 없다.

이 책이 그 꿈과 이상을 소중히 여기는 사람들에게 조그마한 힘이라도 될 수 있기를 소망한다. 그리고 과분한 도움을 베풀어주신 창작과비평사, 실천문학사 분들, 이 땅의 문학을 자랑스럽게 하는 민족문학작가회의의 선배님들께 고마움을 전하고 싶다. 아울러 어려움을 딛고 새로워지려고 노력하는 함께 일하는 동료들과 좋은 선배님들, 늘 신세를 지는 조합의 간부들에게는 소주라도 한잔 사겠다는 약속을 하겠다.

1991년 10월
방 현 석

방현석 소설집
내일을 여는 집

초판 1쇄 발행/1991년 11월 20일
초판 7쇄 발행/2012년 9월 6일

지은이/방현석
펴낸이/강일우
펴낸곳/(주)창비
등록/1986년 8월 5일 제85호
주소/413-120 경기도 파주시 회동길 184
전화/031-955-3333
팩시밀리/영업 031-955-3399 편집 031-955-3400
홈페이지/www.changbi.com
전자우편/lit@changbi.com

ⓒ 방현석 1991
ISBN 978-89-364-3624-7 03810